Mary Jo Putney est une lectrice acharnée devenue romancière par hasard lorsqu'elle a acheté son premier ordinateur et découvert que c'était l'outil idéal. Depuis, elle a remporté, entre autres, deux RITA Awards et quatre Golden Leaf Awards.

Du même auteur, chez Milady :

Le Libertin repenti
Le Pacte

La Confrérie des Lords :
1. *Pour l'amour d'un naufragé*
2. *Pour l'amour d'une lady*
3. *Pour l'amour d'un libertin*
4. *Pour l'amour d'un prisonnier*

Ce livre est également disponible au format numérique

www.milady.fr

Mary Jo Putney

Pour l'amour d'un prisonnier

La Confrérie des Lords – 4

Traduit de l'anglais (États-Unis) par Wanda Morella

Milady Romance

Milady est un label des éditions Bragelonne

Titre original : *No Longer A Gentleman*

Publié avec l'accord de Kensington Publishing Corp.

ISBN : 978-2-8112-1282-7

Bragelonne – Milady
60-62, rue d'Hauteville – 75010 Paris

E-mail : info@milady.fr
Site Internet : www.milady.fr

Au Consultant du désordre,
pour sa patience et sa bonté.

Il n'est pas toujours simple
de vivre avec un écrivain !

Remerciements

Au Creative Cauldron. Combien d'histoires avons-nous égratignées ensemble ? Des tas !

Et à toutes ces merveilleuses personnes chez Kensington, qui prêtent tant d'attention à mes livres.

Chapitre premier

Londres, janvier 1813

L'heure était venue de danser une fois encore avec le diable. À la porte de chez Kirkland, Cassie fit résonner le heurtoir figurant une tête de dragon, curieuse de savoir quelle mission l'attendait.

On lui ouvrit. Après l'avoir identifiée, le majordome la fit entrer en esquissant une révérence.

— Milord est dans son bureau, Miss Fox.

— Je connais le chemin.

Elle se dirigea vers l'arrière de la maison, songeant qu'il était temps pour son employeur de la renvoyer en France. Des années durant, elle avait effectué des déplacements secrets entre cette nation et l'Angleterre, en tant que messagère et espionne sous les ordres de Kirkland. La tâche était dangereuse et funestement gratifiante.

Oisif et bon vivant en apparence, cet Écossais était un maître de la collecte de renseignements et de l'analyse. Il avait retenu Cassie à Londres plus longtemps qu'à l'accoutumée cette fois, l'ayant intégrée à une équipe qui s'était efforcée de mettre au jour un complot contre la famille royale. À la suite de leur succès, on avait célébré un mariage, puis Noël, et à présent, la jeune femme ne tenait plus en place. Travailler à miner le régime de Napoléon donnait un sens à sa vie.

Elle frappa à la porte et entra lorsque Kirkland l'y invita. Il était assis à son bureau, élégamment habillé, comme toujours. Il se leva poliment quand elle apparut.

Avec ses cheveux bruns, ses larges épaules et ses traits réguliers, cet homme était toujours séduisant, mais ce jour-là, son visage était creusé d'anxiété, malgré son sourire.

— Vous semblez plus transparente que d'habitude, Cassie. Comment parvenez-vous à une telle fadeur ?

— Le talent et la pratique ; l'anonymat est si utile pour un espion, rétorqua-t-elle en s'installant dans un fauteuil en face de lui. Quant à vous, monsieur, vous incarnez la mort en plein après-midi. Si vous ne prenez pas davantage soin de vous, vous serez bientôt terrassé par un autre accès de fièvre, et nous découvrirons si vous étiez ou non indispensable.

— Personne ne l'est, dit-il en se rasseyant. Rob Carmichael pourrait prendre ma place si cela se révélait nécessaire.

— Certes, mais il ne le souhaiterait pas. Il préfère largement rester dans la rue et fracasser des crânes.

C'est ce que ce dernier lui avait confié – ils étaient tous deux bons amis, et parfois plus encore que cela.

— Et il excelle en la matière, concéda Kirkland. Mais je ne vais pas glisser de mon perchoir de sitôt.

Il commença à jouer avec sa plume d'oie.

— Cela ne vous ressemble pas d'être aussi agité, fit-elle remarquer. Avez-vous une mission particulièrement périlleuse à me confier ?

Il esquissa un rictus morose.

— Envoyer mes employés en France est toujours dangereux. Mes scrupules décuplent lorsqu'il s'agit plus d'une requête personnelle que d'un travail d'intérêt vital pour la Grande-Bretagne.

— Votre camarade Wyndham, lança-t-elle aussitôt. Remisez votre culpabilité. En tant qu'héritier du duc de Costain, il vaudrait la peine qu'on prenne quelques risques, même s'il n'était pas votre ami.

— J'aurais dû me douter que vous devineriez, répondit-il en reposant soigneusement la plume à sa place. Combien de pistes sérieuses avez-vous déjà suivies le concernant ?

— Deux ou trois, avec un taux d'échec singulier.

Et Cassie n'était pas le seul agent en quête de preuves que cet homme depuis longtemps disparu était mort ou vif. Kirkland n'abandonnerait pas tant qu'il ne serait pas assuré de l'un ou l'autre.

— Je n'ai jamais voulu l'admettre, mais je crains qu'il n'ait été tué lorsque la paix d'Amiens a été rompue et que tous les Anglais ont été internés afin de les empêcher de rentrer au pays, avoua-t-il dans un soupir. Il ne se serait pas laissé faire sans protester. Il a aussi bien pu être abattu en résistant lors de son arrestation. On n'a plus entendu parler de lui depuis mai 1803, quand la guerre a repris.

— Puisqu'il n'est pas à Verdun avec le reste des détenus et qu'il n'y a aucune autre trace de lui, c'est l'explication la plus crédible, confirma Cassie. Mais c'est la première fois que vous acceptez tout haut cette éventualité.

— Il débordait toujours d'une telle vitalité, déclara Kirkland d'un air méditatif. Cela paraissait impossible qu'il se fasse tuer bêtement. Même si, bien entendu, je pouvais m'en douter. Mais j'avais l'impression que prononcer les mots ne ferait que concrétiser les faits.

Il était surprenant d'entendre l'Écossais parler de la sorte, car il était connu pour son esprit légendairement aiguisé et objectif.

— Dites-m'en plus sur lui, demanda-t-elle. Pas concernant son rang ni sa fortune, mais sur le genre de personne qu'il était.

Kirkland se décrispa.

— C'était un charmeur aux cheveux d'ange qui aurait pu amadouer un serpent jusqu'à lui faire tomber ses écailles. Taquin, mais jamais malveillant. Lord Costain l'a envoyé à la Westerfield Academy en espérant que lady Agnes serait capable de s'occuper de lui sans se laisser ensorceler.

— Y est-elle parvenue ?

Cassie avait rencontré cette formidable directrice, et estimait que celle-ci pouvait se sortir de tout embarras avec n'importe qui.

— Raisonnablement bien. Elle l'aimait beaucoup. Tout le monde l'appréciait. Mais elle n'acceptait aucun comportement scandaleux de sa part.

— Vous devez avoir une nouvelle piste, autrement vous ne m'en parleriez pas.

Kirkland se remit à triturer sa plume.

— Vous souvenez-vous de l'espion français que nous avons démasqué lors de notre enquête sur le complot contre la famille royale ?

— Paul Clement.

Elle le connaissait vaguement, ayant des contacts parmi la communauté d'expatriés.

— Vous a-t-il fourni la moindre information sur Wyndham ? poursuivit-elle.

— Il avait ouï dire qu'au moment même où la trêve avait pris fin, un aristocrate anglais s'était heurté à un représentant du gouvernement, un certain Claude Durand, répondit Kirkland. J'ai déjà entendu son nom, mais je n'en sais guère plus. Et vous ?

Elle acquiesça.

— Il est issu de la branche mineure d'une lignée de nobles français. Lorsque la Révolution a éclaté, il est devenu radical, a dénoncé son cousin, le comte, et a assisté à son exécution. En guise de récompense, il a récupéré une partie de la fortune et le château familiaux. Il est désormais haut fonctionnaire au ministère de la Police. Il a la réputation d'être d'une grande brutalité et d'une loyauté indéfectible envers Bonaparte, ce qui ferait de lui un homme dangereux à croiser.

— Wyndham a peut-être perdu la vie d'avoir contrarié un tel individu. Mais Clement avait cru comprendre que Durand avait enfermé le lord britannique dans son propre donjon. S'il s'agissait de notre ami, il reste un espoir qu'il soit en vie.

Cassie n'avait guère besoin de souligner à quel point les chances étaient minces.

— Vous souhaitez que j'enquête sur les informations de cet espion ?

— Oui, mais ne prenez aucun risque, ordonna-t-il en la regardant d'un air grave. Je m'inquiète pour vous. La mort ne vous effraie pas assez.

Elle haussa les épaules.

— Je ne la cherche pas. Mon instinct m'empêche de faire des bêtises. Cela ne devrait pas être très compliqué de localiser le château en question et de savoir auprès des gens de la région s'il y est détenu un Anglais blond.

Kirkland hocha la tête.

— Les donjons ne sont pas prévus pour que l'on y survive très longtemps, mais avec un peu de chance, vous pourrez découvrir si Wyndham est – ou a été – emprisonné là.

— Avait-il la force d'endurer des années de captivité ? demanda-t-elle. Pas seulement physique, mais également mentale. Ces endroits peuvent rendre un homme fou, surtout s'il y est enfermé seul.

— Je n'ai jamais su quelles ressources intérieures recélait Wyndham. Tout lui était si facile – le sport, les études, les amitiés, les femmes qui tombaient sous son charme. Il n'a jamais eu de concurrence. Peut-être est-il armé d'une résistance insoupçonnée. À moins que la première réelle pression qu'il ait rencontrée ne soit parvenue à le briser.

Après une longue pause, il ajouta calmement :

— Je ne pense pas qu'il aurait bien supporté le confinement. Mieux vaudrait qu'il se soit fait tuer sans tarder.

— La vérité peut se révéler éprouvante, mais il est préférable de savoir ce qui s'est passé et d'accepter le deuil plutôt que d'être à jamais rongé par l'incertitude, fit remarquer Cassie. Il ne peut y avoir beaucoup de lords anglais enfermés dans des geôles privées pour avoir contrarié de puissants fonctionnaires. S'il est – ou a séjourné – au Château Durand, ce ne devrait pas être difficile de découvrir ce qu'il est advenu de lui.

— J'ai du mal à croire que nous aurons peut-être bientôt la réponse, songea l'Écossais. S'il est vraiment là-bas et encore en vie, faites ce qu'il faut pour l'en sortir.

— Je partirai d'ici à la fin de la semaine.

L'espionne se leva, réfléchissant à ce qu'elle aurait à préparer. Elle se sentit obligée d'ajouter :

— Même si, par miracle, il est vivant et que vous le faites revenir, il aura énormément changé après toutes ces années.

Kirkland poussa un soupir las.

— N'est-ce pas le cas pour chacun de nous ?

Chapitre 2

Paris, mai 1803

— C'est l'heure de se réveiller, mon beau chérubin, murmura la voix rauque et tentatrice. Mon mari sera bientôt de retour.

Grey Sommers ouvrit les yeux et adressa un sourire endormi à sa partenaire. Si l'espionnage se révélait toujours aussi agréable, il en ferait une carrière, plutôt qu'une simple activité en dilettante.

— « Chérubin », Camille ? Je pensais avoir prouvé que j'étais loin d'être un ange.

Elle éclata de rire en rejetant en arrière une mèche de cheveux bruns et emmêlés.

— En effet. Je devrais vous appeler mon bel étalon. Hélas, il est temps que vous partiez.

Il y aurait peut-être consenti si les caresses de sa compagne n'étaient soudain devenues provocantes, lui faisant ainsi perdre tout sens commun. Jusque-là, il avait soutiré peu de renseignements à l'affriolante Mme Camille Durand, mais ses connaissances dans l'art amoureux s'affûtaient.

Son époux était haut fonctionnaire au sein du ministère de la Police, et Sommers avait espéré que celui-ci aurait confié quelques informations confidentielles à sa conjointe. Plus précisément, avait-il évoqué la paix d'Amiens, et la reprise de la guerre? Mais cette femme ne s'intéressait pas à la politique. Ses talents résidaient ailleurs, et Grey était plus que désireux d'y goûter de nouveau.

Une fois de plus, céder au désir le mena à la somnolence. Il se réveilla lorsque la porte s'ouvrit violemment et qu'un homme en furie fit irruption, un pistolet à la main, et deux gardes armés à sa suite. Camille poussa un hurlement et se redressa en position assise.

—Durand!

L'amant glissa du lit à baldaquin du côté opposé au mari de sa maîtresse en songeant, au bord de la nausée, que cette scène semblait tout droit sortie d'un vaudeville. Mais l'arme que son ennemi brandissait n'avait rien d'une farce.

—Ne le tuez pas! supplia-t-elle, ses longs cheveux retombant en cascade sur ses seins. C'est un lord anglais, l'abattre vous causerait des ennuis!

—Un lord anglais? Il s'agit sûrement de cet imbécile de Wyndham. J'ai lu les rapports de police faisant état de vos faits et gestes depuis votre arrivée en France. On ne peut guère vous qualifier d'espion, mon garçon, fit-il remarquer, les lèvres pincées d'un air malveillant tandis qu'il armait le chien de son pistolet. Ce que pensent les Britanniques n'a plus aucune importance.

Grey se redressa de tout son long, conscient qu'il ne pouvait vraiment rien faire pour sauver sa vie. Ses amis s'esclafferaient s'ils apprenaient qu'il avait vécu ses derniers instants nu comme un ver dans la chambre de l'épouse d'un autre homme.

Non. Ils ne riraient pas.

Une étrange sérénité s'empara de lui. Il se demanda si tous ses congénères se sentaient ainsi face à une mort inévitable. Par chance, il avait un frère cadet qui hériterait du comté.

— Je vous ai trahi, citoyen Durand, déclara-t-il, fier de sa voix posée. Personne ne niera que vous avez de justes raisons de me tuer.

La rage meurtrière animant le regard de son ennemi céda la place à une froide cruauté.

— Oh, non, répondit doucement ce dernier. Il serait bien trop miséricordieux de ma part de vous abattre.

Chapitre 3

Londres, 1813

Cassie retourna à la pension privée que Kirkland tenait à disposition de ses agents, près de Covent Garden. Elle séjournait au 11, Exeter Street dès qu'elle se trouvait à la capitale ; c'était pour elle l'endroit qui se rapprochait le plus d'un foyer.

Préparer ses bagages ne lui prenait jamais longtemps, car chaque fois qu'elle revenait de France, ses vêtements étaient nettoyés, repassés, pliés et remisés dans son armoire en vue de sa prochaine mission. Puisque c'était l'hiver, elle choisit ses tenues les plus chaudes et des bottines. Toutes ses affaires étaient de bonne facture, mais de couleurs ternes, son but étant de passer inaperçue.

Elle achevait sa sélection lorsque l'on frappa à la porte et qu'une voix féminine lança :

— C'est pour le thé, ma chère !

Identifiant cette intonation, l'espionne ouvrit la porte à lady Kiri Mackenzie, qui portait un plateau contenant une théière, des tasses, et une assiette de gâteaux. C'était une belle et grande femme, riche, bien née et d'une assurance viscérale. Cela paraissait incroyable qu'elles soient devenues amies.

— Comment saviez-vous que j'étais là ? demanda Cassie. Je pensais que sir Damian, notre chevalier fraîchement adoubé, et vous-même étiez encore en lune de miel dans le Wiltshire.

— Nous sommes revenus en ville hier. Puisque j'étais à côté de Covent Garden, j'ai décidé de tenter ma chance et de voir si vous étiez ici, expliqua Kiri en posant le plateau sur une table. Mrs Powell m'a informée que c'était le cas, me voici donc avec le thé !

Cassie s'en versa un fond, puis estima qu'il faudrait le laisser infuser plus longuement.

— Je suis enchantée que vous soyez rentrée à temps pour me rendre visite. Je pars d'ici à la fin de la semaine.

Le visage de lady Kiri se figea.

— Pour la France ?

— C'est là-bas que l'on a besoin de moi.

— Soyez très prudente, répondit sa compagne, l'air soucieuse. Avoir brièvement exercé votre activité m'a fait voir combien elle pouvait être risquée.

Cassie goûta de nouveau le thé et le jugea prêt à boire.

— Les circonstances étaient particulières, fit-elle remarquer en remplissant les tasses. La majeure partie de mon travail est assez banale.

Son amie ne parut guère convaincue.

— Combien de temps pensez-vous être absente ?

— Je ne sais pas vraiment. Deux mois, peut-être plus, répondit l'espionne en remuant le sucre dans sa boisson avant de s'enfoncer dans son fauteuil. Rappelez-vous que je suis à moitié française, je ne pars donc pas en terrain étranger. Vous qui avez des origines indiennes comprenez sûrement cela.

Kiri réfléchit.

— J'entends votre argument. Mais mon pays est dangereux même si j'y ai des racines. C'est la même chose pour vous. Davantage, d'ailleurs, puisque les deux nations sont en guerre.

Cassie attrapa une pâtisserie.

— C'est mon métier. Ma vocation, en vérité.

Le gâteau était savoureux, fourré de noix et de raisins.

— D'après ce que je vois, vous y excellez.

La jeune sang-mêlé prit une douceur aux épices. On pouvait toujours compter sur la cuisine de Mrs Powell pour fournir une délicieuse nourriture.

— Rob Carmichael est-il contrarié que vous vous absentiez aussi longtemps ? poursuivit-elle.

L'agent haussa les sourcils avec surprise.

— Je vous demande pardon ?

Kiri s'empourpra.

— Je suis désolée. N'étais-je pas censée connaître la nature de votre… relation ?

L'Indienne avait dû voir les deux collègues ensemble. Rien d'étonnant à cela, puisqu'elles avaient toutes deux vécu sous le même toit pendant plusieurs semaines.

— Notre « relation » relève de l'amitié, rétorqua Cassie d'un ton caustique.

— Et je devrais me mêler de mes affaires, ajouta sa compagne d'une voix chagrinée. Mais c'est un charmant gaillard. Je… je pensais qu'il y avait plus que de la camaraderie entre vous.

L'espionne ressentit une vive pointe de… frustration, supposa-t-elle, que son amie puisse croire à l'amour. Certes, celle-ci n'avait pas mené une vie exempte de problèmes. Son père était mort avant qu'elle naisse, et comme elle avait été élevée en Inde et que son sang était mixte, elle avait affronté les préjugés lorsque sa famille était arrivée en Angleterre.

Mais elle avait une mère et un beau-père aimants, sans compter sa fortune, son rang et sa beauté pour la protéger d'un monde parfois cruel. Cassie était née avec certains de ces avantages, mais les avait rapidement perdus, tout comme elle ne croyait plus aux fins heureuses.

Jeune mariée et éperdument amoureuse d'un homme digne d'elle, Kiri manquait de l'expérience nécessaire pour connaître les nombreuses façons qu'avaient les gents masculine et féminine de s'entendre. Un besoin désespéré de chaleur pouvait rassembler deux personnes, même sans qu'il soit question d'amour.

Ne souhaitant guère expliquer cela, l'espionne se contenta de dire :

— L'amitié est l'une des plus grandes bénédictions. Elle n'exige pas de devenir plus que cela.

— J'en prends bonne note, rétorqua la jeune lady en esquissant une moue. J'apprécie la patience avec laquelle vous m'éduquez sur les choses du monde.

— Vous avez vite appris, gloussa Cassie. Kirkland a déclaré qu'il vous embaucherait sur-le-champ si vous n'étiez malheureusement pas une aristocrate.

Elle marqua une pause, puis reprit :

— Il vous a probablement chargée d'écouter ce qui se murmure au *Damian's*, étant donné que de nombreux hauts fonctionnaires et diplomates étrangers choisissent de s'y adonner au jeu.

— Cette possibilité a peut-être été abordée, répondit Kiri, l'œil brillant.

Après avoir effrité un second gâteau, elle ouvrit son réticule.

— Pendant que j'étais à la campagne, j'ai passé quelque temps à m'amuser avec une senteur que vous pourriez trouver utile, dit-elle en sortant de son sac une petite fiole qu'elle lui tendit. Je l'appelle « Antiqua ».

— « Utile » ?

Cassie prit l'objet avec enthousiasme. Sa compagne descendait d'une longue lignée d'Indiennes créatrices de merveilleuses fragrances.

— Je pensais que les parfums ne servaient que le charme et la frivolité.

— Reniflez ceci et voyez ce que vous en pensez, repartit son amie d'un air mystérieux.

L'espionne s'exécuta et déboucha le flacon, ferma les yeux, et huma. Une fois, puis deux.

— Cela sent un peu… le renfermé, mais sans évoquer la saleté, si cela a le moindre sens. La terre, et… le calme ? La fatigue ? Pas vraiment déplaisant, mais rien de commun avec vos senteurs florales et épicées.

— Si vous saisissiez cette essence en passant, à quoi vous ferait-elle songer ?

— À une vieille femme, répondit instantanément Cassie.

— Parfait ! lança joyeusement Kiri. Les odeurs sont puissantes. Tamponnez-vous un peu d'Antiqua lorsque vous souhaitez rester anonyme et être sous-estimée. Les gens vous croiront vieille et faible sans savoir pourquoi.

— C'est prodigieux ! s'exclama l'agent en reniflant de nouveau. Je reconnais une note de lavande, mais rien d'autre.

— J'y ai inclus des huiles que je n'utilise pas souvent, et quand c'est le cas, elles sont généralement dissimulées sous des fragrances plus agréables, expliqua l'Indienne.

— Lorsque je suis en France, je me déplace souvent dans une carriole tirée par un poney, déguisée en marchande ambulante d'articles pour dames. Des rubans, de la dentelle et autres denrées de même sorte. Je prends une apparence ordinaire, terne et transparente ; l'effet n'en sera que plus probant avec ceci. Merci, ma chère, dit Cassie en rebouchant la fiole. Auriez-vous le temps d'en faire plus avant mon départ ?

La jeune lady sortit deux autres flacons.

— Dès que j'ai jugé cette fragrance efficace, j'en ai fabriqué une plus grande quantité, gloussa-t-elle. J'en ai mis et je me suis approchée en silence de Mackenzie ; il ne m'a pas reconnue avant que j'attire son attention avec un geste horriblement indécent.

L'espionne s'esclaffa.

— Si vous êtes parvenue à vous glisser près de lui sans qu'il s'en aperçoive, cette senteur devrait me rendre parfaitement invisible.

Kiri plissa la bouche.

— Si vous devez parcourir les routes dans ce rôle de commerçante, j'ai un remède qui ferait un bon article à emporter avec vous.

— Des parfums de qualité inférieure à ceux que vous faites habituellement, mais qui n'en restent pas moins agréables ? Ce serait formidable, affirma Cassie.

— Je n'avais pas pensé à cela, répondit son amie, mais l'idée est bonne. J'en ai un certain nombre qui ne répondent pas vraiment à mes attentes, mais sont toutefois plaisants et comportent trop d'ingrédients onéreux pour être jetés. Vous êtes invitée à en disposer. Mais je songeais plutôt à de l'essence des voleurs.

— De quoi diable s'agit-il, et pourquoi une honnête campagnarde voudrait s'en procurer ?

La créatrice esquissa un sourire.

— J'ai trouvé cela en cherchant d'anciennes senteurs européennes. La légende raconte que durant la Peste noire, des voleurs ont été attrapés en train de dépouiller les mourants et les morts. En échange de la vie sauve, ils proposèrent de dévoiler la formule leur permettant de perpétrer leurs crimes sans contracter la maladie. Il existe différentes recettes, mais la base en est la plupart du temps un vinaigre d'herbes macéré avec d'autres composants tels que le citron, le clou de girofle et le romarin. Il s'agit généralement de remèdes traditionnels, ce qui constitue donc un bon point de départ.

— Fascinant, déclara Cassie. Est-ce efficace ?

— Je n'en ai aucune idée. Cela empêche peut-être quelqu'un d'être atteint d'affections plus courantes comme la toux ou le rhume. Étant donné que je suis toujours en bonne santé, j'ignore si cela fonctionne. La version pour laquelle j'ai opté est âpre, mais guère déplaisante, et son odeur donne le sentiment qu'elle va faire du bien. Parfait pour une marchande ambulante qui ne restera pas dans la région, au cas où la mixture se révélerait inactive.

— J'adorerais en avoir, fit Cassie. Je m'en servirai moi-même. Traverser la campagne française en carriole tirée par un poney en plein cœur de l'hiver est le meilleur moyen d'attraper froid. Je vous dirai si cette essence des voleurs me conserve en forme.

— Je vous en ferai envoyer demain, avec mes parfums en surplus.

Kiri fourragea de nouveau dans son sac et en sortit une exquise bouteille en verre écarlate munie d'un bouchon délicatement torsadé.

— Une dernière chose, ajouta-t-elle. Pour le moment où vous rentrerez en Angleterre et pourrez redevenir vous-même.

L'espionne ouvrit le flacon d'un air circonspect et déposa une goutte sur son poignet. Elle prit une seule inspiration et se figea comme de la glace. Cette fragrance était un délicieux mélange de lilas et de rose, d'encens et de clair de lune, de soleil évanoui et de rêves dissipés. Et sous ces superpositions, sourdaient les ténèbres d'une nuit d'encre. L'odeur lui alla droit au cœur avec une douloureuse intensité.

— Maintenant que je vous connais mieux, j'ai décidé de vous fabriquer un parfum personnalisé, expliqua Kiri. Qu'en dites-vous ?

— C'est superbe, déclara Cassie en replaçant le bouchon avec davantage de forces que cela n'était nécessaire. Mais je ne sais pas vraiment quand j'aurai l'occasion de porter une telle fragrance.

— Vous détestez, conclut tristement son amie. Je l'avais envisagé.

L'agent riva les yeux sur l'adorable petite bouteille au creux de sa paume.

— Ce n'est pas cela. Seulement… je ne veux pas qu'il émane de ma peau autant de vérité.

— Un jour peut-être.

— Peut-être.

Mais Cassie en doutait.

Chapitre 4

Château Durand, été 1803

Lorsqu'il se fut aperçu que Durand le voulait vivant, Grey se battit chaque fois qu'il en eut l'occasion. Cette résistance ne lui valut pas de mourir, même s'il s'en sortit avec force contusions et lacérations.

S'il avait su ce qui l'attendait, il aurait mis plus de cœur à se faire tuer.

Les hommes de son ennemi étaient bien entraînés et d'une efficacité sauvage. Dès que Sommers fut capturé, l'un des gardes s'appropria son élégante tenue sur mesure, lui donna de vulgaires vêtements de paysan ainsi que des chaussures, et lui intima de les mettre.

Après qu'il se fut habillé, on entrava le prisonnier on le bâillonna, on lui banda les yeux, puis on le jeta dans une charrette où il fut couvert d'une paille pestilentielle. Il se débattit comme un diable pour reprendre son souffle tandis que le véhicule commençait à cahoter sur les pavés des rues parisiennes. Il sombra dans une douloureuse inconscience avec la certitude qu'il ne se réveillerait jamais.

Et pourtant… Lorsqu'il reprit ses esprits, il se rendit compte qu'il pouvait respirer s'il ne s'agitait pas ni ne cédait à la panique.

Tandis que les pavés devenaient des routes, puis des chemins de campagne détériorés, il pensa que la terreur et l'angoisse allaient le rendre fou. Grey avait toujours adoré le soleil, les lumières vives et la bonne compagnie. À présent, il ne pouvait ni voir ni parler, ni même hurler de désespoir.

Il fut bientôt incapable de savoir le temps qu'il avait déjà passé à être ballotté dans la charrette. Quelques jours, mais il était diablement difficile de faire une estimation plus précise quand on était constamment plongé dans le noir.

Matin et soir, on lui donnait à manger et à boire, ainsi que l'autorisation de se soulager. Ses entraves lui raidissaient tant les muscles qu'il parvenait à peine à marcher. Il tombait parfois une pluie de printemps glaciale, mais sa maudite bonne santé lui épargnerait une affection pulmonaire.

Le cauchemar se termina enfin. La charrette pénétra avec fracas dans une cour pavée, et on lui retira ses liens aux chevilles, avant de le conduire dans un bâtiment.

Avoir les yeux bandés lui aiguisait les sens. Il devina que l'endroit était vaste, ancien et principalement fait de pierre. *Un château, peut-être.* Il descendit d'un pas hésitant un escalier étroit dont les marches irrégulières le confortaient dans cette hypothèse.

Les gardes qu'il avait appris à connaître à travers leurs odeurs et leur façon de s'exprimer furent rejoints par un autre homme à la voix gutturale. Il avait une étrange démarche et dégageait un âcre parfum d'ail. Une porte grinça et Grey fut projeté dans une pièce. Il réussit de justesse à ne pas s'écrouler.

Le bâillon et le bandeau lui furent brutalement ôtés. Il recula aussitôt, la lumière de la torche lui brûlant les yeux après des jours dans l'obscurité. Les sbires qui l'avaient conduit jusque-là restèrent en silence dans l'embrasure ; un individu imposant aux traits cruels et doté d'une jambe de bois vint se poster juste devant lui. Il s'appuyait sur une canne au pommeau de cuivre duquel retombaient des lanières en cuir.

— Je suis Gaspard, votre geôlier, l'informa l'inconnu d'un ton menaçant.

Il parlait le français des pires bas-fonds de Paris.

— Durand m'a ordonné de vous garder en vie, poursuivit-il en esquissant un affreux rictus. Je crains que vous ne trouviez pas ces lieux à la hauteur de ce dont vous avez l'habitude, mon cher petit godon.

Il fallut de laborieux efforts à Grey pour comprendre. Il avait appris le français des privilégiés étant enfant, et non les vulgaires dialectes des petites gens et des provinces. Sa situation avait brutalement basculé. Il se demanda s'il entendrait de nouveau parler anglais.

Il se souvint que ces étrangers avaient surnommé les Britanniques les « godons » depuis au moins l'époque de Jeanne d'Arc.

Ce terme était le dérivé d'un juron dont usaient constamment les soldats de l'armée anglaise. Se résignant à être ainsi qualifié, il annonça :

— Si vous comptez me maintenir en vie, manger et boire pourrait se révéler utile.

Gaspard aboya de rire.

— Demain matin, mon garçon. Pour l'heure, j'ai d'autres préoccupations, répondit-il en jetant un coup d'œil aux gardes. Retirez-lui son manteau et sa chemise.

Les deux hommes s'avancèrent pour exécuter les ordres. Grey était trop affaibli par les courbatures et les contusions pour se battre correctement, et ne put donc les empêcher de lui enlever ses habits trop larges. Il ne s'était jamais senti aussi démuni de toute sa vie.

Le pire était encore à venir. Tandis que les deux sous-fifres l'immobilisaient, Gaspard commença à lui fouetter le dos. Le prisonnier s'aperçut confusément que les lanières de cuir étaient celles d'un fouet dont la poignée n'était autre que la canne de son tortionnaire.

Après une ou deux dizaines de coups insoutenables, il s'affaissa sur le sol entre ses bourreaux.

— Laissez-le tomber, dit Gaspard avec mépris. Ôtez-lui ses entraves, elles seront inutiles. Il n'a aucune chance de s'échapper de cette cellule.

Grey gisait par terre, à peine conscient qu'on lui déverrouillait ses menottes. Les deux hommes se redressèrent et suivirent Gaspard tandis qu'il sortait de la pièce d'une démarche claudicante, faisant sinistrement résonner sa prothèse de bois. Ils emportèrent la torche avec eux.

Lorsque la lourde porte fut fermée à double tour, le captif se retrouva dans le noir complet. Même le rai de lumière filtrant dans l'embrasure disparut avec les geôliers.

Le captif fut pris de panique à l'idée d'être cloîtré dans l'obscurité et de hurler jusqu'à ce que mort s'ensuive. Comment les Français appelaient-ils l'ultime prison, les *oubliettes** ? Mais ne s'agissait-il pas d'une fosse munie d'un puits au fond duquel on jetait un prisonnier ? Tout comme son nom l'indiquait, on y « oubliait » les détenus jusqu'à ce qu'ils succombent.

Un éclair de folie lui fit presque regretter la guillotine. Si l'exécution était atroce, elle se déroulait au moins en plein air et sans traîner.

Mais il n'était pas encore mort. Maintenant qu'il était débarrassé de ses entraves, de son bâillon et de son bandeau, il pouvait respirer et bouger librement. Quant aux ténèbres – elles ne l'avaient pas anéanti durant l'interminable trajet qui l'avait mené jusque-là, et il continuerait de résister.

Il se hissa sur les genoux, et chercha à tâtons sa chemise et son manteau qui avaient été lâchés juste à côté de lui. L'épais tissu déclencha une nouvelle vague de douleur sur son dos lacéré, mais il lui fallait se protéger du froid pénétrant.

Puis il tendit l'oreille. Silence absolu, excepté un léger bruit d'eau qui coulait non loin. Étant donné l'humidité ambiante, ce n'était guère surprenant.

---

* En français dans le texte

Qu'avait-il vu de sa cellule avant le départ de Gaspard ? De la pierre suintante et massive, des murs au sol. La pièce n'était ni immense ni minuscule. Peut-être huit pieds carrés, et très haute de plafond. Il y avait quelque chose dans un coin à sa gauche. *Un grabat, peut-être ?*

Vacillant, il se leva, puis se dirigea vers l'objet, les bras tendus pour éviter de heurter quoi que ce soit. Il parvint toutefois à s'érafler sur un mur en l'abordant par un angle, mais quelques entailles de plus ne faisaient plus aucune différence.

Ce qui le fit trébucher était mou. Il s'agenouilla pour procéder à une exploration tactile et trouva une couche faite de paille ainsi que deux couvertures rugueuses. Un luxe comparé à ce à quoi il avait eu droit depuis sa capture.

De nouveau debout, il fit glisser une main le long de la paroi pour estimer les dimensions de la cellule. Il avança le long du mur latéral jusqu'au bout de la pièce, en face de la porte. Il tourna et longea celui du fond. Arrivé à ce qu'il pensait être à peu près le milieu, il trébucha sur un obstacle rocheux et tomba lourdement.

Encore des contusions, diablement douloureuses, mais rien de cassé, conclut-il après avoir repris son souffle et analysé ses nouvelles blessures. Il tâta le sol et identifia deux blocs de pierre irréguliers.

L'un avait la taille d'un siège, il se hissa donc pour s'asseoir dessus, même s'il lui était impossible de s'appuyer contre la cloison en raison de son dos flagellé. Tandis que les élancements dans ses genoux s'estompaient, il prit conscience qu'il n'avait jamais apprécié le confort des fauteuils à sa juste valeur.

La seconde masse était à un pied et demi de là, à peu près rectangulaire, et environ de la hauteur d'une table. Il se sentit résolument civilisé.

Lorsque la douleur se fut apaisée, il reprit son inspection en se déplaçant encore plus lentement. À l'angle de la cellule, il sentit une fine couche d'eau s'écouler le long de la paroi. Pas en grande quantité, mais peut-être suffisamment pour ne pas mourir de soif si l'on ne lui apportait rien à boire.

Il n'y avait pas d'autres blocs de pierre. La seule forme que ses mains rencontrèrent fut la lourde porte en bois et son embrasure. Il refit le tour, toujours plus doucement. Cette fois, dans le coin du fond où filtrait l'humidité, il sentit de l'air passer. Il s'agenouilla et découvrit un trou de la taille de deux poings environ. L'eau gouttait à l'intérieur et une légère odeur de déchets humains s'en dégageait.

C'était donc là que les détenus se soulageaient. Cela aurait pu être pire. Il utilisa les commodités, puis retourna au grabat et s'enroula dans les couvertures, s'allongeant sur le côté pour épargner son dos.

Malgré son épuisement, il se retrouva les yeux rivés au plafond en songeant à ce qui pouvait bien l'attendre. Le commentaire de Durand quant au fait que l'opinion des Anglais importait peu suggérait que la guerre était sur le point de reprendre après une année de trêve.

Grey n'en fut guère surpris. Il avait relevé des signes laissant soupçonner que les Français profitaient de cette cessation des conflits pour se regrouper en vue d'un nouvel assaut. Étant donné qu'il s'était joint à la ruée des Britanniques à Paris au début de l'arrêt des hostilités, son ami Kirkland lui avait demandé de rester à l'affût et de lui transmettre ce qu'il voyait.

Grey s'en était servi comme excuse pour séduire une femme mariée, ce qui l'avait mené là. Bien qu'il n'ait pas eu à déployer de grands efforts pour charmer Camille. En y repensant, il ne savait plus vraiment lequel avait corrompu l'autre.

Seigneur, qu'allait-il devenir ? Durand réclamerait-il une rançon contre sa libération ? Ses parents paieraient n'importe quelle somme pour le récupérer. Mais son tortionnaire voulait le voir souffrir. Ce qui pouvait signifier l'emprisonnement à vie dans les ténèbres de cette geôle.

Pas pour l'éternité. Seulement jusqu'à ce que mort s'ensuive. Au bout de combien de temps prierait-il pour que cela se produise ? La perspective de périr entre ces murs dans l'obscurité, seul et sans personne pour le pleurer fit marteler son cœur de panique. Il lutta sinistrement contre cette crainte.

La peur de s'effondrer n'aurait pas dû le tourmenter puisqu'il n'y avait personne en ces lieux pour se rire de sa faiblesse. Mais cela n'avait rien d'anodin pour lui. Il avait eu une existence facile, et même lorsqu'il s'était fait attraper en pleine sottise, il n'en avait subi que peu de conséquences. *Jusqu'à présent.* Se résignant à passer le reste de ses jours dans le noir, il combattit ses démons jusqu'à ce que son angoisse se dissipe et qu'il finisse par dormir comme une souche.

Le lendemain matin, il se réveilla et vit de la lumière s'infiltrer dans sa cellule par une meurtrière horizontale près du haut plafond.

Cette vision lui fut si belle qu'il en pleura.

Chapitre 5

France, 1813

Dans le soleil de cette fin d'après-midi, le village de Saint-Juste, dans la Sarthe, ressemblait à n'importe quel autre hameau du nord de la France, sans compter le château médiéval qui le surplombait. Alors que Cassie engageait sa charrette sur la colline en face de l'édifice, elle marqua une pause pour étudier son objectif.

Localiser le siège familial des Durand n'avait pas été compliqué. Elle avait eu la chance que le temps froid et sec lui épargne un enlisement dans la neige ou la boue. Elle avait cheminé tranquillement, faisant halte dans des bourgades afin d'y vendre ses rubans, ses boutons et ses dentelles, ainsi que les parfums de Kiri et quelques remèdes.

Elle avait autant acheté que vendu, acquérant des vêtements ou des objets artisanaux qui pouvaient intéresser les clients ailleurs. En résumé, elle s'était comportée comme une parfaite marchande ambulante.

Faisant claquer les rênes sur le dos de son robuste poney, elle se mit en route vers le village. Celui-ci était assez étendu pour renfermer une taverne, *La Liberté*.

Elle s'y arrêta en espérant trouver de la nourriture chaude et dénicher des informations.

Le bar était presque désert, à part trois vieux clients qui sirotaient ensemble leur vin dans un coin. Une femme trapue d'âge moyen s'affairait derrière le comptoir, mais releva les yeux avec intérêt lorsque Cassie fit son entrée. Une étrangère voyageant en solitaire n'était pas chose banale dans cette région ; l'espionne se déplaçait par ailleurs avec la détermination d'une dame mûre.

— *Bonjour**, madame, dit-elle. Je suis Mme Renard et j'espère pouvoir trouver chez vous un repas chaud et un lit pour la nuit.

— Vous avez frappé à la bonne porte, puisque c'est la seule, gloussa la tenancière. Je suis Mme Leroux, la propriétaire, je peux vous proposer une chambre simple et un substantiel ragoût de mouton accompagné de pain frais si cela vous intéresse.

— Avec un verre de vin rouge, tout cela me conviendra très bien, répondit Cassie, devinant que la patronne serait une bonne source de renseignements. Je vais d'abord installer mon poney dans votre écurie.

La patronne acquiesça.

— Votre dîner sera prêt quand vous reviendrez.

La bête fut aussi ravie que sa maîtresse de se mettre à l'abri et de se sustenter. Cette dernière retourna au bar et prit place dans un fauteuil près du feu, appréciant sa chaleur.

Elle retirait son manteau quand l'aubergiste fit irruption de la cuisine avec un plateau contenant une assiette de viande mijotée, du pain, du fromage et du vin.

— Je vous remercie, madame, dit l'espionne. Vous joindrez-vous à moi pour boire un verre ? Je suis vendeuse itinérante de mercerie féminine, et je suis sûre que vous saurez si mes denrées intéresseront la population locale.

— *Merci*[*].

Mme Leroux se servit et s'assit confortablement de l'autre côté de la cheminée. Elle demanda avec curiosité :

— N'est-ce pas dangereux de voyager seule ?

Au-delà du fait qu'elle se déplaçait lentement, Cassie s'était teint les cheveux en gris et portait de l'Antiqua, ce qui devait lui conférer une fragilité inquiétante.

— Je suis prudente, et je n'ai jamais eu d'ennuis.

— Que vendez-vous ?

La fausse marchande égrena la liste de ses produits entre deux bouchées de l'excellent ragoût. Lorsqu'elle eut terminé, la tenancière lui dit :

— Le marché mensuel de notre village se tiendra demain. En plein hiver, de nouvelles marchandises seront les bienvenues. Je pense que vous en tirerez sûrement profit.

Cassie sirota son vin.

— Et ce château au-dessus du bourg ? Pourrais-je y trouver des clients ? J'ai des parfums extrêmement raffinés, fabriqués par une princesse indienne.

La patronne esquissa un sourire admiratif.

— Voilà une description intrigante, mais Château Durand est un endroit paisible. Le maître y vient très rarement, sa femme encore plus. Il n'y séjourne jamais aucun invité, si l'on fait abstraction d'un prisonnier ou deux dans le donjon, et je doute qu'ils aient de quoi s'offrir quoi que ce soit.

— Un donjon ? répéta l'espionne d'un air choqué. En France, de nos jours ?

— Les hommes de pouvoir ne renoncent pas facilement, affirma la propriétaire avec cynisme. Les Durand sont les seigneurs de ces lieux depuis toujours. On les surnomme les « Loups de Durand ». Le dernier descendant direct de la lignée a péri sur le billot au motif qu'il était noble, mais il y a un cousin là-haut actuellement, guère différent de son prédécesseur, excepté qu'il se fait appeler « citoyen » au lieu de « M. le comte ». On raconte qu'il détient dans ses geôles un lord anglais, mais j'ai des doutes. Où est-ce qu'il en aurait déniché un ?

— Cela paraît peu probable, concéda Cassie en dissimulant son excitation. Il se trouve sûrement des femmes parmi les domestiques, non ? Après le marché, je pourrais aller là-haut en charrette pour leur montrer ma marchandise.

— À vos risques et périls, l'avertit Mme Leroux. La moitié du village a la grippe – ce qui explique le peu d'animation ici. J'ai entendu dire que la majeure partie du personnel au manoir est également malade. Ce n'est pas le genre d'affection qui décime d'habitude, mais elle peut créer bien des soucis. Mieux vaut s'en tenir éloigné.

— J'ai peut-être un remède. L'Indienne qui a fabriqué mes parfums m'a également donné ce qu'elle appelle de « l'essence des voleurs ». La légende dit que durant les années où la peste sévissait, des pillards s'en servaient pour éviter de contracter la maladie en dépouillant les morts. Je l'ai moi-même testée durant ce dernier voyage, et je n'ai rien attrapé en dépit du mauvais temps.

Le regard de la tenancière s'aiguisa.

— Cela pourrait m'intéresser.

Cassie fourragea dans son sac à la recherche d'un échantillon.

— Essayez ceci. Quelques gouttes au creux de votre paume, frottez-vous les mains, puis joignez-les en coupe et humez-les.

Mme Leroux suivit les instructions, les narines dilatées tandis qu'elle reniflait l'âcre mixture.

— L'odeur laisse penser que ce remède va fonctionner ! Est-il réellement efficace ?

— Entre commerçantes, je vous avouerai que je n'en suis pas persuadée, répondit l'espionne. Mais rien ne m'a atteinte, pas même une simple toux, depuis que j'ai commencé à l'utiliser.

La propriétaire huma de nouveau la senteur.

— Peut-être pourrions-nous faire un échange de bons procédés, votre huile contre une chambre ?

Après un rapide marchandage, les deux femmes parvinrent à un arrangement et la vendeuse fournit à l'aubergiste une grande bouteille d'essence des voleurs. Mme Leroux émit un gloussement.

— Si vous passez au château et que vous y attrapez la grippe, vous saurez au moins ce que vaut ce mélange.

— J'espère qu'il produit l'effet escompté, répondit Cassie en lui renvoyant son sourire.

Elle avait à présent une bonne raison de monter à la forteresse, où elle apprendrait si l'ami que cherchait Kirkland depuis si longtemps était vraiment dans le donjon de Durand.

— Mais peut-être vais-je poursuivre mon chemin jusqu'au village suivant. Cette campagne m'est inconnue. À quelle distance se trouve le prochain bourg où l'on pourrait me proposer une chambre ? En été, j'apprécie de camper avec mon poney, mais pas en février !

— Trois ou quatre heures de route si le ciel reste dégagé.

— Je partirai donc après le marché, annonça Cassie en sauçant le reste de son ragoût avec le croûton de son pain. Mais je m'assurerai de séjourner chez vous si je repasse par ici.

Chapitre 6

Château Durand, été 1803

Dans la lueur du jour, Grey vit que la lourde porte de sa cellule comportait deux petites trappes qui s'ouvraient de l'extérieur, l'une à hauteur de la tête, l'autre près du sol.

— Petit déjeuner, milord, lança une voix railleuse tandis qu'on lui passait une demi-miche de pain et une chope de thé à la menthe tiède par l'ouverture du bas. Tu rends le pot après, ou pas de dîner.

Il avait trop faim pour ne pas obéir. Les collations du matin se composaient généralement de pain nappé de graisse de cuisson et de cette sempiternelle tisane. Pas de thé de Chine raffiné pour les prisonniers.

Les repas du soir étaient rares, mais aussi plus variés. Il pouvait y avoir au menu un bol de ragoût, ou des légumes avec un os sur lequel on avait laissé de la viande. Un œuf dur à l'occasion. La meilleure partie était le vin servi dans un verre en étain. Il était toujours jeune et de piètre qualité, mais Grey l'attendait avec impatience. Il esquissa quelques sourires fugaces à l'idée que la nourriture pour les prisonniers se révélait moins épouvantable qu'elle n'aurait dû l'être parce que c'était la France.

En dehors des repas, sa vie était d'un ennui mortel. Il s'asseyait toujours dans l'étroit rai de lumière qui filtrait dans sa cellule. Elle lui épargnait la folie, mais pas le désespoir. Ayant toujours vécu entouré, il n'avait pas pris conscience que le contact humain était aussi essentiel que l'air dans son existence. À présent, il ne voyait personne, pas même ses geôliers, et ne pouvait donc user de ses charmes légendaires pour améliorer sa situation.

Il se sentait tel un oiseau pris au piège dans une petite pièce et voletant frénétiquement contre les murs. Mais il ne pouvait rien faire, absolument rien, pour s'échapper. Les joints de mortier entre les blocs étaient récents, durs et hermétiques. La meurtrière d'où pénétrait cette lumière bénie était trop haute pour qu'il l'atteigne, même lorsqu'il s'efforçait de sauter pour attraper le bord.

Son univers n'était que pierre grise. Les seules formes qui se dessinaient dans sa cellule se résumaient à son grabat de paille, de sombres couvertures, et les roches qui lui servaient de table et de siège rudimentaires. Il apercevait parfois une main robuste qui posait sa nourriture par terre et retirait le bol vide ainsi que son broc. De temps à autre, Gaspard ouvrait le guichet supérieur de la porte pour lui cracher des insultes. Grey se savait bien mal en point quand il en arrivait à espérer ce genre d'intermède.

La cellule se réchauffa un peu tandis que le printemps cédait la place à l'été. Quand il pleuvait, l'écoulement le long du mur était plus abondant et lui permettait de se laver un peu. Il essayait de ne pas songer aux magnifiques salles de bains que son père venait de faire construire au domaine familial, Summerhill. Des baignoires remplies d'eau brûlante et assez larges pour qu'un homme s'y plonge jusqu'au menton…

Non. Il s'interdisait de penser à sa maison. Tel un animal qui hibernait, il trouvait refuge dans le sommeil, passant le plus clair de ses journées et de ses nuits allongé sur son grabat, enveloppé d'une sombre et brumeuse mélancolie. Seuls les repas le sortaient de sa stupeur.

Le jour où Durand lui rendit visite marqua un changement. Encore endormi et perturbé par un réveil malvenu, Grey mit du temps à prendre conscience que la porte s'ouvrait. Il était toujours sur sa couche quand son ennemi entra à grandes enjambées dans la cellule.

— Regardez-vous, Wyndham, dit-il d'un air méprisant. Trois mois d'emprisonnement ont fait de vous un porc crasseux et abruti. Quelle femme vous laisserait la toucher désormais ?

La fureur traversa le captif léthargique tel un éclair foudroyant. Celui-ci se jeta d'un bond sur son tortionnaire. Comme les autres élèves de la Westerfield Academy, il avait appris auprès d'Ashton, son camarade à moitié indien, la technique de combat pratiquée dans son pays, le *Kalarippayattu*. Il pourrait assurément briser un politicien d'âge moyen…

Durand se dégagea avec une insultante facilité, puis retourna son assaillant et le força à s'agenouiller en lui tordant atrocement le bras derrière le dos.

— Vous n'êtes rien d'autre qu'un petit garçon, et faible avec ça.

Il le lâcha et le projeta au sol d'un coup de pied dans le ventre.

— L'Angleterre est une nation peuplée d'avortons. C'est pourquoi la victoire française est inévitable, poursuivit-il.

À bout de souffle après cette douloureuse attaque, Grey haleta :

— La guerre a repris ?

— Naturellement. La paix d'Amiens n'était qu'une pause permettant de recruter davantage de soldats et de fabriquer des armes. Dans les mois qui viennent, nous allons envahir la Grande-Bretagne et devenir les maîtres de l'Europe.

Sommers ne voulait pas y croire. Mais c'était plausible. À Paris, il avait entendu que les Français construisaient des bateaux et constituaient une armée à Boulogne.

— Napoléon devra d'abord affronter la Royal Navy, cracha-t-il d'une voix ténue et rauque.

— Nous avons prévu de quoi contrer votre marine, répondit Durand avec assurance, avant de changer d'expression. Après l'invasion, vos proches seront sûrement exterminés et votre fortune se verra confisquée. Serait-il avisé de leur demander une rançon dès maintenant en échange de votre liberté ? Combien vos parents débourseraient-ils pour leur fils et héritier, Wyndham ? Cent mille livres ? Deux cent mille ?

Le cœur du captif se serra. *Seigneur Dieu, pouvoir sortir de cet endroit!* Les siens verseraient n'importe quelle somme pour le récupérer. *Sans l'ombre d'un doute...*

Ils ruineraient toute la famille pour lui. Son père, sa mère, sa sœur et son cadet – tous paieraient pour sa stupidité. Il ne pouvait leur infliger cela.

Parvenant à ébaucher lui aussi un rictus dédaigneux, il déclara :

— Ils croient sûrement que je suis déjà mort, et s'en réjouissent. Pourquoi pensez-vous que j'aie passé des mois en France ? J'étais un fils dépensier, bon à rien. Mon père était furieux contre moi et j'ai estimé préférable de disparaître de sa vue. Il m'aurait renié s'il en avait eu la possibilité, ajouta-t-il en haussant les épaules. J'ai un jeune frère qui vaut mieux que moi en tout point. Il fera un comte digne de ce nom. Personne ne languit après mon retour, car je ne sers à rien.

— C'est dommage, répondit Durand, la voix légèrement empreinte de regret. Mais tout à fait crédible. Si vous étiez mon enfant, je ne souhaiterais pas vous revoir non plus. Vous allez donc rester pourrir ici.

Il pivota sur ses talons et se retira. Avant même que Grey ait eu le temps de se hisser sur ses pieds, la porte était déjà verrouillée.

Venait-il de gâcher sa seule chance de quitter ce donjon vivant ? Difficile à dire. Le maître des lieux était un diable sournois capable de récupérer une rançon et de ne pas libérer son prisonnier pour autant. Ou de le renvoyer mort en Angleterre.

Mais ce sinistre individu avait eu raison de ricaner. Son détenu s'était complu dans l'apitoiement sur lui-même et le désespoir, se laissant gagner par la faiblesse de corps et d'esprit. Eût-il été en meilleure forme, il aurait peut-être brisé le cou de son tortionnaire. Il n'aurait jamais pu sortir du château, mais achever ce bâtard goguenard l'aurait grandement satisfait.

Il avait perdu la notion du temps. « Trois mois », avait précisé Durand. Il avait l'impression d'être là depuis autant d'années, mais compte tenu de la longueur de sa barbe, les dires de son geôlier semblaient vrais. C'était l'été, probablement le courant du mois d'août. Son vingt et unième anniversaire venait juste de passer.

S'il s'était trouvé en Angleterre, ses parents auraient organisé une grande fête au domaine familial, conviant aussi bien des amis aristocrates que les personnes dont les Costain avaient la charge. Le jeune homme y aurait pris énormément de plaisir.

Au lieu de cela, ils pleuraient sa disparition, voire sa mort probable. Il adorait sa famille, mais ne l'avait jamais appréciée à sa juste valeur, même si l'on n'aurait pu rêver meilleurs parents que les siens. Il était très attaché à ses frère et sœur qui l'admiraient. Il les avait tous négligés. Sa seule fierté était d'avoir dissuadé Durand de demander une rançon.

Grey n'allait pas – et ne pouvait pas – continuer de se comporter aussi faiblement. Il commencerait par s'astreindre à de l'exercice pour reconstituer sa force physique.

Il examina sa cellule, songeant à ce qu'il était possible de faire dans cet espace. Il pouvait courir sur place pour améliorer son endurance. Il se mit en mouvement, les muscles raides, en repensant à tous les lieux et tous les paysages qu'il avait gardés en mémoire, afin de s'extirper mentalement hors de ces horribles murs.

Il s'échina jusqu'à ce qu'il en ait un point de côté, puis se laissa tomber au sol et se souleva uniquement avec les mains. Fut un temps où il y parvenait aisément. À présent, au bout d'une demi-douzaine de mouvements, il s'écroulait, le souffle court.

L'autre moyen de se muscler consistait à soulever les deux pierres qui lui servaient de table et de siège. Il se pencha pour se saisir de la plus petite, qui se révéla plus lourde que ce qu'il avait imaginé. Il réussit à peine à la hisser au-delà de six pouces avant de la lâcher. Le bloc retomba lourdement et un éclat se détacha de l'angle inférieur.

Haletant après tant d'efforts, il fit le serment de soulever cette maudite roche encore et encore jusqu'à devenir assez fort pour la porter d'un bout à l'autre de sa cellule. Il s'attaquerait ensuite au monolithe le plus imposant qui faisait office de table.

Il pouvait – et allait – s'entraîner tous les jours. Qu'avait-il d'autre à faire ?

Peut-être plus important encore, il devait remettre son esprit en forme. Il avait toujours été paresseux en classe, capable de s'en sortir en travaillant peu, mais en comptant sur une excellente mémoire. Lady Agnes avait veillé à ce qu'il acquière des connaissances à la Westerfield Academy, mais ses années à Oxford s'étaient révélées plutôt stériles. Il avait fréquenté le Christchurch College, où les fils de gentleman comme lui s'essayaient aux études entre deux événements mondains. Kirkland et Ashton, de façon caractéristique, étaient allés à Balliol, qui évoquait la pure excellence.

Il songea à ce qu'il avait mémorisé à la demande de ses différents maîtres. Combien de lignes des *Commentaires sur la guerre des Gaules* de César pouvait-il citer en latin ?

« *Gallia est omnis divisa in partes tres.* » *Toute la Gaule est divisée en trois parties.* Il maîtrisait cette langue ainsi que l'anglais, et traduisait à présent ce passage en français. Enroué de ne plus parler, il prononça le texte à voix haute tout en s'exerçant jusqu'à ce que la fatigue le contraigne à s'arrêter.

Shakespeare. Il avait étudié le Barde et avait joué dans certaines de ses pièces chez des amis. On le choisissait toujours pour les rôles principaux et il apprenait facilement ses répliques. « Demain, demain, demain, se glisse ainsi à petits pas d'un jour à l'autre… »

Non, pas Macbeth, pas à ce moment précis, pas là. Que se rappelait-il de *La Douzième Nuit* ? Oui, ce choix était bien plus judicieux. « Si la musique est l'aliment de l'amour, jouez donc ; donnez-m'en jusqu'à l'excès, jusqu'à ce que ma passion, surchargée de sentiment, en succombe. » Il aimait chanter et le faisait avec un certain talent, il n'avait donc pas à s'en priver si l'envie l'en prenait. Cela se révélait bénéfique pour l'esprit et l'entretien de son élocution.

Il devait garder la notion du temps, ne plus laisser les jours s'écouler inconsciemment. Lorsqu'il avait lâché le plus petit des deux blocs, un fragment s'en était détaché. Il décida que l'on était le 15 août 1803. Il inscrivit la date à l'aide du petit caillou sur une pierre à hauteur de sa tête près de la porte. Il décompterait ainsi chaque jour par une entaille.

Il entendait les cloches de l'église du village. En écoutant attentivement, il distinguerait les dimanches, et pourrait déterminer les principales fêtes du calendrier.

À partir de cet instant, sa vie aurait un sens. Peut-être ne parviendrait-il jamais à s'enfuir. Mais si la moindre occasion se présentait, si infime fût-elle, il serait prêt.

Le corps affaibli de Grey reprit progressivement de la vigueur. Tout comme son esprit. Il était effaré de constater tout ce qu'il avait retenu de ses cours. Il avait toujours aimé lire, et choisissait donc chaque jour un ouvrage dans sa bibliothèque mentale et se le remémorait autant que possible.

Il ne parlait pas tout seul, pensant alors ressembler de trop près aux aliénés qu'il avait vus lorsque l'un de ses amis encore plus fou que ces malheureux l'avait emmené au Bedlam Hospital. Celui-ci trouvait amusant d'observer les patients dérangés. Sommers en avait quant à lui été profondément perturbé. Le souvenir de ces âmes tourmentées le hantait encore, surtout ces derniers jours où l'impression de sombrer dans la démence l'avait tourmenté.

Mais une bénédiction inattendue était apparue peu de temps après la visite de Durand. S'il ne parlait pas, chanter ne lui posait aucun problème. Il interprétait quotidiennement trois morceaux, et appréciait autant la mélodie que la façon dont sa voix reprenait son timbre habituel après trois mois de silence.

Il venait de terminer une vibrante version d'une chanson à boire anglaise, lorsqu'il entendit un murmure féminin – et en langue française – s'échapper de la meurtrière supérieure :

— *Bonjour*[*], monsieur. Est-ce vrai que vous êtes un lord britannique ?

Fébrile, Grey se leva d'un bond. *Un autre humain ! Du beau sexe, en plus.*

— Je l'ai été, mademoiselle, mais je suis désormais un prisonnier sans la moindre importance.

La fille gloussa.

— Un vrai lord ! Je n'ai jamais rencontré de godon. Comment êtes-vous arrivé là ?

— Je me suis mal comporté, répondit-il solennellement.

Elle émit un autre petit rire, et ils conversèrent brièvement à travers la fenêtre, située à environ un pied du sol. Son interlocutrice était une bonne du château qui prétendait s'appeler Nicolette, même s'il en doutait.

Elle ne pouvait s'attarder, car la gouvernante était un dragon et la domestique craignait pour son poste si jamais elle se faisait surprendre. Mais par la suite, elle rendit visite au détenu une ou deux fois par semaine, souvent avec l'une de ses amies.

Certaines d'entre elles étaient délicieusement scandalisées de parler à un lord anglais emprisonné. Cette soubrette était une gentille créature qui portait à Grey de l'intérêt pour ce qu'il était en tant qu'individu. À l'occasion, elle lâchait une pomme ou autre entre les barreaux. Il dévorait ses offrandes, stupéfait de n'avoir jamais apprécié ces gourmandises à leur juste valeur.

La jeune femme lui parlait de son bien-aimé, et lui adressa de chaleureux adieux quand elle quitta le château pour se marier. Il lui donna sa bénédiction, car c'était là tout ce qu'il pouvait lui offrir.

Aucune autre bonne ne passait le voir aussi fréquemment, mais il avait quelques visites occasionnelles. Durant une période venait un valet d'écurie enjoué qui lui apprit d'obscènes chansons à boire françaises, jusqu'à ce qu'il se fasse renvoyer en raison de son penchant pour l'alcool.

Le captif chérissait ces moments. Ils l'aidaient à rester sain d'esprit.

Chapitre 7

France, 1813

Mme Leroux avait raison ; pour Cassie, les affaires furent rondement menées au petit marché de la place du village. Elle prenait un certain plaisir dans son rôle de marchande ambulante. Étant donné que sa subsistance ne dépendait pas du produit de ses ventes, elle pouvait se montrer flexible sur les prix. Il était agréable de vendre un joli ruban à une fille qui n'avait jamais rien possédé de si beau.

L'essence des voleurs fut également très appréciée. Avec les affections hivernales sévissant sans relâche, les clients auraient essayé n'importe quel remède susceptible de les aider. Ils s'intéressaient aussi aux informations, comme tous les habitants de bourgades éloignées. Oui, les nouvelles en provenance de Russie étaient mauvaises, mais l'Empereur s'en était sorti sain et sauf, et cette longueur de dentelle n'irait-elle pas merveilleusement sur la robe de mariée de votre fille ?

À midi, les acheteurs s'étaient dispersés, il était donc temps de se rendre au château. L'espionne mangea un bol d'une épaisse soupe de haricots à *La Liberté*, remercia Mme Leroux pour son aide, et quitta Saint-Juste. Au lieu de mettre le cap sur la prochaine commune, elle dirigea sa charrette au sommet de la colline. L'étroit chemin qui conduisait au manoir était aussi sombre et aussi exposé au vent que celui-ci.

Le château à proprement parler était ceint par un mur qui semblait surgir du promontoire, et dont personne n'avait osé piller la pierre. Le portail massif restait ouvert afin que les gens et les véhicules circulent aisément, mais donnait l'impression de pouvoir être fermé en cas d'urgence.

Elle passa l'entrée avec sa charrette sans que l'on s'y oppose. Dès qu'elle fut à l'intérieur, les murs coupèrent le vent mordant. Ne voyant personne, elle poursuivit son chemin jusqu'à l'arrière de l'édifice, et abrita poney et charrette dans les écuries en majeure partie vides. Puis elle balança son sac de marchandises par-dessus son épaule et partit en quête de l'entrée des domestiques.

Après deux portes verrouillées, elle en trouva une qui s'ouvrit sur un petit passage menant aux cuisines. La longue pièce était chaude et emplie de savoureuses odeurs, mais il n'y avait personne en vue. Cassie appela :

— Ohé ! Il y a quelqu'un ?

Une voix féminine et rauque lui répondit :

— Que voulez-vous ?

Une robuste créature se hissa hors de son fauteuil près du feu et boita vers l'intruse. Son visage rond semblait fait pour sourire, mais elle était enroulée dans des châles et toussait toutes les deux enjambées.

— Je suis Mme Renard, marchande ambulante, et je vois que mes pastilles pour la gorge pourraient vous intéresser. Tenez, un échantillon.

Cassie sortit de son sac des bonbons au miel et au citron. Ils avaient bon goût et soulageaient vraiment la toux.

— Vous êtes bien aimable, répondit l'autre femme en se servant dans le paquet avant de s'affaisser sur un banc. *Merci**. Je suis la cuisinière, Mme Bertin.

— On m'a dit que presque tout le monde était malade au château.

L'espionne jeta un coup d'œil dans la cuisine. Un pot était maintenu au chaud au-dessus du feu dont il ne restait plus que des braises.

— On dirait que vous avez besoin d'aide, poursuivit-elle. Voulez-vous que je ravive les flammes pour vous ?

— Je vous en serais extrêmement reconnaissante. Il y a du bouillon de poule dans ce récipient. Vous pourriez m'en servir ? demanda-t-elle dans une violente quinte. Les autres sont cloués au lit, ils peuvent même pas affronter les escaliers. J'ai fait un repas chaud pour qui veut, mais personne n'a réussi à venir jusqu'ici, et je suis pas payée pour faire le service aux domestiques.

Elle toussa de nouveau.

— J'espère que personne n'est gravement atteint ?

Une louche était pendue près de la cheminée, Cassie remplit donc une écuelle posée sur la table à côté.

— La gouvernante est morte récemment, mais elle était déjà vieille et souffrante. Je ne pense pas que quiconque ici soit en sérieux danger, mais la grippe de cet hiver rend n'importe qui aussi faible qu'un chaton pendant plusieurs jours, expliqua Mme Bertin en mangeant son bouillon chaud d'un air satisfait. J'ai veillé à ce que le feu ne s'éteigne pas et j'ai préparé ce consommé, mais maintenant, je suis trop fatiguée pour faire autre chose.

Voyant une occasion à saisir, Cassie s'enquit :

— Seriez-vous prête à donner un peu d'argent contre de l'aide, madame ? Je pourrais porter des plateaux de pain et de soupe au personnel malade, et peut-être effectuer des corvées de cuisine.

— Ce s'rait une vraie bénédiction. Voyons, qui vit là…, réfléchit la domestique. Il y a six bonnes dans les combles, et deux hommes dans les écuries. L'escalier est juste derrière cette porte, mais il faut monter cinq étages jusqu'au grenier. Y parviendrez-vous ?

— Je suis plus alerte que je n'en ai l'air. Je serai ravie de vous rendre service. En cas de maladie, les gens ont besoin de se réchauffer, déclara-t-elle en remuant le bouillon avec la louche. Et je ne suis pas contre gagner quelques pièces, non plus. Où rangez-vous le pain ? Du fromage serait également bienvenu. C'est fortifiant.

— Le garde-manger est là, dit Mme Bertin en le désignant du doigt. Heureusement que le citoyen Durand n'est pas ici. Il serait fou de rage et fouetterait ses employés pour qu'ils fassent leur travail même s'ils sont trop malades pour tenir debout. Mais qu'est-ce qui pourrait se passer dans un endroit aussi tranquille en plein hiver ? On peut tous se reposer un jour ou deux jusqu'à ce qu'on soit prêts à travailler de nouveau.

— Quelle chance, confirma Cassie.

Elle remplit des tasses, coupa du pain et du fromage, et sortit porter un plateau dans les écuries, où elle fut chaleureusement accueillie. Après être retournée en cuisine, elle prépara d'autres collations pour les bonnes. Elles étaient six, il lui fallut donc gravir deux fois les étroits escaliers en pierre. Rien d'étonnant à ce que Mme Bertin n'ait même pas essayé.

Comme l'avait précisé cette dernière, personne ne se trouvait à l'article de la mort, mais tout le personnel était alité, faible, fatigué, et se réjouissait de pouvoir se sustenter. Cassie pria intérieurement que l'essence des voleurs la protège. Être aussi épuisée pendant qu'elle voyagerait serait très fâcheux.

Lorsqu'elle fut de retour, elle trouva Mme Bertin somnolant dans son fauteuil près du feu. L'espionne posa un plaid sur elle. L'heure était venue de savoir s'il y avait réellement des oubliettes, et des prisonniers à l'intérieur.

— Demeure-t-il quelqu'un à qui je devrais porter à manger ?

La cuisinière fronça les sourcils.

— Les gardes et les détenus dans le donjon. Le geôlier en chef, Gaspard, y envoie généralement quelqu'un pour les nourrir, mais l'un des deux gardiens est malade, Gaspard est parti je ne sais où, et celui qui est resté là-bas n'oserait jamais quitter son poste.

— Le prisonnier et lui ont donc besoin de ravitaillement ? Combien d'individus sont enfermés ?

— Seulement deux. Avec tout le monde souffrant, on les a négligés, répondit la domestique en se signant. Il y a un prêtre. C'est très mal d'enfermer un homme d'Église, mais Durand serait furieux d'entendre cela.

— C'est choquant en effet ! concéda Cassie. Qui est l'autre ?

— On dit que c'est un lord anglais, mais je ne l'ai jamais vu, je ne peux donc rien confirmer, repartit-elle en secouant tristement la tête. Un godon mérite sans aucun doute d'être derrière les barreaux, mais sûrement pas le prêtre. Il est vieux, fragile, et a besoin d'un repas chaud en cette saison.

— Je vais descendre de la nourriture pour tout le monde, déclara la fausse marchande en préparant un plateau. Vous dites n'avoir jamais vu les prisonniers. On ne les fait pas monter pour qu'ils pratiquent un peu d'exercice dans la cour ?

— Oh, non. Le citoyen Durand est très strict à ce sujet. On ne les laisse jamais sortir de leurs cellules, et les gardes n'y entrent pas. On leur passe à manger par une trappe, expliqua Mme Bertin en esquissant un autre signe de croix. Les pauvres diables doivent être à moitié fous à présent.

Cassie s'occupa des victuailles les lèvres serrées. Après dix ans d'incertitude, il se pouvait que les recherches de Kirkland soient sur le point de prendre fin. Mais son ami depuis longtemps disparu avait peut-être déjà subi l'irréparable.

Chapitre 8

Château Durand, 1805

Grey observait le moineau perché sur le rebord de sa fenêtre.

— Entrez, Mr l'Oiseau. Je vous ai gardé un bout de pain. J'espère que vous appréciez le sacrifice que cela représente.

L'animal inclina la tête, dubitatif. Le prisonnier siffla donc sa meilleure imitation de passereau. Rassuré, son compagnon à plumes vint se poser sur le sol et picora le festin que son hôte avait conservé à son intention.

Il aimait parler aux volatiles. Ils ne le contredisaient jamais, et l'impertinence avec laquelle ils s'approchaient de lui l'amusait.

— L'amour par intérêt, murmura-t-il en lui jetant une autre miette. Ce n'est guère très différent que de représenter un bon parti sur le marché matrimonial.

Il avait vécu assez longtemps pour connaître ce genre d'expérience à Londres, avant sa désastreuse décision de se rendre à Paris. Kirkland et Ashton, qui portaient une attention plus accrue à la politique, lui avaient tous deux fortement conseillé d'y séjourner le plus brièvement possible, car la paix ne durerait pas, mais comme à son habitude, il avait balayé leurs recommandations d'un revers de main. Il était l'enfant béni des dieux, héritier des Costain, à qui rien de mauvais ne pouvait arriver.

Deux ans plus tard, voilà où il en était, sombrant doucement dans la folie à force d'ennui, et heureux qu'un moineau lui tienne furtivement compagnie. Mais au moins, il était plus fort et plus athlétique qu'avant, et son chant s'était amélioré.

Il lança une miette. L'oiseau la saisit, puis pencha la tête un instant avant de s'envoler par la fenêtre. Grey le regarda partir avec une telle jalousie qu'il en eut mal. *Oh, être capable de voler vers la liberté!* Il battrait des ailes au-dessus de la Manche et de son pays jusqu'aux collines et aux champs tant espérés de Summerhill.

Puisque son compère l'avait abandonné, il se leva et commença à courir sur place, invoquant des images qui figuraient la maison de son enfance. Il avait coulé des jours heureux dans cette ville qui jouissait du doux climat de la côte sud. Des prairies fertiles et luxuriantes, un bétail bienheureux. Il avait adoré parcourir le domaine à cheval avec son père, apprenant l'activité de fermier sans même y songer. Lord Costain avait été un bon professeur, stimulant l'esprit et la curiosité de son héritier.

Le comte avait également évoqué le gouvernement et la Chambre des lords, ainsi que ce que l'on attendrait un jour de Sommers lorsqu'il reprendrait le titre. Mais pour celui-ci, cette perspective se dessinait dans un avenir incroyablement lointain. Ses parents étaient jeunes et vigoureux, il aurait largement le temps de profiter de sa folle jeunesse avant de se poser.

C'était précisément cette attitude qui l'avait mené là. Il réduisit l'allure de son entraînement avant de s'installer sur son siège de pierre. Il le plaça de façon que le soleil l'illumine. À quel sujet allait-il réfléchir ce jour-là ? *Histoire naturelle*, décida-t-il. Il tenterait de se remémorer tous les oiseaux qu'il avait vus dans le Dorsetshire.

Il en avait compté vingt-trois quand il entendit des bruits dans le passage. Il était trop tôt pour le dîner. Il riva ses yeux sur la porte, se demandant si Durand lui rendait l'une de ses brèves visites. Le ministre ne venait plus railler son captif en face, pas depuis que ce dernier l'avait projeté à terre dans un assaut presque fatal.

Grey serait parvenu à ses fins sans la présence d'un garde. Il avait été violemment battu par la suite, mais le châtiment en valait la peine. Depuis lors, son geôlier s'était contenté de ricaner à travers la meurtrière inférieure. *Ce couard.*

Le prisonnier se prépara à ce qui se profilait, quoi que ce fût, mais l'on cessa de marcher avant sa cellule. Des grommellements, le claquement de la porte d'à côté. Puis des pas qui s'éloignaient, et le retour du silence. Seigneur, se pouvait-il qu'il y ait un autre détenu juste derrière le mur ? Si seulement il avait pu lui parler !

Mais la paroi était trop épaisse pour que le moindre son la traverse. Peut-être était-il possible de crier devant l'entrée, mais celle-ci était aussi trop hermétique, et ses deux ouvertures étaient couvertes de l'extérieur.

Si Grey appelait, il attirerait l'attention maléfique de Gaspard bien avant de pouvoir se faire comprendre par ce nouveau prisonnier.

Il longea cette cloison commune avec agitation, parcourant la solide surface avec ses mains. Si seulement il avait existé un moyen d'entrer en contact avec ce compagnon d'infortune ! Il voulait hurler de frustration.

Il se laissa tomber par terre, luttant contre la tentation de se cogner la tête contre les pierres. Puis il entendit une voix douce, basse, et régulière. Il se figea, ne sachant s'il était en train de perdre l'esprit.

Non ! Le son venait du trou d'égout à l'angle de sa cellule. Avec une excitation grandissante, il s'agenouilla à côté et tendit l'oreille. Oui ! Les paroles étaient à présent intelligibles. *Du latin. Une prière ?* La pièce voisine devait être munie de la même ouverture qui communiquait avec la sienne et permettait aux déchets de retomber dans une fosse souterraine.

Vibrant d'espoir, il appela :

— Monsieur ! Monsieur, vous m'entendez ?

Le latin céda la place au français dans une voix douce et lettrée :

— Oui. Vous êtes vous aussi prisonnier ?

— Exactement ! Dans la cellule voisine ! s'exclama-t-il, déglutissant avec difficulté et craignant de fondre en larmes. Mon nom est Grey Sommers, et je suis anglais. On m'a enfermé ici il y a plus de deux ans. Et vous ?

— Je me nomme Laurent Saville. On m'appelle père Laurent.

— Vous êtes prêtre ?

— Oui, répondit l'ecclésiastique d'un ton plus sec. Mon crime a été d'aimer Dieu plus que l'Empereur. Quel est le vôtre ?

— Durand…

Il hésita, embarrassé de confesser ses péchés à un homme d'Église. Mais ceux-ci étaient censés se montrer miséricordieux, non ?

— Durand m'a surpris avec sa femme.

— Et vous avez la vie sauve ? s'étonna Laurent.

— Il estimait la mort trop clémente, bredouilla-t-il. Dites-m'en plus sur vous. D'où venez-vous ? Qu'avez-vous étudié, quels sujets maîtrisez-vous ? S'il vous plaît, parlez, de ce que vous voulez ! le pressa-t-il, les poings serrés, s'efforçant de se refréner. Je suis désolé. Cela fait si longtemps que je n'ai pas eu de conversation normale avec un autre homme.

Le rire étouffé qu'il entendit l'apaisa.

— Je suis né et j'ai grandi non loin d'ici. Nous aurons tout notre temps, j'en suis persuadé. Racontez-moi comme se passe la vie dans ce donjon.

Le prêtre avait raison. Ils pourraient discuter à loisir. Jusqu'à ce que l'un d'eux meure.

Si Grey donnait de l'importance à ses échanges occasionnels avec les domestiques, avoir un compagnon régulier était grandement différent. Par ailleurs, il n'aurait pu rêver meilleur interlocuteur que ce prisonnier, qui était gentil, avisé, érudit, et aussi désireux de partager son savoir que lui-même l'était d'apprendre. Ils chantaient parfois ensemble.

La nourriture s'était également améliorée. Sommers devina que quelque bonne catholique en cuisine estimait qu'un prêtre méritait de manger décemment ; il profitait donc lui aussi de ce traitement.

Laurent était plus âgé, sa santé plus vulnérable. Lors d'un terrible hiver, il sembla sur le point de mourir d'une affection pulmonaire. C'est à ce moment que le gentleman apprit à prier.

L'ecclésiastique survécut. Et ensemble, ils s'empêchèrent de sombrer dans la folie.

Chapitre 9

France, 1813

Puisque *a priori* le garde et les prisonniers n'étaient pas malades, Mme Bertin leur prépara un copieux ragoût de saucisses à la place du bouillon. Chargée des trois repas, Cassie descendit les marches traîtresses. Elle ne voulait pas se briser le cou en étant si près d'avoir une réponse.

L'escalier débouchait sur un petit couloir au bout duquel se trouvait une porte. *Verrouillée.* Ayant les mains prises, l'espionne frappa du pied.

— Monsieur, votre dîner !

Une clé cliqueta dans la serrure, et un homme costaud lui ouvrit brusquement.

— Entrez, entrez ! Je me demandais si on m'avait oublié.

Il lui jeta un coup d'œil, puis déclara d'un air suspicieux :

— Je ne vous connais pas.

— Tout le monde a la grippe, alors j'aide un peu, expliqua-t-elle. Dois-je poser le plateau sur votre table ?

Le garde hocha la tête puis recula, et se détendit en s'apercevant que l'intruse semblait n'être qu'une vieille dame chétive.

— Gaspard sera bientôt de retour, mais on a pour ordre de ne jamais laisser les détenus sans surveillance, je ne pouvais donc pas monter en cuisine.

Cela en disait long sur le tempérament du geôlier en chef qu'on lui obéisse ainsi, même lorsqu'il se trouvait à plusieurs centaines de lieues et que sa sentinelle criait famine. Tandis qu'elle posait la collation au bout de la table, l'espionne étudia subrepticement la pièce. Il y avait plusieurs chaises et des cartes sur le côté le plus éloigné du bureau, où l'employé avait joué à une forme de solitaire. Ce métier devait être d'un ennui assommant.

Dès que Cassie déposa le bol fumant, l'homme s'assit et attaqua le ragoût. Elle lui servit du vin de la carafe qu'elle avait apportée.

— J'ai aussi des repas pour les prisonniers. Sont-ils derrière cette porte ?

Il acquiesça et but bruyamment.

— Les cellules sont là, mais ne vous inquiétez pas. Laissez les plats ici, et je leur donnerai ça quand j'aurai fini de manger, dit-il en s'essuyant la bouche avec le dos de la main. S'il reste quelque chose ! Je suis tellement affamé.

Et s'il n'était pas rassasié, les captifs seraient donc privés de leur dîner ? Dissimulant sa colère, elle dit aimablement :

— Si vous n'avez pas assez de nourriture pour eux, j'en descendrai d'autre quand je reviendrai chercher les bols. Avec un peu de vin pour vous, hein ?

Il lui adressa un sourire édenté.

— Vous devinez ce dont un homme a besoin, grand-mère.

Il arracha un bout de pain et le trempa dans son plat.

Un trousseau de clés était suspendu à un clou près de la porte qui menait aux cellules. Même si Kirkland avait seulement envoyé Cassie vérifier ses informations, elle n'aurait plus jamais une si belle occasion de libérer Wyndham s'il était là. Dans le cas contraire, elle laisserait partir quelque pauvre diable dépérissant dans ce trou à rats.

Le garde ne lui prêtait aucune attention, elle passa donc derrière lui et exerça une forte pression sur deux points stratégiquement choisis sur son large cou.

— *Merde** !

Alors que la circulation sanguine se coupait, l'individu s'agita en commençant à protester, puis piqua du nez dans son repas. Elle continua d'appuyer jusqu'à ce qu'elle soit sûre que sa victime était parfaitement inconsciente.

Elle attacha ensuite soigneusement les poignets et les chevilles du gardien, puis le bâillonna. Elle prit le temps de le cacher derrière le bureau afin qu'il ne soit pas immédiatement visible si quelqu'un entrait, et s'empara du trousseau. Si Gaspard devait bientôt revenir, elle n'avait pas une minute à perdre.

Il lui fallut quelques instants pour trouver la bonne clé. La porte s'ouvrit violemment, et Cassie fut presque assommée par la puanteur qui se dégageait du passage de l'autre côté. Grands dieux, à quoi pouvait-on ressembler au bout de dix ans sans bain ?

S'appliquant à faire fi de l'odeur nauséabonde de corps crasseux, elle se lança dans la petite allée mal éclairée. Le mur de droite était tout en pierre ;

celui de gauche comportait quatre portes. Son nez lui confirma que les pièces occupées se situaient au fond. Laquelle contenait celui qu'elle cherchait ?

Alors qu'elle marquait une pause, elle entendit un timbre masculin derrière la dernière entrée. Elle cligna des yeux. Le captif chantait ! Avec la voix subtile d'un baryton.

Elle écouta les paroles, et sourit involontairement en s'apercevant qu'il s'agissait d'un texte en français si ordurier que même elle n'en saisissait pas toutes les obscénités. Peu probable qu'il s'agisse du prêtre.

Restait à déterminer si c'était Wyndham. Priant le Seigneur que le prisonnier ne soit pas devenu fou, elle sélectionna une clé susceptible de convenir et tenta de déverrouiller la cellule la plus éloignée. Il lui fallut s'y reprendre à trois fois avant de trouver celle qui fonctionnait. Elle ouvrit et tomba nez à nez avec un monstre tout droit sorti d'un cauchemar, le cheveu sale et la barbe retombant sur des guenilles.

Ils se figèrent tous deux, sous le choc, le regard rivé l'un sur l'autre. Était-ce là « l'enfant chéri » de Kirkland ? Le prisonnier était large d'épaules et décharné comme un loup affamé. Difficile de deviner la couleur de sa chevelure sous la crasse. Il n'était pas vraiment brun, mais certainement pas blond. Son seul trait distinctif était ses yeux gris d'une stupéfiante intensité et cernés de noir.

Le moment de surprise prit fin – et l'individu se jeta sur elle, le regard empli de folie meurtrière.

Chapitre 10

Dans un monde d'une infinie monotonie, le moindre changement était perceptible. Grey courait sur place lorsqu'un cliquetis dans la serrure affûta instantanément son attention. Cette porte n'avait pas été ouverte depuis qu'il avait failli tuer Durand. À partir de là, ce dernier restait derrière le petit guichet quand il venait provoquer son captif avec des histoires de grandes victoires françaises et des prédictions sur la défaite imminente des Britanniques.

Mais si le ministre ou Gaspard lui rendaient visite, ils sauraient quelle clé utiliser. *Un garde ?* Personne n'était autorisé à entrer. Tendu de tous ses muscles, il s'approcha de la porte. À côté de celle-ci figuraient dix années de marquage soigneusement gravé dans la pierre pour compter les jours. Des milliers de traits représentant un calendrier perpétuel. S'il se présentait la chance même la plus infime de s'enfuir, il attaquerait.

La porte s'ouvrit brusquement sur une femme. Le choc le paralysa temporairement. *Grands dieux, une femme !* La première qu'il voyait depuis une décennie ! Elle était vieille, morne et transparente, mais incontestablement du beau sexe. Le pur miracle qu'elle représentait immobilisa le détenu.

Il se remit de ses émotions en prenant conscience qu'il tenait là sa chance de s'échapper de cette maudite cellule. L'inconnue ne serait jamais capable de l'en empêcher, étant donné qu'elle ne portait même pas d'arme. Il chargea vers elle.

Il allait s'emparer du trousseau lorsqu'elle le fit trébucher, attrapa son bras tendu, et se servit de la vitesse qu'il avait prise pour l'envoyer au sol en lui tordant douloureusement le poignet très haut derrière le dos. Il gisait sur le ventre, haletant. Des années à pratiquer de l'exercice, et une vieillarde parvenait à le terrasser ?

— Êtes-vous lord Wyndham ? demanda-t-elle d'une voix basse et expéditive. Je viens de la part de Kirkland pour vous aider.

Elle parlait anglais. Cela faisait si longtemps qu'il n'avait pas entendu sa langue maternelle qu'il lui fallut un long moment pour déchiffrer ses propos. Wyndham. Kirkland. L'aider ?

Elle lui dit en français :

— Vous n'êtes donc pas celui que je cherche. Peu importe, si vous voulez vous enfuir, vous pouvez compter sur moi à condition que vous promettiez de ne plus m'attaquer.

Il répondit dans la même langue :

— Je suis bien Wyndham. Pas parlé anglais depuis des années. Vous attaquais pas, juste m'évader. Peux monter ?

Elle lui lâcha le bras. Il se remit péniblement debout, dévorant du regard cet autre être humain. *Mieux encore, une femme soignée, normale.* Il l'enveloppa impulsivement de ses bras, et écrasa ce corps chaud et étranger dans une étreinte, le cœur tambourinant.

Elle s'écarta de lui en jurant.

— S'il vous plaît, implora-t-il d'une voix chevrotante. J'ai tellement… manqué de contact. Juste un instant. S'il vous plaît !

Elle se détendit et l'autorisa à la tenir. Seigneur, c'était si bon ! Une femme bien vivante, chaleureuse, dégageant une douce odeur de lavande qui lui rappelait sa grand-mère. Il ne voudrait jamais la laisser partir.

Après un moment trop court, elle recula.

— Il suffit, dit-elle d'un ton empreint de compassion. Nous ne devons pas rester ici. Presque tout le monde est grippé au château, je pense donc envisageable de sortir directement si nous nous montrons prudents. J'ai une charrette à poney où vous pourrez vous cacher jusqu'à ce que nous soyons hors de vue. Avez-vous quoi que ce soit à emporter ?

Il rit amèrement.

— Diable, absolument rien si ce n'est le père Laurent dans la cellule à côté.

Il lui prit le trousseau des mains et commença à fouiller parmi les clés.

— Essayez celle-ci, proposa l'espionne en désignant l'une d'elles. Elle ressemble à celle qui a ouvert la vôtre. Le prêtre peut-il se déplacer aisément ?

— Il a été malade. J'ignore combien de temps il tiendra encore dans cet abominable endroit.

— Cela pourrait compromettre notre fuite, déplora-t-elle en sourcillant.

— Je ne pars pas sans lui, répondit-il catégorique en introduisant la clé dans la serrure.

— Soit.

Cette femme était peut-être vieille et fade, mais elle savait lorsqu'il se révélait inutile de perdre son temps à discuter.

Les mains de Grey tremblaient tandis qu'il tentait de déverrouiller la porte. Cette action était tellement simple, et pourtant profondément irréelle après dix ans à ne rien faire d'aussi normal. Mais la clé en métal froid était bien concrète sous sa paume, et il n'avait pas rêvé cette projection au sol.

— Qui êtes-vous ? demanda-t-il en s'affairant sur le loquet indocile.

Elle haussa les épaules.

— J'ai porté une multitude de noms. Appelez-moi Cassie ou Renard.

Cassie le Renard. Voilà qui correspondait parfaitement à celle qui était parvenue à pénétrer dans le château et à le délivrer.

La porte s'ouvrit brusquement, et Grey découvrit enfin celui qui le connaissait mieux que quiconque sur cette terre. Laurent gisait sur son grabat. Sur le mur en pierre au-dessus de sa tête, une croix marron et irrégulière avait été dessinée avec du sang. Le sanctuaire privé de l'ecclésiastique.

Ce dernier se redressa sur un bras quand la porte s'ouvrit. Il avait les cheveux blancs, il était mince et en haillons, mais Sommers l'aurait identifié n'importe où à la paisible sagesse de son visage.

— Grey, dit le prêtre dans un sourire lumineux en tendant le bras vers son visiteur. Nous nous rencontrons enfin en personne.

— Nous allons également nous enfuir, grâce à madame ici présente, précisa Wyndham en prenant son ami par la main pour l'aider à se mettre debout. Nous devons faire vite. En serez-vous capable ?

L'homme d'Église vacilla et se serait effondré sans le soutien de son compagnon. Il soupira bruyamment.

— Je crains que non. Partez sans moi. Mieux vaut que vous vous évadiez, plutôt que nous nous fassions tous capturer.

— Non !

Grey passa son bras autour de la taille du vieil homme. Ce dernier n'avait plus que la peau sur les os et paraissait fragile au point de pouvoir à tout instant se briser, mais une fois encore, le contact humain était un plaisir que les mots n'auraient su décrire.

— Je pars avec vous ou pas du tout.

Cassie fronça les sourcils.

— Le père Laurent a raison. Nous devons quitter le château, éviter d'être poursuivis à travers toute la France, et retourner en Angleterre. Votre compagnon ne semble pas même en mesure de monter l'escalier.

— Je le porterai ! cracha Grey.

— Il est très obstiné, fit doucement remarquer le prêtre à l'espionne. Mais si nous sortons de cette forteresse, vous pourrez me laisser en toute sécurité chez ma nièce tandis que vous deux sauverez votre vie.

— Très bien, se résigna-t-elle, le regard inquiet. Mais nous devons nous dépêcher. Le sergent Gaspard peut reparaître à tout moment.

Alors que le vieillard tendait le bras pour toucher la croix de sang en guise d'adieux, son ami souffla dans sa barbe :

— J'espère bien que ce diable reviendra.

Par chance, Cassie le Renard ne l'entendit pas.

Chapitre 11

Tandis qu'elle guidait le groupe dans le passage, l'instinct de Cassie lui hurlait qu'ils devaient se presser, et ses intuitions lui avaient plus d'une fois sauvé la vie. Mais le fait que Wyndham porte presque entièrement le prêtre les ralentissait. Elle se demanda s'il aurait la force de le soutenir ainsi pour monter l'escalier, après toutes ces années de mauvais traitements et de nourriture insuffisante.

Son inquiétude fut attisée par des bruits de pas irréguliers au-devant d'eux. Il s'agissait vraisemblablement d'un homme descendant à la salle de garde.

— Quelqu'un arrive, annonça-t-elle à voix basse.

Elle portait la main au couteau qu'elle cachait sur elle quand Grey répondit d'un ton froidement menaçant :

— Gaspard. C'est le son de sa jambe de bois. Tenez, occupez-vous du père Laurent.

Il marcha jusqu'à sa hauteur et lui confia la charge de leur compagnon. Elle prit aussitôt l'autre bras de l'ecclésiastique pour éviter qu'il ne tombe. Ce qui lui immobilisait la main susceptible d'accéder à son arme.

Avant qu'elle ait le temps de protester, l'ami de Kirkland passa devant elle en affichant une expression si sauvage que la stupéfaction la réduisit au silence. Il se déplaçait comme un fauve libéré de sa cage, ses fluides enjambées le menant au poste de garde en quelques secondes.

L'homme à la jambe artificielle apparut à la porte en bas de l'escalier. Il resta bouche bée en apercevant un détenu foncer dans sa direction.

— *Merde*[*] !

Grommelant des jurons, Gaspard sortit un pistolet de son manteau. Avant qu'il puisse l'amorcer et viser, Wyndham s'était déjà jeté sur lui dans un grognement à peine humain.

Un craquement se fit distinctement entendre lorsque le prisonnier brisa le cou de son tortionnaire. Le sergent s'affaissa comme une marionnette dont on venait de couper les ficelles. La fin était si rapidement survenue que l'on pouvait difficilement appeler cela une bagarre.

Cassie avait dû montrer son trouble, car le père Laurent observa calmement :

— Je ne suis pas de nature violente. Mais je dirais que cet individu a subi bien moins que ce qu'il méritait.

Se souvenant que le captif avait sûrement appris le combat indien à la Westerfield Academy, l'espionne déglutit, ravalant son choc. Mais tandis qu'elle soutenait le prêtre dans la dernière portion du passage, elle se demanda si elle ne venait pas de relâcher un loup enragé.

Le temps qu'ils regagnent la salle de garde, Wyndham avait hissé le mort en dehors de l'escalier et le dépouillait prestement de sa tenue.

— Père Laurent, ces vêtements vous tiendront chaud, dit-il laconiquement.

Il avait l'esprit pratique.

— J'ai caché le sous-fifre derrière le bureau, expliqua Cassie. Il devrait être encore inconscient. Il est plus grand, sa tenue vous conviendra sûrement mieux. Mais ne le tuez pas, je vous prie.

Il empila les affaires de Gaspard sur le siège, puis sortit la dépouille de celui qui ne boiterait plus jamais.

— Vous faites du bon travail, déclara-t-il d'un air approbateur. Je vais d'abord aider notre ami à s'habiller.

L'espionne comprenait qu'un homme d'Église âgé ne sollicite pas forcément l'aide d'une femme. Elle se pencha sur le garde et détacha ses liens afin de pouvoir le dévêtir.

Il commençait à remuer, elle lui fit donc perdre de nouveau connaissance. Elle veilla à ne pas lui couper trop longtemps la circulation, pour lui épargner des dommages au cerveau. Elle s'efforçait de ne jamais blesser ni tuer quiconque sans raison valable.

L'individu était lourd, mais elle était beaucoup plus forte qu'elle ne le paraissait. Le temps qu'elle déshabille sa victime, le prêtre s'était quant à lui vêtu, assis à table, et avalait un bol de ragoût. Tandis qu'elle lui versait du vin, il s'excusa :

— Nous n'avons rien eu à manger depuis hier matin.

— Presque tout le monde au château est souffrant, expliqua Cassie. Je me suis proposée pour porter des plateaux de repas, ce qui m'a permis de vous trouver.

— Je suppose que Grey et moi devons nous réjouir que personne ne nous ait approchés, car c'est ce qui semble nous avoir épargné de contracter la maladie, déclara Laurent en sauçant les derniers reliefs de son plat avec un morceau de pain. Les voies du Seigneur sont impénétrables.

Elle en avait eu maintes fois la preuve. Elle trouvait par ailleurs que cette divinité avait un sens de l'humour aiguisé.

— « Grey » ? s'étonna-t-elle.

— Mon nom de baptême est Greydon Sommers, répondit l'intéressé d'un ton lapidaire. Je ne me suis pas vraiment senti d'une noblesse vicomtale depuis fort longtemps, je préfère donc que vous m'appeliez Grey.

Elle le comprenait parfaitement. Elle lui servit le reste du vin dans un verre, s'appliquant à détourner le regard pendant qu'il ôtait ses haillons. Le tissu était si élimé qu'il en aurait été transparent sans les nombreuses couches de crasse qui le recouvraient.

— Prêt, fit-il.

Elle se retourna et constata que les habits du garde étaient assez larges pour faire deux fois le tour de la taille du captif, mais la longueur était presque ajustée et la tenue incomparablement plus propre que celle des détenus. Sans sa touffe de cheveux emmêlés et sa barbe qui lui descendait sur la poitrine, il aurait eu l'air normal. Exception faite de cette inquiétante lueur dans ses yeux gris.

— Je vais sortir et approcher ma charrette de l'entrée, dit-elle. Il y a un palier en haut de l'escalier.

Allez-y et attendez que je vienne vous chercher. J'espère que nous pourrons partir sans être repérés.

Wyndham prit un bol de ragoût et commença à se servir avec les doigts comme un sauvage.

— Cela vous prendra quelques minutes, je vais donc manger dans un premier temps.

— À condition que vous ne retardiez pas notre départ.

Elle monta les marches à vive allure. Elle pria pour que les deux hommes ne se rendent pas malades en remplissant si vite leurs estomacs.

Sur le palier en question, elle ouvrit la porte et jeta un coup d'œil vigilant à l'extérieur. *Pas un bruit.* Elle se dirigea vers celle du fond à pas de velours. Il lui fallait passer par l'une des entrées de la cuisine pour regagner l'extérieur. Mme Bertin était à l'autre extrémité, ronflant bruyamment dans son fauteuil près du feu.

Espérant que cela durerait, Cassie quitta le château et traversa la cour pour retourner aux écuries. Le vent était encore plus froid et plus mordant qu'à son arrivée. Une tempête s'annonçait ; elle le sentait.

Son poney attendait patiemment. Il avait fini le foin qu'elle s'était procuré pour lui dans les réserves. Elle lui retira sa couverture, qui était chaude et dégageait une forte odeur équine. Ce désagrément ne serait rien comparé aux effluves qu'exhalaient les prisonniers.

Elle avait fait construire son véhicule avec un double fond capable de transporter d'utiles cargaisons, voire des humains lorsque cela se révélait nécessaire. Cette trappe était accessible par un vantail qui s'ouvrait sur le côté de la charrette. Elle y jeta le plaid. Le compartiment n'était guère confortable, mais contenait de la paille propre ; le carré de laine fournirait de la chaleur et amortirait les chocs. Il serait – à peine – assez grand pour deux hommes.

Après avoir traversé la cour, elle attacha son poney à la porte de derrière et rentra. Mme Bertin ronflait toujours.

Wyndham – Grey – et le prêtre attendaient en haut de l'escalier. Le vieillard était soutenu par son jeune ami. Leur bienfaitrice posa le doigt sur sa bouche, les invitant à se taire.

Le père Laurent donnait l'impression qu'il ne parviendrait jamais à se rendre jusqu'au véhicule sans s'effondrer. Elle se mordit la lèvre, mais n'avait aucune raison de s'inquiéter. Son compagnon le souleva du sol comme s'il s'était agi d'une plume puis traversa la cuisine prestement et sans un bruit en le portant. On aurait cru une farce, dont les personnages quittent la scène sur la pointe des pieds sans être vus.

Étonnée que Grey ait conservé autant de forces dans de telles conditions de détention, Cassie ouvrit la porte qui donnait sur l'extérieur et scruta les alentours. La cour était toujours vide. Remerciant les vents glacials et la grippe, elle laissa passer le gentleman afin qu'il puisse faire sortir le vieillard.

Il mit un pied au-dehors – et se figea, les yeux rivés en l'air. Il sentit de frénétiques palpitations dans sa gorge.

— Je ne pensais pas revoir un jour le ciel, chuchota-t-il.

— Il était là et n'attendait que vous, dit-elle en soulevant le vantail qui ouvrait le double fond. Et plus tôt nous partirons, plus vous aurez de chances d'en profiter à loisir dans les années à venir.

Il examina le compartiment. Il eut soudain l'air d'un poulain affolé prêt à déguerpir. Devinant quel était le problème, elle déclara :

— Je sais que ces quartiers ne sont guère spacieux, mais c'est ce qu'il faut.

Il prit une inspiration saccadée, s'armant de courage. Puis il déposa précautionneusement son ami dans la cachette. Le prêtre expliqua à Cassie d'une voix fluette :

— Prenez la route principale au sud du village. La ferme de ma nièce se trouve dans cette direction.

— Très bien. Lorsque nous serons hors de vue et de danger, vous me fournirez des indications plus précises, répondit-elle en lançant un coup d'œil à Grey. À votre tour. Cela vous aide-t-il de savoir que vous ne serez pas enfermé ? Le loquet peut être défait de l'intérieur.

— Oui, acquiesça-t-il laconiquement avant de grimper dans le compartiment. J'ai toujours pensé que je quitterais cet endroit dans un maudit cercueil, marmonna-t-il. On dirait que je ne m'étais pas trompé.

Elle eut presque envie de rire. Il semblait avoir gardé un certain sens de l'humour, tout espoir n'était donc pas perdu pour cet homme.

— Vous ne mourrez pas dans celui-ci, car il est pourvu d'air frais, et le trajet sera court.

Elle referma le long vantail et sauta sur son siège. Elle mit sa charrette en route sous les premiers flocons de neige qui voletaient doucement.

Elle passa les portes du château, espérant qu'ils trouveraient de quoi s'abriter avant que le mauvais temps entrave leur progression. Et que la nièce du prêtre serait encore en vie, bien portante, et disposée à les accueillir comme il l'envisageait.

La première étape – l'évasion de la forteresse – était couronnée de succès.

Se profilait à présent le plus difficile.

Chapitre 12

Grey et Laurent glissèrent un peu à l'avant du véhicule tandis que celui-ci s'éloignait de Château Durand en descendant la colline avec fracas. Toujours pas de cris d'hommes lancés à leur poursuite, ni de coups de feu. Combien de temps mettrait-on à découvrir leur disparition ? Quelques heures, voire une journée.

L'ecclésiastique murmura :

— Je ne croyais vraiment pas quitter cet endroit vivant.

— Moi non plus. J'imaginais encore moins être secouru par Cassie le Renard.

— C'est son nom ? Il lui va bien. Elle est très rusée.

Sans aucun doute. Le gentleman espérait qu'elle continuerait d'être aussi compétente qu'elle l'avait été jusqu'alors. La façon dont elle avait mis le garde hors d'état de nuire était impressionnante. Il ferma les yeux pour éviter de constater l'exiguïté de ce compartiment. Il serait embarrassant de s'effondrer maintenant qu'il était enfin libre.

Il se réjouit en s'apercevant que la charrette s'arrêtait. Il entendit fouiller au-dessus de leurs têtes, puis Cassie ouvrit le vantail. Son manteau sombre était couvert d'une couche blanche et cristalline.

Grey s'extirpa de sa cachette avec soulagement. La neige continuait de tomber et commençait à s'accumuler sur le sol dur comme du marbre. *Le temps.* Il voyait quel temps il faisait réellement ! Pas seulement en observant la lumière changer derrière sa minuscule fenêtre.

Tandis qu'il aidait son ami à sortir, Cassie annonça :

— À présent, je vais avoir besoin que vous me guidiez, père Laurent. Il semblerait qu'une tempête de neige se profile, et j'aimerais trouver refuge avant que les routes deviennent impraticables. Si votre nièce habite trop loin, nous devons chercher une grange isolée pour attendre l'accalmie.

Le prêtre scruta l'horizon, où les contours imprécis du château se dessinaient encore à travers la neige.

— D'où nous sommes, nous devrions pouvoir atteindre la ferme de Violette avant que les chemins ne soient plus utilisables. Elle s'est mariée avec un étranger, expliqua-t-il dans un sourire furtif. Un homme qui habite à plus d'une demi-heure de trajet. Romain Boyer tient une petite exploitation prospère et bien cachée derrière les collines.

— S'il est arrivé quelque chose à votre nièce, son époux nous accueillera-t-il malgré tout ? demanda Cassie. La France a connu de nombreux changements ces dernières années.

— Nous trouverons refuge là-bas, confirma l'ecclésiastique avec assurance. Je dois faire le voyage à côté de vous, Cassie le Renard. Il est facile de se perdre par ici, je vais devoir vous indiquer l'itinéraire.

— Très bien, répondit-elle en s'emparant d'une paire de ciseaux qu'elle conservait près d'elle. Mais auparavant, je vais vous couper les cheveux et la barbe pour que vous passiez plus inaperçus.

Elle commença à lui tailler efficacement sa fine chevelure blanche. Dès qu'elle l'eut débarrassé des mèches emmêlées qui lui retombaient sur les épaules, son apparence d'ermite égaré céda la place à celle d'un pauvre vieillard qui n'attirerait pas l'attention plus d'une seconde.

Lorsqu'elle eut terminé, Grey porta son ami pour l'installer sur le siège avant et enroula la couverture autour de celui-ci.

— À mon tour, dit-il à Cassie. Si vous me donnez votre outil, je m'en chargerai moi-même afin que nous puissions nous mettre en route sans perdre davantage de temps.

— Vous auriez du mal à faire l'arrière du crâne.

Elle entreprit de couper sous son oreille gauche. Il avait les cheveux beaucoup plus épais que le prêtre, elle procéda donc par mèches. Il remarqua qu'elle était plus grande qu'il ne l'avait pensé, une taille dans la moyenne ou un peu au-dessus.

— Cela ne prendra que quelques minutes, ajouta-t-elle.

Il resta immobile, malgré la proximité des lames acérées. S'il avait pu, il se serait volontiers rasé la tête et le visage, rien que pour se séparer de cette horrible touffe crasseuse. Durant ses années de captivité, il tuait parfois le temps en s'arrachant les cheveux un par un. Sans cela, cette masse enchevêtrée lui serait arrivée au niveau des reins.

En dépit des nœuds, elle parvint à lui raccourcir rapidement sa chevelure jusqu'aux épaules, puis lui tailla la barbe. Elle lui avait laissé une longueur suffisante pour qu'il n'ait pas froid, mais débarrassé de ce volume, il se sentait déjà plus léger et plus libre. Pas moins sale, mais cela viendrait plus tard.

Il était étrange de se tenir de nouveau aussi près d'une femme. Il avait envie de l'envelopper de ses bras et de l'embrasser à l'horizontale. Il était gêné de cette réaction viscérale envers une dame plus âgée que sa propre mère. Seigneur, combien de temps lui faudrait-il pour trouver une fille qui voudrait bien de lui ?

S'efforçant d'étouffer ses pensées lubriques, il plongea les yeux dans la neige. Il n'avait peut-être plus rien d'un gentleman, mais au moins, il se maîtrisait encore assez – espérait-il – pour ne pas se comporter comme un animal avec celle qui avait risqué sa vie pour le sauver.

— Voilà.

Elle termina de tailler la barbe à quelques pouces en dessous du menton, puis se pencha pour ramasser les poignées de cheveux graisseux.

— Évitons de dévoiler notre route en la balisant de vos mèches, déclara-t-elle avant de les mettre en boule et de les fourrer dans un coin de la charrette. Il est temps que vous retourniez à l'intérieur pour que nous puissions repartir.

— Non ! s'écria-t-il brusquement. Je ne supporte pas d'être enfermé. Il n'y a presque pas de circulation par ce temps. Je vais m'allonger à l'arrière de la charrette sous la toile de protection.

Elle étudia son visage ; elle avait des yeux bleus et perçants qui contenaient une profondeur insoupçonnée.

— Très bien, dit-elle. Mais veillez à rester caché si nous croisons d'autres véhicules ou voyageurs.

Dieu merci, c'était une femme sensée. Soupirant de soulagement, il souleva la bâche et monta s'installer. Vu la façon dont elle avait mis à terre l'imposant garde et lui-même, mieux valait ne pas la contrarier. Il n'avait jamais pris conscience du danger que pouvaient représenter les petites dames âgées. Enfin, il y avait bien sa grand-mère, la comtesse douairière de Costain, mais son arme était la parole. Il se demanda, le cœur serré, si elle était toujours de ce monde.

Il prit place parmi les caisses et les paniers. L'espace était encore plus exigu que dans le compartiment, et le coin d'une boîte lui rentrait dans le flanc, mais peu lui importait tant qu'il se trouvait en plein air.

Une odeur équine et familière se dégageait de la couverture du père Laurent, mais cela ne dérangeait guère Grey. Il avait toujours adoré faire du cheval. Que ressentirait-il en montant de nouveau sur une bête ?

Il en tomberait sûrement. À quel point devrait-il réapprendre sa vie ?

Cette pensée le fit transpirer malgré le froid. Il devait procéder pas à pas. À ce moment précis, il était suffisant de songer qu'il n'était plus emprisonné.

Cédant à la fatigue, il s'endormit en tant qu'homme libre pour la première fois depuis dix ans.

La mâchoire de Cassie se crispait à mesure que la neige tombait plus abondamment et formait une couche de plus en plus épaisse, dissimulant les ornières verglacées et rendant ainsi la route cahoteuse. Elle avait déjà dormi dans son véhicule par mauvais temps, et avait même survécu un jour à une tempête de neige, grâce à la chaleur de son poney. Mais elle préférait ne pas réitérer l'expérience avec deux hommes à charge, dont l'un avait une santé précaire.

Les intempéries présentaient l'avantage de décourager quiconque de sortir. Ils croisèrent un cavalier bossu qui allait dans la direction opposée, et firent une halte pour laisser traverser un petit troupeau de moutons mené par un fermier. Celui-ci ne prêta aucune attention à la charrette ni à ses occupants.

L'après-midi céda la place au crépuscule et la neige s'était suffisamment amoncelée pour ralentir leur progression. S'ils n'atteignaient pas rapidement leur destination, ils risquaient de rester enlisés dans la campagne déserte.

Il faisait presque nuit lorsque le père Laurent indiqua :

— Tournez dans cette allée à gauche. Elle conduit à la ferme de Violette.

Priant pour que la nièce et l'exploitation soient telles qu'il l'imaginait, elle suivit les consignes. Il s'agissait en effet d'un lieu à l'écart. Ils y seraient en sécurité, du moins durant quelque temps.

Le chemin était en côte et le poney commença à s'enfoncer dans la neige glissante. Cassie arrêta sa voiture et tendit les rênes au prêtre.

— Tenez ceci, s'il vous plaît.

Elle sauta de son siège et rejoignit son animal. Elle le fit avancer en le tirant par la bride.

— Désolée pour tout cela, Chardon, lui dit-elle d'une voix chantante. Tu es si brave et si fort. Tu pourras bientôt te reposer, et je te donnerai de ces flocons d'avoine que je conserve à l'arrière. Encore un dernier effort, mon *petit chou**.

Tête baissée, la bête se remit péniblement en marche. Tout d'abord, le véhicule demeura presque immobile. Puis il s'ébranla doucement, réduisant ainsi la peine du cheval. Surprise, Cassie jeta un coup d'œil derrière elle et s'aperçut que Grey était descendu pour pousser la charrette. Il était fort. Et plutôt utile, pour un lord britannique.

La dernière portion de route fut interminable. L'espionne était engourdie de froid, et glissait constamment. Elle était épuisée, pas seulement en raison de cette journée jalonnée d'épreuves, mais parce qu'elle s'était démenée depuis son départ d'Angleterre. Elle avançait sans relâche, un pas après l'autre, s'agrippant au harnais de son poney. Elle avait appris depuis longtemps que la capitulation était un piètre choix.

Elle n'avait pas remarqué que l'allée s'aplanissait, jusqu'à ce que l'ecclésiastique annonce d'une voix chaleureuse :

— Nous y sommes. C'est exactement comme dans mes souvenirs.

Cassie se demanda amèrement s'il y avait également une tempête de neige cette fois-là. Elle ne voyait pas la ferme très distinctement, mais de la fumée s'échappait de la cheminée la plus proche, et l'on apercevait de la lumière par les fenêtres. Même si la nièce du père Laurent n'occupait plus les lieux, les habitants actuels ne renverraient pas des étrangers dans une telle tourmente.

Tremblante, l'espionne se dirigea vers l'entrée et frappa bruyamment. Il ne se passa qu'un instant avant que la porte s'entrouvre, laissant apparaître le visage d'une femme d'âge moyen à la mine méfiante. Elle se détendit un peu en constatant que son visiteur appartenait au beau sexe.

— Qui êtes-vous ?

— Mme Renard. Nous sommes trois, et avons besoin de nous mettre à l'abri de la tempête.

À l'acquiescement de la supposée fermière, elle poursuivit :

— Si vous êtes Mme Boyer, auriez-vous un oncle Laurent ?

Son interlocutrice prit un air grave avant de se signer.

— J'en ai eu un, Dieu ait son âme.

Une voix lasse, mais amusée lança :

— L'annonce de ma mort était fort exagérée, ma très chère Violette.

Cassie se retourna et vit la sombre silhouette du prêtre qui émergeait de la charrette, soutenue par Grey.

Sa nièce dévisagea l'ecclésiastique, ne parvenant à y croire.

— *Mon oncle** !

Elle ouvrit violemment la porte et se rua dans la neige pour le prendre dans ses bras. Sans l'aide de Sommers, les deux parents se seraient écroulés au sol.

Le vieillard n'en avait cure. La figure baignée de larmes, il avoua d'une voix chevrotante et éraillée :

— Ma chère petite, je ne pensais pas vous revoir un jour.

Le vent cinglant soufflait en rafales.

— Vous apprécierez encore plus ces retrouvailles à l'intérieur, fit remarquer l'espionne.

— Oh oui ! s'exclama Mme Boyer en prenant son oncle par le bras pour l'emmener chez elle.

— Y a-t-il de quoi loger mon poney ? demanda Cassie.

Un homme de forte carrure – vraisemblablement Romain Boyer – surgit, attiré par l'agitation.

— Mon père, c'est vraiment vous !

Après avoir échangé une brève mais intense poignée de main avec ce revenant, il dit à Cassie :

— Je vais amener votre bête à l'écurie et l'installer pour la nuit, madame. Vos compagnons et vous-même avez besoin de vous réchauffer auprès de la cheminée.

D'ordinaire, elle se serait occupée personnellement de son animal, mais ce soir-là, elle était disposée à le confier à quelqu'un d'autre.

— Il y a des flocons d'avoine à l'arrière de la charrette, précisa-t-elle d'un ton las. Chardon les a bien mérités.

— En effet, confirma leur hôte en bravant la tempête pour aller se saisir de la bride du poney. Je promets qu'il sera bien traité.

La porte s'ouvrit sur une cuisine spacieuse et chaleureuse avec des bouquets d'herbes aromatiques ainsi que des tresses d'ail et d'oignons qui pendaient des chevrons. Un feu brûlait dans l'âtre avec une telle intensité que Cassie en eut presque un malaise. Elle resta debout, vacillante, trop fatiguée pour réfléchir.

Une jeune enfant et un garçon plus petit qu'elles firent irruption.

— Vous devez vous reposer, madame Renard, affirma Violette.

Elle s'adressa à sa fille :

— Lancez un feu et chauffez le lit d'appoint dans votre chambre. Cette dame nous a ramené mon oncle !

Elle se tourna vers son fils.

— Remplissez trois écuelles de soupe chaude, André.

Puis elle ajouta à l'intention de Cassie :

— Donnez-moi votre manteau. Je vais le faire sécher devant la cheminée. S'il vous plaît, asseyez-vous tous les trois avant de vous effondrer !

L'espionne avait l'habitude de s'occuper des personnes et des chevaux dont elle avait la charge, mais elle se laissa guider vers un fauteuil devant l'âtre. Le père Laurent s'assit à sa droite, et Grey se retira dans un coin, aussi loin que possible des bavardages.

Un récipient posé sur le réchaud contenait de la soupe fumante ; André en versa à la louche dans une gamelle en bois, puis hésita, ne sachant s'il devait servir la dame ou le prêtre en premier. Son invitée fit un signe vers l'ecclésiastique.

— Un homme d'Église a la préséance sur une marchande ambulante.

Heureux d'avoir été éclairé sur ce point, le garçon tendit une écuelle à son grand-oncle, puis en remplit une autre qu'il donna à Cassie. Elle la prit en coupe dans ses mains, et sentit le froid quitter ses doigts dans un fourmillement désagréable. Elle venait de finir son plat lorsque la petite fille revint.

— Je suis Yvette. Venez, madame. Votre lit est prêt et à bonne température.

— *Merci* *.

L'espionne posa l'assiette vide et suivit l'enfant. Elles sortirent de la chaleureuse cuisine pour emprunter un couloir frais et traversé de courants d'air, puis arrivèrent dans une petite chambre équipée de deux lits simples qui se faisaient face de chaque côté du mur, et où il faisait bon.

— Ma sœur, Jeanne, est mariée, il y en a donc un de libre, expliqua Yvette. Celui de droite est pour vous. Puis-je vous aider à vous déshabiller ?

— Merci, mais je vais pouvoir m'en charger.

Elle s'assit sur le bord du matelas, retira ses bottines, et se détacha les cheveux. Elle se releva pour ôter sa solide robe, puis se glissa sous les draps. La couche était étroite, mais confortable.

En France, elle avait l'habitude de ne dormir que d'une oreille, restant à l'affût de tout danger. Mais cette accueillante famille et sa ferme étaient un vrai refuge, protégé de leurs ennemis par la tempête qui martelait les fenêtres et dissimulait les traces de leur parcours.

Elle avait sombré dans le sommeil avant même qu'Yvette quitte la pièce.

Chapitre 13

Lorsqu'elle se réveilla, Cassie vit par les fenêtres couvertes de givre qu'il faisait encore nuit. Elle avait la sensation de n'avoir dormi que quelques heures, mais de s'être reposée assez longtemps pour remédier à son épuisement.

Curieuse de savoir comment se portaient ses prisonniers fraîchement libérés, elle remit ses vêtements. Yvette avait laissé ses bottines devant le petit feu ; elles étaient donc chaudes et pratiquement sèches. Après les avoir passées, l'espionne retourna à la cuisine, qui constituait le lieu de vie dans la plupart des fermes.

Il n'y avait personne dans la longue pièce à part Violette, qui reprisait devant la cheminée. Elle leva les yeux, la joie de ses retrouvailles avec son oncle encore visible sur son visage.

—Ah, vous avez bien meilleure mine, madame. Joignez-vous à moi près de l'âtre. Voulez-vous autre chose à manger ? À boire ? Peut-être de l'eau-de-vie de pomme, que nous fabriquons nous-mêmes ici ?

Cassie allait accepter avec plaisir quand elle remarqua un étendoir dans un coin de l'autre côté du feu. Son manteau était étalé sur l'une des extrémités, de fines volutes s'élevant de l'épais tissu. À l'autre bout se trouvaient les habits récupérés sur le garde du château.

— Wyndham dort encore ? s'enquit-elle.

Son hôtesse esquissa une moue.

— Le père Laurent et ma famille se sont couchés, mais je ne puis me retirer avant que votre autre compagnon – son nom n'était-il pas M. Sommers ? – revienne. Il se baigne. Dans le bassin de l'exploitation.

— Quoi ? s'écria son invitée en la dévisageant. Il va mourir de froid ! Comment avez-vous pu le laisser faire une telle folie ? L'eau a sûrement gelé.

— Cela n'arrive jamais, car elle provient d'une source qui se déverse à une extrémité de l'étang, répondit Mme Boyer en levant les yeux au ciel. Je lui ai également dit que c'était insensé, mais il s'est contenté de me demander très poliment du savon, des serviettes et une brosse à poils durs. Oncle Laurent prétend qu'il est anglais. Cela explique beaucoup de choses.

Elle désigna le feu, qui brûlait faiblement, et poursuivit :

— Je l'ai averti que s'il n'est pas revenu au moment où cette bûche se sera consumée, j'enverrai mon mari le chercher.

La pièce de bois était presque réduite en cendres. Cassie tendit le bras vers son manteau.

— Où est ce bassin ?

— Derrière la maison, près des écuries. Vous ne pouvez pas le manquer, expliqua la fermière en posant sa couture pour attraper un pardessus suspendu à l'une des patères à côté de la porte. Prenez le mien. Il est sec.

L'espionne fut ravie de le passer.

— Pourrais-je avoir une couverture et peut-être du cognac, au cas où je devrais sortir le corps gelé de cet idiot et le ranimer ?

La propriétaire prit une petite carafe rustique dans un meuble, puis un plaid rêche dans un autre. Celui-ci était agréablement chaud d'avoir été rangé non loin du feu.

— Si vous avez besoin de le porter, revenez ici et je réveillerai Romain.

Cassie se munit du spiritueux et se dirigea vers la porte.

— Les hommes ! Il est étonnant que notre espèce ait survécu.

— Elle y est parvenue uniquement grâce au bon sens des femmes, fit remarquer Violette.

— C'est indéniable, confirma son invitée en rabattant la capuche sur sa tête. Vous pouvez aller vous coucher, à présent. Si Mr Sommers est en vie et dans une forme raisonnable, j'attendrai avec lui jusqu'à ce qu'il soit prêt à rentrer. S'il est déjà pris dans la glace, je l'y laisserai jusqu'à demain matin !

Accompagnée du rire de Mme Boyer, elle se lança dans l'obscurité. Environ un pied de neige était tombé, ce qui rendait la marche difficile, mais la tempête était presque passée. Le vent soufflait moins violemment et les énormes flocons qui tombaient annonçaient la fin de la tourmente.

Bouillante d'exaspération, Cassie suivit le chemin partiellement tracé par cet imbécile de lord Wyndham. La nuit était parfaitement calme, frissonnante et enveloppée d'une blancheur qui s'accaparait la moindre lueur et illuminait les ténèbres.

La grange était un bâtiment bas et tout en pierre situé derrière la maison. Des bruits de giclement provenaient de la droite. Puisque tout animal sensé avait trouvé un refuge, il devait s'agir de Grey.

Une partie du bassin était en eau libre. L'espionne se rapprocha et vit alors son fugitif. Il était presque totalement immergé ; seules sa tête et ses épaules dépassaient tandis qu'il se frottait les cheveux.

Le soulagement qu'il ne soit pas mort de froid céda la place à l'irritation. Elle marcha vers lui comme une femme pouvait le faire dans cette profondeur de neige.

— Je ne me suis pas échinée à vous secourir pour que vous laissiez votre stupidité vous achever, lord Wyndham !

— Après dix ans dans une cellule exposée à tous les vents, je ne me rends plus vraiment compte de la température.

Il s'immergea pour rincer le savon, puis se releva, et de ses deux mains, repoussa ses cheveux mouillés en arrière. Même dans l'obscurité, ils étaient visiblement plus clairs qu'auparavant.

— Quel luxe de pouvoir me tremper entièrement dans de l'eau ! Vous ne pouvez pas imaginer.

— J'aime prendre de somptueux bains, reconnut-elle. Mais pas ceux qui consistent à geler dans un bloc de glace.

— Celui-ci n'est pas si désagréable. C'est l'air qui est mordant, précisa-t-il en prenant un ton ironique. Il va falloir que je me dépêche de sortir pour éviter que les membres qui me sont précieux ne givrent au point de se casser.

Elle réprima un sourire.

— J'ai apporté une couverture dans laquelle vous pourrez vous envelopper le moment venu.

Une bûche était installée au bord de l'eau en guise de banc ; Cassie essuya la neige sur l'une des extrémités, y déposa le plaid replié, et s'assit.

— J'ai dit à Mme Boyer qu'elle pouvait se retirer puisque j'allais rester ici jusqu'à ce que vous sortiez sain et sauf, ou que vous disparaissiez dans les profondeurs de la source.

— Même si je succombe à une attaque cardiaque, cela vaut la peine d'être enfin propre, estima-t-il en utilisant une brosse à long manche pour se laver le dos et le frotter si fort qu'il allait sûrement s'arracher la peau. Sans parler des profitables effets de l'eau froide sur le sang chaud.

— Vos ardeurs ont besoin d'être refrénées ? demanda-t-elle en clignant de l'œil.

Les mains de Grey se figèrent.

— Les deux premières années de ma détention, je pensais constamment aux femmes. J'en rêvais. Je me rappelais chacune de celles qui m'avaient plu, dans les détails les plus délicieusement licencieux.

Il se savonna de nouveau les cheveux, faisant onduler les muscles de ses épaules.

— Tout cela s'est progressivement atténué. Quand vous êtes venue me chercher, je me sentais tel un eunuque. Maintenant, me voilà hébergé dans cette magnifique ferme et ma gracieuse hôtesse est une femme fort charmante. Sa fille est une exquise nymphe bien trop jeune pour que je nourrisse de telles pensées. C'est pourquoi l'eau glacée m'est effectivement utile.

— Je suis, pour ma part, trop vieille et trop terne pour éveiller en vous d'indécentes envies, lança-t-elle sèchement.

Il lui adressa un regard brûlant. Elle en percevait la chaleur même au cœur de cette nuit glaciale.

— Je trouvais préférable de ne pas vous offenser avec mes inconvenantes considérations, dit-il. Surtout dans la mesure où vous me domineriez probablement si un combat à la loyale s'ensuivait.

Se remémorant l'intensité de l'étreinte avec laquelle il l'avait accueillie à la prison, elle frissonna, mais pas de froid.

— Vous êtes plus fort que moi, et je suppose que vous avez appris les techniques de lutte indienne auprès d'Ashton à la Westerfield Academy. J'ai agi sans réfléchir en voyant votre expression assassine, et vous ai pris par surprise.

— Pas « assassine ». Je voulais désespérément vous mettre hors de mon chemin pour sortir de cette maudite cellule.

Il s'immergea pour se rincer une nouvelle fois les cheveux.

Cassie resserra le manteau autour d'elle. La neige avait cessé de tomber, et l'air se faisait plus froid.

— Mme Boyer met votre désir fou de vous baigner dans la tempête de neige sur le compte de votre nationalité britannique.

Il déglutit avec difficulté.

— Après dix ans passés en prison, il est bien possible que j'aie perdu la raison.

Elle grimaça. Pensant qu'il avait besoin d'être rassuré, elle modéra ses propos :

— Sans aller jusque-là, il se peut que vous en soyez sorti légèrement perturbé. Cela ne durera pas, affirma-t-elle en débouchant la carafe de spiritueux pour la tendre à Grey en se penchant au-dessus de l'eau. Prenez de cette eau-de-vie de pomme. Cela pourrait vous épargner de vous transformer en glaçon.

Il en but une gorgée, et fut pris d'une telle quinte de toux qu'elle le crut sur le point de couler. Lorsqu'il eut repris son souffle, il dit d'une voix rauque :

— Je n'ai plus l'habitude des alcools forts.

Il sirota avec davantage de précautions, puis soupira de plaisir.

— Un feu acidulé, ajouta-t-il. Très plaisant.

Lorsqu'il lui rendit le flacon, elle en goûta le contenu. Malgré le degré d'alcool, cette liqueur était sucrée et fruitée, et peut-être agrémentée de poire. Tout en appréciant la brûlure qui tapissait lentement sa gorge, elle proposa derechef la carafe à son compagnon.

— C'est un produit fabriqué ici même.

Il en prit de nouveau et observa le flacon en sourcillant.

— Je n'ai rien désiré autant que de m'échapper, mais à présent que je suis libre, que vais-je retrouver en Angleterre ? demanda-t-il doucement. Je pensais que tout le monde m'avait oublié, mais vous avez dit que vous étiez envoyée par Kirkland ?

— Personne ne vous a rayé de sa mémoire, répondit-elle calmement. Votre souvenir hante tous ceux que vous avez connus à la Westerfield Academy. Votre ami écossais vous cherche depuis des années. Il a enquêté parmi les milliers d'Anglais internés en France lorsque la paix d'Amiens a pris fin. Il a entendu des rumeurs, et en a suivi toutes les pistes en vain. Il était déterminé à poursuivre ses investigations jusqu'à ce qu'il vous retrouve en vie, ou qu'il ait la preuve formelle de votre mort.

— Pourquoi ? interrogea-t-il, surpris. J'étais le mondain inutile par excellence.

— Mais charmant, d'après lui.

— Le « charme » est l'une des nombreuses choses que j'ai perdues au cours de ces dernières années, déclara-t-il en prenant une autre gorgée de spiritueux. Savez-vous quoi que ce soit de ma famille ? Vous m'avez appelé Wyndham, et pas Costain. Cela signifie, je l'espère, que mon père va bien ?

— Kirkland m'a affirmé que vos parents ainsi que vos frère et sœur étaient en bonne santé, le rassura-t-elle.

Le clair de lune perçait à travers les nuages, formant un halo de lumière autour de la chevelure de Grey. Cassie se rappela alors que leur ami écossais l'avait un jour qualifié d'enfant béni.

— Si vous avez fini votre toilette, il est temps de rentrer.

— Je crains de sortir de l'eau, car le froid risque d'être vraiment cruel, expliqua-t-il en lui rendant la carafe. Mais je suppose qu'il le faut.

— Mme Boyer m'a dit que vous aviez emporté des serviettes. Ah, elles sont là, lança-t-elle en les ramassant.

Après avoir raclé la neige qui couvrait une portion du banc, elle y étala le plus petit linge.

— Montez là-dessus. La serviette protégera un peu vos pieds. Prenez la plus grande pour vous éponger le plus possible, et je vous envelopperai ensuite dans la couverture.

— Reculez-vous si vous ne voulez pas vous faire asperger.

Il grimpa sur le rebord et se posta comme elle le lui avait recommandé, puis lui prit de quoi se sécher.

Le clair de lune dévoilait la beauté puissante de son corps émacié et marqué de cicatrices. Nombre de ses os saillaient sous sa peau ferme et pâle. Il indiqua en claquant des dents :

— Les sabots. Juste là.

Les souliers de bois avaient presque disparu sous les flocons. Elle les récupéra et les posa à côté de la serviette. Ils étaient généralement portés par-dessus des chaussures normales, mais Sommers était grand, leur taille convenait donc à ses pieds nus.

Il se frictionna rapidement. D'après ce qu'elle aperçut de son « matériel de séduction », comme on disait pudiquement, l'eau glaciale avait efficacement réduit ses ardeurs, du moins pour l'instant.

— Laissez-moi vous essuyer le dos, proposa-t-elle.

Il lui tendit le linge mouillé. Elle le lui passa prestement sur sa longue échine, puis enroula la couverture autour de lui.

Tremblant, il resserra vigoureusement le carré de laine rugueuse.

—Je savais que cette partie serait la plus difficile. Où est l'eau-de-vie ?

Cassie la lui tendit. Il en but une généreuse gorgée tandis qu'il enfilait les sabots.

—Il est temps de déguerpir avant que je me transforme en glace de chez *Gunter's*. Seigneur, cet endroit est-il toujours en activité ?

—Le salon de thé à Mayfair ?

Cassie y était allée une fois, mais cela faisait si longtemps qu'elle l'avait presque oublié. Toutefois, elle se souvenait à présent d'un sorbet au citron, et de la douceur piquante fondant sur sa langue.

—Autant que je sache, ce commerce est florissant.

—Bien. J'avais l'habitude d'y amener mes cadets. Quand il faisait plus chaud qu'en ce moment !

Il se dirigea vers la maison, ses longues jambes et sa grande motivation lui permettant de ne pas perdre de temps. Cassie le suivit d'un pas moins alerte en portant les serviettes mouillées.

Même si Grey s'était rué dans la chaleureuse demeure, il garda la porte ouverte pour sa compagne. Ses manières de gentleman n'avaient pas complètement disparu.

Violette s'était retirée, mais elle avait alimenté le feu et laissé une lampe allumée, la cuisine était donc chaude et accueillante. Sur la table en bois se trouvaient des couverts, une bouteille de vin, et des victuailles recouvertes d'un fin torchon. Après avoir pendu le manteau, Cassie souleva le tissu et découvrit du pain, du fromage, une petite assiette de pâté et un bocal de condiments.

— Nous avons tous deux besoin de nous réchauffer auprès de l'âtre avant de nous coucher, déclara-t-elle en s'efforçant de parler à voix basse pour ne pas réveiller la maisonnée endormie. Notre merveilleuse hôtesse nous a préparé une collation. Cela vous tente-t-il, ou avez-vous assez mangé tout à l'heure ?

— Mme Boyer a veillé à ce que je ne me nourrisse pas trop, car elle craignait que je ne me rende malade. Je ne dirais donc pas « non » à un petit souper.

Il se débarrassa des sabots d'un coup de talon et s'installa dans l'un des confortables fauteuils près du feu, soigneusement enroulé dans la couverture. Dans un soupir de plaisir, il étendit ses pieds nus devant la cheminée.

— La liberté, un repas et un bon feu. Hier encore, je ne pouvais imaginer une telle opulence.

Cassie remplit deux assiettes de tranches de pain, de fromage, de portions de pâté et de condiments. Elle était silencieusement amusée par la façon cavalière dont Grey avait retiré ses souliers. Durant sa jeunesse dorée, il avait sûrement disposé de serviteurs qui rangeaient sans mot dire derrière lui. Dans sa cellule, il ne possédait rien à conserver en ordre. Cet homme avait besoin d'être éduqué à la propreté.

Elle lui tendit l'une des assiettes, un couteau, et un verre de vin rouge et corsé. Dans la faible lumière, il était devenu l'enfant béni que Kirkland avait décrit. Il avait les cheveux blond clair ; sa barbe était plus foncée et mouchetée de roux. Mais il n'avait plus rien d'un petit garçon. Il avait mûri au-delà de son âge.

— Avoir à boire et à manger dès que je le désire. Quel remarquable concept.

Il étala du pâté sur une tranche de pain et prit une bouchée. Il en savoura le goût avant de l'avaler.

— Aaah, de la pure ambroisie.

Cassie prit place dans le fauteuil à côté de celui de Grey, munie de sa portion. Elle dégusta le fromage sur le pain, la terrine sur une autre tranche, puis allia les deux avec des condiments. Comme l'avait observé son compagnon, c'était divin.

— Comment avez-vous entretenu votre force dans d'aussi effroyables conditions ?

— J'ai pratiqué de l'exercice. J'ai couru sur place, j'ai soulevé des blocs de pierre qui faisaient office de mobilier, et je me suis appliqué à rester en mouvement autant que possible, dit-il en haussant les épaules. Au début, on me nourrissait dans des quantités qui auraient à peine maintenu un rat en vie, mais les rations ont augmenté après l'emprisonnement du père Laurent.

— La cuisinière du château trouvait indécent qu'un prêtre soit aussi maltraité, elle a donc fait descendre des repas plus copieux pour vous deux, expliqua-t-elle.

— Je lui dois toute ma gratitude. Je n'ai jamais vraiment mangé à ma faim, mais je me suis sustenté suffisamment pour ne pas m'affaiblir, précisa-t-il en relevant de sauce une tartine au fromage. Il n'y avait rien d'autre à faire, m'entretenir physiquement permettait au moins de tuer un peu le temps.

—Ainsi que chanter ?

Il esquissa un léger sourire.

—Oui, et me remémorer des poèmes, ou d'autres activités de la sorte. Je n'étais pas un étudiant modèle. Je n'avais jamais envisagé que l'éducation m'aiderait un jour à me raccrocher à ma santé mentale.

—Avoir un esprit bien fourni doit être fort profitable en cas d'emprisonnement.

—C'est le cas du père Laurent. Je l'ai encouragé à partager son immense savoir avec moi, dit-il en étalant une généreuse couche de pâté. Cassie, quelle est la suite des événements ?

—Il nous faut demeurer ici un jour ou deux en attendant que les routes soient dégagées, répondit-elle. Ensuite, nous mettrons le cap au nord pour regagner la Manche, où des contrebandiers peuvent nous ramener chez nous.

—« Chez nous », répéta-t-il. Je ne sais plus ce que cela signifie. J'étais le jeune homme typique qui court la ville, et assouvit ses penchants pour la boisson, le jeu et les danseuses classiques. Une vie futile. Je ne puis reprendre ce chemin-là. Mais j'ignore à quoi d'autre je devrais retourner.

—Dix ans ont passé, souligna-t-elle doucement. Vous auriez changé même sans quitter le giron de l'Angleterre. Vous auriez peut-être femme et enfants. Ou vous vous seriez lancé dans la politique puisque vous siégerez à la Chambre des lords un jour. Beaucoup de voies s'ouvrent à vous, et vous avez tout votre temps pour vous décider.

— La simple idée d'une soirée à l'opéra, d'un combat de boxe ou d'un club de jeu m'effraie, avoua-t-il d'un air désolé. Toute cette foule ! Je ne sais pas si je le supporterais. C'est en partie pourquoi je suis allé me plonger dans le bassin. Côtoyer une demi-douzaine de personnes, même adorables, me paraissait difficilement supportable.

— Après un si long isolement, il n'est guère étonnant que la perspective de la foule vous soit effroyable, concéda-t-elle. Mais il vous est possible d'éviter les gens jusqu'à ce que vous vous sentiez prêt. Vous êtes un aristocrate. Vous pouvez vous comporter tel un ermite formidablement excentrique si vous le souhaitez. Vous étiez une personne enjouée qui ravissait les autres auparavant, il est donc probable que vous le deveniez de nouveau. En temps et en heure.

— J'espère que vous avez raison, dit-il en la regardant furtivement, les yeux tombants. Vous reste-t-il de l'eau-de-vie ?

— Puisque vous n'êtes pas habitué aux alcools forts, peut-être serait-il préférable de ne pas vous en autoriser davantage, fit-elle observer. À moins que vous ne souhaitiez célébrer votre premier jour de liberté avec une migraine retentissante.

Il reposa la tête sur le dossier de son siège.

— Je suppose que vous avez raison. Je n'ai pas bu tant que cela au bord du bassin, et je semble pourtant m'épancher en toute légèreté.

— Il n'est guère étonnant que vous vouliez évoquer ce qui vous attend, et je suis la meilleure interlocutrice, car je connais l'Angleterre, souligna-t-elle. Et je ne présente aucun danger. Lorsque nous aurons atteint la Grande-Bretagne, vous ne me reverrez pas, et je ne verse pas dans le commérage.

— Vous êtes surtout mystérieuse, madame Cassie le Renard, rétorqua-t-il doucement. Quelle est votre histoire ?

Chapitre 14

Dès que Grey prononça ces paroles, Cassie se retira en elle-même, sa force et son intelligence disparaissant derrière la façade d'une dame mûre et fatiguée. Il se demandait quel âge elle avait réellement. Dans un premier temps, il avait supposé qu'elle était deux fois plus vieille que lui, autour de soixante ans, mais la façon dont elle se déplaçait ne correspondait pas. Lorsqu'elle ne s'efforçait pas de paraître faible et inoffensive, elle avait l'agilité d'une jeune femme en pleine forme malgré ses cheveux gris et son visage sillonné de rides.

Souhaitant entendre sa jolie voix rauque, il poursuivit :

— Pourquoi êtes-vous ici, avec l'allure et l'accent d'une Française pourtant sous les ordres d'un employeur anglais ?

— Je n'obéis à aucun supérieur, qu'il soit britannique ou autre, répliqua-t-elle froidement. Puisque je veux voir Napoléon mourir et son empire s'effondrer, je travaille pour Kirkland. Nous partageons les mêmes objectifs.

Grey songea à tout ce qu'il ignorait.

— La guerre… Bonaparte est-il en passe de la remporter ? Durand me narguait en m'informant des victoires françaises. Austerlitz. Iéna, énuméra-t-il en explorant sa mémoire. Il a aussi évoqué beaucoup d'autres batailles triomphales.

— Il ne vous a raconté qu'une version de l'histoire, rectifia-t-elle d'un air amusé. La France a certes connu des succès, mais pas récemment. Sa flotte a été détruite à Trafalgar en 1805, et la Grande-Bretagne règne sur les mers depuis lors. En péninsule Ibérique, les Britanniques et leurs alliés locaux repoussent l'armée impériale chez elle.

— Qu'en est-il de l'Europe de l'Est ? La Prusse, l'Autriche et la Russie ?

— L'Empereur a vaincu les deux premières à plusieurs reprises, mais elles n'en resteront pas là, expliqua Cassie. Dans un élan d'une stupidité ahurissante, il a envahi la troisième l'été dernier, avant que le général Hiver emporte un demi-million de ses hommes. Les jours de Napoléon sont désormais comptés.

Grey poussa un soupir, apaisé.

— Toutes ces années, je me suis demandé si l'Angleterre finirait dominée.

— Bonaparte est un brillant général, admit-elle, mais même lui ne parviendrait pas à vaincre l'Europe dans son intégralité. S'il s'était contenté de demeurer derrière les frontières françaises, il aurait pu être couronné de succès, mais son désir de conquête est son point faible.

Que voulait-il savoir d'autre ?

— Vous avez mentionné mes camarades de classe à la Westerfield Academy. Que deviennent-ils ? Et comment se porte lady Agnes ?

— Elle va bien, et continue d'éduquer ses garçons bien nés mais mal éduqués, l'informa-t-elle dans un sourire. Je ne l'ai rencontrée qu'une fois, mais elle est de ces personnes que l'on n'oublie pas.

Il en ressentit un vif soulagement. La directrice n'était certes pas une dame âgée, mais dix ans représentaient une longue période. Cette femme avait autant compté dans son existence que sa propre mère, et il se réjouissait de la savoir en bonne forme.

— Qu'en est-il de mes compagnons ? Kirkland est *a priori* en vie et manifestement actif dans le monde de l'espionnage.

Cassie acquiesça.

— Il partage son temps entre Édimbourg et Londres pour la compagnie maritime qu'il dirige. La collecte de renseignements est une activité secondaire.

Il repensa à ses amis qui étaient devenus plus que des frères durant ces années d'école.

— Savez-vous comment vont les autres ?

Elle fronça les sourcils.

— Pour la plupart, je les connais peu. Le duc d'Ashton se porte bien, il s'est marié récemment, et s'apprête à accueillir son premier enfant. Randall était major dans l'armée, mais il a quitté ses fonctions lorsqu'il est devenu l'héritier de son oncle, le comte de Daventry.

Grey se remémora furtivement l'expression crispée de son ami après que ce dernier avait reçu une lettre du vieillard.

— Alexander le détestait.

— Et c'est réciproque, à ce que l'on m'a dit, mais ils sont enchaînés l'un à l'autre, et ont apparemment déclaré une trêve, expliqua-t-elle. Randall est lui aussi marié depuis peu. Il semblait très heureux quand je l'ai rencontré. Son épouse est une ravissante et chaleureuse lady.

— Je pensais qu'il avait l'âme d'un célibataire endurci, mais je suis heureux d'apprendre qu'il en est autrement.

Car si un homme avait besoin d'une femme « ravissante et chaleureuse », c'était bien lui. Songeant au reste de ses camarades, il demanda :

— Et Masterson et Ballard ?

— Le premier est également major dans l'armée, et le second relance le négoce de vins que tenait sa famille au Portugal. Vous avez dû connaître Mackenzie, dit-elle en plissant le front, le demi-frère illégitime de Masterson. Il dirige une maison de jeu très à la mode à Londres. Rob Carmichael, lui, est devenu un coureur de Bow Street.

Grey haussa les sourcils.

— Il en avait les compétences, mais cela a dû mettre son père dans une colère noire.

— Je crois que c'est en partie pour cette raison qu'il a choisi cette voie, répondit-elle d'un ton ironique. Ce sont là les seuls étudiants de Westerfield que je connaisse, mais dès votre retour à la capitale, vos amis seront ravis de vous informer davantage.

Il eut les entrailles nouées de panique en pensant à Londres. Les mariages de ses camarades lui firent aussi prendre vivement conscience du temps qui s'était écoulé. Ils avaient grandi et avaient endossé des responsabilités d'adultes. Il s'était quant à lui contenté de... survivre.

D'une intuition déroutante, Cassie dit doucement :

— Ne comparez pas votre existence à la leur. Il vous est impossible de changer le passé, mais vous allez retrouver votre famille, vos proches et votre fortune. Vous pourrez jouir de l'avenir dont vous rêviez en captivité.

Il avait envie d'avouer qu'il n'était plus capable de mener la vie à laquelle sa naissance le destinait. Son assurance, sa perception de lui-même et sa place dans le monde avaient volé en éclats. En tant que futur comte, il n'aurait aucun mal à trouver une femme désireuse de dépenser son argent. Néanmoins, où en dénicherait-il une qui voudrait – ou saurait – s'accommoder des ténèbres de son âme ?

Mais les pleurnicheries étaient inacceptables, surtout devant une créature aussi courageuse que Cassie. Il était encore éberlué de la façon dont elle était venue vérifier s'il se trouvait au Château Durand, avait saisi l'occasion de le délivrer, neutralisé le garde, et emmené le père Laurent et lui-même à l'abri en bravant la tempête. Peut-être était-ce cette force qui la rendait si attirante aux yeux de Grey.

Mme Boyer était une belle jeune femme. Sa fille Yvette était une adorable enfant avec un visage dans lequel de jeunes et piètres poètes auraient puisé leur inspiration. Mais c'était la vieille et morne Cassie le Renard qui intriguait celui qu'elle avait sauvé. Certes, elle avait peut-être l'âge de lady Costain, mais son profil se révélait charmant et délicat, sa voix délicieusement cassée, et son cœur en acier trempé.

Souhaitant en savoir davantage à son sujet, il lui lança :

— Parlez-moi de votre famille.

Elle se pencha pour mettre une nouvelle bûche dans le feu.

— Mon père était anglais, mais nous faisions de longs séjours chez les proches de ma mère en France. Nous étions ici quand la Révolution a éclaté, dit-elle en s'enfonçant dans son fauteuil, le visage de marbre. J'affirmais qu'il fallait retourner immédiatement en Angleterre, mais personne n'a pris mes avertissements au sérieux.

— Cassandre, dit-il, se remémorant ses leçons de grec. La princesse troyenne qui voyait l'avenir, mais ne parvenait à convaincre quiconque du danger qu'elle prédisait. Est-ce pour cette raison que vous avez choisi ce prénom ?

Elle grimaça.

— Personne n'a jamais fait ce rapprochement avant vous.

— C'était un personnage tragique, déclara-t-il à voix basse, curieux de savoir à quel point l'histoire de sa bienfaitrice ressemblait au mythe. Avez-vous, comme elle, perdu votre famille ?

Elle tourna brusquement la tête et plongea son regard dans les flammes.

— Oui.

Percevant la douleur dans sa voix, il sut qu'il était temps de changer de sujet. Lorsqu'il était plus jeune et galant, il aurait eu l'intelligence de ne pas poser de questions aussi personnelles.

— Quel est selon vous le meilleur moyen de retourner en Angleterre ? Je ne sais même pas dans quelle partie de la France nous sommes.

— À environ cent miles au sud-ouest de Paris, donc relativement loin des côtes de la Manche, indiqua-t-elle en sourcillant. Le nord est la direction la plus évidente à prendre, ce qui nous est défavorable si l'on nous recherche. Mais tout autre itinéraire serait bien plus long.

— Pensez-vous que nous allons être poursuivis ? Avec Gaspard mort, il n'y a sans doute personne au château capable d'organiser une battue.

— Son garde ne semblait pas du genre à prendre des initiatives, concéda-t-elle. Mais dès que Durand aura appris la fuite de ses prisonniers, il lancera peut-être des soldats à vos trousses.

— Probablement, répondit Grey en tressaillant à cette perspective. Il me vouait une haine très personnelle.

— Qu'aviez-vous fait pour susciter un tel mécontentement ?

Il détestait dévoiler sa stupidité, mais Cassie méritait une réponse.

— Il m'a surpris au lit avec sa femme. Lorsque je suis venu à Paris, Kirkland m'a demandé de rester à l'affût de toute information susceptible d'intéresser le gouvernement britannique, expliqua-t-il en lâchant un soupir. Je me plaisais dans mon rôle d'espion. J'avais entendu que le citoyen Durand fréquentait le cercle restreint des hauts dirigeants, j'ai donc eu la brillante idée de tenter de glaner des renseignements auprès de son épouse. Je l'ai rencontrée dans un salon mondain et elle m'a clairement signifié qu'elle ne s'opposerait pas à un brin de batifolage.

— Pensez-vous qu'elle ait rusé afin de vous faire tuer ou capturer ?

— J'ai eu tout le temps de méditer sur la question, mais non, je crois qu'elle avait seulement un goût prononcé pour les jeunes hommes, et je me suis montré assez idiot pour me faire prendre.

Comme sa vie aurait été différente s'il était parti lorsqu'elle le lui avait demandé.

— Par quel moyen allons-nous voyager ? s'enquit-il. Votre véhicule ?

Elle secoua la tête en signe de dénégation.

— Si quelqu'un soupçonnait la vieille marchande ambulante d'être mêlée à votre évasion, nous constituerions une proie trop identifiable.

— Je pourrais faire route seul, proposa-t-il, détestant l'idée que sa présence puisse la mettre en danger.

— En dépit de vos dix années passées ici et du fait que vous parliez couramment le français, vous ne connaissez plus ce pays. Nous devons faire ce trajet ensemble, dit-elle, le visage furtivement illuminé d'un sourire. Je serai votre vieille mère. Je vais voir si les Boyer veulent garder ma charrette. Elle est robuste, bien construite, et peut être repeinte pour changer d'apparence. Je monterai Chardon, mais il nous faudra une monture plus imposante pour vous. M. Boyer connaît probablement quelqu'un qui aura un cheval à vendre.

— L'armée ne les a-t-elle pas tous réquisitionnés ?

— C'était le cas au début de la guerre, mais maintenant que les militaires peuvent puiser dans les ressources d'un continent, ils disposent de bêtes en quantités suffisantes. Il ne devrait pas être difficile de vous en trouver une aussi fiable que banale. De ces animaux que l'on ne regarde pas deux fois.

Grey ne valait sûrement guère mieux que ce type de monture à ce moment précis.

— Si le temps nous est clément, je suppose qu'il faudra environ une semaine pour atteindre la côte de la Manche, et que vous êtes déjà en contact avec d'obligeants contrebandiers ?

Elle acquiesça.

— J'ai également de faux papiers pour vous. Kirkland les a fait fabriquer au cas où.

Grey arqua les sourcils.

— Voilà ce qui s'appelle de l'anticipation, car il ne savait même pas si j'étais encore vivant.

— Dans mon métier, il est avisé de se préparer à toute contingence. Cela laisse davantage de temps pour gérer les problèmes imprévus. Et il y en a toujours, fit-elle remarquer en couvrant un bâillement tandis qu'elle se levait. Je suis épuisée. Au moins, la neige nous donne une bonne excuse pour dormir tard. Nous ne pourrons pas partir avant un jour ou deux. Vous a-t-on préparé un lit ?

— On m'a installé un matelas dans la chambre où se trouve le père Laurent, mais ce fauteuil est si confortable que j'envisage d'y finir la nuit.

Pouvoir décider de l'endroit où il dormirait était un luxe indicible, après dix ans sans avoir le moindre choix.

Mais saurait-il encore en faire, une fois de retour dans un monde complexe ? Ou devrait-il réapprendre, avec toutes les erreurs que cela impliquait ?

Cassie alimenta le feu, puis sortit d'une armoire une autre couverture élimée. Elle l'étendit sur lui en disant :

— Il fera plus frais au petit matin.

— J'y suis habitué, répondit-il en lui attrapant le poignet alors qu'elle se retournait. Je viens de me rendre compte que je ne vous avais pas remerciée de m'avoir secouru.

Il lui embrassa la main avec une reconnaissance que les mots n'auraient su exprimer.

Une pointe d'électricité crépita entre eux. L'espionne se dégagea, visiblement perturbée.

— Je n'ai fait que mon métier. Nous avons eu de la chance que tout se passe bien aujourd'hui. Bonne nuit, milord.

Munie d'une bougie, elle disparut dans un couloir menant vers l'aile est de la maison. Grey la regarda partir, s'interrogeant de nouveau sur son âge. Elle avait une poigne solide et forgée par le labeur, mais nullement altérée par le passage du temps. Peut-être n'était-elle pas vieille au point qu'il dût avoir honte des pensées lubriques qu'elle lui inspirait.

Il ferma les yeux et glissa dans un sommeil chargé de cauchemars où il était une mouche prise au piège d'une toile gluante, tandis qu'une araignée se rapprochait pour la mise à mort.

De retour à son château, Durand explosa de rage et convoqua son intendant dans un concert de jurons. Une bonne tremblante fit venir ce dernier. M. Houdin apparut, le visage blême.

Tandis qu'il ôtait son manteau et ses gants, son employeur l'observait d'un œil noir.

— Où sont passés mes prisonniers, Houdin ? Vous a-t-on payé pour les relâcher ?

Le domestique eut un mouvement de recul devant la fureur de son maître.

— Non, monsieur ! Personne ici ne vous a trahi. Mais tout le monde – sans exception, y compris moi – était terrassé par une insidieuse maladie qui nous a tant affectés que peu de gens parvenaient même à tenir debout. Deux de nos plus vieux serviteurs sont morts. C'est apparemment lors de ce moment de vulnérabilité que plusieurs individus se sont introduits et ont délivré le godon ainsi que le prêtre.

— Gaspard répondra de tout cela ! vociféra Durand.

— Il a été tué, annonça sombrement l'intendant. Au cours de l'assaut. Il ne vous a pas dupé, citoyen.

— Soit, mais il s'est montré parfaitement incompétent ! Qu'en est-il des gardes ?

— Brun était cloué au lit et en a réchappé de peu. Dupont était de service et a été blessé lors de l'attaque.

Ce dernier constituait le meilleur témoin, supposa le ministre.

— Où est-il ?

Puisqu'il n'y avait plus personne à surveiller dans le donjon, le rescapé travaillait à présent dans les écuries. Le maître des lieux le somma de venir. L'homme accourut, pâle de peur.

Pressé de questions, il répondit :

— Il y avait trois ou quatre assaillants, au moins, monsieur. J'ai entendu leurs pas dans l'escalier, mais je n'ai vu qu'une vieille femme qui a servi de diversion. Elle a apporté de la nourriture au poste de garde, car presque tout le personnel était souffrant. J'ai été attaqué pendant que je mangeais. Ils m'ont frappé à la tête pour m'assommer, expliqua-t-il en se frottant la nuque. Je me suis réveillé ligoté comme un cochon prêt à être égorgé, et j'avais été déshabillé.

— Un porc, c'est tout ce que vous êtes, sale bon à rien ! gronda Durand. Vous méritez de rester ici à nettoyer les chevaux.

Il tourna les talons et s'éloigna en furie. Par chance, il était venu accompagné d'un escadron d'individus spécialement entraînés, et tous d'émérites cavaliers. Il allait étudier chaque route que les fugitifs étaient susceptibles d'emprunter, puis il enverrait ses hommes à leurs trousses.

Il retrouverait ce bâtard d'Anglais, même s'il devait lancer tous les fonctionnaires du ministère de la Police à sa recherche.

Chapitre 15

En passant la nuit dans un fauteuil auprès du feu, Grey avait eu l'avantage d'exercer un choix, et l'inconvénient de subir l'activité matinale de la cuisine. Lorsque Violette Boyer y fit irruption en sifflant, son invité se réveilla, l'esprit brumeux, s'excusa de bloquer le passage, et se dirigea en hâte vers la couche installée à son intention dans la chambre du père Laurent.

Là, il dormit quelques heures supplémentaires, et se réveilla un peu avant midi pour contempler le soleil qui miroitait intensément dans la neige. La ferme était sise dans une ravissante petite vallée entourée de collines, et inspirait la confiance, l'isolement et la prospérité. Le prêtre n'était plus là, et les vêtements secs de Sommers avaient été empilés soigneusement à côté de lui.

Savourant sa liberté, il s'habilla et se mit en route vers la cuisine qui débordait d'une bruyante activité. Toute la maisonnée était là, mangeant, bavardant et célébrant le retour miraculeux de l'oncle Laurent. Grey sentit son pouls s'affoler, et voulut sortir en courant dans la campagne déserte.

— Souhaitez-vous un repas du matin ou du midi, monsieur ? lança gaiement Violette.

— Du café et du pain à emporter au-dehors serait l'idéal, répondit-il, jugulant son désir de déguerpir. Le grand air m'appelle.

La fermière hocha la tête, et prépara une grande tasse de café agrémenté de miel et de lait chaud, ainsi qu'une demi-miche de pain coupée en deux et fourrée de confiture de framboise.

— Il y en aura d'autre quand vous serez revenu au chaud.

Soulagé qu'elle ne tente pas de le persuader de rester à l'intérieur, il mit le manteau et le chapeau que lui tendait le jeune fils de la famille, et se dirigea vers la sortie. C'était une journée aussi froide que belle, et durant de longues minutes, l'ancien captif demeura simplement dans la cour à observer les couleurs et les textures qui l'entouraient.

Il ne pensait pas avoir déjà vu un ciel d'un bleu plus intense que celui-là. Un bosquet de gracieux et sombres conifères s'élevait à flanc de coteau à gauche de la grange, leurs aiguilles bruissant dans le vent. Des rafales de neige dansaient sans bruit au-dessus de l'étendue lisse et blanche qui recouvrait les terres.

Et que dire des saveurs! Le café brûlant et laiteux le réchauffait, et la délicieuse acidité de la confiture de framboise lui rappelait combien la nourriture pouvait être bonne. Il ne considérerait plus jamais ces plaisirs gustatifs comme acquis.

Puisqu'il portait les bottes du garde, il lui fut facile de se frayer un chemin dans la neige jusqu'au bassin. Il essuya un endroit de la bûche qui avait servi de banc et s'y installa, se gorgeant des senteurs et des bruits de la campagne en même temps qu'il buvait son café.

Un faucon plana magistralement au-dessus de sa tête. Grey avait certes apprécié la visite de petits oiseaux dans sa cellule, mais le vol majestueux et puissant d'un rapace lui avait manqué.

Le monde était un festin, un tumulte étourdissant de couleurs, de sons, de mouvements, d'odeurs, et lui-même n'était qu'un mendiant ne sachant que faire de telles richesses. Il finit son café et son pain, mais n'éprouva aucune envie de rentrer.

Il entendit des pas crisser et devina qui arrivait avant même que Cassie le rejoigne pour s'asseoir sur le banc en respectant une distance de sécurité de trois pieds. Il se crispa, mais elle garda le silence. Il se détendit progressivement. Elle était aussi paisible que le bassin glacé et les congères que le vent avait sculptées.

Elle buvait du thé, et cette senteur d'herbes était divine. Encore l'une de ces choses qu'il n'avait jamais appréciées à leur juste valeur lorsqu'il menait une existence d'opulence.

La présence de l'espionne le rassérénait, contrairement à l'exubérance angoissante des Boyer. Il se sentit obligé de lui dire :

— Étrange. Le manque de compagnie m'a torturé et l'arrivée du père Laurent dans la cellule à côté de la mienne a été la plus grande bénédiction que j'aie connue. Pourtant, maintenant que je suis libre, je me sens mal à l'aise parmi un petit groupe de gens.

— Nous sommes des créatures sociales. Être isolé des autres est l'un des pires tourments imaginables, fit-elle remarquer en sirotant son thé. Pour survivre tant d'années, il vous a fallu faire appel à une volonté et une endurance hors du commun qui vous ont fait dépasser les frontières de la vie normale. Revenir à celle-ci prendra du temps.

— « Une volonté et une endurance hors du commun » ? répéta-t-il en souriant sans humour. De tous ceux qui m'ont connu auparavant, personne ne me croirait capable de l'un ni l'autre.

— Kirkland nourrissait des doutes sur ce sujet, rétorqua-t-elle avec une pointe d'ironie. Mais cela ne signifiait pas qu'il estimait devoir vous abandonner. Imaginez le plaisir de retourner auprès de votre famille, de vos amis, et de les éblouir avec votre force de caractère.

Il émit un rire rocailleux. Le prêtre et lui avaient partagé avec plaisir de profondes conversations, mais rarement l'hilarité.

— Cette perspective me plaît, déclara-t-il, finissant à regret son café sans toutefois vouloir rentrer pour se resservir. Ma chère madame Renard, vous qui êtes si avisée, pensez-vous que je redeviendrai à peu près normal un jour ? Ou toutes ces années d'emprisonnement ont-elles fait de moi une tout autre et méconnaissable personne ?

Elle secoua la tête.

— Nous ne connaissons jamais tout notre potentiel jusqu'à ce que les circonstances nous contraignent à relever des défis inattendus. D'autres conditions auraient fait ressortir différents aspects de votre nature.

— J'aurais infiniment apprécié qu'elles soient « différentes », répondit-il sèchement.

— Assurément, concéda-t-elle en le regardant pour la première fois depuis son arrivée. Mais si vous aviez poursuivi une existence insouciante et luxueuse, éprouveriez-vous aujourd'hui un plaisir aussi intense dans les choses simples ? Le ciel serait-il aussi beau, les framboises se révéleraient-elles aussi exquises, si vous n'en aviez jamais été privé ?

Il arqua les sourcils.

— Non, mais j'ai payé le prix fort pour cette sensibilité exacerbée.

Elle esquissa un sourire fugace.

— Bien plus cher que quiconque souhaiterait débourser. Mais au moins, vous tirez des compensations de ce que vous avez enduré, affirma-t-elle en buvant une autre gorgée. Elles aident à pondérer la colère.

Grey eut l'impression qu'elle lui avait assené un coup physique. Il avait ressenti une telle euphorie en recouvrant sa liberté, qu'il n'avait pas vraiment pris conscience de la rage qui bouillait juste en dessous de son bonheur renaissant. Maintenant que Cassie avait mis un nom sur cette émotion, il s'aperçut qu'une intense fureur embrasait son for intérieur. Une colère si volatile qu'il serait capable de… n'importe quoi si elle éclatait.

Il était consumé de rage lorsqu'il avait tordu le cou à Gaspard. Il se souvenait à peine de l'avoir fait, mais conservait en mémoire le plaisir vicieux qui l'avait animé quand il avait tué ce bâtard. Il aurait fait subir le même sort au sous-fifre de ce dernier si Cassie ne lui avait enjoint de se retenir.

Cette calme requête lui avait suffisamment éclairci les idées pour qu'il se rappelle les petits actes de bienveillance dont le père Laurent avait bénéficié de la part d'au moins un garde. Au nom de cette gentillesse qui avait peut-être sauvé la vie de l'ecclésiastique, Sommers avait épargné le geôlier.

L'admission de sa colère fut suivie de deux autres réflexions. Tout d'abord, son malaise parmi les Boyer ne relevait pas seulement de la panique générée par la présence d'un groupe de personnes ; il craignait surtout de perdre son sang-froid et de blesser l'une d'elles. Ou pire.

Par ailleurs...

— Vous avez déjà été détenue vous aussi, non ? lança-t-il.

Cassie se figea, le regard rivé sur l'eau dans laquelle il s'était baigné la nuit précédente.

— Pendant près de deux ans. Rien d'aussi rude que votre emprisonnement.

— Mais tout de même un temps considérable, insista-t-il doucement. En isolement ?

Elle acquiesça.

— Au départ, j'étais soulagée de ne pas être enfermée dans une cellule surchargée au point qu'il y ait à peine la place de s'allonger. Au bout d'un mois, j'aurais donné tout ce que je possédais et l'espoir du ciel tout entier pour partager une pièce avec n'importe quelle mégère hystérique et crasseuse.

— Ce n'est guère étonnant que vous compreniez ce qu'est la privation de compagnie. De contact.

Il tendit le bras et couvrit la main gauche de l'espionne, qui reposait sur le banc. Les doigts frémissants, elle serra celle de Grey.

— On a fini par vous relâcher ? s'enquit-il.

— J'ai trouvé moi-même le chemin de la liberté, répondit-elle sur un ton qui rejetait toute question. Comme vous, j'ai découvert des ressources que j'ignorais recéler, expliqua-t-elle en le tenant plus fermement. Après toutes ces années, le besoin de toucher se fait encore parfois cruellement ressentir.

Étant donné qu'il éprouvait la même chose, il glissa le long du siège pour mettre un bras sur les épaules de Cassie. Pas pour lui tenir chaud, mais pour contenter un manque mutuel. Elle se détendit contre lui, l'enlaçant d'un bras autour de la taille. Il se demanda de nouveau quel âge elle avait. Une fois encore, les pensées lubriques qui lui traversaient l'esprit le firent rougir.

Au moins, il avait l'intelligence de ne pas les laisser guider ses actes. Ni d'interroger une dame sur son âge.

— Quel travail accomplissez-vous pour Kirkland ? Si vous passez la majeure partie de votre temps à sillonner la France, vous êtes donc seule.

Elle poussa un soupir formant un petit nuage blanc dans l'air glacial.

— Je fais office de coursier pour lui, je collecte des renseignements et les lui rapporte. J'escorte parfois des gens vers la Grande-Bretagne, comme je le fais avec vous. Mon accoutrement de marchande ambulante me permet d'aller presque partout. L'espionnage est une activité que je pratique en solitaire ici, mais je retourne à Londres deux ou trois fois par an. J'y ai un genre de logis, et des amis.

Malgré sa satisfaction d'œuvrer contre Napoléon, Cassie semblait avoir une vie plutôt morose.

— M'accompagnerez-vous en Angleterre, ou me confierez-vous à l'un de vos contrebandiers ?

Il resserra involontairement son bras autour d'elle. Il la voulait à ses côtés durant tout le trajet du retour. Avec elle, il pouvait se détendre, car elle saurait le maîtriser s'il entrait dans une dangereuse crise de rage.

— Je viens avec vous. J'ai d'autres affaires qui m'appellent à la capitale, répondit-elle en faisant la moue. Je dois retourner à l'intérieur avant de geler sur place. Envisagez-vous un autre bain ?

— Je prendrai le prochain dans une baignoire d'eau fumante.

Il la lâcha et se passa des doigts engourdis dans sa barbe.

— Je dois rentrer moi aussi, ajouta-t-il. J'espère que Romain me prêtera son rasoir. J'aimerais voir à quoi je ressemble sous ces broussailles.

— Ne vous en débarrassez pas tout de suite, lui demanda-t-elle fermement. Nous devons voyager en toute discrétion. Personne ne me remarque ni ne se souvient de moi, et vous devez avoir l'air aussi transparent. J'ai de quoi vous teindre les cheveux, et garder votre barbe vous donnera l'apparence d'un simple paysan.

Il grimaça.

— Maintenant que je suis sur le point d'avoir un visage rasé de près, je me rends compte que je ne peux plus attendre, mais je vais me plier à votre jugement. Avez-vous parlé à Romain d'un éventuel cheval ?

— Il en a un tout à fait convenable et banal, qu'il nous échangera contre la charrette. Nous avons également discuté de l'itinéraire. Il y a un vieux chemin de bûcherons au-delà des collines. La montée sera éprouvante, mais une fois que nous serons sur l'autre versant, nos poursuivants auront plus de mal à nous trouver.

— Vous pensez vraiment que Durand enverra des hommes à nos trousses ? interrogea Grey, frissonnant à cette perspective.

— Je ne le connais pas, mais mon intuition me dit que ce sera le cas, affirma-t-elle en se levant. Nous, les renards, survivons grâce à la ruse et l'instinct.

Il la soupçonna d'avoir choisi ce surnom comme elle avait opté pour Cassandra : parce qu'il correspondait à sa personnalité. Il se demanda quel était son véritable patronyme.

— Le père Laurent sera-t-il en sécurité ici ?

Elle sourcilla.

— Suffisamment. La ferme est isolée, et comme Mme Boyer s'est mariée en dehors de son village natal, leur lien de parenté ne sera pas découvert instantanément. Il restera ici en se faisant passer pour un vieux cousin de Romain, veuf depuis peu et trop faible pour prendre soin de lui-même. Lui aussi gardera sa barbe.

— Cela devrait fonctionner, concéda Grey. Comme il était enfermé dans cette cellule, nul ne l'a vu depuis des années, il ne sera donc pas tout de suite identifiable.

Il serait difficile de laisser ainsi son ami après avoir développé une telle proximité au cours du temps. Mais au-delà de cette intimité, Grey voulait surtout rentrer chez lui.

Chapitre 16

Reprenant fermement son rôle de femme rustique et robuste qui chevauchait à califourchon et ne tolérait aucune futilité, Cassie patienta le temps que Grey fasse ses adieux au père Laurent et aux Boyer. Le fugitif s'était attiré la sympathie de toute la famille durant ces quelques jours passés à attendre que la neige ait suffisamment fondu pour que les routes soient praticables.

L'espionne s'efforçait depuis si longtemps d'être transparente que c'était devenu chez elle une seconde nature. Grey était plus difficile à affadir. Malgré ses guenilles de paysan, la teinture avec laquelle elle lui avait terni les cheveux, et sa barbe grossièrement taillée, il ressemblait encore à « quelqu'un ». Dix ans de réclusion ne pouvaient altérer son allure aristocratique. Elle allait devoir lui rappeler de courber lourdement l'échine lorsqu'ils ne seraient pas seuls.

Il étreignit le prêtre et lui dit d'une voix rauque :

— *Au revoir, mon père**, comme si l'homme d'Église avait réellement été son géniteur. Si jamais j'ai un fils, je le prénommerai Laurent.

Ces adieux étaient des plus déchirants, car les deux hommes savaient qu'ils ne se reverraient sans doute jamais. Le prêtre était vieux et frêle, et le retour de Grey à Londres n'était pas sans danger. Même si la guerre devait prendre fin un jour, il était impossible de prévoir à quel moment les Anglais pourraient librement remettre un pied en France.

La voix chargée d'émotion, l'ecclésiastique répondit :

— Appelez-le donc Lawrence, car ce sera un gentleman britannique, comme vous.

Il termina son accolade avec ces mots :

— Allez avec le Seigneur, mon fils. Vous êtes entre de bonnes mains avec notre lady Renard.

— Je le sais.

Il s'élança avec une certaine méfiance sur sa monture, un vieux hongre placide nommé Achille. L'animal n'était pas à la hauteur de son nom de guerrier, ce qui convenait au fugitif à ce moment précis. Cassie ne fut guère surprise de constater que même après dix ans loin des chevaux, son compagnon se mettait en selle comme un cavalier émérite.

Viole Boyer s'approcha de lui.

— Bon voyage, Mr Sommers. J'ai votre adresse en Angleterre, et vous avez la nôtre ici. Lorsque cette maudite guerre sera finie, peut-être reviendrez-vous nous voir, ou nous donnerez-vous au moins de vos nouvelles.

— Je n'y manquerai pas.

Elle lui tendit la main, et il se pencha pour y déposer un baiser.

— Vous avez mon éternelle reconnaissance, madame.

— C'est réciproque, répondit-elle en rougissant comme une adolescente.

Le charme légendaire du lord n'avait pas mis longtemps à opérer de nouveau, pensa Cassie, amusée.

Tandis qu'un silence gêné et mélancolique s'abattait, elle déclara brusquement :

— C'est l'heure de partir. Un trajet éprouvant nous attend.

Elle les salua d'un dernier geste de la main, et se mit en route sur une voie étroite qui menait dans les bois derrière la ferme, avec Grey à sa suite. Lorsqu'ils atteignirent le passage de bûcherons que Romain Boyer avait montré la veille à son invitée, ils s'aperçurent qu'il était assez large pour leur permettre de chevaucher côte à côte à travers les arbres dénudés. Des amas de neige couvraient le sol, mais une touche printanière imprégnait l'atmosphère.

— Combien de temps nous faudra-t-il pour franchir l'autre versant des collines ? demanda Grey.

— Romain m'a parlé d'un abri non loin du sommet où nous pourrons passer la nuit, expliqua-t-elle. Nous devrions regagner notre chemin d'ici à demain après-midi, sauf intempéries.

Il étudia le ciel et huma l'air.

— Aucune tempête à venir.

— Vous semblez bien sûr de vous.

— J'observe le climat de cette région depuis dix ans. Certes, je l'ai fait à travers une petite fenêtre, mais j'ai eu tout le loisir d'en examiner les particularités, déclara-t-il en esquissant une moue. Encore un de ces avantages inattendus que la captivité présente.

— L'un des plus utiles, souligna-t-elle en tapotant la sacoche de selle derrière elle. Même si nous étions surpris par le mauvais temps, Mme Boyer nous a renvoyés chez nous avec de quoi nous nourrir jusqu'à l'autre côté de la Manche.

— Quelle femme exceptionnelle, affirma-t-il avec conviction. Dommage qu'elle soit déjà mariée.

— Nous avons eu beaucoup de chance que cette famille nous accueille, concéda Cassie.

Elle se mit à parler en français.

— Nous ne devrions pas prononcer un seul mot anglais là où l'on pourrait nous entendre.

Il répondit lui aussi en français :

— Cela nous attirerait de graves problèmes, mais je souhaite vivement continuer de pratiquer ma langue natale lorsque nous sommes en privé. Je pense encore en français.

— Ce ne sera plus le cas quand nous aurons atteint le rivage britannique. Je me suis aperçue que mon esprit faisait naturellement le changement quand on parlait ma langue natale autour de moi.

— J'espère que vous avez raison. Il serait embarrassant de rentrer chez moi avec un accent étranger, déplora-t-il en sourcillant vers les collines escarpées qui se dressaient devant eux. Par quels moyens Durand va-t-il nous poursuivre ?

— Pour plus de rapidité, il va faire appel à un coursier gouvernemental qui passera le message aux gendarmeries postées sur toutes les routes que nous pourrions emprunter, dit-elle. Il a peu d'informations susceptibles de l'aider à progresser, les risques de nous faire attraper sont donc minces. Mais pas nuls.

Cette éventualité donnait à réfléchir.

—Nous allons donc devoir nous hâter et passer inaperçus.

Elle esquissa un furtif sourire.

—Exactement.

Ils gardèrent le silence durant une bonne partie du trajet, qui fut seulement interrompu par le bruit des sabots des chevaux ou de quelque cri d'oiseau. Après qu'ils eurent franchi la moitié de l'imposante colline, Grey lança brusquement :

—J'ai songé à ce que vous m'avez dit l'autre jour sur la colère. Je ne m'étais pas rendu compte de la rage que je contenais avant que vous l'évoquiez. Maintenant, j'ai peur de ce que je pourrais faire si je ne me maîtrisais plus. Par conséquent, si vous me voyez emporté par un élan meurtrier, frappez-moi avec une pierre. Cassez-moi le bras. Empêchez le sang d'irriguer mon cerveau. Faites ce qu'il faut pour éviter que je blesse quelqu'un.

—Très bien, accepta-t-elle lorsque sa surprise fut passée. Sauf si vous vous en prenez à un individu qui l'a cherché. Même le père Laurent considérait que votre sergent Gaspard méritait son sort.

—En effet. Mais si vous ne m'aviez pas demandé d'épargner le garde, je lui aurais aussi brisé le cou, et je ne suis pas certain que cet acte aurait été justifié, admit-il d'un ton catégorique.

Il n'y avait rien de surprenant à ce qu'il s'inquiète sur sa santé mentale, mais il se sous-estimait.

— Le fait que vous vous posiez la question est de bon augure concernant votre personnalité.

— À présent, cela m'importe un peu, déclara-t-il gravement. Mais en pleine crise de rage, je l'aurais tué, que ce soit juste ou non. Une décennie en enfer a ravagé mon caractère.

Elle pesa ses mots puis répondit :

— Bien entendu que cette période d'emprisonnement vous a changé, mais vous aviez déjà vingt ans de vie derrière vous, et ce sont les plus importants, car c'est à ce moment que vous vous êtes forgé. Les jésuites prétendent que si vous leur confiez un garçon durant ses sept premières années, il leur appartient éternellement. Vos parents ont-ils veillé à ce que vous soyez bien élevé ? Vous a-t-on inculqué l'honnêteté et le sens des responsabilités ?

— Oui, ainsi que l'amabilité, confirma-t-il doucement. J'espère que mon tempérament s'est effectivement constitué durant mon enfance, car j'ignore si je possède toujours ces qualités. C'est pourquoi je vous ai demandé de m'arrêter si jamais je ne suis plus maître de moi-même.

— Je préférerais que vous vous appliquiez à juguler vous-même votre colère, déclara-t-elle en toute franchise. Avec votre maîtrise du combat indien conjuguée à votre force, je perdrais sans aucun doute toute lutte contre vous à moins de vous prendre par surprise.

Il arqua les sourcils.

— Je suis persuadé que vous êtes plus rompue à la lutte que moi, et que vous connaissez nombre de prises imparables.

Elle fut obligée de rire à ces propos.

— Vous avez entièrement raison. La plupart des hommes ne s'attendent pas à voir une femme les affronter physiquement, qui plus est avec adresse. C'est un atout indéniable.

— Vous semblez avoir une grande expérience en la matière.

— Je me suis battue toute ma vie, répondit-elle fermement.

Après quelques minutes à chevaucher, il s'enquit :

— Que ferez-vous quand la paix sera signée ?

Elle haussa les épaules.

— Je n'y ai pas beaucoup réfléchi, n'ayant jamais cru que je survivrais aussi longtemps. Peut-être que je trouverai une petite maison au bord de la mer et que je ferai pousser des plantes, entourée de chats.

— En Angleterre ou en France ?

— En Angleterre, répondit-elle aussitôt, déconcertée par sa certitude sur un sujet auquel elle n'avait jamais vraiment pensé. Il y a trop de sinistres souvenirs ici.

Il acquiesça. Une fois de retour en Grande-Bretagne, il n'aurait jamais à retourner sur ce territoire hostile, à moins qu'il ne le décide.

Cassie n'avait pas le choix, car sans sa guerre privée contre Napoléon, son existence n'avait aucun sens. Elle reviendrait encore et encore jusqu'à la fin du conflit. Ou jusqu'à ce qu'elle meure.

Le temps qu'ils atteignent le minuscule refuge près du sommet de la plus haute colline, Grey avait appris deux choses. La première était qu'il n'avait pas oublié comment monter à cheval malgré dix années sans en approcher un seul. Son corps se rappelait comment se tenir assis, comment maîtriser sa monture.

La seconde était que chevaucher sollicitait des muscles dont il avait oublié l'existence. En dépit de quelques moments de repos, la moindre de ses articulations le faisait souffrir à la fin de l'après-midi.

Le chemin s'étant rétréci, Cassie était passée en tête depuis plusieurs heures. Cette maudite créature semblait infatigable. Elle était toutefois dotée d'un dos élégant et avait fière allure sur sa monture. Le gentleman aimait la regarder.

Il ne ressentait plus aucune culpabilité au sujet des pensées indécentes que suscitait chez lui une dame deux fois plus vieille que lui. Elle incarnait la preuve qu'une personne du beau sexe pouvait se révéler attirante quel que soit son âge. Il se réjouissait qu'elle sache également le projeter dans le mur le plus proche au cas où il se comporterait mal envers elle.

Saurait-il quoi faire au moment venu face à une femme qu'il attirerait ? Il supposa que s'il avait encore les bons réflexes avec son cheval, il en serait de même avec une partenaire sexuelle. Il le découvrirait une fois de retour en Angleterre. Pour l'heure, son guide et lui-même devaient s'efforcer de voyager rapidement et passer inaperçus.

L'abri se trouvait près d'un affleurement accidenté, tel que Romain l'avait décrit. Cassie fit halte devant. Il s'agissait d'une petite cabane dans laquelle pouvaient dormir peut-être quatre personnes – si elles s'appréciaient. On avait ajouté un appentis sur un côté pour les animaux, tandis que de l'autre se dressait fièrement un monticule de bûches.

— Je suis ravie de constater qu'il y a du bois, déclara-t-elle en descendant de Chardon. La nuit s'annonce glaciale.

Grey se retint de gémir lorsqu'il sauta du large dos d'Achille.

— Le froid ne me dérange pas, mais mon corps endolori risque d'être aussi raide qu'une planche au petit matin.

— J'ai un baume excellent pour soulager les muscles douloureux.

Elle mena son poney vers l'abri et commença à lui prodiguer ses soins.

— Vous êtes remarquablement utile.

Il attacha également sa bête et lui retira sa selle. Il développait une certaine affection pour ce vieux hongre.

— Ma marraine la fée m'a dotée de talents pratiques tels que l'efficacité et l'endurance plutôt que la beauté, le charme, ou une chevelure d'or, rétorqua sèchement l'espionne.

Il n'était pas sûr de ce qu'il devait répondre, et préféra donc garder le silence. Il doutait qu'elle soit flattée s'il la complimentait sur son dos gracieux. Même si ce constat était sincère.

Cassie le Renard constituait la camarade de route idéale, songea-t-il en s'enroulant dans sa couverture cette nuit-là. Elle avait une présence relaxante et comblait son désir de compagnie en le sollicitant très peu en retour. Ce qui était préférable, car il n'avait aucune aptitude au campement. Pendant qu'elle préparait le souper et du thé chaud, les tâches du lord s'étaient résumées à trouver du bois pour remplacer celui qu'ils avaient pris dans le tas existant.

Installée de l'autre côté du refuge, elle s'enveloppa elle aussi dans sa couverture. Elle était à quatre pieds de lui, tout au plus.

— Dormez bien, murmura-t-elle. La chevauchée de demain devrait se révéler plus facile.

— Chaque jour est une nouvelle aventure, observa-t-il. Celle qui m'attend au réveil est de découvrir si mon postérieur pourra supporter de se remettre en selle.

Tandis qu'elle s'assoupissait, son rire céda rapidement la place à une respiration lente et régulière. Grey était si épuisé qu'il pensait s'endormir lui aussi facilement, mais son esprit refusait de se calmer.

Cassie se considérait peut-être dénuée de toute beauté, mais le gentleman la trouvait de plus en plus attirante. Ne disposant d'aucune autre distraction, il ne songeait qu'à elle.

Il roula sur le côté en lui tournant le dos, mais il était impossible d'oublier qu'elle était là. Tandis que la nuit s'écoulait lentement, il alimenta le feu dans la petite cheminée rudimentaire. Les flammes faisaient à peine monter la température, mais cela importait peu. Le fugitif était déjà suffisamment échauffé.

Durant ses dernières années de captivité, il avait vu sa passion s'éteindre et se sentait tel un eunuque. Cette idée ne l'avait pas tourmenté, car la gent féminine ne peuplait plus guère que ses très lointains souvenirs.

Mais à présent, il partageait un espace restreint avec une créature qu'il appréciait et admirait, et la seule pensée qui l'habitait était son envie intense de la toucher.

Il supposa qu'il se passerait un certain temps avant que son désir de contact soit assouvi. Il se remémora avec avidité l'étreinte qu'elle lui avait accordée juste après l'avoir délivré. Elle avait tout d'une femme – la douceur et le parfum, mais aussi une grande force. Elle était compétente, mais gentille.

Il ne pouvait s'empêcher de se demander jusqu'où irait la compassion de Cassie. Coucherait-elle avec lui par pitié ? Le plaisir charnel l'obsédait tant qu'il ne se souciait pas des motivations qu'elle pourrait avoir. Il s'accommoderait d'un élan de commisération s'il était question de cela.

Mais ses derniers lambeaux de raison et d'honneur lui interdisaient de rouler de l'autre côté du refuge pour la réveiller et l'implorer de le réconforter physiquement. Elle était la femme la plus courageuse qu'il eût jamais rencontrée, sa sauveuse, et elle méritait mieux que de se voir palper par un imbécile comme lui. S'il essayait, elle ferait probablement de lui un véritable eunuque, et à juste titre.

Il resserra sa couverture autour de lui, et se tança. *Dors.*

Chapitre 17

Une nuit glaciale était moins désagréable avec la chaleur d'un homme dans son lit. La large main qui caressait Cassie la tira d'un profond sommeil jusqu'aux confins de la conscience et fit déferler en elle une fougueuse vague de désir. Des lèvres chaudes effleurèrent sa gorge, et elle tendit le cou pour concrétiser ce baiser.

— Rob ? murmura-t-elle.

De trop nombreuses épaisseurs de vêtements la protégeaient du froid, mais cet obstacle serait facilement contourné. À mesure que la bouche furetait vers son oreille, l'espionne se réveilla et son appétence s'intensifia.

Elle se tourna vers son partenaire qui se délecta goulûment de ses lèvres. Leurs langues se mêlèrent passionnément. Elle aimait le frottement érotique de cette barbe sur son visage.

Une barbe ? Elle ouvrit brusquement les yeux en s'apercevant qu'il ne s'agissait pas de celle, naissante, qui pousse pendant la nuit. Ce n'était pas Rob.

— Malédiction !

Elle repoussa violemment ce corps en couvrant le sien avant même d'envisager que cet homme n'était autre que son compagnon de route.

Grey suffoqua.

— Bon sang ! lâcha-t-il en s'éloignant d'elle dans un mouvement vif. Dieux du ciel, que faisais-je ? Je m'étais juré de ne pas vous toucher !

Il prit une inspiration saccadée.

— Je croyais... que je faisais un rêve.

Les braises rougeoyaient suffisamment pour éclairer l'horreur pure qui déformait son visage.

— Il était plus que réaliste, rétorqua-t-elle d'un ton acerbe.

— Je ne suis qu'un animal ! s'exclama-t-il d'une voix déchirante. Je vous en supplie, pardonnez-moi. Je n'avais pas l'intention de vous insulter de la sorte. Je vais passer le reste de la nuit dehors.

— Attendez ! s'écria-t-elle en lui attrapant le bras tandis qu'il se levait. Cet incident est regrettable, mais n'a rien de surprenant, compte tenu de l'exiguïté de cet endroit et des longues années que vous avez passées privé de compagne. N'importe quelle femme est susceptible de vous attirer.

— Vous vous sous-estimez, répondit-il fermement. Je vous ai trouvée séduisante dès le premier instant. Certes, le contact d'une partenaire me manque, mais cette seule vérité ne m'aurait pas amené à vous assaillir dans mon sommeil.

Déconcertée, elle s'enquit :

— Comment pouvez-vous vous intéresser à une personne aussi vieille que moi ?

— J'ai toujours aimé les femmes qui se forgeaient leurs propres opinions, et l'on rencontre davantage celles-ci parmi les plus matures, fit-il remarquer en secouant la tête. En tant que futur comte, je pense que toutes les débutantes écervelées de la haute société ont battu des cils dans ma direction. Une personne comme vous, forte, courageuse et intelligente, est cent fois plus attirante.

Il mit sa main sur celles de Cassie, qu'elle avait posées sur le bras du jeune homme.

— C'est pour cela que je me suis baigné dans l'eau glacée le soir qui a suivi mon évasion, reprit-il, et que je ferais mieux de dormir dehors cette nuit. Il existe une raison pour laquelle on chaperonne soigneusement les demoiselles. La proximité d'une créature séduisante peut anéantir le jugement masculin.

Elle hésita, sachant qu'elle pouvait aussi bien le laisser sortir, et que ce malaise ne serait plus jamais évoqué. Mais souhaitait-elle qu'il s'en aille ? Elle sentit son sang bouillir de désir. Comme cet être qu'elle avait sauvé, elle manquait cruellement de contact et d'intimité.

Et s'il la trouvait séduisante en dépit de l'apparence terne et vieille qu'elle s'efforçait d'arborer… eh bien, lui-même plaisait à l'espionne malgré les effets de sa réclusion. Baissant les armes, elle lui lança :

— Ne partez pas.

Le bras de Grey se raidit, et l'air se fit plus intense.

— Je ne souhaite rien de plus que coucher avec vous, avoua-t-il. Peu m'importe si vous le faites par pitié, mais ce ne doit en aucun cas arriver parce que je vous y ai forcée.

— J'ai cédé à des hommes pour des motifs bien pires que le plaisir mutuel et le réconfort.

Elle se pencha et l'embrassa avec avidité. *Au diable la retenue et le bon sens !*

À présent qu'ils étaient réveillés et emplis d'ardeur, leurs caresses somnolentes s'embrasèrent pour donner libre cours à une passion dévorante. La bouche de Grey brûlait d'impatience, et suscitait la même fougue chez Cassie. Elle l'attira sans plus attendre sur sa couverture chiffonnée.

— J'ai peut-être oublié comment m'y prendre, grommela-t-il.

Elle éclata de rire tandis qu'il lui défaisait son corset.

— J'en doute.

L'envie de luxure faisait peut-être perdre la tête au fugitif, mais comme pour l'équitation, la pratique du sexe lui revint malgré dix années de privation. La robe étant desserrée, il en fit glisser le fourreau pour dénuder un sein de Cassie. Son téton se durcit au contact de l'air glacial, et plus encore lorsqu'il fut capturé entre les lèvres de l'ancien prisonnier.

Elle retint sa respiration et se courba sous ses baisers en lui enfonçant les ongles dans les muscles tendus de son dos. Il fit parcourir ses doigts le long du corps de sa sauveuse, enflammant la moindre parcelle qu'il touchait malgré les multiples couches de vêtements.

Il lui caressa la hanche, la cuisse, puis passa sa main sous le jupon. Sa paume chaude sur la chair nue marqua un contraste furieusement érotique avec la fraîcheur ambiante qui effleurait les parties intimes de la jeune femme. Il dissipa alors le froid dans une caresse brûlante et experte.

Elle se convulsa contre lui tandis qu'il la menait rapidement vers la jouissance. Le souffle saccadé, il défit son pantalon, s'installa entre les cuisses de Cassie et fondit en elle dans un gémissement de plaisir. L'espace d'un instant, il resta immobile et tendu de tout son être.

— Je… je ne tiendrai pas très longtemps.

— Évidemment, dit-elle, pantelante, en se balançant contre lui.

Ses mouvements firent perdre son sang-froid à Grey. Il se répandit en elle dans une extase qui semblait sans fin. Il redressa son torse, se retira, sa joue barbue posée sur le front de Cassie, murmurant à cette dernière d'incohérents mots doux en français.

Elle lui passa la main dans ses cheveux humides, amusée et frustrée. Elle savait que ce rapport serait rapide. Mais elle ne se doutait pas à quel point.

— Vous paraissez avoir gardé en mémoire les techniques de base.

— C'était encore meilleur que dans mes souvenirs, observa-t-il dans un éclat de rire. Vous toucher a suffi à dissiper la dernière once de retenue que je possédais.

Il roula de son côté, baissa les jupes de Cassie pour couvrir ses jambes nues, faufila une main sous le tissu et la fit remonter jusqu'à la cuisse dissimulée.

— Je me rappelle également que cette affaire ne s'arrête pas là.

Elle émit un petit cri de surprise lorsque les doigts inquisiteurs atteignirent sa chair humide et sensible. L'étonnement céda la place à une ardeur bouillonnante. Elle éprouvait une telle excitation qu'il ne fallut que quelques habiles effleurements pour la mener à un orgasme explosif. Elle enfouit son visage dans l'épaule de Sommers pour étouffer son gémissement de plaisir, le corps parcouru de frissons.

Elle se détendit dans les bras de son partenaire tandis qu'un délicieux apaisement l'enveloppait, et se réjouit de la somnolence qui s'ensuivit. Il était surprenant de constater l'harmonie qui unissait leurs corps alors qu'ils se connaissaient si peu. Peut-être le fait que cet homme disparaîtrait de sa vie moins de quinze jours plus tard rendait-il possible cette rare et troublante intimité.

Il la tenait près de lui et lui caressait lentement le dos.

— Je me demande si nous aurons l'occasion de faire cela dans un endroit assez chaud pour pouvoir ôter nos vêtements.

— À mon âge, la nudité n'est pas toujours la bienvenue, fit-elle remarquer d'un ton ironique. Mes dix-huit ans sont bien loin.

— « L'âge ne peut la flétrir, ni l'habitude vicier son infinie variété », cita-t-il. Vous êtes intemporelle, Cassie le Renard. J'ai maintenant deux raisons de vous accorder toute ma gratitude. Vous m'avez non seulement rendu ma liberté, mais aussi ma virilité.

— Nul besoin de reconnaissance quand il est question de plaisir partagé, rétorqua-t-elle d'une voix endormie. Si vous avez le sentiment de m'être redevable, compensez cela en aidant autrui la prochaine fois que vous le pourrez. C'est le plus grand privilège que confère la position de lord. Être en mesure de porter assistance aux plus nécessiteux.

— Je croirais entendre ma mère, dit-il en se saisissant de sa couverture pour l'étaler sur eux. Elle a toujours mis un point d'honneur à secourir les moins fortunés.

— Et ce n'est pas votre cas ?

Il hésita.

— On m'a élevé dans l'idée que « noblesse oblige », mais ce n'étaient guère que des mots pour moi. Même si je pensais que je ferais ce qu'il faudrait une fois le moment venu, je n'ai jamais vraiment réfléchi à ce que cela signifiait. Désormais, je serai plus conscient des revers que peut nous réserver le destin, et plus attentif aux occasions qui me seront offertes de proposer mon aide.

— Voilà une autre lueur d'espoir perçant sous un nuage noir.

— Je suppose, oui, répondit-il en lui caressant la tête. J'aimerais en savoir plus sur vous, Cassie. Vous avez une famille ? Un époux, un amant, des enfants, des petits-enfants ?

— Si j'étais mariée, je ne serais pas au lit avec vous, riposta-t-elle sèchement. Je n'ai rien de tout cela.

— Même pas d'amant ? Toute femme aussi splendide que vous mériterait d'en fréquenter un. Ou plusieurs, insista-t-il.

— Il y a un homme à Londres, admit-elle lentement. C'est plutôt une histoire d'amitié. Nous savons ne pas trop exiger l'un de l'autre.

Chacun ayant peu à offrir.

Il resserra son bras autour d'elle.

— Peut-être que lorsque cette guerre sera enfin terminée et que vous aurez trouvé votre maisonnette, vous rencontrerez également un compagnon digne de vous. Quelqu'un avec qui partager vos dernières années.

— Vous êtes un romantique, lord Wyndham, dit-elle en souriant dans la pénombre, estimant qu'il n'y avait aucune raison de lui cacher la vérité. Quel âge me donnez-vous ?

Il fronça les sourcils.

— Je l'ignore complètement. Au départ, je pensais que vous deviez avoir au moins soixante ans, mais vous êtes si forte et si énergique, déclara-t-il en parcourant la joue de Cassie du bout des doigts. Votre peau est belle et douce, et d'après ce que j'ai pu deviner de votre corps, plus d'une femme se réjouirait d'avoir votre silhouette. Je dirais… que vous avez une quarantaine d'années, et que vous êtes issue d'une lignée de gens robustes qui vivent très vieux ?

Elle émit un petit gloussement.

— J'ai environ deux ans de moins que vous.

— Incroyable ! s'exclama-t-il en la dévisageant dans la lumière tamisée. Vous m'avez aidé à me déguiser, vous-même usez donc sûrement d'artifices. Néanmoins, je n'aurais jamais deviné que vous étiez si jeune.

— J'ai une amie à Londres qui est experte en parfums. Elle a créé un mélange qu'elle appelle « Antiqua ». Cette essence est censée évoquer une petite vieille inoffensive.

Il se mit à rire.

— C'est brillant ! s'écria-t-il, brusquement interrompu dans son hilarité. Ce qui signifie que vous avez l'âge d'enfanter, et je ne me suis pas retiré à temps.

— Inutile de vous inquiéter. J'utilise une méthode très ancienne et généralement fiable pour éviter toute conséquence indésirable, le rassura-t-elle en haussant les épaules. Soit les graines de carottes sauvages sont efficaces, soit je suis stérile. En tout cas, je n'ai jamais eu à m'inquiéter.

— Maintenant que cette question est réglée, dit-il en lui taquinant le cou du bout de son nez, je suis impatient de vous humer quand vous ne portez pas d'Antiqua. Je suis persuadé que votre odeur est parfaitement envoûtante.

— Je ne sais pas, mais il est probable que je ne sentirai pas comme une femme de soixante ans.

— Les dernières miettes de culpabilité que j'éprouvais en désirant une créature plus âgée que ma mère viennent d'être définitivement balayées.

Sa langue dessina délicatement le contour de l'oreille de l'espionne. Tandis qu'elle reprenait son souffle, il poursuivit :

— Je dois vraiment approfondir mes recherches pour découvrir la véritable essence de Cassie, le renard le plus délectable de France.

Elle s'aperçut que la révélation de son âge avait changé leur relation. Il ne faisait plus preuve de cette déférence que l'on réserve aux vieilles gens respectables. Au lieu de cela, il déployait une espièglerie que sa compagne ne lui connaissait pas.

— Les femelles de mon espèce peuvent montrer les crocs, l'avertit-elle avant de lui mordiller l'oreille.

Il inspira par saccades, et elle le sentit durcir contre sa cuisse.

— Leurs mâles aussi, riposta-t-il.

Il lui saisit le téton entre ses dents, exerçant la pression nécessaire pour l'exciter sans lui faire mal. Elle était abasourdie par la manière dont la passion jaillissait. Elle n'aurait jamais cru cela possible aussi tôt dans une relation.

— Vous avez beaucoup de temps à rattraper, fit-elle remarquer d'une voix rauque.

— En effet.

Il appliqua sa paume sur l'entrejambe de sa partenaire, décrivant de lents mouvements circulaires tout en accordant une attention accrue à sa poitrine.

— Surtout celui que je n'ai pas passé avec vous, ajouta-t-il.

Elle éclata de rire, légère comme la jeune fille qu'elle n'avait jamais eu la chance d'être. Dix ans ne se rattrapaient pas en deux semaines. Ils pouvaient toutefois essayer.

Grey se réveilla dans la peau d'un autre homme. Plus exactement, dans celle d'un ressuscité. L'air froid était mordant, mais la lumière du jour filtrait suffisamment dans le refuge pour permettre au fugitif d'étudier les traits délicats du visage endormi de Cassie, qui ne se trouvait qu'à quelques pouces.

Maintenant qu'il connaissait son âge réel, il était stupéfait d'avoir pu la prendre pour une vieillarde. Elle s'était dessiné des rides, mais d'aussi près, il voyait clairement combien sa peau était lisse. Elle se tenait comme une dame éreintée d'avoir vécu trop longtemps, alors qu'elle était en réalité la femme la plus forte et la plus douée qu'il eût jamais rencontrée.

Il se pencha pour l'embrasser tendrement. Elle ouvrit les yeux en battant des cils.

— Je suis amoureux, lui souffla-t-il. Éperdument, profondément, follement ensorcelé par la créature la plus merveilleuse au monde.

Le regard bleu et énigmatique de Cassie se fit profond et indéchiffrable, puis elle déclara brusquement :

— C'est la passion que vous aimez, pas ma personne. N'ayez crainte, vous vous remettrez de cet engouement passager, lord Wyndham. À présent, il est grand temps de nous lever et de manger afin de nous mettre en route.

Il cligna de l'œil. Même une déclaration faite sur le ton de la boutade devrait être traitée avec une once de considération.

— Ne puis-je donc pas éprouver pour vous quelque sentiment, aussi ténu soit-il ?

Elle l'observa en esquissant un rictus.

— Le plaisir de la chair déforme l'esprit et le jugement. Il se trouve simplement que je suis disponible. Cela n'est guère comparable à de l'amour.

Il n'était pas certain de partager son avis. L'amour était peut-être plus fort que la passion, mais le fougueux désir qu'ils avaient partagé la nuit précédente allait assurément au-delà d'un besoin physique à assouvir.

Il glissa la main dans les plis de la robe de Cassie et prit son sein nu en coupe, lui taquinant le téton du bout du pouce.

— Être « disponible » est une merveilleuse qualité à ne pas gâcher. Je suis sûr que nous pouvons prendre notre petit déjeuner un peu plus tard.

Elle retint sa respiration, les yeux soudain voilés.

— Je suppose que nous ne sommes pas à quelques minutes près. Ce qui devrait amplement vous suffire.

Il émit un rire rugissant.

— Est-ce un défi, ma délicieuse renarde ? Je le relève.

Il passa ses bras autour de la taille de sa compagne, et roula sur le dos afin qu'elle le chevauche, son visage mutin au-dessus de lui. Son parfum de vieillarde se dissipait, Grey pouvait donc humer l'odeur féminine et envoûtante qu'elle dégageait au naturel. *L'essence unique de Cassie.*

Elle n'avait pas tort en affirmant qu'il était surtout amoureux de l'acte sexuel. Mais elle était bien plus que la première venue, consentante de surcroît. Il éprouvait vraiment des sentiments naissants pour elle. Et il devina, lorsqu'elle lui donna un baiser étourdissant de volupté, que ceux-ci ne feraient que se développer.

L'espionne se doutait qu'elle souriait comme une imbécile lorsqu'ils s'engagèrent sur le chemin accidenté grâce auquel ils quitteraient les collines et gagneraient la route menant vers le nord. Même s'il était difficile de lire l'expression de Grey derrière sa barbe, elle le soupçonna de rayonner lui aussi. Ils avaient fini par repousser leur collation au-delà de ce qu'elle avait prévu.

Elle avait été plutôt émue qu'il lui déclare sur le ton de la plaisanterie être follement amoureux d'elle ; il ne faisait toutefois que mettre des mots sur son plaisir débordant d'avoir redécouvert les joies de la chair. Peut-être avait-elle également de tendres sentiments pour lui. Il faisait preuve d'un entrain au cours des rapports intimes qu'elle n'avait jamais connu. Elle avait hâte qu'ils vivent d'autres interludes passionnés avant de le ramener à Kirkland.

Grey retournerait dans le giron aimant de sa famille, auprès de ses amis, et, en temps voulu, d'une jeune épouse digne de lui. Cassie espérait que celle-ci serait sensible à ce qu'il avait enduré.

Quant à elle, elle repartirait en France, la tête emplie de brûlants souvenirs qui la réchaufferaient jusque dans son cottage anglais, si elle parvenait à l'âge de la retraite. Elle avait survécu plus de douze ans dans l'espionnage. Peut-être tiendrait-elle assez longtemps pour célébrer la mort de Napoléon.

Il était plutôt charmant que Sommers lui souhaite de trouver un compagnon pour ses derniers jours. Mais d'une certaine façon, cela soulignait également son manque de maturité. Même s'il était né deux ans avant elle, il avait passé presque toute sa vie d'adulte en captivité. En ce qui la concernait, elle tirait ses acquis des multiples existences qu'elle avait menées en seulement vingt-neuf printemps ; Grey n'avait connu en boucle qu'une douloureuse expérience durant dix ans.

Par conséquent, elle avait l'impression d'être aussi vieille que ses cheveux gris le prétendaient. Mais tout ce qui les différenciait l'un de l'autre ne les empêchait pas d'être amants jusqu'à ce que leurs chemins se séparent.

Le calme se rompit lorsqu'ils émergèrent des collines et tournèrent pour emprunter la route du Nord. Même si la circulation était clairsemée, le gentleman rentrait la tête dans les épaules dès qu'il entendait un claquement de sabots s'approcher d'eux. Il était sûrement trop tôt pour que Durand ait lancé les recherches, mais le bon sens ne saurait s'accorder aux craintes primitives du fugitif. Il ne se sentirait en sécurité qu'une fois de retour en Angleterre.

Malgré son incapacité à étouffer sa peur et sa colère, il pouvait au moins feindre d'être normal et sain d'esprit. Il s'aperçut que la tâche était plus facile en se concentrant sur la campagne qui l'entourait. Même en cette fin d'hiver, elle était d'une beauté inimaginable. Des arbres en sommeil déployaient une palette infinie de couleurs subtiles, et le vent soufflait les envoûtantes fragrances de la vie.

Ou il pouvait observer Cassie, et attendre que la nuit tombe.

Chapitre 18

Lorsque Durand eut terminé d'admonester ses employés incompétents pour avoir laissé les prisonniers s'échapper, il élabora des plans pour les capturer de nouveau. Le prêtre, vieux et fragile, ne serait pas difficile à débusquer. Il resterait autour de ses lieux de prédilection, et l'on pourrait retrouver sa trace par le biais de ses amis et de sa famille.

Mais Wyndham fuirait le pays au plus vite, il fallait donc agir sans tarder. Dieu merci, le ministre disposait des ressources aussi nombreuses que variées de la police. Des détachements de gendarmerie étaient postés dans toutes les villes, même les plus petites. Durand n'avait qu'à déclarer qu'il poursuivait un espion britannique pour les mobiliser.

Il allait faire imprimer des circulaires et les envoyer par les services de messagerie rapide de l'armée. Les gendarmes pourraient les distribuer dans les auberges et les bourgs qui jalonnaient la route que les fugitifs étaient susceptibles d'emprunter. Une description ainsi qu'une récompense pour le moindre renseignement inciteraient des centaines de civils à observer tout étranger qu'ils croiseraient.

Le problème de ces documents résidait dans la formulation du signalement. Le seul assaillant ayant été aperçu était la vieille, qui n'avait laissé absolument aucun souvenir. Cheveux gris. Taille et poids moyens. Aucune particularité physique. Peut-être soixante ans.

Ce n'était guère plus simple pour Wyndham et le prêtre. Durand savait à quoi ils ressemblaient à leur incarcération, mais ces années de réclusion avaient produit des corps émaciés et des barbes hirsutes. Ils pourraient rembourrer leurs manteaux et raser leurs visages pour changer d'apparence.

Il dut se contenter de donner des mensurations approximatives et de préciser que l'un des individus était faible et sénile, et l'autre plutôt jeune, avec des cheveux clairs. Il ajouta que les trois personnes recherchées voyageaient peut-être ensemble, séparément, ou avec d'autres inconnus. Rien de très satisfaisant.

Se posait également la question de la direction que les fugitifs avaient prise. Il serait judicieux de leur part de mettre le cap vers l'Espagne, ou à l'est, vers les Pays-Bas ou l'Allemagne, mais le fait que la route vers le nord était de loin celle qui menait le plus rapidement en Angleterre l'emporterait probablement sur une décision avisée. Durand expédia donc des avis de recherche aux quatre coins du territoire, mais prêta une attention particulière aux itinéraires qui débouchaient sur les côtes de la Manche.

Quant à lui, il partit pour Calais. Son instinct de prédateur lui murmurait qu'il aurait plus de chances de retrouver sa proie dans cette région. Si, comme il l'espérait, il rattrapait Wyndham, il ne perdrait plus son temps à le garder en prison.

Cette fois, il tuerait simplement ce bâtard.

Ils étaient engagés sur une voie étroite passant en plein centre d'une petite ville. Cassie paraissait soucieuse. Jusque-là, ils n'avaient pas traversé d'endroits plus grands que des hameaux, et s'étaient abrités dans des granges vides pour dormir, mais ils ne pouvaient éviter éternellement la population.

— Ce doit être jour de marché. Tout le monde dans la région est sur la place, prêt à acheter, vendre, et commérer.

Elle sentit Grey se tendre à côté d'elle. Partager la couche d'un homme rendait extrêmement sensible aux émotions qui l'ébranlaient.

— Est-ce possible de contourner tout cela ? demanda-t-il.

— Je ne vois aucune rue adjacente nous le permettant, et si nous essayons de passer par la campagne, nous pourrions perdre une demi-journée ou plus à nous égarer sur des chemins boueux de ferme.

— Je suppose que vous avez raison.

Il regarda d'un air sombre la place grouillante d'activité.

— Voyez cela comme un bon entraînement pour votre retour à Londres, dit-elle d'un ton encourageant. Il ne nous faudra que quelques minutes pour franchir le marché avant de regagner la campagne.

Il inspira profondément, puis arrêta son cheval et descendit de selle.

— C'est vrai. Je n'ai aucune raison de m'affoler.

Cassie sauta de Chardon. Dans une foule comme celle qu'ils s'apprêtaient à pénétrer, il était plus prudent de mener leurs montures à pied.

— J'achèterai du pain si je vois un étal de boulanger, mais dans le cas contraire, nous marcherons sans faire de halte. Je vous appellerai Grégoire s'il faut vous donner un nom.

Il acquiesça, angoissé mais maître de lui-même.

— Lequel devrai-je employer pour m'adresser à vous ?

— Maman, répondit-elle promptement. Gardez les yeux rivés au sol et faites croire que vous n'êtes pas très futé. Je suis votre vieille mère, et je m'occupe de négocier pour vous et moi.

Il hocha furtivement la tête et se mit en route. Satisfaite, elle conduisit son poney vers la place. Il s'agissait de la première immersion de Grey parmi des étrangers, mais elle était convaincue qu'il saurait gérer la situation. Lors des nuits qu'ils partageaient, il était aussi amusant que passionné. Les raisons pour lesquelles tout le monde l'adorait dans sa jeunesse étaient limpides.

Même si une colère bouillonnante sourdait encore sous son charme badin, elle se dissipait lentement, songea Cassie. Ce paisible voyage le remettait progressivement en phase avec le reste du monde. Au moment où ils atteindraient Londres, il serait sûrement redevenu presque normal. Mais ce terme désignerait une conjugaison de ce qu'il avait été et de ce qu'il avait enduré.

En cette saison, les maraîchers ne proposaient guère mieux que des pommes flétries et des légumes tubéreux peu alléchants, mais l'on trouvait des pâtisseries, des fromages et de la charcuterie, ainsi que des étals de friperie et d'ustensiles. Si l'espionne avait eu sa charrette, elle aurait installé son propre comptoir.

Au lieu de cela, elle évolua à travers la foule en prenant garde de ne bousculer personne ni d'attirer l'attention. Les gens étaient particulièrement agglutinés autour de la fontaine qui trônait au centre de la place. Malgré le brouhaha des bavardages, elle entendait la respiration hachée de Grey, mais celui-ci gardait les yeux baissés et cheminait résolument.

Elle ne voulait pas s'arrêter au milieu du marché, mais alors qu'ils arrivaient de l'autre côté et que la presse se faisait moins dense, elle aperçut l'échoppe d'un boulanger.

— Patientez un instant, mon garçon, et tenez mes rênes, dit-elle dans un accent rustique. Je vais nous acheter une miche.

— Oui, maman.

Il s'exécuta pour que Cassie puisse s'approcher du petit commerce. Elle acheta du pain et quelques tartes à base de fruits secs. Elle aimait faire goûter à Grey de nouvelles saveurs pour flatter son palais trop longtemps négligé. L'appétit enthousiaste de celui-ci était touchant.

Elle venait de payer son achat lorsqu'elle entendit des éclats de voix derrière elle. Elle fit brusquement volte-face, et vit un chien famélique qui courait de l'étal d'en face, une saucisse fumée dans la gueule et un commerçant rouge de colère à ses trousses. Un badaud cria gaiement :

— On dirait que cette petite chienne est plus rapide que vous, Morlaix !

— Taisez-vous donc, imbécile !

Tout en jurant, l'homme coinça le chapardeur, récupéra le bien volé, et frappa du pied l'animal piégé et recroquevillé entre un mur et une charrette.

— Hé, monsieur, lança Grey brutalement, vous ne devriez pas cogner cette pauvre bête !

Il prit le charcutier par l'épaule pour l'éloigner de sa victime. L'homme pivota et envoya sa grosse poigne vers les mâchoires du fugitif. Ce dernier l'esquiva, mais perdit tout sang-froid et s'apprêta à riposter violemment.

Craignant qu'il ne blesse ou tue son adversaire, l'espionne lui attrapa le bras avant qu'il puisse donner un coup.

— Tout doux, mon garçon ! s'écria-t-elle. Faut pas frapper le monsieur !

Elle profita du fait qu'elle le retenait pour appuyer subrepticement sur un point au-dessus du coude, lui paralysant le bras droit. Il se retourna aussitôt vers elle, le regard fiévreux et le corps tremblant.

— On se calme, Grégoire ! ordonna-t-elle. Assez !

L'espace d'un instant, elle pensa qu'il allait se jeter sur elle, et se prépara à l'éviter. Puis la rage de son compagnon s'apaisa suffisamment pour qu'il baisse sa main et adresse à Cassie un signe de tête lui confirmant qu'il se maîtrisait de nouveau.

Elle se retourna vers le marchand en colère, qui sentait la bière et l'oignon cru. Elle s'inclina et lui dit d'un air contrit :

— Je suis horriblement confuse, monsieur Morlaix. Mon garçon n'a pas tous ses esprits. Il aime les chiens et ne supporte pas de les voir maltraités. Tenez, prenez ces pièces en dédommagement, et laissez cette pauvre bête partir.

Elle remplit la main boudinée du charcutier d'une somme généreuse.

— À présent, je vais emmener mon Grégoire loin de la ville, monsieur. Ça le perturbe de voir autant de monde.

Morlaix prit l'argent en maugréant.

— Débarrassez-moi de ces deux animaux !

— Oui, monsieur, fit-elle humblement. Allons-y, mon garçon.

— Saucisse, lâcha son compagnon d'une voix monocorde qui étayait les propos de Cassie sur sa fragilité mentale. Vous lui avez donné des sous pour la saucisse, alors elle est à nous.

Elle prit la denrée abîmée au commerçant et la tendit à Grey. Il l'offrit au chien affamé qui la dévora goulûment.

Cassie s'empara en hâte de son pain, de ses tartes, et saisit les rênes que son « fils » avait lâchées en prenant part à cette altercation. Par chance, leurs chevaux étaient d'un tempérament placide et n'avaient pas saisi l'occasion de s'enfuir.

— Laissez ce chien, Grégoire, nous devons nous mettre en route.

Il se redressa et reprit les brides d'Achille.

— Oui, maman.

Il s'exprima d'un ton soumis, mais l'espionne perçut la fureur prête à jaillir sous la surface.

La petite assemblée qui s'était formée pour assister à la bagarre se dissipa, déçue de ne pas avoir vu de sang versé. Cassie s'éloigna du marché d'un bon pas, guidant tel un berger son fugitif et les montures devant elle.

Lorsqu'ils eurent croisé les derniers badauds dans la rue principale, la jeune femme s'arrêta pour se remettre en selle et s'aperçut que la chienne les avait suivis, emplie d'espoir.

— Vous vous êtes fait une amie, Grégoire.

Le lord s'agenouilla et gratta le cou décharné de la bête. Elle était jeune, de taille moyenne, et si maigre qu'on lui voyait les côtes. Sous la crasse, elle semblait être noir et fauve, avec des pattes et un museau blancs. Ses oreilles tombantes laissaient supposer qu'elle avait des ancêtres chasseurs.

Elle était domestiquée, car elle léchait copieusement les mains de son sauveur.

— Elle a autant besoin de gentillesse que de nourriture, dit-il. Mais elle doit manger davantage. Une petite saucisse achetée à prix d'or ne contente pas un ventre creux. Avons-nous assez de victuailles pour lui en donner ?

Cassie savait que sustenter cet animal hirsute était une mauvaise idée, mais elle ne pouvait résister à ses grands yeux marron et implorants. Elle fouilla dans ses sacoches jusqu'à ce qu'elle trouve un morceau de fromage. Elle le rompit en deux, et en tendit une portion à Grey.

— Cette chienne ne vous lâchera plus après cette offrande.

— C'est tout ce que je souhaite, répondit-il en donnant la becquée à sa nouvelle compagne. J'ai toujours eu des chiens. Ils m'ont autant manqué que les gens, expliqua-t-il en grattant affectueusement la tête de la bête. Si Régine décide de nous suivre, je ne m'y opposerai pas.

Cassie étudia l'animal famélique.

— Nous devrions tout simplement l'appeler Reine, cela ferait des miracles sur son moral.

Il lança la dernière miette à la chienne. Elle l'attrapa habilement.

— Je l'espère. Les noms sont importants.

Si cet animal l'aidait à se détendre et à s'accommoder du reste du monde, il valait son poids en saucisses, estima l'espionne. Ils sortirent du village côte à côte. Au bout d'environ un mile, elle déclara :

— Vous vous êtes bien comporté au marché. Sans tuer personne.

Il pinça les lèvres.

— Je l'aurais fait si vous ne m'aviez pas retenu. Je ne suis pas adapté à la vie en société, ma chère. Si vous n'êtes pas là la prochaine fois que je perdrai mon sang-froid, j'ignore ce qu'il se passera.

— Je serai là tant que vous aurez besoin de moi.

Il se retourna pour la regarder d'un œil affligé.

— Est-ce une promesse ?

Elle hésita, prenant conscience de l'engagement que cela représenterait. Mais s'il ne pouvait se passer d'elle à cet instant précis, cela ne serait guère vrai très longtemps. Une fois de retour en Angleterre, il recevrait le soutien d'autres personnes plus qualifiées jusqu'à ce que le dernier de ses démons disparaisse.

Mais pour le moment, il avait effectivement besoin d'elle.

— Je vous le promets, Grey.

Il esquissa un rictus.

— Vous vivrez peut-être assez vieille pour finir par regretter ce serment, mais je vous remercie. Pour l'heure, vous êtes mon point de repère dans le chaos.

— Je vais sûrement déplorer davantage de vous avoir laissé adopter cette bête, fit-elle remarquer. Nous allons devoir dormir dans des granges pour le restant de notre voyage.

Il lui lança un regard exagérément provocant.

— Tant que nous disposons d'assez d'intimité pour que je puisse abuser de vous, ma délicieuse renarde.

Elle éclata de rire, ravie qu'il maîtrise de nouveau sa colère. Ils avaient passé la nuit précédente dans l'un de ces refuges, et avaient joui d'une tranquillité suffisante pour assouvir leurs ardeurs. Elle n'aurait toutefois su dire lequel subissait les assauts de l'autre.

Elle jeta un coup d'œil derrière elle et vit que Régine les suivait. Cette dernière semblait avoir une certaine endurance. Peut-être était-ce un animal domestique perdu. Elle ferait une bonne compagne pour Grey. Cassie aimait beaucoup les bêtes, mais ses déplacements incessants l'empêchaient d'en avoir. Elle s'efforçait de ne pas trop s'attacher à ses chevaux, car il lui fallait parfois les abandonner. Il en était de même avec les hommes.

Ils progressaient à vive allure, et atteindraient sûrement la côte au bout de quelques jours. Elle serait heureuse de ramener celui qu'elle avait en charge sain et sauf chez lui, mais Seigneur, comme ces nuits torrides lui manqueraient !

Après avoir vendu toute sa marchandise, Morlaix se retira au bar de l'auberge non loin. Alors que celui-ci attendait sa boisson, le capitaine de la gendarmerie locale fit son entrée et afficha un placard au mur à côté de la porte. « RÉCOMPENSE ! » était imprimé en grosses lettres en haut de la feuille.

Le charcutier aimait s'entraîner à lire, il alla donc examiner le document d'un pas nonchalant. On recherchait des fugitifs. Une dame âgée, un vieillard, et un homme plus jeune aux cheveux clairs. Voyageant peut-être ensemble, séparément, ou avec d'autres individus.

— Hé, Leroy, lança-t-il au capitaine, qui était un ami de longue date. Je viens d'en voir deux sur trois qui ressemblaient à ça au marché. La femme et le blond. Mais il n'avait pas toute sa tête, et ils étaient seuls.

Le gendarme, un ancien sergent de l'armée, sembla vaguement intéressé.

— Ils sont des environs ?

— Non, des inconnus. Ils faisaient route vers le nord.

L'attention de Leroy s'aiguisa.

— L'avis de recherche précise qu'ils iront probablement dans cette direction. À quoi ressemblait la femme ?

Morlaix haussa les épaules.

—Rien qui vaille la peine qu'on s'en souvienne. Taille moyenne, habillée à peine mieux qu'une chiffonnière, les cheveux gris. Il faudrait qu'un homme soit désespéré pour vouloir coucher avec elle.

De plus en plus intrigué, le capitaine demanda :

—Âgée, mais vigoureuse ?

Le commerçant fronça les sourcils.

—Oui, je crois. Elle a empêché sa brute de fils de m'attaquer.

—Pourquoi a-t-il tenté de le faire ?

Le charcutier raconta brièvement l'histoire, songeant qu'elle ne le flattait guère. Les yeux de Leroy brillèrent.

—Aurait-il pu être anglais ? Les Rosbifs raffolent des chiens !

—Il n'a pas dit grand-chose, mais il parlait comme un Français. Un crétin français.

Son ami tapa du doigt sur le document.

—Le plus jeune du groupe est un espion britannique en fuite. Je suppose qu'il doit correctement s'exprimer dans notre langue pour son métier. Ces deux personnes pourraient être celles que nous cherchons. Depuis quand ont-elles quitté la ville ?

—Une demi-journée, répondit Morlaix. Bon alors, si c'est bien elles, j'aurai droit à la récompense ?

—Peut-être une partie, mais seulement s'il s'agit de ces fugitifs et qu'ils sont capturés. Je vais faire passer le message sur leur route par la malle-poste de l'armée.

Le capitaine tourna les talons et se dirigea vers la porte.

— Et n'oubliez pas ma récompense ! gronda le marchand.

Sa boisson l'attendait, il en but donc une généreuse gorgée. Ce maudit gendarme voulait s'accaparer la prime. Cette nation était peut-être un Empire, et non une royauté, mais n'en demeurait pas moins le fossé entre ceux qui avaient le pouvoir et tous les autres.

Chapitre 19

— Voilà qui est prometteur, dit Cassie, alors qu'une petite auberge en bordure de route était en vue.

Un panneau érodé annonçait « Auberge du Soleil ».

Le nom de « Mme Gilbert » était peint en dessous. Ce relais de poste n'était pas un endroit très fréquenté, juste une taverne locale qui servait des boissons et une nourriture sans prétention, et mettait une chambre ou deux à disposition des voyageurs.

— Avec un peu de chance, nous pourrons manger un repas chaud et donner un bain à Régine.

— Pourrons-nous également en prendre un ? demanda Grey en caressant le dos de la chienne qui s'était étendue avec ravissement sur ses genoux, trop fatiguée pour continuer le trajet derrière les chevaux.

— Cet animal en a plus besoin que nous, souligna-t-elle avec un sourire. Mais peut-être y aura-t-il de l'eau chaude pour nous aussi.

Ils pénétrèrent dans la petite cour. Elle était boueuse, comme tout le nord de la France maintenant que les dernières couches de neige fondaient. Malgré l'apparition bienvenue des premiers bourgeons de printemps, on remarquait surtout ces flaques brunâtres.

Cassie descendit de selle, attacha Chardon, et entra dans l'établissement. Une sonnerie retentit à la porte lorsqu'elle l'ouvrit, et une femme mûre, robuste et autoritaire apparut pour la saluer.

— Je suis Mme Gilbert, dit-elle brusquement. En quoi puis-je vous être utile ?

— Bonjour, madame, répondit l'espionne dans son accent campagnard. Mon fils et moi serions intéressés par un repas, une chambre, et peut-être une bassine où il pourrait laver son chien ?

— « Son chien » ?

La tenancière jeta un coup d'œil par la fenêtre, où elle apercevait Sommers et sa bête sur Achille. Le fugitif s'était appliqué à prendre un air niais, mais le résultat était peu convaincant. Bien heureusement, sa barbe lui couvrait presque tout le visage.

— Il a trouvé un bâtard errant et crasseux au marché de la ville, et souhaite le garder.

Elle poussa un soupir signifiant « Que doit faire une mère dans ces cas-là ? »

— Grégoire n'a pas toute sa tête, reprit-elle, et la compagnie d'une bête le calme.

— A-t-il déserté ? interrogea sans ambages Mme Gilbert.

— Non, répondit Cassie d'un ton ferme. Il n'a pas les capacités requises pour être soldat.

L'aubergiste haussa les épaules.

— Mieux vaut ne rien me dire qui m'obligerait à mentir. Mais d'une mère à une autre, je préfère vous prévenir que les gendarmes de ce département passent une grande partie de leurs journées à traquer ceux qui fuient l'armée, et empruntent souvent cette route. La plupart d'entre eux sont d'anciens militaires invalides, c'est pourquoi ils n'apprécient pas d'en voir d'autres échapper à la souffrance.

— Mon garçon n'a pas du tout déserté, même s'il a l'âge de rejoindre les rangs, insista la jeune femme, inquiète de ce qu'elle entendait. Y aurait-il un autre itinéraire que ces brigades affectionnent moins que celui-ci ?

Mme Gilbert esquissa un léger sourire, comme si sa cliente venait de lui confirmer que son « fils » était bien un soldat évadé.

— Oh oui, et pas loin d'ici. Une petite allée boueuse longe mes écuries. Elle n'a l'air de rien, mais si vous suivez ses lacets à travers champs, vous finirez par tomber sur une voie qui mène vers le nord. Étroite et tranquille.

Curieuse, Cassie lança :

— Vous semblez bienveillante vis-à-vis des déserteurs.

Les mâchoires de la tenancière se crispèrent.

— Les guerres de Napoléon ont emporté mon mari, mon frère et mes deux fils. Elles n'auront pas mes petits-fils, et je n'aiderai pas les gendarmes à pourchasser ces pauvres diables qui refusent de mourir dans la boue de territoires ennemis.

— Peu m'importe qui sera victorieux, répondit l'espionne.

Ce qui était faux. L'Empereur devait être anéanti. Elle ajouta, plus honnêtement cette fois :

— Je souhaite simplement que ces combats cessent enfin.

— Amen. Vous voudriez nettoyer le chien ?

— Oui, et bénéficier d'un repas chaud. Nous aimerions aussi la permission de passer la nuit dans les écuries. Grégoire sera plus paisible à proximité des chevaux.

La propriétaire acquiesça, définitivement persuadée que Grey était un déserteur.

— C'est un bâtiment très douillet. Vous y dormirez bien. Quant au chien, il y a un lavoir à côté des écuries avec une pompe, des cuves, du savon et des brosses. Ce soir, nous avons du ragoût de mouton.

— C'est parfait, madame, déclara Cassie en sortant une petite bourse. Combien vous dois-je pour tout cela ?

Le prix incluait des renseignements plus précieux qu'un toit au-dessus de leurs têtes.

Régine accepta son bain sans grand enthousiasme, mais ne tenta pas de mordre ni de s'enfuir pendant que son sauveur la frictionnait dans la bassine. L'espionne resta à distance des éclaboussures, admirant le torse nu de Grey et les effets progressifs de la toilette du chien. Cette bête ne serait jamais belle, mais elle respirait le bonheur et observait son nouveau maître avec adoration. L'un de ses parents était peut-être un basset. Quant au reste de ses ancêtres… toute race était envisageable.

Lorsque Régine fut propre et séchée à l'aide de serviettes rêches, ils se retirèrent dans les écuries, qui se révélèrent en effet confortables. Mme Gilbert y gardait deux dociles chevaux de trait, mais il restait largement assez de place pour Chardon et Achille.

Estimant préférable que le gentleman se tienne à distance de la propriétaire, Cassie apporta les dîners sur un plateau dans leur refuge. Le ragoût était copieux et savoureux, la bière brassée sur place constituait un agréable accompagnement, et il y avait assez de pain pour saucer les derniers reliefs de leur plat.

La nuit tombait quand Cassie alla rapporter leur vaisselle sale à l'auberge. Elle retourna aux écuries et trouva son compagnon allongé sur une couverture qu'il avait étendue sur un tas de paille, avec sa chienne à côté de lui. Il était grand, mince et magnifique dans la faible lueur d'une unique lanterne. Malgré ses cheveux ébouriffés et sa maigreur persistante, une alimentation décente commençait à rendre ses os moins saillants.

— Cette formule combine les plaisirs informels du campement avec l'avantage d'avoir un abri, un bon repas chaud, et la possibilité de nous enfuir rapidement si cela s'impose, déclara-t-il.

Régine étant installée à sa droite, il tapota l'emplacement à sa gauche.

— Venez vous asseoir ici, Cassie le Renard. Nous avons assouvi un appétit, il est temps d'en satisfaire un autre.

— Vous êtes un effronté, rétorqua-t-elle en obéissant, ravie de s'allonger auprès de son corps chaud en cette fraîche soirée.

— C'est ce que m'a dit un jour lady Agnes Westerfield. Elle riait, mais le pensait sincèrement. Et elle avait raison, reconnut-il avant de rouler à moitié sur l'espionne pour la gratifier d'un baiser long et intense. Ai-je une chance de vous faire céder ?

— Je suppose que j'ai une minute ou deux à perdre, dit-elle d'un ton impudique en passant ses doigts dans les cheveux emmêlés de Grey.

— Harpie ! s'exclama-t-il en lui embrassant la gorge. Vous essayez de m'insulter pour que je m'échine à me surpasser.

— Vous avez deviné mon plan diabolique ! s'esclaffa-t-elle.

Lorsqu'il n'était pas noué d'angoisse, il la faisait rire comme aucun autre homme auparavant.

Il enfouit son visage dans l'angle que formaient le cou et l'épaule de la jeune femme.

— Oh, Cassie, Cassie, dit-il d'une voix rauque. Vous êtes la meilleure chose qui me soit jamais arrivée.

— Je ne suis qu'une « chose » ?

Elle lui mordilla le lobe en songeant combien ces taquineries lui manqueraient.

Il éclata de rire.

— La « meilleure », répéta-t-il en lui embrassant la tempe. La plus divine aubaine… (Il déposa un baiser sur le bout de son nez.) … la plus admirable personne, continua-t-il en lui léchant l'oreille. Et la plus incroyable des femmes.

Il termina sa litanie en pressant ses lèvres contre celles de sa partenaire.

Au contact de leurs langues, elle perdit presque toute logique. Après ce long et délectable interlude, elle murmura :

— Votre plus « divine aubaine » a été d'aller à Westerfield avec Kirkland. Peu de gens voueraient autant de temps à rechercher un ami disparu.

— Exact, confirma-t-il en lui passant la main sur le torse. Mais quel ennui s'il avait envoyé un agent masculin à Château Durand.

— Étant donné votre état de privation, vous ne vous seriez guère soucié du sexe de votre sauveur, affirma-t-elle en se cambrant sous la main de Grey. N'importe quel corps chaleureux et consentant ferait aussi bien l'affaire.

— Méchante renarde ! Dix années n'auraient pas suffi à me faire oublier la différence entre mâle et femelle. Même si je devrais peut-être me rafraîchir la mémoire…

Il s'apprêtait à lui dégrafer sa robe lorsque des cris accompagnés de cliquetis de harnais retentirent dans la cour. Ils se figèrent.

Rompant le calme nocturne, une voix rude exigea d'entrer dans l'*Auberge du Soleil* au nom de l'Empereur, afin de capturer tout fugitif ou déserteur. Mme Gilbert répondit avec fermeté aux gendarmes qu'elle n'abritait aucun individu de la sorte, et demanda à ces « cochons » pourquoi ils faisaient ainsi irruption en perturbant d'honnêtes citoyens pendant leur dîner.

Le désir et les éclats de rire s'évanouirent aussitôt. Cassie étouffa un juron.

— Il faut y aller, déclara-t-elle en se hissant en hâte hors de leur couche de paille. Heureusement que nous n'avons pas déballé nos affaires.

— Les bâtards ! s'exclama Grey en bondissant sur ses pieds pour se diriger vers l'entrée. J'aimerais…

Cassie lui saisit le bras.

— Nous n'allons pas sortir d'ici en chargeant une demi-douzaine d'hommes armés ! Mettons-nous discrètement en selle, empruntons la porte de derrière, et éloignons-nous de l'auberge et de la voie principale par la petite allée.

Elle sentit le bras de son compagnon se raidir sous ses doigts, mais après avoir inspiré profondément, il fit demi-tour pour aller préparer sa monture.

— Vont-ils s'en prendre à Mme Gilbert ?

— C'est une femme formidable qui semble être rompue à ce genre de visites, le rassura-t-elle en jetant sur le dos de Chardon sa couverture de selle. Ses protestations vont nous faire gagner quelques minutes avant que les autorités se ruent dans les écuries. Dans son intérêt, nous devons surtout nous enfuir sans laisser le moindre indice trahissant notre passage. Dites à votre chienne de ne pas aboyer.

Il replia son plaid d'un air sinistre et le rangea dans ses sacoches. Lorsqu'ils furent prêts à partir, Cassie scruta l'endroit tandis que Grey ouvrait l'issue arrière sans un bruit. Elle avait étudié le petit chemin peu avant. Il était étroit et boueux, mais séparait deux haies assez denses, ce qui leur permettrait de s'évanouir rapidement dans la nature.

Elle récupéra la lanterne, puis ils menèrent leurs montures au-dehors. Régine suivait au trot derrière eux, intriguée mais conciliante. Par chance, il n'était pas dans son tempérament d'aboyer.

Ils disparurent juste à temps. Derrière eux, des lumières flamboyaient et un officier ordonna à ses hommes de fouiller toutes les dépendances. Remerciant le ciel pour le vacarme que faisait cette troupe, l'espionne passa en tête et s'engagea dans la petite allée. La brume se transformait en pluie fine et le froid humide était cinglant. Elle espérait qu'ils trouveraient de quoi se réfugier sur la route.

Au moins, cette fois, ils ne s'échappaient pas en pleine tempête.

Il était aux abois, tel un lapin poursuivi par une meute assoiffée de sang à travers champs. Il tomba et s'étendit, pantelant et désarmé tandis que les chasseurs et leurs chiens fondaient sur lui. Au lieu de le déchiqueter et de le tuer ainsi instantanément, ils le capturèrent, lui ligotèrent les membres, le traînèrent de nouveau en prison, et le lâchèrent dans un puits sans fond, où il tomba dans une nuit éternelle…

Sommers se réveilla en hurlant dans l'obscurité. Il manqua de perdre ses esprits, mais avant que sa panique débridée anéantisse les derniers lambeaux de sa raison, des bras réconfortants l'enlacèrent, et la voix apaisante de sa bienfaitrice lui souffla :

— Tout va bien, Grey. Nous sommes en sécurité ici.

La douceur avec laquelle elle s'exprimait et sa puissance physique constituaient un véritable refuge dans un monde sombre et lugubre.

— Nous nous sommes échappés sans que les gendarmes se doutent de notre passage, le rassura-t-elle.

Le cœur martelant et les poings serrés, il s'efforça de se maîtriser. De faire vaincre l'esprit sur une frénésie instinctive. Il n'était pas en prison, ni piégé dans des ténèbres sans fond.

— Désolé, parvint-il à dire. Nous savoir recherchés a dû déclencher un cauchemar.

— Le premier depuis votre évasion ?

Son réflexe initial fut d'acquiescer, mais il ne pouvait mentir à Cassie.

— Pas le premier, mais le pire.

Il la prit dans ses bras, sentant son angoisse se dissiper.

— Lorsque vous êtes près de moi, ces images s'estompent vite, poursuivit-il en sourcillant dans le noir. Vous ai-je heurtée quand je me suis débattu dans mon sommeil ?

— Non, mais ce n'est pas faute d'avoir essayé ! répondit-elle. Par chance, je sais esquiver.

Dieu merci.

— Rappelez-moi où nous sommes ?

— Sous un abri pour le fourrage du bétail, expliqua-t-elle. En cette saison, la majeure partie a été utilisée, il y a donc largement la place pour que des voyageurs éreintés y dorment.

— Rien d'étonnant à ce qu'il y fasse si froid, marmonna-t-il, se souvenant à présent comment ils avaient mené leurs montures à pied, l'obscurité rendant la chevauchée impossible, et trouvé cet appentis après quelques éprouvantes heures de marche sous la pluie.

Le ciel s'éclaircissait, l'aube allait donc bientôt poindre. Il appuya sa joue sur les cheveux de Cassie. Il s'aperçut que Régine était la chaude masse roulée en boule contre lui de l'autre côté.

— Combien de temps nous faut-il encore pour gagner la Manche ?

— Peut-être quatre jours si nous forçons le pas. Ce qui serait préférable, estima-t-elle avec gravité. Durand a dû envoyer des avis de recherche nous décrivant comme de dangereux espions, en faisant probablement miroiter une récompense. Quiconque répondant vaguement au signalement sera repéré et peut-être arrêté.

— Devrais-je me raser ? demanda-t-il en se frottant le menton, curieux de savoir quel visage se cachait sous sa barbe. Cela modifierait mon physique.

— Nos poursuivants ne le connaissent pas vraiment, fit-elle remarquer, un sourire dans la voix. Sans vos favoris, vous risquez de laisser un souvenir à toutes les femmes que vous croiserez, et c'est le contraire de ce que nous souhaitons.

Il se sentit rougir dans l'obscurité. Lorsqu'il était jeune, il attirait l'attention de la gent féminine, tous âges confondus. Il s'y était habitué, comme tout autre imbécile vaniteux dans la fleur de l'âge. À présent, cette pensée le mettait un peu mal à l'aise.

— Votre description ne pourra se résumer qu'à celle d'une petite vieille, n'est-ce pas ? C'est ainsi que l'on vous a vue au château. Pouvez-vous recouvrir le gris de vos cheveux ? Nous pourrions alors voyager en tant que mari et femme.

— Changer d'aspect est une bonne idée, pour vous comme pour moi, concéda-t-elle. J'ai de la teinture marron provisoire dans mes sacoches.

— Plus rien de ce que vous sortez de ces fontes ne m'étonne désormais, déclara-t-il en caressant son dos souple, désireux de toucher tout ce qu'il pouvait d'elle. Je m'attendais presque à vous voir en extraire un lit à baldaquin quand nous avons fait halte ici.

— Cela n'a aucun sens. Celui que je transporte ne tiendrait pas sous un abri aussi petit.

Il sourit, et les dernières angoisses qu'avait générées son cauchemar s'évanouirent.

— Je me réjouis que vous jouiez le rôle de mon épouse. Il me semblait plutôt pervers que vous prétendiez être ma mère.

— Cela n'a pourtant pas refréné vos ardeurs, souligna-t-elle en glissant une main sous le manteau de Grey.

Il se raidit, comme le membre sur lequel les doigts de Cassie finirent leur parcours.

— Vous vous rappelez que je suis un effronté, n'est-ce pas ? dit-il, le souffle court. Je pense que nous devrions à présent célébrer notre nouveau statut marital.

— Eh bien, c'est une façon de nous réchauffer, fit-elle d'un air songeur. Durant quelques minutes.

Un désir béat commença à déferler en lui malgré la fragilité de leur situation.

— Un nouveau défi, ma renarde ? lança-t-il en prenant en coupe son sein délicieusement doux. Je m'engage à vous faire oublier le froid jusqu'au lever du soleil.

Et il honora sa promesse.

Chapitre 20

Durand fut inondé de rapports après l'émission des avis de recherche. Le prêtre n'avait pas été reconnu. Soit Laurent Saville était parvenu à se terrer habilement, soit sa santé précaire n'avait pas résisté aux rigueurs de l'évasion. Si tel était le cas, bon débarras, mais le maître du château continuerait de le traquer. Ce grabataire pourrait se révéler utile.

Nombre de témoins avaient toutefois signalé une dame âgée et quelqu'un qui correspondait à la description de Wyndham. Distinguer les pistes plausibles était le genre de tâche dans laquelle le ministre excellait. Il avait une certaine intuition pour ce qui sonnait vrai, et fut intrigué par l'histoire d'une altercation anodine dans un bourg. Une vieillarde et un individu qui s'était emporté au sujet d'un chien errant sans intérêt. *Typiquement britannique.*

Il se demanda s'il s'agissait réellement d'une femme. Compte tenu de la force et de la ruse dont elle avait fait preuve d'après les dires du garde, il ne serait guère surpris d'apprendre que la bienfaitrice de son prisonnier était en fait un petit homme déguisé. Même si cette puissance et cette malice étaient l'œuvre des autres intrus qui l'accompagnaient. Il existait trop de possibilités. Le seul élément sur lequel Durand pouvait s'appuyer était l'éventualité que Wyndham progresse vers le nord.

Les deux protagonistes de cet incident au marché avaient pris cette direction, mais aucun signalement convaincant n'avait été rapporté sur le chemin. Il étudia les autres itinéraires possibles sur un plan. Une route secondaire menant vers l'est semblait envisageable, et conduisait à Boulogne, au bord de la Manche.

Nombre de pêcheurs étaient également contrebandiers sur la côte. À quelle bande les fugitifs feraient-ils appel ? Le ministère de la Police avait des dossiers sur beaucoup d'entre elles.

Carte en main, Durand fit appeler un fiacre et mit le cap vers le nord.

Les quatre jours qui suivirent furent entachés par la peur constante d'être poursuivis. Cette chevauchée fut également la plus éprouvante pour Grey. S'il ne s'était pas endurci durant la première partie du voyage à moins vive allure, Cassie aurait dû l'attacher à sa propre monture.

Achille et Chardon avaient été échangés contre des bêtes plus robustes et disposes. Le lord crut déceler des regrets dans le regard de Cassie lorsqu'elle vendit son poney, mais elle était trop pragmatique pour se plaindre. C'était une meneuse infatigable, les poussant l'un et l'autre à poursuivre avec une détermination d'acier.

Certaines nuits, ils étaient même trop épuisés pour faire l'amour. Mais il subsistait toujours assez de forces à Grey pour la prendre dans ses bras avant de s'endormir. La tenir près de lui gardait les cauchemars à distance.

Il lui restait suffisamment de fierté masculine pour ne pas geindre quant au rythme qu'elle leur avait imposé, même si au moment où ils atteignirent une taverne littorale au nord-est de Boulogne, il avait l'impression d'avoir été roué de coups par un boxeur professionnel. L'après-midi s'achevait quand l'établissement fut en vue.

— Voici notre destination, annonça Cassie. On me connaît ici. Nous sommes presque chez nous.

Il regarda la Manche, le souffle court.

— L'Angleterre est de l'autre côté. C'est difficile à croire.

Un jour, il verrait ce trajet comme un court et improbable interlude sur le chemin du retour vers la vraie vie, mais à cet instant précis, cela représentait tout son univers. *La route, le voyage et Cassie.* La peur incessante ainsi que les heures à cheval ne lui manqueraient pas, et il reprendrait volontiers le cours d'une existence qui incluait de l'eau chaude et des habits propres.

Mais il ne pouvait imaginer tout cela sans sa dame Renard.

Lorsqu'ils furent arrivés devant la taverne, l'espionne descendit de selle.

— Menez les montures aux écuries, dit-elle. Je vais parler à mon amie Marie. Elle fait partie de ces innombrables veuves de guerre. Avec un peu de chance, nous pourrons naviguer ce soir. Le temps me semble favorable.

— Vous allez regretter de ne plus me donner d'ordres, déclara Grey en prenant les rênes du cheval de sa compagne.

— C'est tout à fait vrai. J'adore dire à des hommes grands et forts ce qu'ils doivent faire, confirma-t-elle. Je n'aurai plus qu'à revenir en France et secourir un autre bougre auquel j'imposerai mon autorité.

Ses propos se voulaient provocants, mais ils transpercèrent le gentleman comme des couteaux tandis qu'il se dirigeait vers les stalles. Ce voyage avec Cassie était la plus belle expérience de son existence. Il fut bouleversé de se rappeler brusquement que pour elle, il n'était qu'une mission parmi d'autres.

« J'ai cédé à des hommes pour des motifs bien pires. » Couchait-elle avec tous ceux qu'elle délivrait ? Il détestait cette idée, mais n'avait aucun droit de lui poser la moindre question sur son passé ou ses autres amants.

Il descendit de sa monture en se mordant la lèvre. Régine perçut son agitation et se pressa contre sa cuisse. Il y avait au moins quelqu'un durant ce séjour qui ne voyait le monde qu'à travers lui.

Alors qu'il préparait les chevaux pour la nuit, il se dit qu'il devrait avoir la maturité d'accepter que Cassie soit spéciale pour lui sans que la réciproque soit vraie. Mais il n'était pas certain d'être adulte à ce point.

L'espionne entra dans la partie brasserie de la taverne. Cette salle accueillante était équipée d'un comptoir de simple fabrication dans le fond, et de tables. Un jeune garçon étudiait assis à l'une d'elles, pendant qu'une femme d'âge moyen au visage replet et les genoux recouverts de son tricot était installée derrière le bar.

— Bonsoir, Marie, la salua Cassie. Je suis heureuse de vous trouver aussi sereine.

— Cassandra ! Comme il est agréable de vous voir, répondit son amie en posant son ouvrage. Vous souvenez-vous de mon neveu Antoine ?

— Oui, bien sûr. Ne me laissez pas interrompre vos leçons, mon cher.

Il se leva et lui adressa un sourire aux dents écartées, puis retourna à son manuel. L'aubergiste poursuivit :

— Vous êtes seulement de passage ?

— Oui, et plus cette visite sera courte, mieux ce sera, affirma l'espionne en sortant une petite bourse sonnante de la poche dissimulée sous sa jupe.

— Vous avez de la chance. Il y a une sortie de pêche prévue ce soir.

C'était là une bonne nouvelle ; ils devaient quitter la France au plus vite.

— Y a-t-il de la place pour deux passagers ?

Lorsque Marie acquiesça, Cassie lui tendit le réticule.

— Voici de quoi payer la traversée.

La tenancière fit disparaître l'argent.

— C'est toujours un plaisir de faire affaire avec vous. Où est la personne qui vous accompagne ?

— Dans les écuries, à préparer nos chevaux pour la nuit. Deux montures convenables, rien d'exceptionnel.

Je ne sais pas vraiment quand je reviendrai ici, disposez donc de ces bêtes à votre convenance.

Marie jeta un coup d'œil par une fenêtre. La journée avait été couverte, et la nuit tombait rapidement.

— Vous avez juste le temps de manger un morceau avant de descendre à la crique. Je vais envoyer Antoine prévenir ceux du bateau que des passagers arrivent.

Alors que le garçon fermait son livre, quelques cavaliers firent leur apparition au-dehors. Cassie chuchota :

— Il est possible que l'on recherche mon acolyte et moi-même.

— Ou alors ce sont des officiers des douanes, dont nous avons de trop fréquentes visites, supposa l'aubergiste en sourcillant. Antoine, descendez alerter les hommes que nous allons peut-être avoir des problèmes ici.

— Oui, ma tante.

Il sortit en hâte par l'arrière en traversant la cuisine.

— Il est temps pour nous de devenir des femmes assommantes qui bavardent, annonça l'hôtesse avant de verser du vin blanc dans deux verres imposants et d'en faire glisser un le long du bar vers l'espionne. Est-ce que votre camarade saura rester hors de vue ?

Bonne question. Grey était plutôt imprévisible.

— Je l'espère.

Elle prit sa boisson et s'installa sur un tabouret en face de son amie.

La porte d'entrée s'ouvrit violemment et cinq gendarmes firent irruption d'un pas arrogant. Ils arboraient tous une arme et l'expression agressive d'individus qui cherchaient les ennuis.

En tenancière expérimentée, Marie déchiffra leurs mines aussi instantanément que Cassie. Elle avait l'œil méfiant, mais leur lança d'une voix détendue :

— Que puis-je faire pour vous, citoyens ? J'ai une délicieuse matelote de poisson et du pain frais en cuisine.

— Servez-nous-en avec une bouteille de votre meilleur cognac, ordonna le sergent. Mais ce que nous voulons vraiment, ce sont des espions en fuite.

Il fit apparaître une feuille pliée de son manteau.

— Un vieil homme, une vieille dame, un Anglais plus jeune aux cheveux clairs, qui voyageraient peut-être accompagnés. Vous auriez vu l'un d'entre eux par ici ? Ils détalent comme des rats vers l'Angleterre.

Elle aligna cinq verres sur le bar.

— Ça me dit rien. Les seules dames âgées qui passent chez moi sont de la région, affirma-t-elle en sortant le spiritueux de sous le bar. Je n'ai vu aucun agent britannique.

— Mais je parie que vous avez croisé plus d'un contrebandier, ricana l'un des hommes.

Il lui prit la bouteille des mains et but une gorgée.

— Vous nous donnerez combien pour que nous poursuivions notre chemin jusqu'à la prochaine taverne côtière sans fouiller la vôtre ? demanda-t-il.

— N'est-ce pas illégal de tenter de soudoyer un gendarme ? s'étonna-t-elle sèchement. Je ne crains pas que vous inspectiez mon établissement. Je ne cache aucun trafiquant ici. Vous ne trouverez qu'à manger et à boire.

— Et des femelles, ajouta un individu grand et massif qui ressemblait à un ours et désignait Cassie du doigt. L'avis de recherche précisait que la vieillarde ne présentait aucune marque distinctive permettant de l'identifier. Comme celle-là.

Tandis qu'il l'observait avec des yeux fiévreux, l'atmosphère se chargea de menace.

— Ce n'est pas très gentil de dire cela, citoyen, déclara l'espionne d'un ton léger, remuant sur son tabouret afin de pouvoir dégainer le couteau fixé à sa cuisse.

Mais elle espérait que cet échange ne finirait pas en bagarre. Deux femmes avaient peu de chances contre cinq brutes armées.

— Je glisse peut-être vers la décrépitude, mais je n'y suis pas encore tombée, reprit-elle.

— Vous êtes quand même assez flétrie pour vous réjouir qu'un mâle ait envie de vous prendre, railla l'ours en reniflant de mépris. D'ordinaire, je ne toucherais aucune de vous, mais faute de mieux, vous ferez l'affaire.

Tandis qu'il se rapprochait, Cassie tendit la main vers son couteau. Avant qu'elle puisse s'en emparer, il se jeta sur elle, l'écrasant entre ses grosses pattes.

Son haleine empestait le cognac bon marché.

— Lâchez-moi ! s'écria-t-elle en se débattant furieusement.

Mais il avait l'avantage de sa taille et de son poids. Il la projeta au sol et s'assit à califourchon sur elle.

Le chef du groupe se pencha par-dessus le bar vers Marie. Elle le frappa au visage avec une bouteille. Il recula en titubant dans un concert de jurons, mais un troisième individu fit le tour du comptoir, agrippa la tenancière et la traîna au centre de la pièce. Elle cessa brusquement de crier.

Si l'espionne n'avait été maintenue à terre, elle aurait pu immobiliser son assaillant, mais avec le poids de ce dernier sur elle, elle était presque impuissante. Elle espérait que Grey n'allait pas faire irruption en entendant tout ce tapage. Même s'il savait se battre, les gendarmes étaient armés et auraient la détente plus facile vis-à-vis d'un homme.

Priant qu'Antoine ramène rapidement les marins de la crique, elle mordit violemment le lobe de son adversaire. Le goût métallique du sang se répandit dans sa bouche. Il mugit de rage et se cabra pour la gifler violemment sur la tempe.

Elle tourna la tête pour éviter la majeure partie de l'impact, tout en luttant pour se dégager un bras. Si elle pouvait l'atteindre aux yeux…

Un cri effroyable résonna dans la salle lorsque Sommers franchit la porte en chargeant, l'air plus furieux que jamais. En deux enjambées, il avait rejoint Cassie et la débarrassait brutalement de son agresseur. Un affreux craquement se fit entendre lorsqu'il brisa le cou de l'ours.

Derrière lui, un autre officier désamorça prestement son arme et visa.

— Attention, Grey ! hurla-t-elle en se relevant.

Son compagnon fit volte-face et plongea sur son ennemi. Un coup de feu assourdissant retentit, mais le fugitif ne sursauta même pas. Il arracha le pistolet déchargé des mains du gendarme et en utilisa la crosse de bois pour assommer celui-ci.

Puisqu'il pouvait s'en sortir sans aide, Cassie se tourna vers Marie. La tenancière était clouée au sol par un homme qui avait une main plaquée sur la bouche de sa victime, et l'autre qui tentait de la déshabiller. L'espionne passa derrière lui et lui enfonça ses pouces dans des points spécifiques, ce qui le rendit inconscient en l'espace de quelques battements de cœur.

Il s'écroula en avant dans un râle étranglé. Après avoir ôté son corps inerte de Marie, qui était ébranlée mais apparemment saine et sauve, Cassie se tourna vers Grey.

Il luttait tel un danseur, lançant à ses adversaires des coups de poing et de pied dans des mouvements vifs et fâcheusement efficaces. Mais dieux du ciel, du sang coulait abondamment du côté droit de sa tête ! La balle avait dû l'érafler. Ce ne pouvait être que bénin, comment se serait-il battu de la sorte dans le cas contraire ? Mais sa blessure ruisselait tant !

Elle sentit son cœur se serrer en voyant les deux derniers officiers se mettre en retrait et pointer leurs pistolets vers son compagnon. Elle prononça le pire juron qu'elle connaissait et projeta son couteau vers l'assaillant le plus proche. La lame atteignit ce dernier en plein dans la gorge dans un jaillissement écarlate.

Tandis que l'individu s'écroulait en émettant un gargouillement, son collègue dirigea aussitôt son arme vers l'espionne.

— Espèce de chienne !

Elle plongea sur sa gauche dans l'espoir de se protéger. Les larges épaules de Grey vinrent alors l'empêcher de voir le gendarme restant. Grondant tel un loup, le gentleman bondit au moment où la détonation retentit.

Il en fallait plus pour décourager le fugitif, qui enserra le cou de son adversaire entre ses puissantes mains. Les deux hommes s'effondrèrent ensemble.

Seigneur, encore plus de sang, qui s'écoulait cette fois de son côté droit ! Mais l'étau qu'il formait sur la gorge de son ennemi n'en fut pas moins fatal. Le temps que l'espionne les rejoigne, le gendarme était mort. L'ancien prisonnier affichait une expression bestiale, et ne semblait pas l'entendre lorsqu'elle prononçait son nom.

Elle lui attrapa l'épaule en y enfonçant ses ongles.

— Grey, tout va bien, nous n'avons plus rien à craindre. Lâchez-le pour que je puisse examiner vos blessures.

Il ne bougeait toujours pas, elle lui ordonna donc plus brusquement :

— Grey, lâchez-le !

De longues secondes s'écoulèrent avant qu'il s'exécute et retombe en arrière, assis sur ses talons. Il se tourna vers elle. La colère qui embrasait ses yeux commençait à se dissiper.

— Cassie ? Vous êtes touchée ?

— C'est vous qui répandez votre sang sur le sol, rétorqua-t-elle d'un ton ironique. Il faut que je jette un coup d'œil à vos plaies.

— Dieu merci, vous n'avez rien !

Puis il perdit connaissance.

Chapitre 21

Se mordant la lèvre pour réprimer une crise d'hystérie, Cassie s'agenouilla à côté de Grey et l'examina brièvement. La coupure qu'il avait à la tête saignait furieusement dans ses cheveux et sa barbe, mais paraissait peu profonde.

La seconde balle lui avait éraflé le flanc. Il ne semblait pas avoir de côtes cassées, mais sa blessure continuait de couler. Quelle quantité de sang pouvait-on perdre avant de mourir ?

— Tenez, dit Marie en mettant dans les mains de Cassie quelques serviettes pliées. Ce sauvage qui vous accompagne est superbe, ajouta-t-elle avec admiration. Et brave. Son entêtement à se battre alors qu'on lui avait tiré deux fois dessus était stupéfiant.

— Brave ou dément, précisa l'espionne d'un air grave. J'ai besoin de cognac pour nettoyer les plaies.

L'aubergiste sortit prestement une bouteille de spiritueux. Son amie appuya sur l'entaille au crâne jusqu'à ce que l'épanchement devienne moins abondant, puis versa quelques gouttes d'alcool sur la chair à vif.

Grey suffoqua et tenta de se dégager.

— Ne bougez pas, ordonna-t-elle, estimant encourageant qu'il soit conscient. J'ai presque fini.

Il tremblait, mais se tint tranquille pendant qu'elle lui appliquait un bandage rudimentaire autour de la tête. Elle soignait son torse blessé lorsqu'une demi-douzaine de marins locaux firent brusquement irruption dans la salle.

— Marie ! appela leur chef.

Cassie reconnut Pierre Blanchard, le frère de la tenancière et capitaine des contrebandiers. Il lui avait fait traverser la Manche plusieurs fois. Il s'arrêta dans un dérapage et observa un à un les cadavres qui jonchaient le sol.

— On dirait qu'on n'avait pas besoin de nous.

— L'ami de Mme Renard s'est battu comme un damné pour nous épargner un viol, voire pire, expliqua la propriétaire en sourcillant devant le carnage. Il va falloir faire un grand ménage.

— Nous allons nous occuper des corps et des chevaux, promit Pierre. Ces cochons vont tout simplement disparaître. Madame, votre compagnon est-il assez bien portant pour naviguer ce soir ?

— Je l'ignore mais mieux vaut prendre ce risque que de rester ici, répondit l'espionne en bandant les côtes du fugitif.

Wyndham avait besoin d'un vrai médecin, mais pourrait patienter jusqu'à son retour en Angleterre. La corde de Durand se resserrait autour de leurs cous, elle le sentait.

— Grey, pensez-vous être capable de marcher jusqu'au bateau ?

— Oui, confirma-t-il en prenant une inspiration saccadée, le visage d'une pâleur qui contrastait avec les taches écarlates. Oui, mais… pas tout seul.

Il se redressa en s'appuyant sur son bras droit dans un gémissement de douleur. Le capitaine l'aida sans un mot à se mettre debout.

Avec tout ce sang qui trempait ses cheveux et ses vêtements, le blessé avait plus l'air mort que vivant. Cassie alla le soutenir par-dessous les aisselles.

— Nous avons des sacoches dans les écuries, dit-elle à Pierre, ne souhaitant pas laisser son ami.

Tandis que le marin envoyait l'un de ses hommes récupérer leurs affaires, Sommers murmura :

— Régine. N'oubliez pas Régine !

— Vous êtes trois ? s'enquit le trafiquant.

— Il s'agit d'une chienne qu'il a adoptée, expliqua-t-elle.

Le frère de Marie déclara d'un ton amusé :

— J'ignorais que les espions britanniques ramassaient les bâtards.

— Mr Sommers ne travaille pas dans les renseignements, rectifia-t-elle d'un air méfiant. C'était un jeune Anglais qui a couché avec la femme qu'il ne fallait pas, et a passé dix ans en cellule d'isolement.

Le capitaine arqua les sourcils.

— J'espère qu'elle en valait la peine.

— Non, marmonna l'ancien prisonnier.

Pierre esquissa un haussement d'épaules très français.

— On ne s'en aperçoit que lorsqu'il est déjà trop tard. À présent, nous devons vraiment nous presser, ou nous allons rater la marée.

Cassie eut du mal à supporter le poids de son compagnon jusqu'à la porte, le contrebandier prit donc sa place. Dès qu'ils mirent un pied au-dehors, Régine se précipita vers eux et commença à se tortiller autour des jambes de son maître, manquant de très peu de le faire tomber.

— Êtes-vous certain de parvenir à atteindre la jetée ? demanda l'espionne avec inquiétude. On peut se charger de vous y amener.

— Je… marcherais… sur l'eau, haleta-t-il, pour rentrer en Grande-Bretagne.

Elle éloigna le chien de lui, afin qu'ils descendent le chemin rocailleux qui menait à la crique. Au moins, Grey ne quittait pas ce pays les mains vides.

« À cinq brasses sous l'eau gît ton père ;
De ses os sont nés des coraux… »

Les vers de Shakespeare traversèrent l'esprit tourmenté du gentleman. Vivre l'ultime instant par noyade lui parut soudain une agréable perspective. Il n'était généralement pas malade en bateau, mais il n'avait jamais traversé la Manche dans une minuscule embarcation, et le corps perforé de deux balles. Il ne savait pas vraiment ce qui était le pire : la douleur, la nausée, ou l'odeur pestilentielle de poisson qui se dégageait de toutes parts.

Il avait l'estomac vide depuis un certain temps, ce qui n'empêchait nullement les haut-le-cœur. Il passait alternativement de la veille à l'inconscience. Cette dernière était préférable, car il ne s'était jamais senti aussi mal de toute son existence.

Les fugitifs et leur chien étaient regroupés à la proue du navire sous une bâche de toile cirée, ce qui les protégeait des éclaboussures, mais ne les préservait guère du froid mordant. Au cours de cette nuit sans fin, Grey dit d'une voix râpeuse :

— Jetez-moi par-dessus bord, Cassie. Je crois que je préférerais être mort.

— Ne racontez pas n'importe quoi, rétorqua-t-elle avec brusquerie, lui épongeant toutefois délicatement son visage humide. Vous devez rester en vie jusqu'à ce que je vous livre à Kirkland. Après cela, vous pourrez vous noyer tout votre soûl.

Il éclata de rire, malgré la souffrance que cela engendrait.

— Vous avez toujours l'esprit si pratique, ma renarde. Inutile de vous inquiéter. Je n'ai pas la force de me lancer moi-même dans la mer sans aide, et une fois que je serai de retour sur la terre ferme, l'envie s'évanouira certainement.

— Il n'y en a plus pour très longtemps, le rassura-t-elle avec douceur.

Elle l'attira plus près d'elle de telle manière que le côté intact du crâne de Sommers reposait sur sa tendre poitrine.

— Vous êtes chaud, déclara-t-elle. Vous avez sûrement de la fièvre, mais cela vous rend fort utile en cette nuit glaciale et humide.

— Ne vous inquiétez pas, marmonna-t-il. Je guéris très vite, comment aurais-je survécu autrement ?

Le cours de ses pensées dérivant vers d'autres considérations, il demanda :

— Comment vous appeliez-vous avant de devenir Cassie le Renard ?

Après un long silence, elle répondit :

— Fut une époque où j'étais Catherine.

Catherine. Ce prénom lui allait bien, mais d'une tout autre façon que Cassie. Catherine était une douce lady. Cassie le Renard était rapide, intelligente, et dangereuse. Catherine incarnait peut-être celle que Cassie aurait pu devenir sans la guerre et son lot de catastrophes.

Il lui prit la main, songeant combien il était chanceux d'avoir cette femme extraordinaire auprès de lui, même pour une courte durée.

Mais dieux du ciel, comment parviendrait-il à la laisser partir ?

Ce n'était pas la traversée la plus agréable qu'elle ait effectuée, mais l'une des plus rapides, grâce au vent violent qui poussait le bateau de pêche vers le nord. Il faudrait davantage de temps à Pierre et ses acolytes pour rentrer en luttant contre les rafales. Ils étaient toutefois rompus aux caprices de la mer. Grey et sa compagne étaient des créatures terrestres, et plus tôt ils remettraient un pied sur la terre ferme, mieux ce serait.

Après de longues heures d'agonie, l'espionne vit une ligne ténue se former lentement à l'horizon.

Elle attendit d'en avoir la certitude avant d'annoncer d'un ton paisible :

— Voici les blanches collines de Douvres, mon cher. Le bercail.

Il sortit d'un bond de sa somnolence et se hissa pour regarder par-dessus le plat-bord.

— Mon pays natal, dit-il d'une voix rauque. Je ne pensais pas revoir l'Angleterre.

Il en eut le regard embué de larmes retenues. Son amie ravala les siennes. Même après tant d'années, cette vision l'émouvait toujours.

Ils observèrent tous deux la rive qui se rapprochait et ses hauteurs se découpant tel un drapeau porteur d'espoir. Le jour se levait quand Pierre les mena dans une crique couverte à l'appontement érodé. L'endroit appartenait à une compagnie maritime détenue par des Anglais, les Nash. Il existait entre leur famille et celle du capitaine une longue et profitable relation. Cassie les connaissait tous très bien.

Le contrebandier envoya l'un de ses hommes chez les propriétaires qui habitaient non loin, afin qu'il sollicite leur aide pour décharger cette cargaison illicite. Il assista personnellement la jeune femme pour faire sortir le fugitif du navire.

Chancelant, ce dernier affichait une grave détermination. Dès qu'ils furent sur le rivage, il repoussa tout soutien, puis effraya Cassie en s'écroulant.

Elle eut le cœur serré jusqu'à ce qu'elle voie ce qu'il faisait.

— Lord Wyndham, seriez-vous en train d'embrasser le sol ? s'étonna-t-elle d'un air incrédule.

— C'est bigrement exact, répondit-il en se relevant avec difficulté. Tout d'abord parce qu'il s'agit de la terre ferme, et ensuite parce que nous sommes en Grande-Bretagne.

— Quel goût a le sable britannique ? demanda le capitaine avec intérêt.

— À peu près celui de chez vous, je suppose.

Grey se tourna vers l'espionne, le visage radieux sous son bandage maculé de sang.

— Je ne partirai plus jamais d'ici !

— Ne souhaiterez-vous pas voyager en Italie, en Grèce, ou dans quelque endroit de la sorte quand les guerres auront pris fin ? l'interrogea-t-elle.

— Je me réserve le droit de réviser mon jugement, rétorqua-t-il en passant un bras autour de Cassie, affaissé contre elle. Quelle est la suite des événements, ma lady Renard ?

Quelques membres de la famille Nash descendirent pour les aider à débarquer la marchandise.

— Nous allons chez les propriétaires pour demander à la maîtresse de maison si elle a du bouillon pour vous. Nous engagerons ensuite l'un de ses fils pour qu'il nous conduise à Douvres, où nous trouverons une auberge et ferons venir un médecin pour vous examiner.

— S'il vous plaît, chuchota-t-il d'un ton éraillé. Je veux retourner chez moi.

Elle fronça les sourcils.

— Votre maison familiale n'est-elle pas dans le Dorsetshire ? C'est trop loin. Vous avez besoin d'être soigné avant.

— Pas à Summerhill, poursuivit-il avec effort. À la Westerfield Academy. C'est un chemin qui diverge de la route de Londres, pas très loin.

Elle hésita, songeant que cela représentait tout de même quelques heures de trajet, et que plus tôt elle le plaçait dans un lit propre et entre les mains d'un docteur, mieux ce serait.

— S'il vous plaît ! l'implora-t-il d'une voix écorchée.

Elle prit conscience qu'il avait considéré cette école comme son foyer durant des années. Un endroit où il avait scellé des amitiés durables, et où lady Agnes accueillait tous ses garçons égarés, quels que soient les problèmes qu'ils fuyaient.

— Très bien, céda-t-elle. Nous irons à Westerfield.

Le fiacre qu'elle avait loué à Douvres s'arrêta en grondant sur la chaussée détrempée devant le manoir de lady Agnes. Grey était resté silencieux durant le voyage, taisant stoïquement sa souffrance. Tandis que le cocher ouvrait la porte et abaissait les marches, l'espionne annonça doucement :

— Nous y sommes. Êtes-vous éveillé ?

Pendant qu'il le lui confirmait dans un grincement de dents, Régine bondit à l'extérieur, prête pour de nouvelles aventures. Elle avait repris plus de poids que son maître.

Cassie descendit du véhicule et aida son compagnon à sortir dans cette nuit pluvieuse et typiquement anglaise.

— Ça va aller, madame ? demanda le conducteur.

— Bien sûr, marmonna le gentleman.

Tandis que la jeune femme donnait au postillon ses dernières pièces, l'ancien élève se dirigea résolument vers la porte de sa directrice. Il avait informé l'espionne que lady Agnes avait installé ses quartiers privés dans une aile de la vaste bâtisse transformée en institut, et qu'il y aurait donc sûrement de la place pour héberger ses visiteurs inattendus.

Leurs sacoches jetées par-dessus son bras, Cassie rejoignit Grey alors qu'il frappait le large heurtoir en cuivre. Il vacilla pendant qu'ils patientaient sur le perron, sa compagne se posta donc à côté de lui pour le soutenir d'un bras autour de la taille. Cette folle équipée allait prendre fin.

La propriétaire leur ouvrit en personne. Elle portait une robe confortable mais élégante, qui convenait parfaitement à une directrice de sang noble.

Elle haussa les sourcils en apercevant les vagabonds qui attendaient sur les marches.

— Si vous faites le tour jusqu'à la porte de la cuisine à l'arrière de la maison, on vous donnera à manger.

— Quoi, pas de veau gras ? plaisanta son ancien élève d'une voix hachée.

Elle retint son souffle, et il annonça dans un rictus :

— L'enfant prodigue est de retour.

Lorsque Durand atteignit Boulogne, il trouva le commandant du département perplexe quant à l'une de ses brigades de gendarmes qui avait disparu. Cinq hommes d'expérience, tous d'anciens militaires, avaient patrouillé sur la côte à la recherche de trafiquants ainsi que des espions qui avaient échappé aux geôles du politicien.

Cette troupe s'était évaporée sans laisser de trace. Il était difficile de savoir jusqu'où elle avait progressé, car les gens du littoral étaient muets comme des carpes, du fermier au contrebandier en passant par le pêcheur.

Peut-être les officiers avaient-ils croisé le chemin d'une bande de passeurs, et leurs dépouilles nourrissaient-elles à présent les poissons de la Manche. Mais l'intuition de Durand lui soufflait que ce diable de Wyndham avait quelque rapport avec cette disparition. À présent, il était probablement de retour en Angleterre, hors de portée de son tortionnaire.

Si jamais il remettait un pied sur le sol français, il était un homme mort. Et le maître du château avait élaboré un plan pour faire revenir ce bâtard sur le territoire ennemi.

Chapitre 22

— Dieux du ciel, murmura lady Agnes. Grey, c'est bien vous !

Faisant fi des habits trempés, crasseux et maculés de sang de son ancien élève, elle l'étreignit à lui broyer les os.

Régine attendait poliment à la porte et Cassie demeurait en retrait, tandis que l'incessante tension et la lassitude de ces dernières semaines se dissolvaient dans un soulagement étourdissant. Il était chez lui, dans les bras de ceux qui l'aimaient. Sa bienfaitrice passerait environ une quinzaine de jours à Londres pour reprendre des forces, puis repartirait en France.

Elle espérait que sa prochaine mission ne serait pas un sauvetage. Il était plus éprouvant pour les nerfs d'être responsable d'autres personnes qu'elle-même.

Le visage baigné de larmes, la directrice recula et fit signe à ses visiteurs d'entrer. Elle examina son garçon retrouvé et déclara :

— Vous semblez avoir traversé une rude épreuve, mon petit, mais vous pourrez m'en parler plus tard. Pour le moment, vous avez besoin d'un bain et d'un lit.

— Pas nécessairement dans cet ordre, répondit Grey.

Maintenant qu'il avait atteint sa destination, il paraissait au bord de l'évanouissement. Même avec l'aide de Cassie, il trébucha en franchissant la porte.

— Voilà l'un des chiens les moins impressionnants que j'aie rencontrés, lança la directrice alors que Régine trottait à côté d'elle.

— Mais son cœur est pur. Grey lui a porté secours en France.

— N'ayez crainte, il ne me viendrait jamais à l'esprit de séparer quelqu'un de son animal, la rassura la maîtresse de maison en l'étudiant, les sourcils froncés. Nous nous sommes déjà rencontrées, mais j'ai du mal à me rappeler dans quelles circonstances.

— Nous avons été brièvement présentées au mariage de lady Kiri Lawford et Damian Mackenzie, l'informa l'espionne. Vous n'avez aucune raison de vous souvenir de moi.

— Miss Cassie le Renard, se remémora la directrice en tirant sur la corde de service pour appeler un domestique. Vous faites partie des associés douteux de Kirkland.

— Cet adjectif est plus que bien choisi, concéda la jeune femme tandis qu'elle guidait son compagnon vers un fauteuil installé dans un coin du petit vestibule.

Elle posa les sacoches par terre d'un geste las.

— Désolée, je n'avais aucune intention de vous insulter, se reprit lady Westerfield, le regard aiguisé. Les agents de notre ami écossais sont généralement dotés de facultés exceptionnelles, ce qui explique sans doute pourquoi Wyndham est revenu parmi nous. Merci, Miss Renard, du fond du cœur.

— Il était emprisonné en France dans un donjon privé, dévoila succinctement Cassie, estimant que cette explication suffirait pour l'instant. Je vous laisserai bientôt tranquilles, mais pour l'heure, ajoutez un médecin sur la liste des besoins de lord Wyndham. Il a été touché par balle à deux reprises, ce qui nécessite un traitement avant que les plaies s'infectent. Et envoyez un message à Kirkland. Il espère cette nouvelle depuis des lustres.

Lady Agnes acquiesça.

— Je vais également faire prévenir ses proches. Ils seront fous de joie.

— Pas... mes parents, balbutia Sommers, la tête appuyée en arrière contre le mur, les yeux clos. Ils se précipiteraient ici avec fracas et seraient horrifiés par mon état. L'annonce de ma survie miraculeuse peut attendre que je me sois un peu remis.

— Comme vous voudrez, consentit la directrice, non sans réticence. Parviendrez-vous à monter l'escalier jusqu'à une chambre d'amis ?

Il réfléchit un instant.

— Si la rampe est solide et que Cassie me soutient, oui.

Une gouvernante respirant l'efficacité fit son apparition dans le vestibule. Le temps que la maîtresse donne ses instructions concernant la nourriture, les boissons, et l'eau chaude qu'il fallait faire porter dans la chambre bleue, Grey avait gravi la moitié des marches, se hissant obstinément à la rambarde, un pas après l'autre.

Sa sauveuse le suivait comme son ombre au cas où il tomberait, mais il atteignit l'étage sans aide. Lady Agnes était juste derrière eux, une lampe à la main.

— À gauche, indiqua-t-elle en passant devant eux pour éclairer le chemin vers une chambre au bout du couloir.

Elle ouvrit la porte.

— Notez les abondants motifs de la courtepointe sur lesquels les taches de sang ou de boue ne se voient pas.

Cassie aurait ri si elle n'avait été aussi épuisée.

— Manifestement, lord Wyndham n'est pas le premier élève prodigue à se présenter ainsi chez vous. Néanmoins vous feriez mieux d'étendre un linge foncé par-dessus votre couvre-pieds.

— J'ai vu d'autres étudiants revenir du royaume des morts, mais on ne s'habitue jamais aux miracles.

Elle sortit d'un coffre une couverture bleu marine qu'elle déplia sur le lit.

— Cependant vous avez raison, poursuivit-elle, Wyndham est d'une saleté exceptionnelle. Il n'a jamais fait les choses à moitié.

Grey était au bord de l'inconscience lorsque Cassie l'aida à se coucher. Tandis que Régine bondissait aux côtés du gentleman, l'espionne pressa la main de celui-ci.

— Vous êtes à présent en sécurité, milord. C'est une véritable aventure que nous avons vécue, n'est-ce pas ?

Il resserra les doigts lorsqu'elle entreprit de s'éloigner de lui.

— Vous ne partez pas maintenant, ma chère. Vous ne le pouvez pas.

— Elle ne va évidemment pas nous quitter tout de suite, intervint brusquement lady Agnes. Elle a l'air aussi près de s'effondrer que vous, elle va donc rester ici. Vous aurez amplement le temps de faire vos adieux lorsque vous vous serez tous deux remis de votre équipée.

Quelques domestiques firent irruption dans la pièce armés de bassines fumantes et de plateaux. À leur tête se trouvait un homme plus vieux et d'allure militaire, ainsi qu'une femme de l'âge de la directrice, mais plus petite et d'apparence plus douce. Cassie devina qu'il s'agissait du général Rawlings et de Miss Emily Cantwell, les personnes qui aidaient lady Agnes à diriger l'école.

Esquissant une moue, l'officier saisit l'autre main du blessé.

— Seigneur, vous avez pris votre temps pour sortir du pétrin dans lequel vous vous étiez fourré, quel qu'il soit !

Le fugitif émit un rire ténu.

— J'aurais dû écouter plus assidûment vos sermons, monsieur. Il m'a fallu être secouru par lady Cassie le Renard ici présente.

Le général se tourna vers l'espionne, et riva sur elle ses yeux gris et pénétrants.

— Elle me semble plus qu'une simple lady. Vous travaillez pour Kirkland, non ? J'ai hâte d'entendre toute l'histoire.

— Plus tard, le coupa fermement Miss Emily. Ces jeunes gens ont d'abord besoin de repos et d'un bon bain. J'aimerais également jeter un coup d'œil sous ces bandages, déclara-t-elle en congédiant lady Westerfield d'un geste de la main. Montrez sa chambre à Miss Renard. Nous allons nous occuper de lord Wyndham.

Cassie était ravie de déléguer sa responsabilité à ces personnes compétentes, mais se sentit étrangement vide tandis qu'elle suivait son hôtesse dans la pièce d'en face. Deux domestiques les accompagnaient avec de l'eau chaude et un plateau contenant de quoi manger et boire.

— Je pourrais faire monter une baignoire, dit la directrice, mais je suppose que vous préférez effectuer une toilette rapide, avaler une collation plus hâtive encore, pour aller dormir le plus longtemps possible. Vous trouverez une chemise de nuit dans l'armoire. Si vous déposez les vêtements que vous avez sur vous devant la porte, je les ferai laver et repasser.

— C'est parfait, répondit Cassie en enfouissant son visage dans ses mains quelques instants, le temps de rassembler ses esprits éparpillés. La teinture que j'ai appliquée sur les cheveux de lord Wyndham s'estompera avec un rinçage de vinaigre. Les blessures lui ont été infligées il y a moins d'une journée. Il dit guérir sans peine, mais il était légèrement fiévreux lors de la traversée. Les plaies devront être nettoyées.

— Tout le reste pourra attendre demain matin. Maintenant, reposez-vous, mon enfant, lui conseilla lady Agnes d'une voix douce. Vous avez accompli votre mission.

Elle posa brièvement sa main sur l'épaule de la jeune femme avant de partir.

Tandis qu'elle retirait sa tenue crasseuse, l'espionne comprenait mieux pourquoi cette dame était adorée de ses lords égarés. Aucun doute que la famille de Wyndham aimait profondément celui-ci, mais ce genre d'affection comportait son lot d'espérances, de craintes et d'attentes. L'enseignante offrait l'amour, la chaleur et la tolérance. Même aux chiens.

Les membres lourds et les pensées embrumées, Cassie plia ses habits chiffonnés et les déposa sur le seuil de sa chambre, fit une toilette succincte quoique fort appréciable, puis enfila une agréable chemise de nuit en coton. Après avoir mangé un morceau de fromage sur du pain et bu quelques gorgées de vin, elle se glissa entre les draps.

Le lit était doux et confortable, mais bien trop vide. Elle songea, le cœur serré, au moment où elle avait tenu Grey sur le navire, prenant conscience qu'il s'agissait là de leur dernière nuit ensemble. Le vicomte Wyndham, héritier du comte de Costain, avait retrouvé le rang qui lui était dû. Il n'avait pas de place dans sa vie pour une espionne sans nom ni réputation.

Elle devait déjà se réjouir de ce qu'ils avaient partagé. Pour Cassie le Renard, il restait du travail à abattre.

Suffoquer, tomber dans une nuit éternelle…

Grey se réveilla brusquement, le cœur affolé.

— Cassie, Cassie ? Où êtes-vous ?

Une langue humide lui lécha la figure. Il se remémora en tremblant qu'il était en sécurité à Westerfield. On s'était bien occupé de lui, on l'avait mis au lit, mais à présent, il voulait voir sa compagne. Elle n'était pas loin, mais il ignorait à quel endroit précis, et se sentait trop éreinté pour déambuler jusqu'à ce qu'il le découvre.

Par ailleurs, elle aussi avait besoin de se reposer. Elle l'avait pratiquement porté durant la dernière partie du voyage. Il devrait se contenter de Régine, qui s'était lovée sous son bras droit.

Il s'efforça de se détendre, ce qui ne se révélait guère facile en se languissant autant de l'espionne. Il savait depuis le début qu'elle incarnait son bouclier pendant qu'il s'accordait à nouveau au monde après sa sortie de prison, mais il n'avait pas prévu que la force et la sereine intelligence qu'elle déployait lui manqueraient d'une telle façon.

Il était faible, et devait faire preuve de détachement vis-à-vis de cette femme. Mais cela ne l'empêchait pas d'avoir envie d'elle.

Chapitre 23

Grey fut violemment réveillé par des cris. Il lui fallut un moment pour se rappeler où il était, et s'apercevoir que ces hurlements provenaient de garçons s'amusant au-dehors.

Son angoisse se dissipa tandis qu'il se remémorait l'époque où lui-même braillait sur ces terrains de jeux. Lady Agnes et le général Rawlings croyaient fermement que les jeunes hommes devaient dépenser leur énergie dans des activités sportives. Il y avait de la place pour tout le monde dans les équipes, même pour les garçons les moins athlétiques, et la brutalité était formellement proscrite, ce qui, dans ce domaine, démarquait cette école de toutes les autres en Grande-Bretagne. Ces années étaient bénies.

Il avait mal partout et ses blessures par balle palpitaient vivement, mais sa douleur était atténuée par le confort d'un lit douillet dans un endroit sûr. Il s'autorisa à s'y prélasser, même si la chaleureuse partenaire allongée contre lui n'était autre que Régine, et non Cassie. L'idéal aurait été de les avoir toutes les deux à ses côtés ; le matelas était assez large.

Les bêtes lui avaient tant manqué qu'il en avait oublié le plaisir de leur compagnie. Peut-être achèterait-il un cottage comme celui que sa sauveuse désirait, et y vivrait entouré de nombreux animaux. En compagnie de la jeune femme.

Il soupira, sachant que ce rêve était inaccessible. Il aurait à terme de lourdes responsabilités qu'il ne pourrait esquiver. Pire que cela, Cassie devrait bien trop tôt replonger dans les mystères de son dangereux univers. *Mais pas dans l'immédiat.*

Régine émit un son typiquement canin annonçant sans équivoque ni tergiversation possible qu'elle avait besoin de sortir puis de se nourrir.

— Bientôt, ma petite reine à fourrure, promit-il en lui grattant les oreilles.

Il était si fatigué qu'il pouvait à peine bouger ; en partie soulagé que cette aventure touche à sa fin, supposait-il. Sans compter tout le sang qu'il avait perdu. Il lui faudrait un certain temps pour s'en remettre. Il allait devoir manger du bœuf en grande quantité.

Comme sa chienne, il fut tiré du lit par ses besoins naturels et la faim. Le long miroir de l'armoire lui renvoya l'image d'un sauvage.

Il se souvenait vaguement de son arrivée au manoir et de la pénible montée jusqu'à cette chambre avant de perdre conscience. Des mains efficaces avaient lavé son corps puis pansé ses blessures, ce qui s'était aussi révélé diablement douloureux. Après l'avoir débarrassé de la saleté et du sang qui le couvraient, ses bienfaiteurs étaient parvenus à lui passer des sous-vêtements propres.

Il ne portait rien d'autre que de nouveaux bandages sur le crâne et les côtes. Ses cheveux et sa barbe ne formaient qu'un désastreux enchevêtrement, et sous sa peau d'une pâleur anglaise saillait un trop grand nombre d'os.

Remerciant le ciel qu'il lui suffise de tirer une corde pour faire apparaître de quoi se raser, il tituba jusqu'au lavabo, qui se trouvait à gauche de la porte. Il versait de l'eau dans la bassine lorsque la porte s'ouvrit, et qu'une voix grave et masculine lança :

— Petit déjeuner, lord Wyndham.

Cette intonation saisissante de familiarité fut un tel choc que Grey en lâcha son broc. Tandis que la faïence se brisait, il s'écarta d'un bond de l'entrée. Il se heurta à la robuste bergère derrière lui et perdit l'équilibre.

— *Merde** ! s'écria-t-il en basculant au sol.

L'homme brun et élégant qui était apparu muni d'un large plateau contenant des plats couverts et une théière fumante lâcha lui aussi un juron en posant le repas sur une petite table.

— Désolé, je n'avais pas l'intention de vous surprendre ainsi, mon vieux. Ça va ?

— Bien sûr que non !

Grey se hissa à quatre pattes en tremblant. Il pensait s'être habitué au monde normal, mais ce n'était apparemment pas le cas. *Quelle humiliation.*

— Deux balles m'ont perforé le cuir et je suis presque devenu un sauvage, bon sang !

Cherchant à rendre la conversation plus légère, il ajouta :

— Vous avez glissé bien bas sur l'échelle sociale si vous vous êtes fait embaucher comme valet, Kirkland.

— Je pensais recevoir un meilleur accueil en arrivant avec de la nourriture, répondit l'Écossais, la main tendue. Voulez-vous reprendre tout cela depuis le début ?

Grey se détourna de l'aide proposée jusqu'à ce qu'il soit adossé contre le fauteuil.

— Je ne suis pas encore prêt pour cela, rétorqua-t-il, le cœur martelant sa poitrine.

Le chef des renseignements recevait une bien maigre récompense pour les efforts et le temps qu'il avait consacrés au sauvetage de son ami.

Blême, il baissa son bras. Il faisait beaucoup plus vieux que son âge.

— Je suis navré, répéta-t-il en saisissant la poignée de la porte. J'aurais dû savoir que vous ne souhaitiez pas me voir. Je jure que vous n'y serez plus contraint.

Son camarade fronça les sourcils, perplexe.

— Pourquoi aurais-je de tels sentiments envers vous en particulier ? J'ai des problèmes avec la terre entière.

— À cause de moi, vous avez passé dix ans en enfer, répondit l'Écossais, le regard sombre. Vous auriez le droit de m'agonir.

Grey cligna de l'œil.

— C'est la chose la plus idiote que j'aie jamais entendue.

Il avait oublié combien cet homme était affreusement consciencieux. Trop tiraillé par la culpabilité, par son sens des responsabilités typiquement presbytérien.

— Je ne dois ce passage au purgatoire qu'à ma propre bêtise, reprit-il. Je n'ai jamais rejeté la faute sur vous.

Il aurait été ravi de rester par terre, car il se sentait aussi faible qu'un chaton, mais s'entretenir avec les rotules de Kirkland était un affront supplémentaire. Il agrippa le bras du fauteuil derrière lui, sifflant de douleur tandis que son flanc blessé s'enflammait.

Le voyant en difficulté, son ami lui offrit de nouveau une main hésitante. Cette fois, Grey l'accepta, ébranlé par la nervosité, l'émotion et la fragilité physique.

Tandis que l'Écossais le relevait, il lui murmura :

— Dieux du ciel, je suis heureux de vous revoir en vie.

Vacillant, le fugitif prit appui de son autre main sur l'épaule de son visiteur, puis ils tombèrent dans les bras l'un de l'autre. Cette réaction n'était pas celle d'un gentleman britannique, estima l'ancien prisonnier, mais il n'avait plus rien d'un aristocrate, et appréciait donc la chaleur et la force que Kirkland lui offrait en silence. Celui-ci avait toujours été ironique, réfléchi, et d'une intelligence effrayante, mais l'on n'aurait pu rêver d'un ami plus loyal et plus précieux que lui.

— Excusez mon étrange comportement, dit Sommers à la fin de leur étreinte.

Une épaisse robe de chambre avait été posée sur le fauteuil, il décida donc de la passer avant de s'affaisser avec lassitude dans la bergère.

— Il en faut peu pour me faire perdre mon sang-froid ces temps-ci, déplora-t-il.

Dans un geste efficace, son compagnon lui apporta la table avec le plateau, puis s'empara de la chaise du bureau pour s'asseoir en face de lui. Il prit des couverts en argent parmi la vaisselle et déclara :

— Je ne vous aurais pas reconnu sous ce buisson facial. Vous comptez le garder ?

— Seigneur, non. Je l'aurais déjà rasé si Cassie n'avait pas jugé qu'il formait un utile déguisement.

Il dissuada Régine de mettre ses pattes sur la table. Il ne pouvait guère lui en vouloir d'essayer ; le lard anglais sentait divinement bon.

— Comment êtes-vous arrivé aussi vite ?

— J'ai quitté Londres dès que j'ai reçu le message de lady Agnes, expliqua simplement Kirkland en disposant quelques morceaux de jambon sur une assiette à pain qu'il plaça par terre pour Régine. Sers-toi. Il y a assez de nourriture pour nous deux ainsi qu'un chien affamé.

Si l'Écossais avait passé la moitié de la nuit à voyager, il n'était guère étonnant qu'il semble fatigué. Grey se servit de la charcuterie, des pommes de terre frites, et des œufs brouillés au fromage.

Manger ne présentait aucune difficulté, mais se retrouver en compagnie d'un vieil ami le gênait de façon troublante. Avant son emprisonnement, il ne s'était jamais senti mal à l'aise en présence d'autres personnes, mais il n'était plus ce jeune homme détendu et débordant d'assurance. Il avait désespérément voulu retourner à Westerfield, car pour lui, la directrice était comme l'une de ces tantes tolérantes et adorées. *Un véritable refuge.*

Il en était autrement face à de vieux camarades qui avaient dix années de vie tourmentée derrière eux. Il se contenta de dire :

— Après tout ce temps, vous auriez pu dormir quelques heures de plus avant de vous ruer ici.

— Voir, c'est croire, riposta Kirkland en baissant le regard sur la tartine qu'il beurrait. J'avais besoin de constater que vous étiez réellement vivant.

Grey devina qu'il voulait également vérifier s'il le détestait.

— Pourquoi pensiez-vous que votre apparition ne serait pas la bienvenue ?

— Parce que je vous ai demandé de rester attentif à toute information que vous pourriez collecter en France, et que cela vous a coûté dix ans de votre existence, déplora l'Écossais dans une sombre expression. Un enfer, si j'en juge par vos os saillants et vos pansements. Comme vous le disiez, vous avez l'air d'un sauvage.

— À moitié seulement, grâce à Cassie. Elle m'a doucement réaccoutumé au monde.

Désireux d'en savoir davantage sur elle, il poursuivit :

— Cette femme est stupéfiante. Où l'avez-vous recrutée ?

— C'est plutôt elle qui m'a choisi. Elle est l'un de mes meilleurs agents, affirma Kirkland en remplissant deux tasses de thé fumant. Vous prenez toujours du sucre et du lait ?

Quelle mémoire il avait !

— Uniquement du lait à présent. J'ai perdu l'habitude du sucre, expliqua l'ancien prisonnier.

Son ami lui prépara sa boisson et la lui tendit.

— Pouvez-vous me dire ce qui s'est passé ? Ou préférez-vous le garder pour vous ?

Grey baissa les yeux.

— Je ne sais même pas par où commencer. J'ai traversé dix épouvantables années de néant. Je ne le souhaite à personne. Et j'ignore quelle direction prendre à partir de maintenant.

— Une étape après l'autre, lui conseilla son camarade. Je suis venu avec mon valet, qui peut vous raser de près et vous couper les cheveux. Puisque nous faisions à peu près de la même taille, j'ai apporté quelques-uns de mes vêtements. Ils seront un peu trop larges pour vous, mais au moins, vous ressemblerez de nouveau à un gentilhomme britannique.

— Est-ce là ce que je désire ?

Kirkland hésita.

— Je n'en ai pas la moindre idée. Et vous ?

Je désire Cassie. Mais il ne pouvait répondre cela. Non seulement leurs chemins étaient sur le point de se séparer, mais pourquoi diable une créature aussi forte et aussi indépendante qu'elle s'attacherait-elle à lui, qui était si perturbé et manquait tant d'affection ?

— Je voulais ma liberté. Je n'ai jamais regardé au-delà de cela, dit-il en esquissant un rictus. Je n'ai pas vraiment le choix, n'est-ce pas ? Mon chemin était tracé le jour où je suis né pour reprendre le titre de lord Costain. J'ai hérité de la richesse, des privilèges et de hautes responsabilités. Je puis les utiliser à bon ou mauvais escient, mais pas vraiment y échapper. C'est une autre forme de prison.

— Toutefois plus confortable que les oubliettes dans les profondeurs de Château Durand, fit observer son ami.

— Certes, mais aussi bien plus exigeante. Dans ma cellule, je devais uniquement survivre.

Grey avait une fois encore essayé d'adopter un ton badin, mais Kirkland n'était pas dupe.

— Vous n'avez pas à faire quoi que ce soit si vous ne vous sentez pas prêt, le rassura-t-il doucement. Même si j'espère que vous me laisserez prévenir votre famille dans un avenir proche.

— Je le promets. Bientôt. Dès que je me serai quelque peu remis de ma perte de sang. Je me sens aussi faible qu'un chaton qui vient de naître.

— Un jour, mes veines se sont presque entièrement vidées, déclara l'Écossais. Dans deux semaines environ, vous devriez être en meilleure forme. En attendant, je vais vous faire préparer un bain, et vous envoyer mon valet ainsi que les vêtements que je vous ai apportés. Quand vous serez propre, rasé et habillé comme un gentleman, vous reprendrez mieux contact avec votre situation.

Grey l'espérait. Affronter l'exaltation aimante des siens lui prendrait toute son énergie. Une fois qu'ils le sauraient en vie, le monde entier en serait informé. Son existence deviendrait horriblement compliquée et angoissante.

D'ici à un an, il aurait peut-être tellement repris ses marques dans son quotidien de vicomte qu'il parviendrait à peine à se remémorer les états d'âme qui le tourmentaient à ce moment précis.

Mais pour l'instant, ses sueurs froides avaient le dessus.

Chapitre 24

Le soleil était déjà haut lorsque Cassie s'éveilla enfin. Les matelas de Westerfield étaient confortables, même si l'espionne aurait aussi bien dormi sur des pierres. Elle s'étira longuement, regrettant que Grey ne soit pas à ses côtés. Mais il n'était plus son amant ; il redevenait lord Wyndham, rendu à son rang et aux gens qui l'aimaient.

En général, achever une mission avec succès lui procurait de la satisfaction. Voire un certain sentiment de triomphe, car elle portait ainsi un coup supplémentaire à la tyrannie de Napoléon.

Cette fois, elle se sentait… vide. L'espace d'un instant, elle s'efforça de se convaincre qu'elle déplorait seulement la perte d'un superbe partenaire sexuel.

Elle bondit hors du lit d'un air maussade. Au diable ses justifications. Elle n'aurait jamais survécu aussi longtemps dans le monde des renseignements si elle avait eu tendance à se voiler la face. Avec son charme ironique, sa vulnérabilité et l'énergie du désespoir qui l'animait, Grey l'avait émue comme aucun autre homme auparavant. Elle ne savait si elle devait s'en réjouir ou s'en irriter.

Elle tira sur la corde de service. Elle avait l'intuition que cette maison était extrêmement bien dirigée, et en eut la confirmation quand une bonne apparut sans délai. Quinze minutes plus tard, Cassie buvait un délicieux chocolat chaud, immergée dans un bain fumant et parfumé. « Milady nous a ordonné de préparer une grande quantité d'eau brûlante, mademoiselle. » Elle n'en sortit que lorsqu'elle commença à frissonner et que sa tasse était vide depuis longtemps.

Un somptueux petit déjeuner lui fut apporté sur un plateau ainsi que ses vêtements, certes misérables, mais nettoyés. Quand elle eut mangé, eut passé ses guenilles, et remonté ses cheveux de façon aussi peu flatteuse qu'à l'accoutumée, elle partit en exploration.

Grey n'était pas dans sa chambre, elle entreprit donc de descendre l'escalier. Puisque lady Agnes s'occupait de son école, la jeune femme intercepta une domestique.

— Savez-vous où je pourrais trouver lord Wyndham ?

— Peut-être au jardin d'hiver, madame. Je l'ai vu aller vers là-bas.

— J'ignorais qu'il y en avait un ici, fit-elle remarquer.

— C'est assez nouveau, expliqua la bonne. Un cadeau du duc d'Ashton pour rappeler l'Inde à milady. Voulez-vous que je vous y mène ? Il jouxte le salon à l'arrière de la maison.

— Merci, je trouverai par moi-même.

Elle emprunta la direction indiquée. Les quartiers privés de la directrice étaient installés dans une seule aile du vaste manoir, qui constituait néanmoins un logement décent et de dimensions considérables.

Elle s'aperçut en arrivant que le jardin d'hiver avait été brillamment conçu pour que l'on y accède par la porte-fenêtre le plus à droite, afin de ne pas occulter la vue sur les parterres soigneusement entretenus. Ce côté de la maison était orienté au sud, et bénéficiait donc d'un maximum d'ensoleillement et de chaleur.

Elle s'avança et pénétra alors dans un véritable paradis tropical. Elle s'arrêta aussitôt, enchantée par l'air humide et tiède ainsi que les riches fragrances végétales ; le parfait antidote à l'hiver anglais.

Cette structure était tellement saturée de fleurs et de plantes – venait-elle de voir passer deux oiseaux aux couleurs chatoyantes ? – qu'il était impossible d'en estimer la taille, ou de savoir s'il se trouvait quelqu'un d'autre à l'intérieur. Elle emprunta une allée dallée qui serpentait entre les palmiers et les buissons bourgeonnants. Le chemin contournait une terrasse où étaient disposées de petites tables, une causeuse et quelques chaises. L'endroit idéal pour prendre le thé ou son repas. Un court virage la fit passer devant un petit sanctuaire où se dressait une statue de pierre figurant un être à tête d'éléphant. *Un dieu hindou, peut-être ?* Elle poursuivit, se faisant la remarque qu'elle devrait demander une visite guidée de ce jardin.

Au tournant suivant, elle découvrit le plus bel homme qu'elle eût jamais vu. Avec ses brillants cheveux d'ange, ses traits sculptés et son manteau bleu marine impeccablement coupé, il incarnait le modèle même du gentleman britannique. Il se tenait devant un arbuste parsemé de boutons écarlates, et humait, les yeux fermés de ravissement, la senteur épicée de celui qu'il venait de cueillir.

Elle retint son souffle comme devant une créature sauvage qui risquait de s'envoler au moindre mouvement. Peut-être s'agissait-il d'un ancien étudiant, ou le père d'un futur élève.

Il se retourna, et elle aperçut un pansement immaculé sur le côté gauche de son crâne, presque caché sous sa chevelure d'or. *Grey.*

Elle se figea, tandis que le choc lui embrasait les entrailles. Elle savait depuis le début que leur aventure serait brève et sans avenir. Mais le voir ainsi, incontestablement vicomte Wyndham, héritier béni de lord Costain, mettait en relief leurs différences avec une vicieuse limpidité.

Elle n'eut qu'un court instant pour maîtriser sa fébrilité. Dès qu'il l'aperçut, son visage songeur s'illumina.

—Cassie ! J'étais tenté de vous réveiller, mais je suis parvenu à refréner mon élan. La journée d'hier s'est révélée bien trop mouvementée pour nous deux.

Il la rejoignit à grandes enjambées et l'enlaça. Une étincelle de désir jaillit dès qu'il la toucha. Quoi qu'il fût d'autre, pensa-t-elle avec humour, Greydon Sommers n'était pas un arrogant. Il ne semblait pas conscient de s'être transformé en un flamboyant aristocrate tandis qu'elle demeurait cette espionne terne et vieillissante.

—Aïe ! suffoqua-t-il lorsqu'elle l'encercla de ses bras.

— Désolée ! lança-t-elle en se dégageant de son étreinte. J'avais oublié vos côtes endommagées.

— Moi aussi, répondit-il en esquissant un sourire mélancolique. Je guéris suffisamment bien pour ne pas sentir mes blessures. Sauf si on les touche, expliqua-t-il en palpant précautionneusement autour de sa plaie crânienne. Dans quelques jours, je serai remis.

— C'est une bonne chose que vous ayez gardé votre barbe jusque-là, milord. Si vous vous étiez rasé en France, toutes les femmes que nous aurions croisées se seraient souvenues de vous.

Il grimaça.

— Il est étrange de me regarder dans le miroir et d'y apercevoir un homme qui ressemble tant au jeune idiot que j'étais.

Il cala délicatement le bourgeon écarlate qu'il tenait derrière l'oreille gauche de Cassie, puis prit le visage de celle-ci entre ses mains fines et puissantes.

— Maintenant, poursuivit-il, voyons ce que je peux faire sans que mes côtes en souffrent.

Il se pencha pour lui donner un tendre baiser. Elle ne le reconnaissait peut-être plus vraiment, mais le contact de leurs bouches demeurait familier. Dans le parfum ambiant des fleurs exotiques, elle ferma les yeux et se réjouit de constater tout ce qu'il donnait de lui-même. La prison l'avait peut-être dépourvu de l'armure que la plupart des Anglais utilisent pour enfouir leurs émotions.

Elle lui caressa les lèvres du bout de la langue. Ce moment était si doux. Il leur en restait si peu à vivre.

Se rappelant qu'elle ne devait pas poursuivre cette relation sous le toit de lady Agnes, elle interrompit leur baiser.

— Vous sentez le vinaigre, lui dit-elle d'un ton provocateur. Comme un oignon en saumure particulièrement appétissant.

Il rit avec une telle allégresse qu'elle parvint à l'imaginer lorsqu'il était enfant.

— Les conséquences en sont peut-être acides, mais ce condiment a fait disparaître de façon remarquable cette teinture brune. Le valet de Kirkland a vu en moi un défi intéressant.

Elle haussa les sourcils.

— Kirkland est déjà là ?

— Apparemment, il s'est mis en route pour le Kent dès qu'il a reçu le message de lady Agnes. C'est lui qui m'a fourni les vêtements et offert les services de son domestique. Maintenant, où en étais-je ?

Il reprit leur baiser, et cette fois, la délicatesse fit place à un véritable brasier. La résolution de Cassie de juguler ses ardeurs fut aussitôt réduite en cendres. Elle avait envie de l'attirer dans les fleurs tropicales et de lui arracher ses habits élégants afin de pouvoir profiter du peu de temps qu'il leur restait.

— Excusez-moi de vous interrompre, intervint sèchement l'Écossais. Je suis heureux de voir que vous êtes indemne, Cassandra.

La jeune femme sursauta, comme si elle avait été surprise en plein adultère plutôt qu'au cours d'un moment intime, bien qu'indiscret, avec son amant. Grey, quant à lui, se figea.

— Mon fidèle chien de chasse m'aurait-il retrouvé ?

Il se pencha pour gratter les oreilles de Régine lorsque celle-ci bondit de sa place aux côtés de Kirkland pour aller se tortiller entre son maître et l'espionne.

— Oui, même si je ne voudrais pas parier sur la pureté de sa race, déclara leur ami en posant son regard glacial sur Cassie. Pourquoi ne pas aller nous installer sur la petite terrasse près de l'entrée, afin de nous détendre et d'aborder la suite des événements ?

— Voilà une belle façon de ruiner une journée qui s'annonçait radieuse, plaisanta Sommers dans un trait d'humour cassant.

Il mit la main sur les reins de sa compagne pour l'escorter.

— Mais cette proposition de nous asseoir ne me déplaît pas, ajouta-t-il, car je suis de nouveau épuisé.

— On vous a tiré deux fois dessus hier, souligna sa compagne. Vous avez le droit de vivre à votre rythme durant un temps. Si lady Agnes a fait venir un médecin, il vous a probablement conseillé de passer quelques jours au lit.

— Oui, en effet. Quel assommant individu. Je ne lui ai prêté aucune attention, bien entendu. Comment peut-on se refaire une santé sans exercice ?

— Je vois que votre mépris naturel pour l'autorité ne s'est pas émoussé, fit observer Kirkland.

— Cette qualité est le socle même de mon caractère.

Ils arrivèrent à l'espace de détente niché parmi les palmiers et les cascades de fleurs. Grey s'affaissa dans la causeuse, en incitant Cassie à prendre place à côté de lui.

Lorsqu'elle fut assise, il la prit fermement par la main et croisa ses doigts dans ceux de la jeune femme. Elle ignorait si elle devait se sentir heureuse ou irritée par cette proclamation qu'ils étaient amants. Non pas que cela importe, puisque leur ami l'avait déjà deviné.

La tension du fugitif la mettait mal à l'aise. Il allait bien jusqu'à l'apparition de l'Écossais. Avait-il des griefs à l'encontre de celui-ci ? N'était-il serein qu'avec elle ?

Souhaitant retarder la discussion concernant l'avenir de Wyndham, l'espionne déclara :

— Ce jardin d'hiver est un magnifique cadeau. Ashton a dû garder de bons souvenirs de cette école.

— Oui, comme nous tous. Lady Agnes fait plus qu'enseigner le latin, la rhétorique et les mathématiques, lui expliqua son employeur. Elle aide les garçons à retrouver leur place dans leur propre vie.

Ce qui constituait un don plus précieux que l'aptitude à conjuguer des verbes. Elle se demanda comment Kirkland avait atterri à Westerfield. Elle en ignorait la raison même après avoir travaillé des années à ses côtés. La réserve dont il faisait preuve n'encourageait pas les questions.

Il poursuivit :

— Wyndham, avez-vous finalement décidé de vous rendre sans tarder à Summerhill ?

— Non, répondit froidement son ami. Je ne sais pas combien de temps il me faudra pour rassembler mon courage. Des semaines, au moins. Voire des mois.

L'espionne le dévisagea.

— Vous voulez attendre aussi longtemps avant de revoir votre famille ? s'étonna la jeune femme qui aurait donné cher pour revoir la sienne, ne fût-ce qu'une heure. Je pensais que vous vous entendiez bien avec vos parents.

— C'est le cas, confirma-t-il avec fermeté. Je ne souhaite pas retourner auprès d'eux tant que je ne ressemblerai pas davantage au Greydon Sommers qu'ils ont conservé en mémoire.

Elle comprenait sa réticence, même si elle devinait que sa mère aurait voulu le voir sur-le-champ, quel que soit l'état dans lequel elle l'aurait retrouvé. Percevant sa nervosité, elle s'appliqua à employer un ton neutre pour lui demander :

— Avez-vous déjà une idée de la façon dont cela peut se produire ?

— Pas la moindre, avoua-t-il en resserrant sa prise sur la main de Cassie. Mais j'y parviendrai. Avec le temps.

— Souhaitez-vous séjourner dans un paisible cottage en campagne jusqu'à ce que vous vous soyez réaccoutumé à l'Angleterre ? proposa Kirkland, fronçant les sourcils tandis qu'il réfléchissait à une solution.

Grey esquissa un rictus.

— Voilà qui est tentant, mais à terme, j'y élirais probablement domicile. Peut-être devrais-je rester à Westerfield ? Je doute que lady Agnes refuse.

— Elle en serait enchantée, dit Kirkland, mais vous courriez le risque d'être découvert avant de vous en sentir prêt. Pensez-vous pouvoir supporter Londres ? Ma maison est confortable et vous y serez plus que bienvenu.

Sommers secoua la tête en signe de dénégation.

— Votre demeure est située dans un quartier très fréquenté. Chaque fois que je sortirais, je pourrais être reconnu par le petit-cousin de ma mère, mon parrain, ou d'autres personnes qui me connaissent depuis le berceau.

— Ce serait vrai n'importe où à Mayfair, affirma l'Écossais. Je suppose que vous ne désirez pas rester cloîtré dans une maison.

— Ni dans quelque autre endroit, jamais plus, confirma Grey d'une voix tranchante.

Ces paroles permirent à Cassie de mieux comprendre pourquoi son compagnon se montrait si frileux à l'idée de retourner dans son propre monde. En tant qu'héritier d'un comté, il jouirait de richesses et d'une grande part de liberté, mais se verrait également enfermé dans une prison dorée faite de responsabilités et d'exigences. Plus jeune, il n'avait pas pris conscience de ces barreaux dressés autour de lui.

S'il ne pouvait affronter des retrouvailles immédiates avec sa famille, quelle serait la meilleure solution de substitution ?

— Vous seriez aussi bien à la capitale, mais en gardant l'anonymat. Vous pourriez vous habituer à la vie en société tout en bénéficiant de la sécurité d'un refuge dès que vous auriez besoin de calme. Personne ne viendra rôder à votre porte avec inquiétude si vous

vous terrez. Lorsque vous serez prêt, vos amis proches pourront passer vous voir l'un après l'autre.

— Exeter Street, lança aussitôt le chef des renseignements. C'est très ingénieux, Cassie. Cette maison est destinée à servir de sanctuaire, exactement ce qu'il vous faut.

— Qu'est-ce qu'« Exeter Street » ? s'enquit Grey avec méfiance.

— L'adresse de la demeure que possède Kirkland près de Covent Garden. C'est une pension dont disposent ses agents lorsqu'ils sont à Londres, expliqua-t-elle. C'est ce qui se rapproche le plus d'un foyer pour moi. Le quartier est passant, mais guère à la mode, vous ne serez donc pas susceptible d'y croiser les membres de vos anciens cercles.

Il émit un soupir de soulagement.

— Si vous y séjournez aussi, c'est parfait.

Elle se mordit la lèvre, songeant qu'il serait plus sage de disparaître maintenant qu'elle l'avait ramené à son camarade. Il lui fallait poursuivre sans elle – et elle devait pour sa part considérer que son amant appartenait au passé afin de pouvoir continuer son métier sans se laisser distraire l'esprit par leurs nuits passionnées. Quelle injustice que le charme de cet homme la fasse fondre de la sorte !

Mais manifestement, il n'était pas encore l'heure qu'elle tourne la page. Et elle ne refuserait pas de passer encore quelques moments avec lui. *Pas le moins du monde.*

— J'y serai durant une quinzaine de jours environ.

Grey se détendit.

— Bien. J'ai pris l'habitude de vous savoir près de moi, déclara-t-il en lui lâchant la main avant de se lever. Je me fatigue beaucoup trop vite aujourd'hui, mais demain, je devrais être en mesure d'effectuer le trajet jusqu'en ville. Montez-vous dès à présent dans votre chambre, ma chère ?

Avant qu'elle puisse répondre, Kirkland intervint :

— Si vous avez quelques minutes, Cassie, j'ai plusieurs questions à vous poser concernant ce que vous avez appris avant d'aller à Château Durand.

De telles séances étaient normales après une mission, mais cette fois, leur entretien se révélerait plus délicat.

— Bien entendu. J'ai un message à vous transmettre de l'un de vos agents à Paris.

— Dans ce cas, je vous verrai plus tard, se résigna Sommers, une pointe d'acidité dans la voix. Sentez-vous libre de parler de moi. Je sais que vous le ferez dès que je serai hors de portée de voix.

Son ami parut mal à l'aise, mais la jeune femme répondit d'un ton catégorique :

— Évidemment que nous allons parler de vous. Vous êtes si fascinant.

— Je suis plutôt à classer parmi les fléaux, la reprit-il avec un sourire en coin. Vous auriez été plus avisée de me laisser pourrir en France.

Chapitre 25

Grey sortit à grandes enjambées, avec Régine dans son sillage, laissant Cassie ébranlée. Kirkland semblait aussi embarrassé qu'elle.

Lorsque leur compagnon fut à bonne distance, elle lança de sa voix la plus sèche :

— L'abandonner en France n'aurait pas été plus avisé, mais nous allons effectivement parler de lui.

— Bien sûr. Il est le motif de cet entretien, répondit-il en se penchant en avant, l'air inquiet. Pouvez-vous m'en dire davantage sur son état… mental ?

Lisant entre les lignes, elle lui répondit d'un ton rassurant :

— Wyndham n'est pas fou, même s'il craint cette éventualité. Il est d'humeur changeante, d'un tempérament parfois dangereux, et les groupes le perturbent vivement. Mais son cas n'est pas désespéré. Il a seulement besoin de temps.

Cédant à sa curiosité, elle ajouta :

— Qu'en pensez-vous ? Est-il si différent de ce qu'il a été ?

— Non. Enfin, oui, balbutia Kirkland en se passant des doigts raides dans les cheveux. J'ai essayé d'imaginer ce qu'étaient dix années d'isolement entre quatre murs de pierre froide, et… c'est impossible. Je voudrais l'aider, mais j'ignore comment.

— Il a seulement besoin de temps, insista-t-elle. Il est fort, vous savez. Plus que vous, lui-même ou quiconque ne l'auriez présumé.

— Il le fallait, sans quoi il aurait vraiment perdu la raison, dit l'Écossais en sourcillant. Je vous suis reconnaissant de tout ce que vous faites pour lui, Cassie. Mais je m'en inquiète également.

— Parce que mes services dépassent l'appel du devoir ? rétorqua-t-elle d'une voix cassante. Vous avez toujours su que j'étais une traînée.

Les yeux de son employeur s'embrasèrent d'une colère dont il était peu coutumier.

— Bon sang, vous savez très bien que je ne vous ai à aucun moment donné la moindre raison de croire une chose aussi effroyable. Je n'ai jamais connu une seule femme que je respectais plus que vous.

— Peut-être pour mes talents d'espionne, riposta-t-elle. Vous êtes doué pour cacher ce que vous pensez réellement, mais je suis consciente de heurter votre morale pudibonde d'Écossais.

Le visage de Kirkland se fit de marbre.

— Rappelez-moi de ne plus me laisser gagner par la fièvre et les hallucinations en votre présence.

Elle grimaça.

— Je suis désolée, je n'aurais jamais dû évoquer cela. Mais je ne suis pas d'humeur à écouter un sermon sur l'indécence dont je fais preuve en couchant avec Wyndham. Il est inutile de vous inquiéter. Dès qu'il sera prêt à reprendre sa vie sociale, je disparaîtrai en toute discrétion, comme sont censées le faire les femmes sans réputation. Je ne causerai aucun embarras à l'enfant béni.

Elle se leva et se détournait pour quitter les lieux lorsqu'il la retint par le poignet.

— Je n'ai pas peur que vous l'importuniez, Cassie ! Wyndham a manifestement besoin de vous. Vous lui avez rendu la liberté, vous savez comment était sa prison, et il vous fait confiance. Vous pouvez l'aider à se remettre de ce qu'il a enduré dans ce donjon comme personne d'autre n'en sera capable.

Elle dégagea sa main d'un geste brusque.

— Alors qu'est-ce qui vous perturbe ? La plupart des hommes sont ravis de voir leurs lits réchauffés par des créatures qui n'attendent rien d'eux, et je remplis efficacement ce rôle.

— Je crains que vous ne vous en sortiez pas indemne. Pire même, que cela vous dévaste, parce que vous avez déjà perdu plus que d'autres dans toute leur existence.

Il se leva, la dominant de toute sa hauteur. Elle avait tendance à oublier combien il était grand.

— Tout le monde tombe sous son charme depuis sa plus tendre enfance. Même aujourd'hui, alors qu'il est enragé et souffre des effets de l'emprisonnement, il émane toujours de lui ce magnétisme. Mais vous n'avez aucun avenir ensemble.

— Vous pensez que je l'ignore ? lança-t-elle sèchement, levant vers lui des yeux furieux. Ne vous faites pas de souci, James. J'ai réchappé à pire que cela.

Elle s'éloigna en fulminant, même si elle ne pouvait lui donner tort. Elle avait en effet survécu à des expériences plus douloureuses que la perte d'un amant.

Mais celle-ci ne ressemblait à aucune autre.

L'esprit bouillonnant, elle se précipita hors du jardin d'hiver pour regagner sa chambre. Elle ne s'était jamais querellée avec son employeur auparavant. Tout cela parce que ce maudit homme avait raison. Même amoindri et loin d'être remis de ses dix ans en enfer, Greydon Sommers se révélait bien trop facile à aimer – et elle n'aurait jamais de véritable place dans sa vie.

Si seulement son père l'avait écoutée quand elle l'avait supplié de reconduire sa famille en Angleterre ! Mais elle n'était alors qu'une enfant, il avait donc accueilli dans un éclat de rire ses frénétiques mises en garde quant au désastre imminent. À l'époque, elle n'avait pas compris pourquoi elle était tellement convaincue que le malheur allait bientôt s'abattre. Elle savait seulement qu'ils devaient quitter la France sans attendre.

Depuis ce moment, elle avait pris conscience qu'elle était dotée d'une puissante intuition quant au danger. Cette qualité lui avait permis de rester en vie, contre toute attente, durant douze ans de périlleuses missions. C'est au cours de cette période que Catherine, la jeune fille sage et bien élevée, était devenue Cassandra, une prophétesse hantée et méprisée, et un instrument de revanche contre la Révolution qui avait détruit les siens.

Son existence aurait été littéralement différente s'ils étaient partis à temps. Elle aurait peut-être rencontré

Grey lorsqu'ils étaient encore épargnés par la vie et dans la fleur de l'âge. Ils auraient pu…

Elle s'arrêta en haut de l'escalier, décontenancée en songeant que s'ils s'étaient rencontrés à l'époque, il ne l'aurait jamais remarquée. La jeune Catherine n'avait rien de spécial et n'aurait pas retenu l'attention de l'héritier béni d'un comté, qui jetait sa gourme avec joie et légèreté. Elle-même n'était guère plus que passablement jolie, et en tant que femme, ne recélait aucun charme ni talent particuliers. Désormais, la seule chose qui sortait de l'ordinaire chez elle était sa féroce et fort peu séduisante capacité à collecter des informations, et à survivre.

Curieusement, cette réalité l'apaisa. Elle n'aurait été d'aucune aide vis-à-vis de Grey à dix-sept ans, mais celle qu'elle était devenue avait réussi à le libérer, et à lui faire quitter la France sain et sauf.

Elle se révélait aussi la mieux placée pour l'aider à se remettre de sa captivité. Bien plus utile que si elle n'avait été qu'une autre fille éperdument éprise du sémillant lord Wyndham.

Au lieu de regagner sa chambre, elle frappa à celle du futur comte. *Pas de réponse.* Elle tourna la poignée, et s'aperçut que la porte n'était pas verrouillée. Grey n'aimait probablement pas se trouver enfermé. Ou peut-être était-il simplement parti faire une marche consumée de rage à travers la propriété.

Elle entra sans bruit dans la pièce, et vit la longue silhouette étendue sur le lit, les os saillants et les muscles tendus sur le corps émacié. Il était allongé sur le flanc et n'avait pas pris la peine d'enlever ses chaussures.

Régine dormait à son côté, mais releva la tête dès que la porte s'ouvrit. La chienne avait l'air plus en chair et bien nourrie.

Elle descendit d'un bond du matelas, trotta vers Cassie pour se faire gratter la tête, puis sortit de la chambre. Sans doute se dirigeait-elle vers la cuisine pour y demander l'aumône, ou se pressait-elle d'aller au-dehors. Elle pratiquait le chapardage sans aucune honte depuis que Grey l'avait adoptée.

Cassie s'approcha du lit. Son compagnon, le visage creusé d'épuisement, ressemblait à un ange ravagé. Il ne s'agissait pas seulement de fatigue physique ni des séquelles de ses blessures, mais également d'un épuisement de l'esprit et d'une baisse de moral dus à son retour dans un monde où les gens attendaient beaucoup de Greydon Sommers, héritier du comte de Costain. Il avait tenté de son mieux de le cacher, même à sa sauveuse, mais cette tourmente se lisait à présent sur ses traits marqués.

Elle verrouilla la porte afin que personne ne puisse entrer, puis alluma le feu préparé dans la cheminée, car l'air de la chambre était frais. Comme dans la sienne, l'espionne y trouva une couverture pliée dans l'armoire, élimée mais propre, et parfumée à la lavande. Elle la secoua pour l'étendre sur lui, puis se glissa en dessous et s'allongea dans le dos de Grey, moulant son corps contre la masse endormie en lui passant un bras autour de sa fine taille.

Il ne se réveilla pas, mais expira bruyamment. Il posa sa main sur celle que Cassie lui avait mise sur le torse.

La tension qu'avait provoquée cette scène éprouvante dans le jardin d'hiver commença à se dissiper tandis que l'univers se réduisait à cet homme, ce lit, ce moment. Par ailleurs, la jeune femme était éreintée.

Et rien ne l'apaiserait autant que dormir avec son fugitif.

Chapitre 26

Grey s'éveilla doucement, fatigué et contrarié par l'altercation avec Kirkland. Mais il se sentait à présent détendu. Il se trouvait en sécurité en Angleterre, et Cassie était lovée contre lui. La paix régnait.

En partie. Il estima, d'après la position du soleil, que l'après-midi touchait à sa fin. Il devrait bientôt se préparer pour aller dîner avec lady Agnes et les amis de celle-ci, avant de se mettre en route le lendemain pour Londres. Cette pensée était intimidante.

Il roula sur le dos, attirant sa compagne contre son flanc. Tirée du sommeil, elle cligna des paupières puis ouvrit ses yeux brumeux et emplis de résignation. Elle regarda Grey en souriant.

— Régine était là, j'ai donc changé de place avec elle.

— Voilà un échange avisé, déclara-t-il en resserrant son bras autour d'elle, heureux qu'elle l'ait rejoint. Vous semblez être la seule personne avec laquelle je me sente vraiment à l'aise. Ainsi que ma chienne, et peut-être lady Agnes. Dans cet ordre-là.

— Cette liste est intéressante, notre unique point commun résidant dans notre sexe.

— Cela n'a rien de fortuit. Les femelles ont tendance à se montrer plus clémentes.

— Elles le sont assurément envers les hommes séduisants, précisa-t-elle en lui passant la main dans les cheveux. Mais n'oubliez pas le père Laurent.

Il pensa à la confiance sans limites de son ami, semblable à celle de Cassie, maintenant qu'il y réfléchissait.

— Je rends grâce à votre indulgence, ma lady Renard. Je vous en demande bien trop.

— Non, jamais, contesta-t-elle doucement. Votre ancienne vie à la capitale vous paraît peut-être impressionnante pour l'instant, mais d'ici peu de temps, vous aurez lissé vos ailes et pourrez de nouveau prendre votre envol.

Il aurait aimé être aussi confiant qu'elle. Mieux valait effectuer cette renaissance sociale étape par étape. Celle qu'il devait franchir pour l'instant consistait à prendre cette femme dans ses bras.

— Je rêvais de vous voir nue à la lumière du jour, dit-il d'un air songeur. Et nous voici, jouissant d'une agréable intimité, avec le soleil de fin de journée qui se déverse par la fenêtre. Je dois tirer avantage de cette situation.

Il tendit la main vers la gorge de Cassie pour défaire le lacet de sa robe effroyablement informe. S'ouvrant par-devant, ce type de vêtement était destiné aux paysannes qui devaient pouvoir se déshabiller sans aide.

— Ce ne sont pas des circonstances que vous « tirez avantage », rétorqua-t-elle d'un ton catégorique en le repoussant. C'est de moi. Je me sens plus à l'abri dans l'obscurité. La nuit dissimule mes défauts.

Il lui retira les épingles qui retenaient ses cheveux et peigna du bout des doigts les épaisses vagues qui se répandaient sur ses épaules. Quelle couleur était masquée par ce gris terne ? Un brun soyeux, supposa-t-il, d'un éclat qui reflétait son âge et sa bonne santé. Elle avait débarrassé son visage de ses fausses rides, révélant ainsi un teint laiteux d'une pureté cristalline.

— Vous sous-estimez vos charmes, Cassandra. Je n'ai peut-être pas vu votre délicieux corps, mais mes mains l'ont exploré autant que possible, et tout ce qu'elles ont touché était de premier choix.

Il entreprit de déboutonner le devant du corset.

— Votre peau sera assurément plus belle que cette épouvantable robe grise. Je n'ai jamais vu d'habit plus affreux.

Elle éclata de rire.

— C'était plutôt le but. Aucun homme ne se retournait sur moi. Ils préféraient même éviter de me regarder s'ils le pouvaient.

— Et vous êtes pourtant incroyablement attirante, affirma-t-il d'un air méditatif. C'est un grand mystère.

Elle grimaça.

— Très bien, mais vous devez également vous dénuder, lui ordonna-t-elle en tirant sur sa cravate froissée. La seule fois où je vous ai contemplé sans vos vêtements, vous grelottiez dans l'eau glacée d'un bassin en pleine nuit. J'avais trop peur que vous mouriez de froid pour penser à vous contempler.

— Cela n'aura rien d'un spectacle séduisant, assura-t-il. En dépit de vos efforts acharnés pour m'engraisser, pour l'instant je ressemble surtout à un épouvantail.

Elle esquissa un rictus malicieux.

— Vous savez désormais ce que je ressens concernant mes imperfections. Souhaitez-vous que nous renoncions à la nudité ?

— Non, répondit-il fermement. Cela vaut la peine de vous montrer ma carcasse desséchée pour avoir le plaisir de découvrir vos formes plus plaisantes.

— Eh bien, lança-t-elle avec philosophie, si seules les belles créatures s'unissaient, la race humaine se serait depuis longtemps éteinte. Nous devons accepter les failles des autres.

Elle lui ouvrait sa chemise lorsque celui-ci fit de même avec la robe de sa partenaire, révélant ainsi sa magnifique poitrine. Enhardi par le moment, il lui lécha le téton.

Elle prit une inspiration fébrile en écarquillant les yeux.

— Vous avez l'intention de faire plus que regarder ?

— Je ne sais pas vraiment jusqu'où je peux aller, admit-il. Je ne suis peut-être pas suffisamment remis pour ce qu'il me plairait vraiment de faire, reconnut-il en roulant l'autre téton de Cassie entre le pouce et l'index. Pourquoi ne pas tenter de voir jusqu'où je peux aller ? Je vous promets que vous y trouverez satisfaction.

— Je vous en prie, ne vous arrêtez pas, souffla-t-elle. Mais il nous sera plus simple de nous déshabiller debout.

— Vous êtes une meneuse-née qui a toujours d'excellentes idées.

Il se glissa hors du lit et en profita pour alimenter le feu avant de retirer brusquement ses bottes, puis tendit le bras dans un geste galant.

— Vous joindrez-vous à moi, milady, dans les préludes de la séduction ?

Elle saisit la main offerte et se leva avec un sourire qui lui donnait l'air infiniment plus jeune que son accoutrement, plus encore que ce qu'il supposait être son âge réel.

— J'ai hâte de vous ôter vos vêtements un à un, lord Wyndham.

Elle commença par son manteau, puis s'attaqua à sa chemise. Il était conscient de n'avoir encore que la peau sur les os ; elle l'observait toutefois d'un regard débordant d'admiration, et caressait son torse nu avec une grande sensualité.

— C'est à mon tour à présent, dit-il, le souffle coupé lorsqu'elle posa ses lèvres au creux de sa gorge. Cette sinistre robe doit disparaître.

— Résistez à la tentation de la brûler, le mit-elle en garde. C'est tout ce que j'ai jusqu'à mon retour à Londres.

Il fit passer la grossière tenue par-dessus la tête de sa compagne, se promettant en silence de lui acheter de la soie en ville. Elle émergea de l'amas de plis gris, riante et irrésistible dans son corset et sa chemise. Plus elle s'effeuillait, plus elle devenait ravissante.

Chacun retira progressivement les vêtements de l'autre dans un concert de rires et de baisers. Lorsqu'il lui enleva son linge blanc et élimé, découvrant ainsi sa peau nue et dorée dans la lumière de cette fin d'après-midi, il déclara d'une voix rauque :

— Vous êtes encore plus belle que je ne l'avais imaginé.

Elle fit glisser le caleçon de Grey en l'effleurant au passage, paralysant l'espace d'un instant son esprit de simple mâle.

— Le désir altère votre jugement. Même si ce mensonge est fort agréable à entendre, ajouta-t-elle d'un air mélancolique.

— Je ne puis nier que j'ai envie de vous, mais cela ne dénature en rien ma perception, rétorqua-t-il en ôtant complètement ses derniers vêtements. Du moins, pas en ce qui concerne l'excitation que vous suscitez.

— Je ne me situe guère au-delà d'une créature insipide et moyenne, protesta-t-elle.

— Vous êtes plutôt le modèle même de la féminité.

Il prit en coupe ses seins lourds et chauds, décrivit de lents cercles avec sa main, et sentit les boutons de chair se durcir sous sa paume.

— Chaque partie de votre corps est exactement proportionnée. Votre poitrine est idéale, ni trop grosse, ni trop petite.

Il l'embrassa entre les deux merveilles qu'il caressait.

— Vous avez une peau remarquable. Lisse et incroyablement lumineuse, telle une statue de Michel-Ange léchée par un rayon de soleil.

— Vous êtes également... plus plaisant à regarder que vous ne le prétendiez. Encore trop maigre, mais vous avez de splendides épaules ! fit-elle remarquer en passant les mains sur celles-ci pour étayer ses propos.

Elle était gentille. Il avait conscience de ses côtes saillantes et des vilaines cicatrices qu'il avait gardées de sa captivité. Il regrettait de ne pas l'avoir rencontrée lorsqu'il était jeune et au mieux de sa forme, mais comme elle le disait, il n'était guère indispensable d'être exempts de défauts pour s'unir. *Bien heureusement.*

— Vous êtes réellement parfaite, dit-il en passant ses paumes sur les hanches et les cuisses de Cassie. Comme la Vénus née des eaux que Botticelli a peinte. Mince, mais pulpeuse partout où il faut. Esthétiquement musclée.

Il parcourut de baisers la courbe délicate de son ventre, plus excité qu'il ne l'aurait cru possible. Elle était délicieusement féminine et appétissante.

Elle suffoqua lorsqu'il la lécha autour du nombril.

— Il est temps de passer en position horizontale, annonça-t-il d'une voix éraillée.

Il la souleva du sol, puis l'étendit sur le lit avant de la rejoindre pour reprendre son exploration du bout des lèvres jusqu'aux enivrants mystères dissimulés entre les jambes de sa compagne.

Elle hurla et enfonça férocement ses ongles dans les épaules de Grey lorsque la bouche de celui-ci atteignit ses replis les plus sensibles et les plus secrets. Son intense réaction était envoûtante, et fit bouillonner le sang de Grey.

La jeune femme s'abandonna avec passion, son extase suscitant chez lui un désir urgent. Il se plaça entre ses cuisses et joignit leurs corps, dans la plus belle intimité dont un homme et une femme puissent jouir. Elle en eut la respiration coupée.

— Je vois que vous vous êtes entièrement remis, milord.

— Vous êtes plus douée que n'importe quel médecin pour favoriser la guérison, ma chère lady Renard, affirma-t-il à bout de souffle tandis qu'il allait et venait en elle.

Hilare, elle l'attira vers elle pendant qu'ils glissaient ensemble dans la béatitude. Ce rapport surpassait le premier, si sauvage, qu'ils avaient eu alors que le fugitif manquait si cruellement de chair féminine. Cette union était aussi spirituelle que physique, au-delà de tout ce qu'il avait connu auparavant.

— Cassandra, suffoqua-t-il. Catherine…

La perfection.

Même s'il se tenait dans la petite salle à manger familiale, le dîner ce soir-là fut le plus gênant auquel Cassie ait jamais participé. Lady Agnes, le général Rawlings et Miss Emily épiaient Wyndham, les deux femmes gardaient également un œil sur l'espionne, et Kirkland surveillait tout le monde. Grey méritait que l'on s'attarde sur lui ; d'une blondeur angélique, capable de faire passer ses habits d'emprunt pour du sur-mesure, il était l'archétype du gentleman britannique. Il parlait peu, mais dégageait un magnétisme inné.

Aucun convive ne guettait Régine, qui s'était faufilée dans la pièce et avait pris place sous la table, le museau posé sur le pied de son maître. Tant que personne ne s'apercevait officiellement de sa présence, elle n'avait pas à se faire chasser. Elle avait visiblement pris du poids depuis que Sommers l'avait trouvée.

L'angoisse qui se lisait sur le visage de ce dernier dévoilait son inconfort devant l'attention dont il faisait l'objet, mais il s'accommodait honorablement de cette situation. Cassie estimait mériter un certain crédit pour le moment d'extrême détente qu'elle lui avait procuré cet après-midi-là. À cette pensée, elle riva les yeux sur son bœuf braisé. Si elle avait décrispé le jeune homme, il avait quant à lui donné l'impression à sa compagne qu'elle était désirable.

À la fin du repas, lady Agnes se leva.

— Miss Renard, Emily, retirons-nous dans la salle de séjour et laissons ces messieurs déguster leur porto.

Relevant l'expression de Cassie, la directrice lui lança :

— Vous êtes surprise que je me montre aussi conventionnelle ?

— Oui, admit son invitée en se mettant debout. Je croyais que vous n'obéissiez qu'aux règles qui vous convenaient.

Son hôtesse esquissa un sourire.

— Vous êtes très perspicace. Il me paraît parfois opportun de prendre congé, et quand je le fais, j'ai une carafe de ce même excellent porto que nous fournit ce cher Ballard dans le séjour.

L'espionne regarda furtivement Grey. Il semblait méfiant, mais résigné à l'idée de se retrouver seul avec le général et Kirkland. Après qu'il lui eut adressé un signe de tête pour la rassurer, la jeune femme quitta la pièce avec les deux autres dames. Elle lança en fermant la porte derrière elle :

— Je prendrais volontiers de ce fameux spiritueux pour me soutenir dans l'interrogatoire qui va suivre, s'il vous plaît.

Lady Agnes en remplit trois verres et les distribua.

— Je souhaite en savoir plus sur la captivité et le sauvetage de Wyndham. Si je l'interroge directement, il va se figer et me soutenir d'un air impassible que tout va bien.

— Peut-être, intervint Emily Cantwell songeuse. Mais il a toujours mieux su exprimer son opinion que la plupart de nos élèves.

— À l'époque, certes, concéda la maîtresse de maison. Mais il s'est comporté en gentleman réservé ce soir, fit-elle remarquer en observant Cassie d'un regard perçant. Je ne vous demande pas de violer son intimité… (Son visage se tendit.) … mais sera-t-il de nouveau lui-même un jour ?

— Il l'est déjà, bien qu'il s'agisse d'une personnalité forgée par un voyage sur un chemin inattendu, répondit subtilement la jeune femme. Il se détendra en société, j'en suis certaine. Mais il ne sera plus jamais l'enfant béni et insouciant que vous avez vu grandir.

La directrice soupira.

— Je le savais, bien entendu, mais il me fallait l'entendre de la bouche de celle qui le connaît le mieux. Il est évident que ses expériences l'ont transformé. Mais je prie pour qu'il retrouve un jour la sérénité et le bonheur.

— J'ai toujours pensé qu'il ferait un merveilleux père, déclara Miss Emily. Il était si patient avec les jeunes garçons.

Les deux éducatrices dévisagèrent Cassie avec insistance.

— Comptez-vous me faire un sermon sur les risques que je courrais en attendant quoi que ce soit de lui ? s'enquit leur invitée sur un ton doux-amer. Inutile, Kirkland s'en est déjà chargé.

Lady Westerfield grimaça.

— Je n'en avais pas l'intention. Vous êtes une femme d'expérience et vous comprenez les circonstances. Mais je souhaite sincèrement vous remercier pour tout ce que vous avez fait. Pour l'avoir libéré, pour rester à ses côtés pendant qu'il se remet de tout ce qu'il a enduré. Je suppose que le prix à payer sera élevé en ce qui vous concerne.

— Comme vous le disiez, je suis une femme d'expérience. Je ne me fais aucune illusion.

Elle sirota le savoureux porto en songeant que le commentaire de lady Agnes était une allusion au charme qu'exerçait Grey sur tous ceux qu'il croisait.

— Puisque nous abordons indirectement l'avenir de votre ancien élève, je vais vous donner mon opinion. Je ne serais guère surprise qu'il ne se marie jamais. Ou cela se produirait dans des jours lointains.

Miss Emily arqua les sourcils.

— Vous ne parviendrez pas à me convaincre qu'il a perdu le goût des femmes !

Personne ne savait mieux que Cassie combien Grey appréciait la gent féminine, mais cette conversation avait cristallisé une réflexion.

— Il les aime beaucoup, répondit-elle, mais après dix ans derrière les barreaux, il déteste se sentir pris au piège par la société, les responsabilités et les attentes de l'extérieur. Il n'esquivera pas ce qui relève de son devoir, mais je pense qu'il verra le mariage comme un enchaînement qu'il peut éviter.

Après un long silence, lady Agnes déclara :

— Vous êtes d'une clairvoyance remarquable, Miss Renard. Moi qui ai échappé à la prison, je puis comprendre cela.

— Mais cela signifiera la perte d'un excellent père, déplora Miss Emily en soupirant.

Par souci de discrétion, Grey et Cassie étaient convenus cet après-midi-là de faire chambre à part. Mais passé minuit, la résolution du fugitif flancha lorsqu'un sombre cauchemar teinté de désespoir le tira brusquement du sommeil.

Parcouru de frissons, il traversa le couloir vers la porte de sa compagne. Celle-ci se réveilla instantanément, comme tout bon espion, et reconnut aussitôt son visiteur. Elle lui tendit la main sans un mot. Il la saisit avec gratitude et se glissa sous les draps.

Dans ses bras, il parvint à dormir.

Chapitre 27

Grey s'assit dans le lit en maugréant.

— C'est presque l'aube. Je ferais mieux de retourner furtivement dans ma chambre.

Cassie lui passa un bras autour de la taille.

— Cette maisonnée ne semble pas du genre à s'offusquer facilement.

— Certes, mais je ne veux pas mettre lady Agnes dans une situation délicate, répondit-il en lui embrassant le front. Ne vous plaignez pas. Vous allez pouvoir rester bien au chaud sous les draps.

— Ils viennent brusquement de refroidir, soupira-t-elle tandis qu'il se levait.

— Nous avons un agréable trajet pour Londres devant nous. Le temps que nous arrivions là-bas, vous vous serez lassée de moi.

Il ouvrit la porte, vérifia que personne ne se trouvait dans les parages, et s'esquiva dans ses appartements, songeant qu'il y avait des raisons pour que les gens se marient ; partager légalement une couche était bien plus plaisant que traverser des couloirs glacials sur la pointe des pieds.

Il ne se rendormirait pas, et décida donc de s'habiller pour descendre dans l'espoir d'avoir une tasse de thé, le personnel prenant assez tôt son service aux fourneaux. Il trouva non seulement une affable cuisinière qui exauça son vœu, mais aussi du pain grillé avec du miel. Il consommait allégrement sa seconde tranche lorsque la maîtresse des lieux apparut, vêtue pour la journée et l'œil amusé.

— Bonjour à tous.

Grey lui répondit dans un murmure, pendant que la domestique versait une autre tasse agrémentée de lait et de miel qu'elle tendit ensuite à la directrice. Après une longue gorgée, celle-ci annonça :

— Des complications sont survenues, Wyndham. Venez avec moi, je vais vous montrer.

— Oui, madame.

Il reprenait facilement ses réflexes d'élève.

Même si l'enseignante n'avait pas l'air inquiète, elle avait éveillé la curiosité du gentleman qui avala la dernière bouchée de sa tartine et suivit son hôtesse à l'étage. Il fut étonné de constater qu'elle l'emmenait vers ses quartiers privés. Elle ouvrit violemment la porte de son vestiaire.

— Voici notre problème, s'esclaffa-t-elle.

Il vit alors, lovés sur un coûteux manteau de velours, Régine et trois chiots replets qui tétaient leur mère les yeux fermés.

— Dieux du ciel ! s'écria Grey qui s'agenouilla pour examiner les nouveaux arrivants en se tenant à bonne distance. Tu peux être fière de toi, ma chère. Non seulement tu as mangé comme trois chevaux, mais tu as aussi su parfaitement garder ton secret. Je me demande à quoi ressemblait le père. Les petits ont l'air de race encore plus mixte que Régine.

— Ils sont adorables, rétorqua fermement lady Agnes. La lignée n'a aucune importance.

Il sourit.

— Et ce sont les propos d'une femme dont le sang est l'un des plus bleus d'Angleterre.

— Je n'ai pas plus décidé de mes ancêtres que ces bêtes n'ont choisi leur géniteur, affirma-t-elle avant de boire une autre gorgée de thé. J'aime assez le métissage. Il en découle toujours des surprises.

La chienne leva brièvement le regard de ses petits qu'elle léchait, puis s'affaira de nouveau à leur toilette. Sommers se redressa.

— J'ignore comment elle a pu pénétrer ici, milady. Je vous remplacerai ce manteau dès que je disposerai de mon argent.

La directrice esquissa un geste signifiant que c'était inutile.

— Ne vous souciez pas de cela, mais vous ne pouvez aller à Londres en fiacre avec une maman et ses trois bébés.

Son expression amusa le gentleman.

— Et vous vous en réjouissez, pas vrai ?

— J'ai un faible pour les jeunes créatures, admit-elle en souriant, qu'il s'agisse d'enfants, de chatons ou de chiots. J'adorerais garder l'un de ceux-là. Mon vieux chien est mort il y a quelques semaines, et je pense qu'il est temps d'en prendre un autre. Certains élèves en souhaiteraient également un, dit-elle, l'air songeuse.

L'un d'eux en particulier aurait besoin d'un animal à ses côtés.

— Vous pouvez tous les donner, mais je reviendrai chercher Régine quand sa portée sera assez mature pour survivre sans elle.

Il tendit la main vers sa bête, et lorsqu'il vit qu'elle n'avait aucune intention de le mordre, il lui gratta la tête.

— Mais elle va me manquer, ajouta-t-il.

— Il vous suffira donc de garder votre Miss Renard tout près de vous, répondit platement l'enseignante.

Grey comptait vivement s'y appliquer.

Après un rapide trajet, le luxueux fiacre atteignit Londres, et fit halte dans un grondement devant la maison de Kirkland. Pendant que le valet baissait le marchepied, l'Écossais tendit le bras vers son ami.

— Je passerai à Exeter Street demain. Si vous avez besoin de quoi que ce soit, faites-le-moi simplement savoir.

— Tout ira bien, répondit le fugitif en lui serrant la main. Dès que je me sentirai prêt à retourner dans le giron de ma famille, vous en serez le premier informé.

— Plutôt le deuxième, rectifia son camarade en inclinant la tête vers Cassie, avant de descendre les marches.

Lorsque la porte fut refermée et que le véhicule reprit sa course à travers la ville, Grey se renfonça dans son siège, et prit la main de la jeune femme.

— Londres a-t-il toujours été aussi grouillant de monde, nauséabond et bruyant ?

— Oui, ce qui explique certainement pourquoi vous avez enfoui ces souvenirs, répondit-elle en enlaçant ses doigts avec ceux de son compagnon. La capitale vous donne-t-elle envie de vous enfuir en hurlant ?

— Un peu, admit-il avec un sourire en coin. Je m'en accommode mieux que je ne l'aurais fait il y a seulement une semaine. Mais je suis heureux d'être en route vers une tanière dans laquelle me cacher pour le restant de la journée afin de me remettre du voyage.

— Aujourd'hui, vous pouvez vous détendre. Mais je vous avertis que dès demain, je vous emmènerai de force goûter les délices londoniennes. En commençant par le marché de Covent Garden. Il se situe tellement près de la maison que si vous partez en criant, vous ne serez même pas essoufflé une fois de retour dans votre repaire.

— C'est très attentionné de votre part. Mais je pense que si vous êtes auprès de moi, je devrais pouvoir me maîtriser dans presque toutes les circonstances, déclara-t-il en lui déposant un furtif baiser sur le front. J'ignore pourquoi votre présence m'est si naturelle, mais je vous en suis reconnaissant.

— Peut-être parce que je ne vous avais jamais rencontré avant d'arriver à Château Durand, suggéra-t-elle d'un air songeur. Je n'attends pas de vous que vous soyez le même qu'à vos vingt ans. Et comme je sais que vos dommages n'ont rien d'irréparable, je ne vous rôde pas autour, rongée d'inquiétude et regrettant le flamboyant lord Wyndham du bon vieux temps. Je me contenterai de vous voir heureux dans votre existence actuelle.

Il sourcilla.

— Le fait que je sois un fabuleux amant n'entre pas dans vos considérations ?

— Cela pèse dans un autre genre de balance, milord, s'esclaffa-t-elle.

— De celles qui sont faites d'or massif, j'en suis certain, rétorqua-t-il en reprenant son sérieux tandis qu'il regardait par la fenêtre. Mes parents sont peut-être à Londres pour attendre l'ouverture du Parlement.

— C'est possible. En admettant que ce soit le cas, vous n'êtes pas obligé de les voir si vous ne le désirez pas.

— Je le souhaite vivement. Mais… pas pour l'instant, précisa-t-il en s'efforçant d'adopter un ton plus léger. Je préférerais visiter Astley's Circus ou quelque autre divertissement. Je suppose que le Théâtre royal est toujours à Covent Garden ?

— Oui, bien que celui que vous avez connu ait brûlé il y a quelques années. Un nouveau bâtiment a été construit, donc le spectacle continue. Peut-être que nous pourrons passer devant demain, et regarder quelles pièces sont à l'affiche.

Il parut hésitant.

— J'aime aller aux représentations, mais j'appréhende de me mêler au public turbulent, et je ne puis m'installer dans une loge sans prendre le risque d'être reconnu.

— Peut-être dans une semaine ou deux, proposa-t-elle paisiblement.

Ils se turent, sans délacer leurs mains. Grey gardait les yeux rivés sur Londres, le cœur battant de la Grande-Bretagne. Cassie trouvait qu'il affrontait convenablement la foule et l'agitation. Il devenait chaque jour un peu plus fort, plus en mesure de faire face.

Le crépuscule tombait lorsqu'ils arrivèrent au 11, Exeter Street.

— C'est plus grand que ce que j'imaginais, déclara le fugitif en aidant sa compagne à descendre du fiacre.

— Ce quartier a été très à la mode à une époque, et les vastes demeures sont restées, expliqua-t-elle tandis qu'elle sortait sa clé en ouvrant la voie sur le perron. Il y a suffisamment de pensions alentour pour que nos allées et venues passent inaperçues.

Elle déverrouilla la porte de la petite entrée et pénétra dans la maison avec Grey, qui la tenait affectueusement par les épaules. À l'intérieur se trouvait un homme grand et mince sur le départ. Elle se raidit en reconnaissant ces muscles tendus comme des arcs et ces cheveux bruns.

Le visage grave de l'individu s'illumina d'un sourire lorsqu'il aperçut l'espionne.

— Cassie ! Comme je me rends en Écosse demain, je suis passé voir si à tout hasard vous étiez rentrée.

Rob Carmichael. Elle se figea lorsqu'il s'approcha d'elle. Puis le coureur s'arrêta brusquement, son regard dérivant de la jeune femme vers son invité.

— Mon Dieu, Wyndham, vous êtes revenu d'outre-tombe ! s'exclama-t-il avec un plaisir hébété.

Il changea d'expression en décelant ce qu'il interprétait avec perspicacité comme une intimité naturelle entre les deux arrivants. Sa voix se fit plus sèche.

— Vous semblez avoir quitté la France sans la moindre égratignure, mon cher.

— Pas vraiment, rétorqua le fugitif.

Il sourcillait en observant tour à tour Cassie et Rob.

— Je vous pensais trop avisée pour céder au charme facile, lança ce dernier à sa collègue d'un ton tranchant. Ou serait-ce pour son argent ? Milord en a assurément plus que moi, et on le disait généreux avec ses maîtresses.

— Surveillez vos propos, Carmichael ! s'écria Grey en retirant son bras pour s'approcher du coureur, les poings serrés. Présentez-lui vos excuses !

— Pour avoir dit la vérité ? Certainement pas !

L'agent se mit également en position de combat, les mâchoires crispées de rage.

— Arrêtez, tous les deux ! ordonna Cassie d'une voix qui aurait brisé du verre. Vous vous comportez comme des enfants !

La gouvernante qui tenait la maison avec son mari avait été attirée par leurs éclats de voix dans le vestibule, la jeune femme s'adressa donc à elle :

— Mrs Powell, voici Mr Sommers, il va s'installer ici quelque temps. Conduisez-le à l'une des chambres, je vous prie.

Lorsqu'il ouvrit la bouche pour protester, l'espionne lui lança un regard qui signifiait « Allez-y ! » Il en parut contrarié, mais suivit la domestique dans l'escalier.

— Inutile de le congédier, cracha Rob. Je m'en vais. Je doute que nos chemins se croisent de nouveau, Cassandra.

— Vous resterez ici tant que nous n'aurons pas discuté, Robert, lui ordonna-t-elle. Dans le salon.

Elle lui saisit le bras afin qu'il ne puisse s'échapper sans avoir à la faire lâcher prise.

Après un moment d'une résistance d'acier, il l'accompagna dans la pièce voisine. Sous un meilleur éclairage, elle aperçut la peine qui emplissait les yeux du coureur. Son agacement s'évapora.

— Je suis désolée, Rob. Je regrette que vous l'ayez découvert de manière si désagréable.

— Je pense qu'il n'existe pas de bonne façon d'éconduire un amant, riposta-t-il sèchement.

— Nous n'étions pas des « amants », mais des amis qui partagions à l'occasion la même couche lorsque l'envie nous en prenait. Nous ne nous sommes jamais juré amour ni fidélité.

— Aviez-vous l'intention de m'informer que vous étiez avec Wyndham ? Ou espériez-vous que je ne le découvrirais jamais ?

Elle soupira.

— Vous et moi n'avons jamais parlé d'autres partenaires sexuels, même si, puisque je suis souvent en France, je suppose que vous ne dormez pas tout le temps seul en mon absence.

— Si étrange que cela puisse paraître, c'est pourtant le cas, répondit-il en esquissant une moue. Je pensais que nous faisions plus que coucher ensemble par commodité.

— En effet, mais ce qui nous a toujours réellement liés est l'amitié, pas l'amour, rectifia-t-elle en capturant son regard dans l'espoir de le convaincre que ses paroles étaient sincères. La camaraderie, l'attention et la confiance qui nous unissent sont réelles, Rob. Je détesterais perdre cela.

La mâchoire du coureur tressauta.

— Pourquoi lui, Cassie ? Pour son charme légendaire ? Il m'a été difficile de le haïr quand je m'y suis appliqué.

— Pour quelles raisons avez-vous eu de telles intentions ? s'étonna-t-elle en sourcillant.

Il haussa les épaules.

— J'étais simplement jaloux que tout vienne à lui aussi facilement.

Il n'en avait guère été de même pour Rob.

— Peut-être vous sentirez-vous soulagé d'apprendre que Grey a passé dix ans en isolement dans le donjon d'un château, l'informa-t-elle d'un ton catégorique. Je vous assure que survivre à cela n'a rien de « facile ».

— Que dites-vous ? s'exclama-t-il, horrifié. Pauvre diable. Vous l'avez aidé à s'enfuir ?

Elle acquiesça.

— Nous venons juste d'arriver en Angleterre. Je me réjouissais de passer une soirée tranquille, déclara-t-elle en dégrafant son manteau avec lassitude.

— En compagnie de Wyndham, ajouta Carmichael en secouant la tête. J'ai du mal à vous imaginer avec lui. Est-ce parce qu'il a besoin de vous pour le moment et que vous vous sentez obligée de l'aider ?

Certes, pourquoi lui ?

— C'est possible, répondit-elle d'un air songeur. Vous ne vous autorisez jamais à être en manque de qui ou de quoi que ce soit, Rob. Je suis pareille. Nous excellons tous deux dans l'art de ne rien réclamer. Nous sommes si indépendants que nous ne pouvons établir de véritable contact avec un autre être humain. Avec Grey, je... je deviens quelqu'un d'autre.

Il la dévisageait d'un œil inquisiteur.

— Êtes-vous amoureuse de lui ?

— Un peu, je suppose.

Elle hésita, ne sachant à quel point elle pouvait se permettre d'être honnête. Mais Rob ne méritait pas qu'elle lui mente.

— Avec lui, poursuivit-elle, je ressens à nouveau des émotions. C'est douloureux, mais… plaisant.

— Ah, Cassie, j'ignorais que votre âme recélait une once de romantisme, déclara-t-il en l'étreignant dans une soudaine et brutale accolade. Si vous cherchez plus que ce que nous partagions, je vous souhaite de le trouver. Mais ce ne sera pas avec Wyndham. Il ne vous épousera jamais.

Consciente qu'il s'agissait d'un geste d'amitié, elle se détendit contre ce torse robuste et familier, les yeux embués de larmes. Même s'ils sauveraient probablement leur camaraderie, toute chance de construire autre chose s'évaporait.

— Si je me suis jamais fait de telles illusions, j'ai été suffisamment mise en garde par un certain nombre de gens désireux de m'expliquer pourquoi cela n'arriverait jamais. Lorsque ma route divergera de la sienne, je n'en serai ni surprise ni dévastée.

Elle était très douée pour reprendre son chemin en solitaire.

La colère du coureur s'était dissipée, mais il parut mélancolique lorsqu'il avoua :

— Je pensais qu'un jour, nous partirions ensemble en retraite dans un paisible village, où nous nous assommerions mutuellement avec nos vieilles histoires de guerre. Mais cela ne se produira jamais, n'est-ce pas ?

— C'est hautement improbable, concéda-t-elle. Mais… Rob, pouvons-nous redevenir amis ? S'il vous plaît ?

— Oui, répondit-il en mettant fin à leur étreinte. Je suis toutefois heureux d'aller en l'Écosse. Je devrais y être assez occupé pour ne pas languir après vous.

— Ce ne sera pas le cas, dit-elle avec une pointe d'amusement. Je n'étais guère qu'une habitude.

— Peut-être, mais une délicieuse, rétorqua-t-il doucement. Prenez soin de vous, ma chère.

Elle le regarda quitter la pièce, tendu et toujours prêt pour les ennuis. Elle regrettait qu'ils n'aient pas réussi à s'aimer.

S'armant de courage pour une autre discussion délicate, Cassie monta l'escalier. Elle rencontra Mrs Powell en haut des marches.

— J'ai mis Mr Sommers dans la chambre à l'arrière de la maison, où c'est agréable et calme, l'informa l'employée.

Même si elle était d'âge mûr et connue pour son solide bon sens tout comme sa discrétion, elle émit un gloussement de jeune fille.

— Quel bel homme ! Combien de temps va-t-il séjourner ici ?

Manifestement, le charme de Grey se reconstituait en même temps que sa santé, songea l'espionne avec aigreur.

— Quelques semaines, probablement. Il s'agit d'un vieux camarade de lord Kirkland.

— C'est un noble lui aussi, à n'en pas douter, affirma la gouvernante en se tournant pour redescendre. Je vais m'assurer qu'il soit confortablement installé.

Cassie emprunta le long couloir en direction de la chambre bleue. Après avoir frappé à la porte pour s'annoncer, elle entra avant que son occupant ait le temps de le lui interdire.

Il se tenait devant la fenêtre et contemplait la nuit tomber sur Londres, le dôme de St Peter se découpant sur la ligne d'horizon. Il était froid, distant. *Très lord Wyndham.*

— Je suis désolée pour cette scène, dit-elle sans préambule. Il était fort malvenu que Rob Carmichael passe par hasard au moment même où nous arrivions.

— Quelle infortune, en effet, confirma-t-il en gardant le dos tourné.

— Vous saviez que je n'étais pas une oie blanche, rétorqua-t-elle avec exaspération.

— Je ne suis pas non plus le perdreau de l'année, mais mes batifolages remontent à dix ans.

Après un long silence, il dit avec hésitation :

— Et… il y a une différence entre le savoir de façon abstraite, et prendre conscience que vous étiez avec un homme que je connais et que j'ai toujours trouvé plutôt intimidant. Quelqu'un, ajouta-t-il en baissant d'un ton, qui semble tout à fait votre genre.

— Il est utile pour un coureur de Bow Street d'impressionner, convint-elle, intriguée par la façon dont les deux rivaux se voyaient l'un l'autre. Voulez-vous bien me regarder, je vous prie ?

Grey se retourna, mais il était difficile de déchiffrer son expression dans la lumière décroissante.

— Je vous dois des excuses pour avoir gâché votre liaison avec Carmichael. Je savais que vous étiez une femme d'expérience, mais j'ignorais qu'un amant vous attendait à Londres.

— Je viens juste d'avoir cette conversation avec Rob, répondit-elle sèchement. Lui et moi sommes amis, collègues, et nous avons affronté le danger ensemble. Mais bien que nous ayons parfois partagé le même lit, cela n'a jamais représenté la partie la plus importante de notre relation.

Il plissa les yeux.

— Le sexe est-il l'élément principal de notre amitié ? Ou seulement l'un des services de nourrice que vous offrez quand vous secourez des imbéciles en captivité ?

Elle résista à l'envie pressante de lui jeter un objet à la figure.

— J'aurais dû vous laisser vous entre-tuer !

Elle tourna les talons et se rua vers la porte, songeant que la transformation de Grey en gentleman détaché et ironique se produisait bien trop rapidement.

Il jura et la rattrapa avant qu'elle atteigne la sortie, puis l'enveloppa de ses bras par-derrière en l'attirant fermement contre son torse.

— Je suis navré, Cassie, dit-il avec intensité. Je ne me savais pas possessif, mais avec vous, je suis différent.

— Les circonstances le sont également, rétorqua-t-elle en s'efforçant de ne pas fondre de nouveau à son contact. Ne vous inquiétez pas, vous vous remettrez de ce léger accès de jalousie, et retournerez à des liaisons insignifiantes, où il importe peu de savoir qui d'autre votre amante fréquente.

Il resserra les bras autour de la taille de sa compagne.

— Je ne veux pas de « liaisons insignifiantes ».

— Alors que souhaitez-vous ?

— Être spécial à vos yeux, Cassandra, affirma-t-il d'un ton grave. Au départ, je me moquais de savoir si vous couchiez avec moi par pitié ou par devoir, mais maintenant, je m'en soucie. Je… je veux représenter plus qu'une mission parmi d'autres.

Elle déglutit avec difficulté.

— C'est le cas, Grey. En dépit de ce que vous pensez, je ne me suis jamais donnée à un homme avec désinvolture. Certainement pas à ceux que j'escorte pour les mettre en sécurité.

— Je suis heureux de l'entendre, répondit-il en lui embrassant le haut de l'oreille. Mais… lors de notre première nuit ensemble, vous m'avez confié avoir couché avec des hommes pour des motifs bien pires que le réconfort et le plaisir mutuel. Je n'étais pas sûr de comprendre ce que cela signifiait.

Même s'il n'avait pas directement formulé une question, elle devinait qu'il espérait une réponse.

— Je n'ai raconté ma vie à personne, murmura-t-elle. Du moins, pas l'intégralité de cette sordide histoire.

— Peut-être que si vous vous en ouvrez à quelqu'un, le fardeau sera moins pesant.

Sa chaleur embrasait la fraîcheur de la soirée.

— Cassie, poursuivit-il, vous connaissez les détails les plus cruciaux de mon existence, et j'en sais si peu sur vous, déplora-t-il en lui caressant le bras droit. Mis à part que vous êtes gentille, sensuelle, dangereuse, et d'une redoutable efficacité.

Elle se surprit presque à rire en l'écoutant égrener ses qualités, mais son hilarité s'évanouit. Elle avait depuis si longtemps jeté son passé aux oubliettes qu'il était difficile de s'imaginer l'aborder. Grey avait toutefois raison. Il ne savait presque rien d'elle, alors qu'elle avait vu chez lui des vulnérabilités dont personne d'autre ne serait témoin.

Elle s'était montrée sincère en disant à Rob qu'ils étaient tous deux trop indépendants, trop réticents à l'idée que l'on dépende d'eux ou qu'eux-mêmes aient besoin des autres. Sa relation avec Grey était différente, en grande partie parce que celui-ci avait été disposé à la laisser voir ses peines, ses blessures et ses faiblesses. Elle lui devait de faire de même.

— Très bien, se résigna-t-elle en se dégageant des bras de son compagnon. Mais cela va prendre du temps. Si vous ouvrez la porte située du côté gauche de l'armoire, vous devriez trouver de quoi apaiser l'indomptable espionne.

Grey siffla lorsqu'il ouvrit le meuble, et aperçut des étagères de bouteilles et de verres.

— Kirkland sait faire en sorte que ses invités se sentent comme chez eux. Que voulez-vous boire ?

Si elle prenait un cognac, elle perdrait connaissance avant d'arriver au bout de son récit.

— Un porto.

— Et un porto pour milady.

Tandis qu'il sortait la carafe, elle s'affaissa sur un fauteuil, et se demanda avec consternation si elle était capable de dévoiler les ténèbres de son passé.

Mais s'il existait quelqu'un à qui elle pouvait en parler, c'était bien Wyndham. Il avait lui aussi traversé nombre de saisons en enfer.

Chapitre 28

Lorsqu'il tendit son verre à Cassie, elle lui demanda :

— Par où dois-je commencer ?

— Le début, bien entendu.

Il s'agenouilla pour allumer le feu préparé dans la cheminée, puis s'installa dans le siège en face d'elle, à portée de main. La lumière du feu brunissait ses cheveux clairs, et sculptait les traits émaciés de son visage grave et patient.

Cassie plongea les yeux dans son vin qu'elle faisait tournoyer.

— Mon père était anglais, ma mère venait de France. Nous y faisions de longs séjours au sein de sa famille. J'avais une nourrice native de là-bas, car ma mère voulait que ses enfants parlent aussi bien les deux langues.

Lorsque le silence devint trop long, il répéta :

— Ses enfants ?

— J'ai un frère et une sœur aînés. J'avais le privilège d'être la petite dernière.

Elle ferma les paupières, se remémorant la chaleureuse étreinte de son père, la discipline ferme mais subtile de sa mère. Son grand frère taquin, sa jolie sœur qui s'était préparée avec excitation à faire ses premiers pas en société.

— Nous étions en France quand le règne de la Terreur a débuté. Les adultes étaient inquiets, et les proches de ma mère débattaient pour décider s'ils devaient ou non quitter le pays. Mais l'agitation se produisait surtout à Paris, et le domaine de Montclair était aux abords de Reims, à bonne distance des perturbations. Point n'était besoin de se précipiter.

— Mais vous étiez plus clairvoyante qu'eux sur le sujet, jeune prophétesse, lança-t-il lorsqu'elle interrompit de nouveau son récit.

— Je sentais qu'un terrible malheur se profilait, répondit-elle, l'air hébétée, en sirotant son alcool dont elle appréciait la brûlure sucrée. Je jouais avec des enfants de la région et j'ai surpris les discussions de leurs parents. Dans le village, j'ai vu des orateurs radicaux de Paris tempêter contre les riches. J'ai entendu la famille de ma mère se faire accuser de vagues « crimes contre la liberté ». J'ai tenté d'expliquer tout cela à mes proches, mais comme je n'avais que dix ans, ils ne m'ont pas écoutée. Jamais !

Même après tant d'années, la fureur et l'angoisse lui transperçaient le cœur.

— C'est une tragédie qu'ils n'aient pas prêté attention à vos propos, déplora Grey à voix basse. Mais vous n'êtes pas responsable des conséquences.

Peut-être pas, mais elle n'avait jamais cessé de s'interroger : aurait-elle été entendue en s'adressant différemment à eux, en formulant mieux ses mises en garde ?

— Mon père m'a rassurée en riant, et m'a affirmé que nous serions chez nous le mois suivant. À ce moment-là, il était trop tard. La Terreur nous avait déjà rattrapés pour nous détruire.

Une fois de plus, lorsqu'elle se tut, il l'incita tendrement à poursuivre en lui demandant :

— Comment ?

— Je ne l'ai appris qu'ensuite, mais une bande de sans-culottes parisiens traversaient le bourg pour rejoindre l'armée. Ils avaient un tonneau de spiritueux bon marché qu'ils partageaient sans compter. L'ivresse aidant, il s'est ensuivi une énorme émeute au cours de laquelle ces révolutionnaires ont créé la frénésie générale. Quand leur rage est devenue meurtrière, ils se sont mis en route vers la propriété de la famille de ma mère. Puis…, hésita-t-elle en fermant les yeux, ils l'ont encerclée et y ont mis le feu.

Il retint son souffle.

— Vous étiez à l'intérieur ?

Cassie secoua la tête en signe de dénégation.

— Josette Maupin, une jeune bonne d'enfants de Montclair, m'emmenait souvent rendre visite à sa nièce, qui était de mon âge et l'une de mes proches camarades. Pendant que nous jouions, cette domestique se faisait courtiser par son prétendant. Cela ne se passait pas dans le village, mais dans une ferme située dans la direction opposée.

Elle but une autre gorgée de vin, le regard perdu dans son passé.

— Nous sommes allées là-bas ce jour-là, plus longtemps que d'habitude. En revenant, nous ne savions rien de ce qui s'était déroulé, jusqu'à ce que nous apercevions de la fumée. Nous avons toutes les deux commencé à courir. Arrivées au bord de la pelouse, nous avons vu la maison en flammes entourée d'hommes hurlant des insultes contre ces saletés d'aristos. Quiconque essayait de s'enfuir du bâtiment était abattu.

Elle avala péniblement sa salive, à peine capable de continuer son récit.

— Mon oncle a tenté de s'échapper. Il avait un enfant dans les bras, mon plus jeune cousin, je crois. Ils ont tous les deux été tués. Une vieille tante de Montclair s'est jetée par la fenêtre supérieure pour sortir du brasier. Même si elle n'est pas morte dans sa chute, elle n'aurait pu survivre aux coups qu'elle a reçus par la suite.

Le visage de Grey reflétait l'horreur qu'elle décrivait.

— Toute votre famille se trouvait à l'intérieur ?

— *Oui* *, murmura-t-elle, en parlant français comme la petite fille qu'elle avait été. Je me suis mise à courir en criant vers le manoir, mais Josette m'a retenue. Elle avait des amis prisonniers de cette fournaise, et pleurait autant que moi. Nous sommes restées ensemble derrière le buisson d'ornement, agrippées l'une à l'autre, pendant que la demeure se consumait. Ma domestique disait que nous devions partir, mais ne parvenait pas à bouger plus que moi. Figées, nous avons regardé le bâtiment brûler, encore et encore. Des heures durant, le feu a embrasé le ciel cette nuit-là.

— Un véritable bûcher funéraire, dit doucement Grey. Avec un peu de chance, la plupart des gens qui se trouvaient à l'intérieur sont morts rapidement sous l'effet de la fumée et non des flammes.

Elle l'espérait. Seigneur, c'était son plus grand souhait.

— La maison a fini par s'effondrer, réduite en cendres, et nous nous sommes alors éclipsées. Josette m'a emmenée chez ses proches en me promettant que je serais en sécurité. Mes coûteux habits avaient tous disparu dans l'incendie, elle m'a donc donné une robe toute simple appartenant à l'une de ses nièces. Sa famille était… si gentille.

Ce fut pour Cassie sa première expérience de déguisement, car non seulement portait-elle une tenue de paysanne, mais sa bonne lui avait par ailleurs teint les cheveux pour ternir leur couleur naturelle trop identifiable.

— Cette jeune femme s'est mariée avec son bien-aimé et ils se sont installés dans la ferme familiale de celui-ci, qui se situait encore plus loin. Je l'ai accompagnée sous le nom de Caroline Maupin, et l'on me faisait passer pour une cousine orpheline. Catherine St Ives était morte.

— Combien de temps avez-vous conservé cette nouvelle identité ?

— Presque six ans. Je n'ai jamais oublié que j'étais anglaise, et j'avais l'intention de retourner en Grande-Bretagne à la fin du conflit, mais la plupart du temps, je n'étais qu'une fille affairée à son quotidien dans une ferme très semblable à celle des Boyer. On m'y traitait comme un membre de la famille, car il y avait toujours du travail pour une solide paire de bras.

Elle termina son porto et posa son verre afin de pouvoir se frotter les mains.

Grey se pencha sans un mot et les réchauffa entre les siennes.

— Et ensuite ?

Elle prit une inspiration saccadée.

— Des gens de la région savaient qui j'étais, mais ne m'ont pas dénoncée parce que je n'étais encore qu'une enfant. Cette attitude protectrice s'est envolée lorsque j'ai grandi. J'ignore ce qui s'est passé. Peut-être avait-on promis une récompense contre toute information sur d'éventuels ennemis de la France. Ou est-ce le fruit de la rancœur d'un prétendant que j'aurais éconduit ? Quelle que soit la raison, on m'a signalée auprès de la gendarmerie comme étant une espionne anglaise, poursuivit-elle en éclatant d'un rire presque hystérique. J'avais quinze ans ! Je vivais dans une ferme, je trayais les vaches et je faisais du fromage. Que savais-je du monde des renseignements ?

— Les faits réels importent peu lorsque règnent la peur et la haine, fit-il remarquer en serrant plus fermement les mains de Cassie. On vous a arrêtée ?

— Sur la place du village, un jour de marché. Je vendais justement du fromage, et des œufs.

Elle reprit son souffle en haletant, à peine capable de parler, puis déversa son récit tel un torrent.

— On m'a conduite à Reims, j'y ai été jugée et condamnée, puis violée par deux gardes, avant d'être jetée dans une cellule.

— Dieux du ciel !

Jurant dans les deux langues, il la souleva de son fauteuil, et installa ce corps tremblant sur ses genoux pour le bercer. La chaleur de Grey était la seule qui pouvait réchauffer l'espionne après cette plongée glaciale dans les abysses de son passé.

— Comment vous êtes-vous échappée ?

Elle enfouit son visage dans l'épaule de son compagnon, luttant pour ne pas fondre en larmes. Si elle commençait à pleurer, elle craignait de ne jamais pouvoir s'arrêter.

— Au bout d'environ un an, un nouveau gardien est arrivé, et je lui plaisais. Il me parlait à travers le grillage de la porte. Quand il était sobre, il me promettait un traitement de faveur si je me montrais gentille avec lui. En état d'ivresse, ce qui était plus fréquent, il me menaçait de prendre ce que je ne lui donnerais pas de mon plein gré.

L'haleine fétide de cet individu semblait alors emplir la pièce tout entière lorsqu'il décrivait à sa prisonnière tout ce qu'il voulait lui faire.

— Je lui répondais que je serais aussi douce qu'un agneau s'il me laissait sortir de ma cellule. Cela le faisait rire. Je savais qu'il serait bientôt à bout de patience, alors un jour, j'ai accepté sa proposition. Il a attendu que minuit soit passé, puis m'a rejointe. Il a obtenu ce qu'il attendait de moi.

Elle fut prise d'un haut-le-cœur en se remémorant la scène, puis conclut dans un chuchotement rauque :

— Quand il a fini son affaire, en sueur et somnolent, je l'ai poignardé avec son propre couteau et je me suis enfuie.

Envahie d'insoutenables souvenirs, elle s'effondra dans de déchirants et incontrôlables sanglots. Elle se rendit à peine compte que Grey la soulevait pour l'étendre sur le lit. Allongé à côté d'elle, il enveloppa de son corps chaud les membres glacés et frissonnants de Cassie. Elle était lovée contre lui, tandis qu'il lui murmurait des paroles apaisantes à l'oreille.

Elle pleura jusqu'à ce qu'elle soit à court de larmes et se sente sèche comme de la poussière. Tandis que l'épuisement la faisait sombrer dans le sommeil, elle eut l'impression, dans les bras de cet homme, d'être en sécurité pour la première fois depuis la mort de son père.

Il l'enlaça jusqu'à ce que les dernières lueurs du ciel ne se dissipent et que le feu ne soit plus qu'un amas de cendres. Il avait les muscles raides d'être resté immobile, mais ne voulait pas la déranger. Ni plus jamais la lâcher.

Il avait considéré la force de Cassie comme acquise, puisant dans ses ressources telles des réserves sans fond. Il n'avait jamais imaginé une seule seconde que cette solidité avait dû être durement gagnée. Il n'était qu'un imbécile égoïste.

Elle finit par remuer entre ses bras.

— Comment allez-vous ? demanda-t-il délicatement.

— De l'eau ? réclama-t-elle dans un souffle presque inaudible.

Il se leva et traversa la chambre d'un pas hésitant. Il alluma une lampe, puis remplit un verre, et l'apporta à l'espionne qu'il aida à se redresser en position assise afin qu'elle puisse boire. Elle se désaltéra puis se rallongea sur les oreillers, ses yeux moroses cernés de noir.

La pièce s'étant rafraîchie, Grey relança le feu. Puis il trouva une couverture pliée dans l'armoire, et l'étala sur sa compagne. Il s'assit au bord du lit et lui caressa le dos. Elle ressemblait à un enfant recroquevillé, pas à une femme d'une extrême résistance.

— Je suis désolé de vous avoir poussée à évoquer votre passé.

— Pas moi, dit-elle contre toute attente. Parler de ce qui s'est passé m'a soulagée d'une partie de ma peine, et a mis de la distance entre cette époque et le présent.

— Je suis donc ravi que vous vous soyez confiée à moi, affirma-t-il, même si ces souvenirs allaient lui donner des cauchemars. J'ai parfois honte de mon espèce. Vous avez été abominablement malmenée par les hommes.

— En effet, mais j'ai également été très bien traitée par certains. Kirkland a été à la fois un ami, un frère et parfois presque un père. Et ils ne sont pas les seuls à se montrer cruels, ajouta-t-elle en soupirant. Les femmes peuvent elles aussi se comporter de façon fort déplorable.

— Je suis sidéré que vous autorisiez la gent masculine à vous toucher, déclara-t-il en attardant sa main sur la hanche voluptueuse de Cassie. Heureux, mais sidéré.

— J'étais désespérément en manque de contact, comme vous, expliqua-t-elle en posant ses doigts sur ceux de Grey. Cela m'a pris du temps, mais je me suis aperçue qu'avec un partenaire en qui j'avais confiance, je pouvais supporter l'intimité parce que j'avais besoin de cette chaleur humaine. Avec un peu de patience et de gentillesse, j'en suis venue à apprécier également les rapports sexuels en eux-mêmes.

Il observa ses yeux fatigués, et prit conscience qu'il persistait certains mystères de son passé qu'il ne connaîtrait jamais. Des secrets qu'il n'avait ni le droit ni le besoin de percer.

— Vous êtes la femme la plus remarquable que j'aie jamais rencontrée, déclara-t-il d'une voix douce.

— Juste douée pour survivre, modéra-t-elle en ébauchant l'ombre ténue d'un sourire. On m'a dit un jour que je n'avais pas une once de délicatesse féminine.

La surprise de Sommers le fit éclater de rire.

— J'espère que vous avez pris cela comme un compliment. Comment avez-vous rencontré Kirkland ?

— Je voulais retourner en Angleterre, et puisqu'il n'existait aucun moyen légal de traverser la Manche, j'ai cherché un contrebandier conciliant, expliqua-t-elle. Il m'a fallu attendre longtemps. J'ai exercé différents métiers sur la côte, en général celui de serveuse, jusqu'à ce que je finisse par trouver Marie. Quand nous nous sommes fait suffisamment confiance, je lui ai dit que je voulais aller en Grande-Bretagne pour devenir espionne afin de combattre Napoléon. Elle a parlé de moi à son frère, Pierre, qui m'a emmenée lors du passage suivant, pour me remettre entre les mains des Nash. Ils m'ont envoyée chez Kirkland, et trois jours plus tard, j'étais à Londres, l'informant qu'il avait besoin de moi comme agent.

— Et il a eu le bon sens de vous engager.

Grey étudia le visage las de sa compagne. Il l'avait trouvée banale lors de leur première rencontre, mais il avait cessé depuis longtemps de juger son apparence. Elle était simplement Cassie, unique et inoubliable. Une femme qui éveillait en lui à la fois le désir et la tendresse.

— Avez-vous faim ?

Elle fronça les sourcils.

— Je crois bien que oui.

Il se leva.

— Je vais me frayer un chemin jusqu'à la cuisine et y voler de quoi préparer une collation.

— Inutile de fureter. Il y aura de la soupe au chaud, ainsi que des viandes froides, du fromage et du pain dans le garde-manger. Si Mrs Powell est là, elle vous contera fleurette.

— Je l'espère bien, repartit-il en hasardant un sourire. Je refuse de penser que j'ai perdu mon fameux charme. Je vais monter un plateau, nous allons manger, dormir convenablement, par cela j'entends que nous ne resterons pas tout habillés, et demain, nous déciderons de la façon dont nous nous divertirons à Londres.

— Ce programme me plaît beaucoup, répondit-elle en lui prenant la main, le regard intense. Mais avant que nous fermions les yeux, je veux que vous m'aidiez à oublier, ne serait-ce qu'un petit moment.

De toute sa vie il ne se sentirait jamais plus honoré qu'à cet instant précis.

— Comme vous voudrez, ma lady Renard. Ce soir, nous nous offrons l'amnésie mutuelle, déclara-t-il en lui embrassant les doigts avant de les lâcher à contrecœur. Et demain, nous aurons mis un jour supplémentaire entre nous et nos démons.

Chapitre 29

Cassie se réveilla le lendemain matin avec le sourire aux lèvres ; Grey avait posé sa tête blonde sur le sein de sa compagne, et lui enserrait la taille avec son bras. Il avait mis toute sa générosité et toute sa passion pour l'éloigner de ses souvenirs tourmentés, et y était parvenu avec succès. Elle ne s'était pas sentie aussi légère et aussi libre depuis son enfance. Elle ne pourrait changer le passé, mais à présent, toute cette histoire lui semblait… un peu plus derrière elle.

Les deux amants n'avaient pas laissé une grande place au sommeil durant leur nuit, mais étaient tous deux d'humeur à flâner avec insouciance dans les rues de Londres. Le soleil était même au rendez-vous en leur honneur, ce que la jeune femme prit silencieusement pour un signe favorable.

Ils se mirent en route de bonne heure pour le marché de Covent Garden qui se trouvait à deux pas. Ils y consommèrent du thé fumant et des petits pains sucrés achetés sur un étal, en regardant des charrettes d'aliments frais défiler dans un bruit de ferraille pour nourrir la ville. Il régnait une joyeuse agitation, le parfum des plantes et des fleurs précoces marquant un plaisant contraste avec les odeurs habituelles de la cité. Le printemps arrivait, et le marché devenait de plus en plus fréquenté et fourni.

Lorsqu'ils en eurent assez vu, ils montèrent à bord du fiacre discret que Kirkland avait mis à leur disposition. Le cocher les emmena vers l'ouest en traversant la capitale par une route sinueuse qui les faisait passer devant les plus prestigieux monuments, des églises et autres palais aux places paisibles des riches quartiers résidentiels de Mayfair.

Tandis qu'il observait les bâtiments bordant le Strand, Grey déclara :

— Je suis venu ici à pied ou en voiture à maintes reprises, et cela me paraît pourtant nouveau et merveilleux. Cette rue me rappelle que je suis rentré chez moi. J'ai toujours adoré Londres.

— Vous êtes donc au bon endroit, rétorqua Cassie en souriant. Je connais une charmante taverne au bord de l'eau à Chelsea. J'ai pensé que nous pourrions congédier le fiacre et manger un repas typiquement britannique dans cet établissement, avant de louer un bateau et poursuivre la descente de la rivière.

— Cette idée me plaît, répondit-il d'un air songeur. Je crois que je vais demander au conducteur de passer devant Costain House pour voir si le heurtoir est levé et si mes parents sont en ville.

— S'ils sont là, voudrez-vous gravir le perron et aller frapper à la porte ? s'enquit-elle. L'heure du retour du fils prodigue est-elle venue ?

Le visage de Sommers se ferma.

— Pas encore.

Le marteau était baissé, ce qui épargna au gentleman toute tergiversation, mais Cassie considéra son intérêt pour les allées et venues de ses proches comme un progrès. Après avoir traversé Mayfair, ils descendirent vers Chelsea, où ils prirent une savoureuse bière anglaise avec des tourtes chaudes à la viande à base de pâte feuilletée.

Pendant qu'il terminait sa troisième, Grey déclara :

— Si j'avais encore le moindre doute, cette merveille au bœuf et aux oignons me prouverait que je suis bien rentré dans mon pays. J'ai hâte de contempler la capitale de la rivière, ajouta-t-il en époussetant son pantalon pour en retirer les miettes.

— Si vous le souhaitez, demain nous pouvons aller dans les quartiers est, voir la tour de Londres et les grands quais de chargement, proposa-t-elle en se levant, amplement rassasiée. Que pensez-vous de ce bachot là-bas ? Celui qui est peint en jaune.

— Le batelier me semble sobre, et j'aime les couleurs gaies, répondit-il. Voyons quelle somme scandaleuse il va essayer de nous extorquer.

Le prix de départ était en effet excessif, mais il fallut peu de temps pour négocier un tarif qui convenait à tout le monde. Tandis que l'embarcation voguait sur la Tamise, le lord déclara :

— Bien plus confortable que notre dernier trajet en mer.

— C'est tellement vrai, confirma-t-elle en se remémorant, parcourue de frissons, leur périlleuse traversée de la Manche. Oh, regardez ce qui arrive !

Ils croisèrent un canot chargé de cages remplies de poulets hurlants et indignés. Une petite plume rouge s'envola dans les cheveux de Cassie. Son compagnon la lui retira et la mit dans sa poche en s'écriant d'un ton taquin :

— Un souvenir de ma lady ! Je vais le chérir éternellement.

Ce commentaire assombrit l'humeur de l'espionne qui se demanda s'il allait réellement conserver cette stupide babiole. *Probablement pas.* Elle ne pensait pas qu'elle laisserait beaucoup de traces dans la vie de cet homme. *Aucune importance.* Ils profitaient d'une belle journée.

Après avoir été débarqués, ils effectuèrent le restant du trajet jusqu'à Exeter Street à pied. Alors que Cassie sortait sa clé, Grey lui dit :

— Je suis fatigué, et je me réjouis à la perspective de passer une soirée tranquille après avoir dîné.

Elle supposa que sa lassitude était due à son immersion dans la foule londonienne.

— Vous vous en êtes très bien sorti, le félicita-t-elle en déverrouillant la porte d'entrée. Vous n'avez pas détalé une seule fois.

— Mon orgueil de mâle refait surface, expliqua-t-il. L'envie de céder à la panique est dépassée par mon désir de ne pas avoir l'air d'un parfait couard devant une femme ravissante.

Elle leva les yeux au ciel.

— Vous avez assurément recouvré votre verve de velours.

Ils pénétrèrent dans le vestibule en gloussant. La porte qui menait au salon sur la droite était ouverte, et l'espionne entendit une intonation féminine qui lui était familière. Enchantée, elle lança :

— Kiri, est-ce bien vous ?

— Ma chère amie !

Brune et éblouissante, lady Lawford apparut et la prit dans ses bras.

— Puisque nous allons au théâtre et que nous étions dans le quartier, j'ai décidé de déposer quelques fragrances inédites que vous auriez trouvées à votre retour, mais je ne m'attendais pas à vous voir. Je suis si heureuse que vous soyez revenue saine et sauve !

Cassie l'étreignit, ravie, en prenant soin de ne pas froisser la splendide robe de soirée verte que portait l'Indienne.

— Je suis une femme mystérieuse, dont on ne peut jamais prévoir les faits et gestes.

Puis elle prit conscience que Kiri avait dit « nous ».

— Je me réjouis de constater que vous avez une fois encore fait la nique au diable, déclara une voix grave.

Elle regarda par-dessus l'épaule de la créatrice de parfums tandis qu'un homme grand et massif arrivait du salon. Il s'agissait de Damian Mackenzie, souriant et plus qu'élégant en tenue de cérémonie.

Dans un premier temps, l'espionne fut enchantée. Elle avait toujours apprécié le tenancier, et il était à peine surprenant de le voir aux côtés de sa nouvelle épouse.

Malédiction ! songea-t-elle aussitôt après. Mais il était trop tard pour battre en retraite. Mac regarda derrière elle et s'arrêta net.

— Par tous les dieux, c'est vous, Wyndham ? souffla-t-il. Ou est-ce une hallucination ?

Même sans tourner les yeux vers lui, Cassie sentit Grey se crisper, mais il s'approcha en conservant une voix posée.

— Il est un peu tôt dans la soirée pour avoir des visions, mon cher, plaisanta-t-il en tendant le bras. Je pense donc que c'est bien moi.

Le visage de son ami s'illumina.

— Kirkland refusait d'admettre que vous étiez mort, et ce bougre avait encore raison, dit-il en prenant avec enthousiasme la main du revenant entre les siennes. De toute ma vie, je n'ai jamais été aussi heureux d'avoir tort !

En voyant les deux hommes côte à côte, l'espionne s'aperçut de la maigreur de son compagnon qui contrastait avec l'allure athlétique de Mac. Le fugitif esquissa un sourire exprimant un plaisir sincère.

— J'en suis plutôt heureux également, répondit-il avant d'adresser une révérence à Kiri. Et je présume que cette magnifique créature est votre femme, la sœur d'Ashton ?

— Vous êtes aussi doué en flatterie que mon mari, lord Wyndham, repartit-elle en posant un regard perçant sur son amie. Vous devez être fatigués, nous n'allons donc pas vous submerger de questions sur ce qui s'est passé, la rassura-t-elle avant de s'adresser à Mackenzie. Nous devons nous mettre en route pour le théâtre. Ma chère, puis-je passer vous voir demain pour aborder les derniers ragots ?

— J'adorerais vous accueillir, mais pas avant le courant de l'après-midi, car nous serons absents avant. Ne dites à personne que nous sommes de retour, ajouta-t-elle en la regardant dans les yeux avec insistance.

— Vous n'êtes donc pas officiellement revenu, Wyndham ? intervint le tenancier. Je suppose que se réaccoutumer à Londres prend du temps après dix ans à l'étranger.

— Surtout après les avoir passé en prison, précisa Grey d'un ton laconique.

Cassie et lui avaient discuté de ce qu'il dirait au sujet de sa longue absence, et il avait décidé de donner une explication aussi simple que possible. Ce couple faisait partie du cercle privé qui pourrait entendre le reste du récit, mais les détails attendraient.

— Alors nous n'en parlerons pas tant que ce miracle ne sera pas officiel. Y aurait-il moyen… de savoir en une phrase l'essentiel de l'histoire afin d'assouvir ma curiosité ? demanda Mac.

Grey esquissa un rictus.

— J'ai été idiot, et j'ai payé ma faute avec dix ans de mon existence.

— Y avait-il une femme impliquée dans l'affaire ?

Lorsque son ami acquiesça, Damian poursuivit :

— Un soir où nous serons suffisamment soûls, je vous raconterai comment la bêtise dont j'ai fait preuve pour le beau sexe m'a valu d'être flagellé, presque pendu, et révoqué de l'armée.

L'ancien prisonnier afficha alors un franc sourire.

— Heureux d'apprendre que je ne suis pas seul au royaume des imbéciles.

Kiri décocha à son époux un étrange regard. Cassie eut l'impression que l'Indienne savait ce dont il parlait, mais qu'elle s'étonnait de le voir désireux d'en parler. Il avait dû deviner que partager ses faiblesses réconforterait son vieux compère quant aux siennes.

Il posa la main dans le bas du dos de sa femme pour l'escorter vers la sortie.

— Si je puis faire quoi que ce soit pour faciliter votre retour, Wyndham, votre compagne sait où me trouver.

Lorsqu'ils furent partis, Grey passa son bras autour de sa sauveuse et l'attira près de lui.

— Manifestement, cette maison n'est pas aussi privée que votre employeur et vous le pensiez. Je me demande quel autre camarade de classe va surgir maintenant.

— Je n'ai pas assez réfléchi au fait que cet endroit constitue le point central de l'activité de notre chef, s'excusa-t-elle. Je ne vois pas quel ancien élève de Westerfield pourrait faire son apparition à présent, mais peut-être est-ce un manque d'imagination de ma part.

— Est-ce que Mac et Kiri vont informer les autres que je suis revenu à la vie ?

Elle secoua la tête avec véhémence.

— Absolument pas. La discrétion est la première chose que les agents de Kirkland apprennent.

— Est-ce que la ravissante créature qu'il a épousée en fait aussi partie ? s'enquit-il, surpris, tandis qu'ils montaient l'escalier côte à côte. À ce propos, j'ignorais que Mackenzie s'essayait à nager dans les eaux troubles et profondes du monde des renseignements.

— J'ai manqué de réserve en vous révélant cela, regretta-t-elle. Même si vous l'auriez découvert assez rapidement.

— Il était peu vraisemblable que cette jeune lady passe seule dans un repaire d'espions, confirma-t-il.

Il semblait épuisé par les activités de la journée.

— Tant de personnes vous appréciaient, déclara-t-elle en ouvrant la porte. Cela engendre des réactions très vives de vous savoir revenu d'entre les morts.

Grey parut se décrisper.

— Mac a toujours été enthousiaste. Comme un bon gros chiot. Maintenant que je le revois, je me rends compte qu'il y avait plus derrière sa façade que je ne l'aurais pensé quand je n'étais encore qu'un blanc-bec.

— N'est-ce pas vrai pour tout le monde ? fit-elle observer en dégrafant son manteau. Que l'on est plus que ce qu'on laisse apparaître en surface ?

— Pas en ce qui me concerne. Je n'étais rien d'autre que ce que l'on voyait de moi, admit-il en accrochant leurs pelisses dans son armoire. Pas plus consistant qu'un moineau.

— Vous exagérez. Je dirais plutôt un somptueux chardonneret.

— Me voilà correctement classé, s'esclaffa-t-il. Merci, Catherine.

Il arqua les sourcils en la voyant frissonner de s'entendre appeler ainsi.

— Si cela vous importune, je n'emploierai pas ce prénom. Je l'ai toujours trouvé très beau, et il vous va bien. Mais s'il vous inflige trop de peine…

— Il provoque en effet de profondes émotions, mais elles ne sont pas toutes douloureuses, considéra-t-elle. Je n'aimerais pas que le monde entier s'adresse à moi de la sorte, mais cela ne me dérange pas si vous le faites de temps en temps.

— Très bien, Catherine, dit-il en déposant un léger baiser sur les cheveux de sa compagne. Cassandra. Cassie. Chaque prénom correspond aux différents aspects de votre personnalité.

Elle plissa les yeux et répondit d'un air mystérieux :

— Je suis une espionne, une femme aux mille identités. Avec laquelle allez-vous coucher ce soir ?

Il l'attira dans ses bras en riant.

— Toutes !

Chapitre 30

Cassie et Grey parlaient de descendre en bateau vers Greenwich lorsque Kirkland apparut pour gâcher leur petit déjeuner.

— Qu'est-ce qui ne va pas ? demanda-t-elle aussitôt.

— Suis-je aussi lisible ? s'étonna-t-il d'un ton las.

Le « oui » de l'espionne se heurta au « non » du gentleman.

— Je suis heureux de pouvoir encore mystifier quelques personnes, ajouta-t-il.

Il accepta la tasse de thé fumant qu'elle lui avait servie. Après une longue gorgée, il annonça :

— Je crains d'être porteur de mauvaises nouvelles, Wyndham. Je viens d'apprendre que votre père était gravement malade.

Sommers blêmit.

— À Summerhill ?

L'Écossais acquiesça.

— Je ne connais pas les détails, mais… on m'a dit que son état était désespéré. Vous voudrez peut-être revenir sur votre décision et rendre visite à vos proches sans tarder.

— J'irai dès demain. Pouvez-vous mettre un fiacre à disposition ?

— Il sera ici dès la première heure.

Grey se tourna vers sa compagne, le regard sombre.

— Voudrez-vous bien venir avec moi ? Je n'y parviendrai pas seul.

Elle retint son souffle.

— Je ne peux pas vous accompagner dans votre propriété familiale !

Il lui saisit la main.

— Je vous en prie ! J'ai besoin de vous.

— S'il vous faut un soutien, emmenez Kirkland.

Elle jeta un regard incendiaire à son employeur. Wyndham était censé être la préoccupation de son camarade, pas celui de l'espionne !

— Ce n'est pas moi qui peux l'aider, Cassie. Mais vous en avez déjà fait plus qu'il n'en fallait, déclara James en quittant la table. Il faut que je m'entretienne avec les Powell, je vous laisse donc régler cela tous les deux.

— Il est délicat de sa part de nous laisser en débattre en privé, dit-elle lorsque la porte se fut refermée. Mais la réponse reste la même. Vous faire escorter par votre maîtresse chez vos parents serait purement scandaleux, quelles que soient les conditions, *a fortiori* si votre père est mourant, affirma-t-elle en pinçant les lèvres. Par ailleurs, personne ne croira un homme comme vous avec une femme comme moi.

Il parut perplexe.

— Pourquoi pas ?

— Regardez-nous ! Un gentleman et une blanchisseuse.

Elle se leva avec fureur et lui tira sur le bras pour l'inciter à se mettre debout afin qu'ils s'étudient dans le miroir au-dessus du buffet. Grey était d'une beauté non seulement stupéfiante, mais aristocratique. Cassie avait l'air d'une paysanne vieillissante, pas même digne d'être sa domestique.

— Les individus au physique ingrat mais aisés trouvent facilement de belles femmes, mais ceux qui ont le charme en plus de la richesse ne portent pas leur choix sur des conquêtes banales et fanées.

Il observa leurs reflets dans la glace.

— C'est étrange. Je vois un être brisé qui parvient à peine à mener son quotidien, et une créature dotée d'un cœur de lion plus belle qu'elle ne veut le dévoiler au monde.

Elle se mordit les lèvres, luttant contre son envie de pleurer.

— Vous croyez peut-être cela, mais personne d'autre que vous ne nous considérera sous cet angle.

Se détournant du miroir pour planter ses yeux dans ceux de Cassie, il répondit :

— Il est certain que je ne puis vous présenter comme ma maîtresse. Ce serait tout à fait inconvenant. Vous devez m'accompagner en vous faisant passer pour ma fiancée.

Cassie pensait que plus rien ne pouvait la choquer, mais à ces mots, elle resta bouche bée.

— J'ai assuré à Kirkland que vous n'étiez pas fou, mais apparemment, j'avais tort !

Il sourit.

— Quand vous serez mieux habillée, personne ne doutera que nous sommes ensemble.

— Mais nous n'avons pas le temps de faire des emplettes ! s'exclama-t-elle avec exaspération tandis qu'elle songeait à sa garde-robe.

Elle n'avait pas un seul vêtement portable dans la maison de campagne d'un lord. Les habits sombres et quelconques qu'elle gardait à Londres auraient convenu à une veuve d'âge moyen et désargentée. Pas une seule de ses tenues ne pouvait se targuer d'être à la mode ni même flatteuse.

— De vieilles robes achetées dans une friperie ne me donneront pas l'allure d'une fiancée crédible, et nous n'avons pas le temps d'y remédier.

Faisant fi de son commentaire, il déclara d'un air sérieux :

— Vous n'avez pas à m'épouser. Pourquoi diable le souhaiteriez-vous ? Faites simplement semblant d'être ma promise durant une semaine ou deux, le temps que je règle mes affaires avec mes proches. Vous pourrez ensuite rompre les fiançailles et retourner à Londres.

— Vous ne vous rendez pas compte de ce que vous me demandez, rétorqua-t-elle en hochant la tête, la gorge serrée. Le rang de ma famille ne s'élevait pas au vôtre, mais j'ai été élevée pour devenir une lady. J'étais enfant lorsque cette vie-là a pris fin. J'ai été fermière, prisonnière, marchande ambulante, espionne, et une dizaine d'autres choses. J'aurais autant ma place chez vous que cette blanchisseuse.

— Je ne crois pas, riposta-t-il. Vous avez endossé nombre de rôles de façon fort convaincante, et vous étiez destinée à celui-ci. Ce ne sera que pour quelques jours, une quinzaine au plus. Je déteste l'idée que cela vous mette mal à l'aise, mais je sais que vous y parviendrez.

Peut-être. Mais la perspective de jouer les dames de la haute société la terrifiait ; prétendre être la fiancée de Grey l'angoissait plus encore.

— Cela vous fait courir un trop grand risque, protesta-t-elle. Et si je voulais devenir comtesse et clamer que notre engagement est réel ? Vous seriez pris au piège avec moi, ou impliqué dans un effroyable scandale.

— Vous ne feriez pas cela.

Les yeux cernés du gentleman se firent songeurs.

— Cela dit, reprit-il, je ne m'opposerais pas à vous prendre pour femme si vous m'y obligiez. Je ne puis simplement pas envisager que vous le désiriez.

Refuser de l'épouser ? Grands dieux, rien que penser à cette éventualité embrouillait l'esprit de la jeune femme. Le fait qu'il requière encore sa présence au point de suggérer indirectement le mariage constituait la tentation la plus démoniaque qu'elle eût jamais connue.

Mais si elle profitait de sa faiblesse actuelle, ils le regretteraient tous les deux.

— Ce serait tellement plus facile si vous vous contentiez de faire confiance à votre famille, Grey, déclara-t-elle en s'efforçant d'employer un ton calme et raisonnable. Vous n'avez pas besoin d'une étrangère à Summerhill durant une période si difficile.

— Je n'ai certes pas besoin d'une étrangère, mais de vous, Cassie, répondit-il doucement. Et vous avez promis de ne pas me laisser tant que ce serait le cas. Je jure de ne plus jamais rien vous demander, mais s'il vous plaît, venez avec moi. Vous avez raison, la situation sera éprouvante, avec la vie de mon père en péril. Si... si le pire se produit, un grand nombre de responsabilités vont s'abattre sur moi. Je serai moins susceptible de céder sous la pression si vous êtes à mes côtés.

Elle jura intérieurement, sachant qu'elle avait commis une grossière erreur en faisant une promesse aussi inconsidérée. Mais elle lui avait donné sa parole. Au-delà de cela, elle ne pouvait l'abandonner à ce moment précis.

— Très bien, mais je vais devoir trouver des vêtements à la mode très rapidement.

On frappa à la porte de la salle à manger.

— Est-il risqué d'entrer ? demanda Kirkland.

— Faites donc. L'enfant béni triomphe une fois de plus, annonça-t-elle aigrement. J'accompagne Wyndham à Summerhill.

— Je suis heureux que vous vous y soyez décidée, répondit son employeur, soulagé. Demain seulement ?

Grey confirma d'un signe de tête.

— Il nous faut un peu de temps pour nous préparer. Et ce jour supplémentaire permettra d'envoyer un message à ma mère pour la prévenir de mon arrivée. Elle peut choisir d'en parler ou pas à mon père. Je ne voudrais pas le tuer en lui infligeant un choc.

— Je m'en occuperai, assura l'Écossais. Que puis-je faire d'autre pour vous être utile ?

— Me serait-il possible d'emprunter davantage d'habits dans votre garde-robe, dit Grey en grimaçant. Du noir. Au cas où.

Son ami acquiesça.

— Et pour vous, Cassie ?

— Pouvez-vous m'amener chez Kiri Mackenzie quand vous partirez ? C'est la femme la plus élégante que je connaisse, et je prie qu'elle parvienne à me donner l'air respectable d'ici à demain.

— Bien entendu. Autre chose ?

Sommers hocha la tête.

— Je vais faire une longue promenade afin de me préparer mentalement.

Elle sourcilla.

— Voulez-vous que je vous accompagne ?

Le regard du gentleman s'était voilé.

— Non, vous avez besoin de vêtements, et moi… il me faut un peu de solitude.

Cette réaction n'avait rien d'insensé, puisqu'ils étaient ensemble jour et nuit depuis leur fuite de Château Durand, mais il lui paraissait étrange de ne plus veiller sur celui qu'elle avait sauvé. Plus pragmatique, Kirkland sortit un petit pistolet de sous son manteau et le tendit à son ami.

— Je suppose que vous savez toujours manipuler ceci ?

— Oui, confirma Grey en étudiant l'objet sans enthousiasme. Je présume que je pourrais m'en servir si cela se révèle nécessaire, mais le but est surtout que vous soyez rassurés de me savoir armé.

— Vous avez tout à fait raison, répondit l'Écossais. Je suggérerais également un manteau et un chapeau moins luxueux.

— Devoir me déguiser même dans mon pays natal…, murmura l'ancien prisonnier.

Il déposa un léger baiser sur la joue de Cassie et lui dit :

— Ne vous faites pas de souci. Tout ira bien.

— Puis-je seulement m'inquiéter un peu à votre sujet ? demanda-t-elle d'un ton léger.

— Si cela vous divertit.

Elle le regarda partir, songeant avec ironie que s'il se faisait tuer dans la rue, elle serait au moins épargnée de ce séjour à Summerhill.

Grey passa avec impatience un pardessus quelconque fourni par Mr Powell, ainsi qu'un couvre-chef informe, et se mit en route vers l'est. Il souhaitait se dégourdir les jambes, et profiter davantage de Londres. Rassembler ses esprits fêlés afin d'être celui dont ses proches auraient besoin.

Et sur son chemin, il espérait trouver une bonne bagarre.

Cassie n'était jamais allée dans la demeure de Mackenzie ; celle-ci était ravissante, et mitoyenne de son club, le *Damian's*. En attendant qu'un valet annonce son arrivée à Kiri, elle contempla le mobilier, subtilement mêlé d'un charme indien qui devait être l'œuvre de la nouvelle maîtresse de maison.

— Cassie, quel plaisir ! s'écria son hôtesse en pénétrant prestement dans l'entrée pour étreindre son invitée. Je rédigeais mon courrier, fort assommant. Je préfère largement entendre vos aventures !

L'espionne confia son chapeau et son manteau au domestique avant de suivre son amie dans l'agréable salle de séjour, qui comportait un bureau muni de papier et de plumes.

— Mon récit peut attendre, répondit-elle. Je dois tout d'abord m'en remettre à vos bons soins, car j'ai terriblement besoin de vos services.

— Pour du parfum ? Pas de problème.

La créatrice s'installa dans le fauteuil derrière son secrétaire et fit signe à sa compagne de s'asseoir en face d'elle.

— Il me faudrait plus que cela, rétorqua cette dernière d'un air grave en prenant place. Demain, j'accompagne Wyndham dans sa propriété familiale en me faisant passer pour sa fiancée, et je dois avoir l'air d'une personne digne de l'épouser.

L'Indienne écarquilla les yeux.

— Vous prétendrez être sa promise ? Pourquoi ?

Cassie lui exposa succinctement la situation. Lorsqu'elle eut terminé, son hôtesse lui dit :

— Voilà une mission délicate pour plusieurs raisons, n'est-ce pas ? Car cette fois, cela va au-delà de la comédie.

— Vous avez mis le doigt sur mon malaise, confirma lentement l'espionne. Je suis trop proche de Wyndham pour que la tâche soit facile. Par ailleurs…

Elle baissa les yeux sur ses doigts noués, et prit conscience qu'elle ressentait une angoisse très différente de la crainte pure et simple de la mort ou de l'emprisonnement qui la menaçaient en permanence en France.

— Par ailleurs ? répéta gentiment son amie pour l'inciter à poursuivre.

— Pour la première fois, je dois entrer dans un monde auquel j'étais destinée avant d'en être exclue, expliqua-t-elle avec hésitation. J'ai survécu en acceptant l'idée que cette sphère m'était fermée et que je devais aller de l'avant, encore et toujours. À présent, il me faut faire semblant de mener cette existence perdue, et l'idée… me terrifie.

Sa gorge se serra.

— J'essaie de m'imaginer à votre place, et c'est impossible. Mais je vois à quel point ce serait profondément perturbant, dit Kiri en plissant les paupières. Cela serait-il plus aisé si votre miroir vous renvoyait l'image d'une étrangère plutôt que la vôtre ? Vous joueriez davantage un rôle.

— Peut-être, admit Cassie en se mordant la lèvre tandis qu'une autre éventualité l'effleurait. Je ne veux pas mentir aux proches de Grey puisqu'il aura à habiter avec eux, je devrai donc utiliser mon réel patronyme. De cette façon, si une vieille tante m'interroge sur ma famille, je pourrai répondre en toute sincérité plutôt qu'élaborer un mensonge et courir le risque de me faire démasquer.

Kiri releva l'emploi de « Grey » pour désigner lord Wyndham, mais ne fit aucun commentaire.

— Je peux vous faire imprimer des cartes de visite dès aujourd'hui ; elles vous aideront ainsi à étayer votre personnage.

— Vous les aurez en une seule journée ?

— Il existe de nombreux avantages à être fille et sœur de duc. Voici une plume et du papier. Notez ce qui sera inscrit dessus.

L'espionne écrivit son nom de naissance pour la première fois depuis presque vingt ans.

— C'est étrange. Je ne suis plus Catherine St Ives.

— Une part de vous l'est encore, en dépit de ce qui s'est passé. Il serait peut-être bon de mieux connaître cette personne, fit remarquer l'Indienne qui arqua les sourcils en voyant ce que son amie avait rédigé. Ensuite, votre apparence. Cette teinture que vous mettez sur vos cheveux peut-elle être rincée ? Elle est aussi terne qu'affreuse.

— Je peux la faire partir avec du vinaigre, mais je ne veux pas recouvrer ma couleur naturelle, protesta Cassie en esquissant une moue. J'étais ravie d'avoir une raison de devenir brune. Je suis d'un roux vif qui a été le drame de mon enfance et que je n'ai pas revu depuis. Bon débarras.

Sa coloration s'était estompée lorsqu'elle avait séjourné en prison. Après son évasion, elle avait porté un foulard sur la tête et évité les miroirs jusqu'à ce qu'elle puisse fabriquer et s'appliquer de nouveau cette nuance.

— Si vous souhaitez créer un rôle qui s'éloigne de vous, qu'y a-t-il de mieux pour commencer que les cheveux de Catherine St Ives ? Ils se seront assombris avec les années, et auront donc perdu de leur rouge incendiaire, déclara Kiri en rédigeant une note sur sa liste. Les vêtements. Il vous faudra au moins deux robes de jour décentes, une pour le soir, ainsi qu'une tenue d'équitation. Plus les sous-vêtements, les chaussures, les manteaux et autres accessoires.

Cassie soupira.

— Ce qui sera impossible à obtenir d'ici à demain. Du moins, pas de la qualité que requiert le rôle. Même des habits moins onéreux seront difficiles à trouver dans un délai si court.

— Ne dites pas de sottises. Ma sœur, Lucia, est presque de votre taille. Je vais lui demander de faire envoyer quelques toilettes dont elle peut se passer qui iront avec votre couleur de cheveux. Je ferai également venir la splendide Mme Hélier, la couturière qui habille toutes les femmes de ma famille. Elle aura peut-être des tenues presque prêtes qui vous conviendraient, et ses employées peuvent effectuer de rapides retouches. Ce sera si amusant ! s'exclama-t-elle en souriant.

— Je parie que vous aimiez jouer à la poupée quand vous étiez petite, observa sèchement Cassie.

— Oui, en effet. Je les transformais en magnifiques reines guerrières.

L'espionne n'avait pas de mal à se l'imaginer.

— Comme vous ? Mais je ne suis ni magnifique, ni une reine guerrière.

Une lueur anima le regard de Kiri.

— Vous le serez après être passée entre mes mains.

Sa visiteuse leva les yeux au ciel.

— Je commence à croire que venir ici était une erreur.

— Je promets que vous m'en remercierez plus tard, rétorqua Kiri, le regard affûté. Seriez-vous disposée à porter le parfum que j'ai créé pour vous ?

Cassie eut le cœur serré en se remémorant les roses, l'encens, les rêves perdus et la nuit ténébreuse. Était-elle prête pour tant de vérité ?

— Peut-être… le suis-je.

— Vraiment, vous ne le regretterez pas, affirma doucement son amie. Maintenant, laissez-moi envoyer des messages afin que je convoque mes troupes, et nous nous occuperons ensuite de cette chevelure !

Chapitre 31

Grey se dirigea vers l'est et traversa Londres à vive allure. Il avait besoin de faire taire l'angoisse bouillonnante que provoquait son retour imminent au sein de sa famille.

Après des années de captivité et des semaines de voyage à cheval, en bateau et en fiacre, il était bon de dégourdir ses jambes. Il découvrait également une nouvelle forme de liberté dans le fait que personne ne sache où il se trouvait.

À sa grande surprise, il apprécia même d'être seul. Ces dix ans d'isolement lui avaient donné une cruelle envie de contact humain, mais il s'était aperçu que la foule le mettait dans un état de pure panique. Seule la compagnie de Cassie se révélait vraiment agréable, même s'il pouvait apprécier la présence de quelques amis tels que le père Laurent, lady Agnes ou Kirkland.

Il espérait pouvoir récupérer Régine bientôt. Il aurait besoin d'elle lorsque l'espionne ne serait plus là. L'idée de vivre sans sa sauveuse lui causait une douleur si profonde qu'il n'avait pas les mots pour la décrire. Mais elle ne pouvait, même en déployant des trésors de gentillesse, dissimuler son impatience d'être dégagée de cette activité de gouvernante pour retourner à son véritable métier.

Il était vaguement honteux de l'avoir convaincue d'aller avec lui à Summerhill en invoquant sa promesse de rester avec lui tant que cela se révélait nécessaire. Mais pas au point de regretter de l'avoir fait.

Étant donné les récentes nouvelles, il devait à l'évidence rentrer chez lui. La perspective l'avait paralysé avant même qu'il apprenne que son père se trouvait à l'article de la mort. À présent, c'était pire.

Il ne doutait pas d'être bien accueilli. Le problème résidait dans le fait d'affronter les siens. Plus encore que ses amis de longue date, ses proches avaient des attentes et des souvenirs de lui. Il s'agissait des personnes qu'il avait le plus blessées. Il ne supportait pas l'idée de les faire davantage souffrir en revenant si différent de celui qu'elles avaient connu.

L'état critique de son père ne faisait qu'aggraver la situation. Si lord Costain mourait…

Il frissonna, refusant d'y penser.

Il supposa que quand le choc serait passé et qu'il aurait donné des explications, il saurait faire face, avec l'aide de Cassie. Il se préparerait ensuite au défi plus accablant encore de faire ses adieux à celle-ci.

Il mit de côté ses inquiétudes quant à son retour auprès des siens, et se concentra sur la capitale. Il avait atteint la portion animée de la Tamise appelée le « bassin de Londres », qui s'étendait vers l'est depuis le London Bridge. Se dressait là une forêt formée par les mâts des navires amarrés aux quais publics sur deux ou trois rangs. Des marins de différentes nations arpentaient les rues ; des accents et des senteurs exotiques couvraient les sons et les odeurs habituels de Londres.

Il s'aperçut que la foule ne le dérangeait pas tant que cela dès lors qu'il restait sur les bords. Visiblement, sa sauvagerie s'estompait.

Il chemina le long des berges en étudiant les bateaux. Il avait jadis rêvé d'embarquer sur de tels vaisseaux pour voguer vers de lointaines contrées. La France avait été sa première aventure loin des côtes britanniques. Cette expérience avait mal tourné.

Il se demanda s'il retrouverait un jour ce désir de voyager. Sur le moment, l'idée de ne jamais reposer le pied hors de l'Angleterre était hautement séduisante.

Il marcha et explora les lieux des heures durant. L'après-midi était bien avancé lorsque Grey prit conscience qu'il devait manger sans plus attendre. Il passait devant une taverne appelée *Les Trois Bateaux*, qui semblait être un endroit aussi convenable qu'un autre. Il entra, et huma le parfum piquant du houblon et de la bonne bière anglaise mêlé aux odeurs de poisson, de viande et de plats qui cuisaient. La Grande-Bretagne. Sa terre natale.

Huit à dix hommes étaient amassés en petits groupes au bar. Des débardeurs, s'il en jugeait par leur apparence. Kirkland avait prêté de l'argent à son ami, le temps que celui-ci règle ses affaires. D'humeur imprudemment prodigue, il lança au tenancier :

— Je viens de rentrer en Angleterre après trop d'années à l'étranger, je paie donc ma tournée générale. Y compris pour vous, monsieur.

Il posa quelques pièces sur le comptoir.

Son annonce suscita un murmure approbateur parmi l'assistance. Un homme grisonnant leva sa chope de nouveau remplie.

— À votre santé, monsieur, et bienvenue au pays !

La plupart des individus vinrent prendre leur boisson en remerciant ce généreux client, mais la gratitude n'était pas universelle. Un travailleur particulièrement costaud demanda railleur :

— Qu'est-ce qu'un rupin comme vous fait dans notre taverne ?

Son manteau et son chapeau sans forme n'avaient donc guère eu l'effet escompté.

— J'offre des bières à mes compatriotes, répondit Grey d'un ton badin. En voudriez-vous une ?

L'homme cracha.

— Je veux rien d'un soi-disant gentleman dans votre genre.

— Quel imbécile refuserait une chope gratuite, Ned ? s'enquit avec indignation son compère d'âge mûr. Je suis content de boire à la santé de milord.

Le regard insistant qu'il jeta sur son verre incita Sommers à remettre de l'argent sur le bar.

— Deuxième service pour ceux qui le souhaitent.

Cette proposition convenait à tout le monde, à part Ned. Il marcha d'un pas arrogant vers Grey, empestant le gin aigre.

— Pas besoin de vous et de vos grands airs ici !

Du ton le plus dédaigneux possible, le fugitif répondit lentement :

— J'ai la forte impression que vous cherchez la bagarre. Est-ce que je me trompe ?

— Oh que non ! s'écria l'individu en envoyant un furieux coup de poing.

Une joie féroce circula dans les veines du gentleman. Il avait trépigné de pouvoir frapper quelqu'un, et l'occasion se présentait enfin à lui.

Il esquiva en s'inclinant sur le côté afin de ne pas être coincé contre le comptoir. Son opposant était plus grand et plus lourd de quarante ou cinquante livres, mais sa technique reposait sur la force, pas sur l'agilité. Grey bloqua ou évita aisément ses assauts, et lui infligea pour sa part quelques attaques efficaces.

Au moment où le débardeur tenta d'assener un coup particulièrement violent et perdit l'équilibre, le lord lui attrapa le poignet, puis le projeta sur le dos. Sa victime atterrit avec un « Ouf ! » sonore.

— Continuez ça dehors ! aboya le propriétaire.

Le lord se redressa prestement, prêt à aller dans n'importe quelle direction.

— Vous en avez eu assez ?

— Certainement pas ! s'écria l'autre homme qui se relevait en vacillant. C'est pas un aristo desséché comme vous qui mettra une raclée à Ned Brown !

— Alors allons régler cela à l'extérieur.

Grey esquissa une révérence appliquée qui allait à n'en pas douter irriter son adversaire, puis sortit avant que celui-ci puisse l'agresser de nouveau.

Ils reprirent leur bagarre sur le trottoir balayé par le vent. Les clients des *Trois Bateaux* suivirent, leur chope à la main, et parièrent sur l'issue de la rencontre. Ned avait manifestement bonne réputation dans le combat de rue, et fut dans un premier temps placé favori face à l'« aristo desséché ».

Mais Sommers avait reçu un solide entraînement à Westerfield, où la lutte avec ses camarades était son sport préféré. Plus tard, il avait pris des cours de boxe au *Jackson's Saloon* avant de partir pour la France. Ses muscles se souvenaient des feintes, des impacts et des coups de pied. Wyndham se rappela qu'il ne s'agissait pas d'un affrontement à mort, mais seulement d'une rixe résultant de son trouble. Même s'il s'appliquait à ne pas causer de réels dommages, ce moment de libération physique le faisait exulter.

Ned parvint à porter quelques coups qui laisseraient des contusions, dont une sur la joue de Grey, mais ce dernier était plus rapide et plus vif. Lorsque son agresseur commença à respirer avec une inquiétante difficulté, le gentleman estima qu'il était temps de mettre fin au pugilat.

Il projeta son adversaire sur le ventre, lui posa un genou au creux des reins et lui retourna le poignet dans le dos.

— Vous vous êtes bien battu, monsieur ! lâcha-t-il, haletant. Dois-je vous casser le bras, ou vous offrir un verre aux *Trois Bateaux* ?

Le débardeur marqua une pause, abasourdi, puis émit un gloussement rauque.

— Vous êtes le plus fou des aristos, mais vous savez diablement bien lutter. Je ne serais pas contre aller boire un coup.

— Vous avez probablement raison en ce qui concerne ma démence.

Il libéra sa victime. Lorsque le massif individu fut debout, les deux hommes menèrent la parade à l'intérieur de la taverne.

Le client grisonnant demanda :

— Dans quel pays étranger étiez-vous parti ?

— En France.

Le gentleman but un grand trait de bière, essayant d'évaluer son envie d'en raconter davantage. Il ne connaissait pas ces gens, et décida donc de poursuivre.

— Dix maudites années dans un donjon.

L'homme d'âge mûr siffla doucement.

— Rien d'étonnant à ce que vous soyez aussi content de rentrer ! À un avenir florissant en Angleterre !

Même Ned trinqua à cette perspective. Grey paya quelques autres tournées, vidant chaque fois son verre avec les autres. Il avait toujours su parler sans gêne aux individus de tous rangs sociaux, et s'aperçut qu'il n'avait pas perdu cette facilité.

Lorsqu'il commença à sentir sa tête se dissocier de son corps, il estima qu'il était l'heure de partir. Le soir tombait et il voulait rejoindre Cassie. Il termina sa chope et lança :

— Merci, messieurs, de m'avoir aidé à célébrer mon retour au bercail.

Il quitta la taverne dans un concert d'invitations à revenir aux *Trois Bateaux* quand il le souhaitait.

Peut-être le ferait-il. Cela s'était révélé merveilleusement simple.

Contrairement à ce qui l'attendait à Summerhill.

Il se mit en route directement vers la maison de Kirkland, mais il faisait presque nuit quand il atteignit Exeter Street. Même si ses pieds étaient douloureux, il sifflait et éprouvait une certaine joie de vivre. Sous divers angles, sa journée avait été gâchée – mais il se sentait davantage préparé à affronter son séjour au domaine familial.

Il accéléra le pas pour monter les marches du perron. Cassie serait sûrement de retour à présent. Il était absurde de se montrer aussi impatient de la revoir alors qu'il ne s'était écoulé que quelques heures, mais tout semblait à sa place dans l'univers lorsqu'elle se trouvait près de lui.

Il dut fouiller un peu pour retrouver sa clé de la demeure. Il aurait probablement dû cesser de boire un ou deux verres plus tôt. Il finit par réussir à ouvrir la porte et pénétra dans l'entrée éclairée par une lampe.

Il retirait son manteau lorsqu'il entendit quelqu'un descendre discrètement l'escalier. Il crut distinguer la démarche de l'espionne, et leva donc les yeux, rempli d'espoir, mais il s'agissait d'une inconnue.

Soit, c'était une beauté, dotée d'une chevelure aux flamboyants reflets cuivrés et d'une splendide silhouette. Même si le gentleman n'était plus au fait des dernières modes, il devina que cette élégante robe turquoise devait venir de chez l'une des plus prestigieuses couturières de Londres. Il fallait un certain talent pour conférer à une femme une allure aussi raffinée et intensément provocante à la fois.

Il devait s'agir de l'un des agents de Kirkland. Si c'était le cas, le décolleté que cette étrangère arborait ne laissait aucun doute quant à la façon dont elle soutirait des renseignements à l'ennemi. S'échinant à ne pas contempler sa poitrine de façon trop évidente, il s'inclina aussi poliment que possible sans tomber en avant.

— Bonsoir, mademoiselle.

Elle s'arrêta avant d'avoir atteint le bas de l'escalier, et répondit d'un ton froidement aristocratique :

— Je vous prie de m'excuser, monsieur, mais avons-nous été présentés ?

Cette voix…

Il retint son souffle. *Cette taille, ces mensurations idéales, ces traits subtils et vulnérables, ces yeux bleus d'une insondable profondeur.*

— Cassie ? hasarda-t-il avec incrédulité.

— Je suis surprise que vous m'ayez reconnue, étant donné l'endroit où s'attardait votre regard, rétorqua-t-elle avec un amusement acerbe.

— Cassie…

Il alla vers elle et l'étreignit. Puisqu'elle se tenait à trois marches de hauteur, il enserra la taille de la jeune femme avec ses bras, et posa la tête sur sa poitrine douce et délicate. Des effluves de lilas, de boutons de rose et d'autres senteurs qu'il ne pouvait identifier émanaient de l'espionne ; toutes ces fragrances se mêlaient pour évoquer plus encore sa véritable personnalité.

— Vous m'avez manqué.

Elle le prit par le cou en souriant.

— Cela ne fait que quelques heures que nous ne nous sommes pas vus.

— C'est déjà trop.

Il fit glisser sa main sur le postérieur merveilleusement cambré de sa compagne. Oui, le monde tournait divinement rond.

— Que pensez-vous de mes jolies plumes ? demanda-t-elle d'une voix timide.

Il se recula pour l'étudier, de sa chevelure flamboyante jusqu'à ses pieds chaussés d'escarpins. Rien ne détonnait entre les deux.

— Je brûle d'envie de vous faire passionnément l'amour, déclara-t-il en toute sincérité.

— C'est déjà le cas quand je ressemble à une blanchisseuse, rétorqua-t-elle en sourcillant. Plus sérieusement, me trouvez-vous digne d'incarner votre fiancée ?

Relevant son inquiétude, il s'efforça de se concentrer. Certains ne l'auraient peut-être pas qualifiée de beauté, car ses traits n'étaient pas parfaits selon les critères classiques, et ses incroyables cheveux roux étaient d'une effronterie incontestable. Mais elle laissait s'exprimer sa force, sa chaleur et son intelligence, et aux yeux de Sommers, elle était la plus belle femme qu'il eût jamais rencontrée.

Belle, et même plus.

— Vous avez tout d'une lady raffinée, affirma-t-il avec gravité. Vous avez toujours été jolie. Autoriser le monde extérieur à contempler cette beauté doit vous donner de l'assurance, ce qui vous rend d'autant plus magnifique. Mais je suis un peu jaloux, car désormais, les autres vous verront telle que je vous vois.

— Je me réjouis d'avoir l'air suffisamment distinguée, répondit-elle en lui passant le bout des doigts dans les cheveux, trahissant la Cassie qu'il connaissait sous cette nouvelle apparence. Même si par ailleurs, vos propos ne sont guère rationnels, et vous sentez la bière. Avez-vous bu ?

— Oui, reconnut-il humblement.

Elle effleura sa joue blessée.

— Vous êtes-vous battu ?

— Oui. Mais j'ai gagné.

— Quoi donc ?

— Le droit de payer une chope à mon adversaire.

— Je suppose que la gent masculine doit trouver un sens à tout cela, s'esclaffa-t-elle doucement. Êtes-vous heureux ?

Il soupira et l'attira plus près de lui. *Ravissant décolleté. Magnifique robe.* Il avait envie de la lui ôter.

— Oui. Surtout maintenant que vous êtes là. Voudriez-vous monter pour que je vous fasse follement et passionnément l'amour ?

— Plus tard, peut-être, mais pour le moment, je souhaite assouvir une autre sorte d'appétit. Les Powell servent le souper à tous ceux qui résident ici et Kirkland avait l'intention de passer s'il en avait le temps. Joignez-vous à moi, vous avez besoin de vous remplir l'estomac et de boire du café bien fort.

— Je suppose que vous avez raison. Il me semble que j'ai oublié de manger.

— Il est bon de constater que l'alcool vous rend plus joyeux que méchant, observa-t-elle en descendant les dernières marches. Milord, accepterez-vous de m'escorter à la salle à manger ?

— Laissez-moi vérifier que je me rappelle mes bonnes manières.

Il esquissa une révérence soignée sans tomber, puis se redressa et offrit son bras.

— Si vous voulez bien me faire cet honneur…, ajouta-t-il.

Tandis qu'elle venait vers lui, il lui caressa les cheveux, appréciant leur souplesse soyeuse. Cette rousseur devait être naturelle, car elle lui allait bien mieux au teint que ce brun terne.

— Comment êtes-vous parvenue à vous transformer aussi rapidement ?

— Kiri s'est chargée de tout. Je n'ai fait qu'obéir aux ordres. Sa sœur fait à peu près ma taille et m'a fourni quelques ravissantes robes. La couturière des Lawford est venue en personne avec des tenues presque terminées, accompagnée de ses employées qui ont procédé à de rapides modifications. La femme d'Ashton est même parvenue à faire imprimer des cartes de visite à mon nom, précisa-t-elle en sortant de son joli réticule un exemplaire pour le montrer à Grey. L'encre est encore humide, mais elles sont très convenables.

— Il m'est étrange de vous voir porter un sac trop petit pour contenir une arme, fit-il remarquer en prenant le carton.

— J'ai d'autres cachettes, affirma-t-elle, les yeux brillants d'humour.

Il lut et relut le texte, déconcerté.

— « L'honorable Catherine St Ives ». Votre père était membre de la pairie ? Vous avez toujours insinué que vous faisiez partie d'une classe assez modeste. En fait, vous prétendiez que votre famille appartenait à un rang inférieur au mien.

Elle haussa les épaules.

— Il était simple baron, troisième du nom. Nous descendons d'une lignée de commerçants, qui n'est en rien aussi ancienne, aussi prestigieuse et aussi fortunée que le comté de Costain.

— Toutefois, elle s'en rapproche. Votre sang est noble.

Cet élément constituait une nouvelle pièce de l'énigme qu'incarnait Cassie le Renard. Ou plutôt, Catherine St Ives. Reprendre sa place sur l'échelle sociale après avoir mené une existence de paysanne et de marchande ambulante devait être… extrêmement déroutant.

— Cela n'avait aucune signification quand je nettoyais des poulaillers en France, rétorqua-t-elle sèchement. Et cela importe encore moins aujourd'hui.

— Le titre serait revenu à votre frère, dit-il. Qui en a hérité ? Ou est-il demeuré vacant, faute de descendants mâles ?

— Mon père avait un cadet, qui a eu trois fils. Les deux aînés étaient à peu près de mon âge, expliqua-t-elle en esquissant un geste désinvolte. La relève ne manquait pas.

— Avez-vous écrit à vos cousins ? s'enquit-il. Ils seraient assurément ravis de savoir que vous avez survécu.

— Catherine St Ives est morte et enterrée, rétorqua-t-elle d'un ton impatient. Elle le serait restée si sa résurrection ne contribuait pas à faire de moi une fiancée plus convaincante. Quand je quitterai Summerhill, elle retournera dans sa tombe en France, pour l'éternité cette fois, précisa-t-elle en tournant les talons. Assez de ces fadaises. J'ai faim.

Pendant qu'elle se dirigeait vers la salle à manger, Grey glissa la carte dans sa poche. Elle ne trouvait peut-être sa famille d'aucun intérêt, mais il n'était pas de cet avis. Il s'en entretiendrait avec Kirkland.

Il la rattrapa et lui proposa de nouveau son bras. Elle y posa délicatement sa main, et ils avancèrent avec la solennité que l'on affiche en se rendant à un grand bal. Le maître de maison, les Powell et une jeune femme quelconque que Grey n'avait jamais rencontrée mangeaient telle une famille autour de la table.

Ils levèrent les yeux lorsque le couple fit son apparition. Un silence hébété s'abattit tandis que tous les regards, en particulier masculins, se rivaient sur Cassie.

Kirkland fut le premier à se lever.

— Miss Renard, dit-il en inclinant la tête, tout en s'autorisant un petit sourire. J'ai toujours su que vous étiez une experte en déguisement, mais j'ignorais que votre plus grand exploit en la matière était de dissimuler votre beauté naturelle.

— Flatteur, lâcha-t-elle sans ardeur aucune. Le mérite revient à lady Kiri et les bonnes âmes dont elle s'est entourée pour me transformer.

Tandis que Grey tirait une chaise à son intention, elle poursuivit :

— Je ne suis pas Cassandra Renard pour le moment. J'ai estimé que mon nom de naissance conviendrait mieux pour cette mascarade.

Elle tendit sa carte à son employeur.

Le visage de ce dernier se figea.

— Votre père était lord St Ives, troisième du nom ?

Elle acquiesça, impassible.

Puisqu'elle ne disait mot, l'Écossais reprit :

— Étant donné que vous voyagez dans le Dorset sous l'identité d'une lady, vous aurez besoin d'une domestique, l'une de mes associées va donc jouer ce rôle, l'informa-t-il en désignant la jeune fille à côté de lui. Miss St Ives, puis-je vous présenter Miss Hazel Wilson ? Je pense que vous lui trouverez les qualités habituelles que possède toute servante d'une noble dame, ainsi que quelques autres aptitudes.

— Je suis ravie de vous rencontrer, Miss Wilson, dit-elle d'un ton formel. Je vous remercie d'endosser ce rôle dans un délai si court.

— Appelez-moi Hazel, mademoiselle, répondit la recrue dans un accent londonien.

Elle avait les cheveux bruns et un visage plaisant, si ce n'était ordinaire. Elle se leva et esquissa une révérence. Ses yeux bleus brillaient d'humour et d'intelligence.

— Et vous êtes lord Wyndham, je présume ? s'enquit-elle.

Grey s'inclina avec le respect dû aux agents de Kirkland.

— Oui, en effet, Hazel. Je vous remercie d'accepter de quitter la capitale pour les contrées reculées du Dorsetshire.

La fausse domestique hocha brièvement la tête.

— Je suis impatiente de coiffer votre jolie chevelure, mademoiselle !

Cassie s'empourpra.

— Je détestais ma tignasse rousse quand j'étais enfant. On m'appelait « la Carotte ».

— Toutes les filles qui se moquaient à l'époque doivent vous envier aujourd'hui, et les garçons se damneront pour un seul de vos sourires, fit observer Grey en prenant place à table.

— Votre verve de velours est intacte, riposta-t-elle amusée.

— Il a raison, mademoiselle ! se permit de confirmer Mr Powell.

— Je crois que la petite est plus intéressée par mon parmentier de mouton que par vos flatteries, intervint la gouvernante en gratifiant son époux d'un coup d'œil sévère. Si vous voulez bien me passer vos assiettes, je vais les remplir.

L'espionne et son compagnon s'exécutèrent. Tandis qu'il humait le plat fumant, le gentleman prit conscience qu'il apprécierait plus ce repas simple que les mets élaborés servis dans les propriétés de ses parents.

Même s'il avait une fois de plus l'apparence d'un aristocrate, il était encore très loin du jeune lord Wyndham qui avait quitté Summerhill dix ans auparavant.

Chapitre 32

Il faisait nuit sur Londres lorsqu'ils quittèrent Exeter Street le lendemain. Le trajet jusqu'à Summerhill pourrait être accompli en une journée sur routes sèches, mais le parcours serait ponctué de nombreux changements d'attelage. Cassie et Hazel échangèrent quelques mots de temps à autre, mais Grey se contenta de regarder par la fenêtre, peu enclin à la conversation tandis que le paysage familier défilait sous ses yeux.

Combien de fois avait-il effectué ce voyage ? Très souvent. Il connaissait chaque ville, chaque bourgade, chaque relais de poste, et avait également rencontré quelques sympathiques serveuses sur ce chemin.

Il aimait apercevoir des repères tels que la flèche de la cathédrale de Salisbury, mais son angoisse progressait à chaque mile franchi. Si son père mourait sans lui alors qu'il avait pris un jour de plus pour se préparer mentalement au lieu d'être à ses côtés pour ses derniers instants…

Mais Cassie et Grey avaient eu besoin de ce délai à différents égards, et les siens se réjouiraient d'apprendre son retour parmi les vivants. Même si sa mère choisirait peut-être de taire la nouvelle à son mari, elle en informerait Peter et Elizabeth. Ils devaient être adultes à présent, mais dans son esprit, ils demeuraient des enfants.

Sa famille l'accueillerait à bras ouverts même s'il l'avait également déçue. Une fois qu'il aurait surmonté les premiers jours, tout irait bien. C'est ce qu'il se répétait sans cesse. Entre deux prières pour la survie de son père.

Il faisait de nouveau nuit au moment où ils arrivèrent enfin au domaine. Alors que le fiacre tournait pour passer la grille, le gentleman agrippa la main de Cassie tandis que son cœur battait la chamade. *Summerhill, Summerhill, Summerhill!*

La grande allée bordée d'arbres qui menait vers la maison témoignait de la longue histoire de la riche et puissante dynastie Costain. Il se rassura en songeant qu'il n'était guère plus qu'une brindille légèrement courbée sur un arbre généalogique autrement plus vigoureux.

Tandis que leur véhicule faisait halte sous la porte cochère du côté est de la propriété, Grey déclara laconiquement :

— Cette demeure a moins de cent ans, elle est relativement récente. Et largement plus confortable que la vieille bâtisse d'origine.

— Je serais ravie que vous m'en parliez dès que vous le souhaiterez, répondit sa compagne d'un ton léger pendant qu'il l'aidait à descendre du fiacre.

Il sentait qu'elle avait la main crispée sous son gant, mais elle savait dissimuler son angoisse.

Maintenant qu'elle s'appliquait à paraître élégante, elle débordait de cette distinction à la française. Elle ressemblait en tout point à ces beautés aristocratiques que l'on imaginait naturellement courtisées par des hommes comme lui. Pourtant, elle était tellement plus que cela.

— *Courage, mon enfant**, dit-elle dans un murmure à peine audible.

— À vous aussi, *mon petit chou**, répondit-il d'une voix tout aussi basse. Ici, au moins, nos vies ne sont pas menacées. Seulement notre fierté et notre santé mentale.

Le visage de Cassie s'anima d'un sourire contenu.

— Si vous le présentez ainsi…

Elle lui prit le bras, puis ils se dirigèrent vers l'entrée, où il secoua le lourd heurtoir en cuivre figurant un dauphin, symbole de la mer qui se trouvait de l'autre côté de la colline.

Ils attendirent longuement avant que Grey frappe de nouveau, douloureusement conscient que le décès du maître de maison créerait ce genre de perturbation. La porte finit par s'ouvrir sur la figure empourprée d'une jeune bonne. Elle étudia les visiteurs sans reconnaître quoi que ce soit d'autre chez eux que leur évidente noblesse. Elle inclina la tête de façon quelque peu maladroite.

— Votre venue a-t-elle été annoncée, monsieur ? Madame ?

— Oui, acquiesça Grey. Lady Costain en a été informée. Dites-lui que nous sommes arrivés, je vous prie.

— Très bien, monsieur. Si vous voulez attendre dans le petit salon juste à côté, je vais prévenir milady.

La domestique esquissa une seconde révérence sommaire, et disparut sans même lui demander son nom.

La pièce était froide et mal éclairée. Trop nerveux pour rester assis, le gentleman s'empara de la boîte d'amadou sur la cheminée et prépara un feu.

— La tenue de cette maison est fort négligée, fit-il remarquer. Cette enfant n'a pas été correctement formée.

— Il semble que recevoir les visiteurs ne soit pas sa tâche habituelle.

D'une sérénité rassurante, Cassie prit place dans un fauteuil recouvert de brocart.

Son compagnon se redressa lorsque de petites flammes apparurent dans l'âtre.

— À votre avis, cela signifie-t-il que mon père est…

Il ne put poursuivre tant sa gorge était serrée.

— Vous n'avez aucune raison de croire qu'il s'est éteint, s'empressa-t-elle de répondre. Inutile de vous inquiéter. Nous le saurons bien assez tôt.

Ils attendirent de nouveau. Grey était tenté d'aller chercher sa mère, mais avant que ce qui lui restait de patience s'évanouisse, la porte s'ouvrit violemment et il entendit une voix gronder :

— Vous auriez dû prendre leur identité, mon petit !

Lady Costain fit irruption dans le salon, suivie par la domestique. Grande et blonde, elle était toujours belle, malgré ses traits tirés qui lui donnaient l'air d'avoir porté de trop nombreux fardeaux.

Sommers avait pensé ne jamais la revoir, et sa présence, à ce moment précis, le paralysa. En partie effrayé qu'elle ne soit qu'un rêve et puisse disparaître, il parvint à chuchoter :

— Mère ?

Elle reprit brusquement :

— Mes excuses pour…

Elle posa les yeux sur son fils et s'immobilisa aussitôt.

— Non, c'est impossible ! souffla-t-elle.

Puis elle s'écroula au sol, comme foudroyée.

— Mère !

Horrifié, il se rua auprès d'elle et tomba à genoux, puis la prit dans ses bras pour la bercer.

— Mère, c'est vraiment moi, et non un fantôme !

— Apportez les sels, vite ! ordonna Cassie à la bonne. D'autres membres de la famille sont-ils disponibles ?

— Lord Wyndham est là, répondit la jeune fille.

« Lord Wyndham » ? Peter avait dû reprendre le titre lorsque Grey avait été donné pour mort.

— Faites-le venir immédiatement, exigea sèchement le gentleman. Dites-lui que sa mère est souffrante.

Il la souleva avec précaution et tendresse pour l'installer sur le canapé, puis étendit sur elle un plaid en laine. Elle paraissait si fatiguée, le visage sillonné de rides qui n'existaient pas dix ans plus tôt. Mais il s'agissait bien de sa mère, si ironique, si patiente et si aimante. Il cligna des yeux pour refouler ses larmes.

Lady Costain battit légèrement des paupières et découvrit Grey penché au-dessus d'elle. Elle émit un son étouffé et leva une main tremblante pour lui toucher la joue.

— Vous… vous êtes bien réel ?

Il saisit les doigts tendus.

— Oui, répondit-il, des palpitations dans la gorge. N'avez-vous pas reçu le message que lord Kirkland a envoyé hier ? Je voulais épargner ce choc à tout le monde.

Ils se dévisageaient avec la même avidité.

— Une missive a été délivrée, mais je n'ai pas pris la peine de l'ouvrir. Il écrit de temps à autre pour nous annoncer qu'il n'a aucune information à votre sujet, mais poursuit ses recherches. Avec votre père malade, je n'ai pas eu le courage de lire celle-ci.

— Mes bonnes intentions ont été vaines, regretta-t-il en l'aidant à s'asseoir. Je suis désolé, je voulais vous ménager.

— Quand je vous ai vu là, j'ai… j'ai eu l'horrible impression que vous étiez revenu du royaume des morts pour guider votre père aux cieux, avoua-t-elle en l'attirant à lui pour l'enlacer, la figure baignée de larmes. Pour une fois que je néglige une lettre de Kirkland ! Oh, Grey, Grey !

Un bruit de pas lourds résonna avant qu'un jeune homme désemparé surgisse dans la pièce.

— Mère, vous allez bien ?

Le fugitif se redressa et… se vit à vingt ans. Ou presque. Peter faisait désormais sa taille, il était blond et d'une beauté dévastatrice. Il arborait un visage qui semblait conçu pour sourire – il avait toujours été un enfant jovial –, mais à cet instant, il paraissait exténué d'inquiétude pour ses deux parents.

Il fit brusquement halte, son regard abasourdi passant de sa mère à son frère depuis longtemps disparu.

— Grey ? s'enquit-il avec incrédulité.

L'air méfiant et l'œil inquisiteur, il s'approcha à grandes enjambées.

— Vous êtes forcément un imposteur ! Mon aîné est mort depuis dix ans.

— Désolé de vous décevoir, Peter, répondit ce dernier en esquissant un sourire en coin. Je vous aurais volontiers écrit pour vous détromper sur le sujet, mais la prison où je résidais manquait scandaleusement de fournitures telles que papier et plumes.

— Mon Dieu, souffla son cadet en examinant les traits du revenant. Cette cicatrice au sourcil gauche, que vous avez récoltée la fois où vous vous êtes coupé en tombant sur des pierres brisées. C'est vraiment vous !

Grey toucha la discrète marque.

— C'est arrivé lorsque vous m'avez bousculé près de l'étang, si mes souvenirs sont exacts.

Dans la chaleur de l'été, ils jouaient ce jour-là au bord de l'eau, et Peter avait allégrement fait perdre l'équilibre à son frère, pour finir horrifié lorsque l'entaille qui en avait résulté s'était mise à saigner abondamment. Avec le recul, cet incident était un bon souvenir. L'aîné tendit le bras avec hésitation.

— Vous m'avez présenté vos excuses des jours durant.

— Je recommencerai si vous le souhaitez, repartit son cadet en prenant la main offerte dans les siennes pour la serrer avec enthousiasme. En prison, disiez-vous ?

Le fugitif entreprit de lui expliquer, mais ne put poursuivre. Son retour parmi ses proches avait déclenché un torrent d'émotions brutes. S'il tentait de raconter Château Durand, il s'effondrerait. Il parvint à répondre :

— Pendant dix ans. Je vous en confierai davantage plus tard, mais pas ce soir. Parlez-moi de notre père, je vous prie ! Que s'est-il passé ? Son état est-il grave ?

Ayant recouvré ses esprits, leur mère les rejoignit.

— Costain est parti chasser et son cheval a regimbé devant une haute barrière. Il s'est cassé un os ou deux, mais le réel danger réside dans sa blessure au crâne. Il est… inconscient depuis l'accident.

Quelques jours, donc. Ce qui n'était guère encourageant. Sommers ferma les paupières un long moment, luttant contre l'idée désespérante qu'il était peut-être arrivé trop tard.

— Puis-je le voir ?

— Bien entendu. Votre sœur est avec lui en ce moment. Nous nous relayons à son chevet, ajouta-t-elle en plissant les yeux lorsqu'elle aperçut Cassie pour la première fois. Je souhaiterais faire connaissance avec votre amie, s'il vous plaît.

Il se tourna vers sa compagne, qui avait eu le tact de rester en retrait. Il lui prit la main pour qu'elle s'approche.

— Permettez-moi de vous présenter ma fiancée, Miss Catherine St Ives.

Il articula un « Merci » que sa famille ne put relever.

— Ma chère, voici ma mère, lady Costain, et mon frère, Peter Sommers.

Le regard de la noble dame s'affûta pour examiner l'espionne.

— St Ives. Êtes-vous issue de la branche installée dans le Norfolk ?

Les doigts de la jeune femme se raidirent, mais elle répondit avec l'assurance stoïque d'une pure aristocrate :

— C'est bien cela, milady. Mais j'ai rencontré lord Wyndham en France.

— Où elle m'a sauvé la vie.

Pendant qu'il parlait, il vit une ombre traverser furtivement le visage de son cadet. Celui-ci était heureux de découvrir que son aîné n'était pas mort, mais à présent, il prenait conscience que le titre et l'héritage qu'il avait jusque-là considérés comme siens lui seraient arrachés. Ce qui constituait une complication que son frère n'avait pas envisagée, même s'il aurait dû. Peter n'était plus un enfant. Il n'allait pas apprécier de se voir supplanter.

Grey enfouit cette pensée dans un coin de son esprit, il y réfléchirait plus tard, car il ne pouvait endurer davantage d'angoisse. Pas ce soir-là. Il prit le bras de Cassie en disant :

— Je suppose que lord Costain se trouve dans ses quartiers habituels ?

Lorsque sa mère acquiesça, il se retira, heureux d'avoir sa compagne auprès de lui pour l'aider à garder son sang-froid. Il était déjà assez pénible que ses proches le dévisagent, mais les domestiques l'épiaient également, cachés derrière les portes ou les recoins. L'attention qu'il suscitait le faisait tressaillir, toutefois il ne pouvait se permettre de le montrer. Il était chez lui. Il devait avoir l'air sain d'esprit, même si la tâche se révélait ardue.

D'une certaine façon, il semblait profondément irréel d'arpenter les couloirs familiers, ou de monter l'escalier en marbre avec une main sur la rampe vernie qu'il avait autrefois l'habitude de descendre en glissant. Mais Summerhill paraissait en même temps éternel, les dix ans passés en France se résumant à un mauvais souvenir. Cette confusion était probablement l'une des raisons de sa réticence à rentrer. Sans Cassie, il lui serait facile de sombrer dans les abysses de son propre cerveau.

Ses parents disposaient d'une vaste suite au centre de la maison. Il pénétra dans la chambre de son père avec l'espionne. Les lampes diffusaient une lumière tamisée sur les contours immobiles de lord Costain. Le comte semblait égaré dans son grand lit. Sa silhouette avait perdu de sa puissance.

Son valet de longue date, Baker, était assis du côté le plus proche du lit. Il leva les yeux, et aperçut à peine le gentleman, préférant réserver son regard admiratif à l'amie de celui-ci. Puis il vit Peter entrer, et observa tour à tour les deux frères, bouche bée.

Grey lui adressa un signe de tête et se dirigea vers une charmante jeune femme blonde installée dans un fauteuil, le front penché, ses cheveux d'ange attachés en arrière. *Lady Elizabeth Sommers.* Sa petite Beth.

Il contourna le lit, puis s'arrêta net. Sa cadette allaitait un bébé.

C'était à lui d'être choqué cette fois. Sa petite sœur, devenue mère ? Mais elle avait vingt-trois ans ; elle était donc en âge d'avoir un époux et des enfants. Il s'efforça de ne pas perdre contenance, car rien jusque-là ne lui avait autant fait prendre conscience du temps qui s'était écoulé.

Elle leva les yeux vers lui, et son regard fit le même trajet que celui du domestique entre Peter et son aîné, puis Peter de nouveau. Dans la pénombre de la pièce, il aurait été possible de penser que l'ancien prisonnier n'était autre que son cadet revenant au chevet du malade, mais puisqu'ils se tenaient l'un à côté de l'autre, la conclusion était sans équivoque.

La bouche de la jeune femme forma un « O » de surprise.

— Grey ? souffla-t-elle.

— En personne. Tel un fléau, me voilà de retour.

Tandis qu'il lui déposait un léger baiser sur le front, il se félicitait d'être parvenu à conserver un ton léger.

Le bébé était blond et angélique. Bien qu'ignorant en la matière, Sommers était à peu près certain que les parents épris de leur progéniture appréciaient les compliments.

— Qui est cette charmante créature ?

— Ma fille. Votre nièce, précisa Elizabeth, le visage rayonnant d'enthousiasme. Je lui ai donné son prénom en votre honneur. Grace.

Il fut touché et plutôt émerveillé par ce parfait petit être.

— Bien plus doux pour une fille que « Greydon ». Qui avez-vous épousé ? Un individu digne de ma sœur ?

— Johnny Langtry, l'informa-t-elle en souriant.

Le domaine familial de cet homme rivalisait avec Summerhill. Entre ces deux foyers, les plus haut placés sur l'échelle sociale dans ce comté, les relations s'étaient toujours révélées simples.

John avait quelques années de moins que Grey, et hériterait de son père. Doté d'une forte carrure et d'un sourire contagieux, ce bougre était d'une sincère bonté. Et bien plus fiable que son nouveau beau-frère.

— Friponne ! Vous l'aviez à l'œil depuis votre plus jeune âge.

— Il n'avait aucun moyen de m'échapper, rétorqua-t-elle, hilare. Mais il ne s'en plaint pas !

Il contempla sa cadette avec sa fille, de véritables incarnations blondes et nordiques de la Vierge et l'Enfant.

— Votre époux a beaucoup de chance.

— En effet, confirma leur mère qui les rejoignit et posa sa main sur le bras de Grey, comme craignant qu'il ne disparaisse. Vous devez être fatigué si vous êtes parti de Londres aujourd'hui, mon cher. Passons au petit salon pour prendre des rafraîchissements. Baker peut veiller votre père. Nous voulons tous savoir ce qui vous est arrivé durant ces longues années, déclara-t-elle en se tournant vers Cassie. Et je souhaite faire plus ample connaissance avec ma future bru.

Grey se doutait que sa compagne grimaçait intérieurement à ces paroles, mais elle gardait une expression posée. Bien entendu, ses proches débordaient de curiosité, mais il ne pouvait répondre à leurs questions. Pas ce soir-là. Il en laisserait certaines à jamais sans réponse.

Il fit dériver son regard vers le visage figé du comte.

— Je souhaite demeurer au chevet de père. J'ai des choses à lui dire, expliqua-t-il dans un sourire dépourvu d'humour. Même s'il ne peut m'entendre.

— Peut-être est-il préférable qu'il ne puisse répliquer, intervint Peter avec une note dans la voix impliquant que cette plaisanterie n'en était pas tout à fait une.

Cassie demanda doucement :

— Voulez-vous que je reste ?

— Non, je vous remercie, répondit-il en prenant une profonde inspiration. Il est des choses que l'on doit faire seul.

Chapitre 33

— Je vous en prie, sonnez si vous manquez de quoi que ce soit, Miss St Ives, dit lady Costain en escortant Cassie dans sa chambre d'amis. Je suis désolée de ne pas avoir lu le message de Kirkland hier. J'aurais eu le temps de préparer correctement votre arrivée.

— Inutile de vous inquiéter, milady.

L'espionne s'était excusée du dîner familial le plus rapidement possible pour éviter toute autre question. Elle avait passé une journée éprouvante, et affronter les Sommers sans Grey à ses côtés lui avait demandé un grand effort.

Elle pénétra dans la pièce immaculée et réchauffée par un feu qui crépitait doucement. Une lampe faisait rougeoyer les draperies florales roses ainsi que les rideaux de lit, et un vase orné d'un bouquet hors saison était posé sur le bureau.

— C'est ravissant. J'ai séjourné dans des logements plus modestes.

Il n'y avait même aucune commune mesure.

— Grey sait-il où il sera installé ? À moins que ses anciens quartiers ne soient disponibles ?

La comtesse sourcilla.

— J'avais oublié cela. Peter y a élu domicile quand… nous avons perdu tout espoir de voir Grey revenir. Je vais lui faire préparer une autre chambre pour ce soir. Il est trop tard pour déplacer les affaires de son frère.

— Est-ce nécessaire ? interrogea Cassie, surprise.

Son hôtesse parut perplexe.

— Mon cadet a habité dans la suite destinée à l'héritier. Maintenant que son aîné est de retour, il va en reprendre possession.

L'espionne hésita avant de déclarer :

— Dans une demeure aussi splendide, il y a sûrement d'autres quartiers tout aussi convenables. Même les bonnes nouvelles peuvent se révéler perturbantes. Étant donné que Peter aura déjà d'autres changements cruciaux auxquels s'adapter, déménager n'est peut-être pas essentiel ?

La comtesse fronça les sourcils.

— Je prends note de votre remarque. Je m'en entretiendrai avec Grey avant que la moindre décision soit prise. Il a le droit de réclamer son ancienne chambre.

Lady Costain observa alors minutieusement son invitée et reprit :

— Je ne souhaitais pas avoir cette conversation devant mes deux cadets, mais je me pose vraiment des questions sur votre situation familiale. Les St Ives ne se mêlent pas beaucoup au beau monde, mais j'avais l'impression qu'il n'y avait en leur sein que des garçons.

Cassie riposta avec la même froideur :

— Votre véritable préoccupation est de savoir si je suis une personne cupide qui profite de la vulnérabilité de lord Wyndham.

Elle avait une migraine, et commença donc à retirer des épingles de ses cheveux.

— Je suis bien celle que je prétends, poursuivit-elle, pas une sournoise traînée enfonçant ses griffes avides dans la chair de votre fils.

Son hôtesse prit une vive inspiration.

— Vous êtes une adepte de la franchise.

— Aux moments que j'estime opportuns, rétorqua l'espionne, la bouche pincée. Mais je mens très bien si nécessaire.

— Et je n'ai aucun moyen de savoir ce que vous faites à cet instant précis, soupira lady Costain. Pardonnez ma brusquerie, mais vous comprenez assurément que je m'inquiète pour mon fils. Je ne pensais pas…, hésita-t-elle en se mordant la lèvre. Vous ne me rendez pas la tâche facile. Vous étiez extrêmement évasive lorsque nous avons discuté lors du souper. Y a-t-il quoi que ce soit que vous souhaiteriez me dire pour apaiser mes craintes maternelles ?

Cassie se dirigea vers la coiffeuse. Le miroir lui renvoya l'image d'une tentatrice à la crinière rousse. *Une femme du monde, impitoyable et sophistiquée.* Rien d'étonnant à ce que la noble dame soit troublée. Si la jeune femme avait elle-même eu un fils, elle aurait voulu l'éloigner des filets d'une telle créature.

— L'histoire de Grey lui appartient, et je le laisserai décider de ce qu'il désire dévoiler sur le sujet, déclara-t-elle en saisissant la brosse à dos argenté pour démêler sa chevelure. L'actuel lord St Ives est le cadet de mon père, et il n'a en effet que des fils. Ma mère était française. Les miens ont été massacrés durant le règne de la Terreur. Cela s'est produit il y a des années, il est donc naturel que vous ignoriez ce qui leur est arrivé.

La comtesse en eut le souffle coupé.

— Tous vos proches ont été tués ? C'est épouvantable ! Comment en avez-vous réchappé ?

L'espionne poursuivait son brossage. Sa couleur naturelle était certes provocante, mais également d'une beauté intense qui lui était propre.

— Ma nourrice m'avait emmenée à l'extérieur pour l'après-midi. Bien entendu, ce pourrait être un mensonge, et la véritable Catherine serait morte avec le reste de sa famille. Mais il se trouve que je dis la vérité.

Souhaitant rassurer son hôtesse, elle ajouta :

— Ces fiançailles vont durer un certain temps. Je n'exigerai pas que votre fils tienne parole s'il change d'avis.

Après un long silence, lady Costain dit calmement :

— Je vous crois. Qu'avez-vous fait toutes ces années ?

— J'ai survécu.

Cassie dévisagea son reflet, relevant des cernes sous ses yeux. Elle savait que venir à Summerhill serait difficile, mais elle n'y resterait que quelques jours. Si elle dévoilait aux parents de Grey quelques informations sur elle, ils se réjouiraient de lui faire leurs adieux le moment venu.

— Êtes-vous la maîtresse de mon fils ? demanda la noble dame.

La « maîtresse ». *Un mot si simple pour une relation si complexe.*

— Oui, répondit-elle en ôtant ses petites boucles d'oreilles en or.

— Il ne lui a pas fallu longtemps pour en trouver une, désapprouva la mère du gentleman. J'espérais qu'il aurait passé l'âge de courir le jupon.

Parcourue d'une rage soudaine, Cassie se détourna brusquement du miroir.

— Imaginez dix ans d'isolement, milady. Dix ans sans jamais voir ni toucher aucun autre être humain. Sans étreintes, sans les baisers de vos enfants ou petits-enfants, sans la main d'un époux sur votre derrière à l'insu de votre entourage. Sans l'odeur de qui que ce soit, ni la vue d'un visage. Figurez-vous tout cela – et ne vous permettez en aucun cas de juger votre fils !

L'espace d'un instant, la comtesse parut près d'exploser. Puis elle changea d'expression.

— Vous êtes amoureuse de lui.

La gorge serrée, son invitée se tourna pour tirer la corde et mander Hazel, ce qui mettrait ainsi fin à cette pénible conversation.

— Cela ne concerne que lui et moi. Mais je puis vous assurer que je ne suis pas là pour causer des ennuis aux Sommers.

— Je vous prendrai au mot, répliqua son hôtesse en s'apprêtant à partir. Et… merci de m'avoir ramené mon fils.

Cassie ferma les paupières, épuisée. La gratitude de cette femme ne lui importait guère. Elle n'avait accompli tout cela que pour lui.

Lorsque sa famille et le valet de son père eurent quitté la chambre, Grey prit place dans le fauteuil où était assise sa sœur quelques minutes auparavant.

Le malade était plus ridé qu'autrefois autour des yeux et de la bouche, et sa blondeur héréditaire était parsemée de mèches argentées. Mais la puissance de ses traits était intacte. Il semblait prêt à se réveiller à tout moment.

Sommers prit la main de son père. Elle était molle, ni chaude ni froide.

— Je suis rentré à la maison, père, chuchota-t-il. Je suis désolé pour tous les soucis que je vous ai causés. Vous vous êtes appliqué à faire de moi un comte plein de compassion et de force, maîtrisant l'agriculture, la législation, et tout ce qu'un pair du royaume devrait savoir. Vous étiez bon professeur, je n'ai donc pu qu'apprendre, mais je n'ignore pas qu'un grand nombre de ces cheveux blancs me sont imputables.

Il crut percevoir un tressautement ténu dans la main du vieillard, mais il s'agissait probablement de son imagination.

— Laissez-moi vous narrer comment j'ai fini emprisonné en France. Si j'avais fait preuve d'un brin de bon sens, je serais rentré en Angleterre avant que la paix d'Amiens prenne fin, mais non, j'étais l'enfant béni à qui rien de fâcheux ne pouvait arriver.

Il poursuivit son récit, d'un ton parfois hésitant et accablé lorsqu'il décrivit sa détention, les frontières de la folie qu'il avait presque franchies, et la bénédiction de trouver de la compagnie auprès de Laurent. Tout ce qu'il avait été incapable de confier au reste de ses proches.

— Ce prêtre était comme un second père. Vous vous apprécieriez si vous aviez un jour l'occasion de faire connaissance.

Il sourit en tentant d'imaginer une telle rencontre.

— Même s'il est catholique, il ne semblait nullement disposé à envahir l'Angleterre et à convertir par l'épée les hérétiques que nous sommes.

Cette ambition était celle de Napoléon, et n'avait rien de religieux.

Il s'interrompit à plusieurs reprises pour rassembler ses esprits, mais il lui fallait raconter tout cela à son père, même s'il était arrivé trop tard pour avoir une véritable conversation avec lui. Lorsqu'il fut à court de mots, il dit doucement :

— Je souhaite sincèrement que vous surviviez, père. Je ne suis pas du tout prêt à devenir le prochain lord Costain. J'ai besoin de vous. Comme tout le reste de la famille.

Il acheva ses paroles dans un étouffement. Essayant de terminer sur une note plus légère, il ajouta :

— Mais il y a une chose que j'ai accomplie correctement. Vous souhaitiez que je me marie pour assurer la succession, j'ai donc amené ma fiancée à Summerhill.

— Est-elle jolie ?

Le murmure était si faible que le gentleman crut l'avoir rêvé. Penché au-dessus de son père, il lui demanda d'une voix rauque :

— Avez-vous dit quelque chose ?

Les paupières du malade papillotèrent.

— Est-elle jolie ?

Le souffle coupé de stupéfaction, Wyndham répondit :

— Elle est magnifique. Rousse.

— Des petits-enfants roux ? sembla désapprouver le comte. Dites… plus.

— Il s'agit de la fille de lord St Ives. C'est la femme la plus incroyable que j'aie jamais rencontrée, et elle m'a sauvé la vie plus d'une fois.

Costain cligna des yeux.

— Paraît… trop parfaite pour vous.

— C'est le cas.

Grey avait envie de bondir pour hurler sa joie devant l'amélioration de l'état de son père, mais c'eût été déplacé dans la chambre d'un malade.

— Vous allez rencontrer Cassie, mais pour l'instant, vous devriez vous reposer.

— Las de me reposer, repartit le malade en fermant les paupières. J'entendais les gens parler, mais… pouvais pas répondre. Et vous êtes arrivé. Devais vous dire… quel jeune imbécile vous faites.

— Oui, père, vous avez raison. J'essaierai de me bonifier, promit-il, le visage baigné de larmes silencieuses. Je vais chercher mère. Elle voudra vous parler.

Un sourire ténu vint adoucir les traits du vieil homme.

— Besoin de ma Janey.

Radieux, Grey lui serra la main.

— Elle sera bientôt là.

En sortant, il ne fut guère surpris de trouver Baker qui attendait discrètement de retourner au chevet de son maître.

— Bonne nouvelle ! Il s'est réveillé et m'a dit quelques mots. Tout à fait cohérents, par ailleurs, précisa-t-il d'un air joyeux. Il m'a traité de jeune imbécile.

— Il semble avoir en effet recouvré tous ses esprits, confirma le domestique avec une pointe d'humour. Puis-je entrer ?

Le gentleman acquiesça.

— Il veut voir milady. Je vais la prévenir.

En dépit de l'heure tardive, il trouva sa mère dans le petit salon. Elle était assise auprès du feu, négligeant sa broderie posée sur ses genoux, le regard plongé dans les flammes. Elle leva les yeux lorsque son fils entra, et lui demanda :

— Avez-vous fait la paix avec votre père ?

— Je l'espère, mais dans le cas contraire, j'aurai d'autres occasions plus tard. Mère, il s'est réveillé ! Il est encore faible, mais s'est exprimé très clairement. Il veut vous voir. Je pense qu'il va s'en sortir.

La comtesse se leva, rayonnante, en laissant tomber sa couture par terre.

— Merci, mon Dieu ! s'écria-t-elle en étreignant Grey, agrippée à lui tandis qu'elle s'appliquait à conserver son sang-froid. Cette journée a été celle de tous les miracles !

— Tout à fait.

Il l'enlaça un moment de plus, se remémorant la façon dont elle le tenait en lui chantant des berceuses lorsqu'il était tout petit. Il avait perdu espoir de l'enlacer ainsi de nouveau.

— Je suis désolé pour tous les soucis et tout le chagrin que je vous ai causés, poursuivit-il.

— Les enfants sont conçus pour cela, rétorqua-t-elle avec ironie. Mais ils procurent également les plus grands bonheurs, ajouta-t-elle en le lâchant. Vous vous êtes parfois montré d'une profonde insouciance, mais jamais par malveillance. Vous faire capturer en France quand la paix a pris fin… a été une abominable infortune, déclara-t-elle en haussant les épaules, mais pas un péché de votre part.

Il ne pouvait agréer cela, mais se sentait trop fatigué pour lancer le débat.

— Que vous a confié Cassie sur mon séjour en France ?

— Très peu de choses. Elle m'a dit qu'il vous revenait de raconter l'histoire.

Fidèle à elle-même. Discrète jusqu'au tréfonds de son être. Il n'était pas certain de ce qu'il voulait dévoiler, mais savait qu'il éviterait les détails. Il espérait que son père ne s'en souviendrait pas.

— Pourquoi l'appelez-vous Cassie ? s'étonna sa mère. Est-ce un surnom pour Catherine ?

Il acquiesça, car la véritable raison était trop intime pour la révéler.

— Je trouve qu'il lui va bien.

— Quelle jeune femme extraordinaire, déclara lady Costain d'un ton neutre. Formidable, même.

Cette description était parfaite.

— N'est-ce pas ? Maintenant, allez rejoindre votre époux. Il va vous réclamer, s'il ne s'est pas assoupi.

— Il avait toute sa tête ? demanda-t-elle, l'air plus jeune qu'à l'arrivée de son fils.

— Oui. Je pense qu'il était sur le point de revenir à lui et que le son de ma voix l'a rendu curieux.

— Je préfère appeler cela un prodige, rectifia-t-elle dans un sourire béat. Je m'attends un peu à me réveiller demain matin et à m'apercevoir que vous n'étiez qu'un rêve.

— Si je devais apparaître dans votre sommeil, je ne serais sûrement pas aussi décharné et aussi extravagant, fit-il remarquer d'un ton ironique.

Elle l'examina d'un œil plus critique.

— Assurément trop maigre, mais vous n'avez rien perdu de votre élégance.

— Les mérites en reviennent à Kirkland, qui m'a prêté des vêtements décents.

— J'espère que vous envisagez de devenir client chez son tailleur ! plaisanta-t-elle avant de reprendre son sérieux. Êtes-vous devenu « extravagant », Grey ?

— Ce ne serait pas le terme approprié, répondit-il en observant ce visage tant aimé, conscient que sa mère ne pourrait jamais vraiment le comprendre. J'aurai seulement… besoin de m'accoutumer à la vie normale. J'aspire à plus de sérénité et de silence que dans mes jeunes années.

Elle éclata de rire et lui tapota le bras.

— Comme nous tous à l'âge de la maturité. Bonne nuit, mon cher. Dormez aussi tard que vous le souhaiterez demain.

— J'en ai bien l'intention.

Il la regarda partir en se demandant où était installée Cassie. Il aurait pu interroger lady Costain, mais la question se serait révélée plutôt indélicate.

Il réfléchit. Sa fiancée avait sans doute été conduite dans l'une des plus agréables pièces. Probablement la chambre aux roses, située à une distance pudique des quartiers du gentleman.

Il en prit donc la direction, impatient de retrouver la plus envoûtante des fleurs.

Chapitre 34

Il était tard, plus de minuit, Grey ne croisa donc personne lorsqu'il monta l'escalier à la recherche de Cassie. Il aperçut de la lumière sous la porte de son père, et entendit le doux murmure de la voix de sa mère. Il poursuivit son chemin dans le couloir. Summerhill avait la forme d'un « U » aplati, avec des ailes qui saillaient aux deux angles du bâtiment principal. Le lord tourna sur la droite et emprunta le petit passage à l'extrémité est.

Bien. Une faible lueur s'échappait de la chambre aux roses. *Probablement une lampe à faible combustion.* Il tourna la poignée, heureux que la porte ne soit pas verrouillée, et pénétra dans la pièce en silence. La pénombre laissait paraître la forme endormie de Cassie. Elle était allongée sur le côté, une épaisse mèche de cheveux retombant sur son épaule tel un sombre cordon de cuivre en fusion.

Elle était si belle qu'il en eut le cœur vrillé. Il referma doucement derrière lui.

Avant qu'il puisse s'annoncer, elle se réveilla et se jeta à l'autre bout du matelas avec une rapidité stupéfiante. Il vit qu'elle avait un couteau à la main lorsqu'elle alla s'abriter derrière l'imposant lit à baldaquin pour évaluer le danger.

Il ne bougea plus d'un cil.

— Désolé. J'aurais dû savoir qu'il ne fallait pas vous surprendre de la sorte.

Lorsqu'elle se fut détendue et qu'elle eut rangé son arme, il reprit :

— D'après votre réaction, je devine que Summerhill représente une menace pour vous.

— Apparemment, oui, déplora-t-elle en sortant de son abri.

La chemise de nuit qu'elle portait était chaude et épaisse, mais ne pouvait dissimuler la gracieuse agilité de ses mouvements.

— Je me sentais plutôt… seule et vulnérable, expliqua-t-elle.

Il grimaça.

— Je suis navré, j'aurais dû rester avec vous au lieu de vous laisser en pâture à l'excitation de mes proches.

Elle hocha la tête.

— Il aurait été plus agréable d'affronter leur curiosité ensemble, mais il vous fallait parler avec votre père tant qu'il respire encore.

Se souvenant alors du miracle, il s'exclama :

— Il s'est réveillé ! Il m'a tenu des propos assez cohérents. Je pense qu'il va s'en sortir. Ma mère est auprès de lui en ce moment.

— Ce sont là de merveilleuses nouvelles ! se réjouit-elle en lui prenant les mains, ravie. Et pas seulement parce que cela retarde le moment où vous deviendrez le prochain lord Costain.

— J'espère que l'actuel lord Costain pourra porter le titre encore au moins vingt ans, déclara-t-il avec ferveur tandis qu'il enveloppait Cassie de ses bras.

Elle se sentit fondre contre lui en soupirant d'aise.

— Je suis si heureuse que vous soyez venu. Je dormirai mieux d'avoir vu votre visage et d'avoir profité d'une agréable étreinte.

— J'ai besoin de bien plus que cela, dit-il en se penchant vers sa bouche avec avidité, désireux de puiser ce qu'elle avait de plus profond pour s'en imprégner.

— Cassie, Cassie…

Il lui retira son vêtement, puis l'escorta jusqu'au lit.

— Devrait-on vraiment faire cela sous le toit de votre mère ? demanda-t-elle d'un ton incertain, même si elle commençait à lui ôter son manteau.

— C'est également chez moi.

Il la déposa d'un geste ample sur le matelas, puis tira violemment sur ses habits sans songer au dispendieux tailleur de Kirkland.

— J'ai bien plus besoin de vous que de respecter les convenances.

Allongée sur le flanc, elle le regarda se déshabiller, telle une déesse laiteuse et cuivrée dans la lumière tamisée, ses yeux bleus et hantés aussi affamés que ceux de son amant. Lorsqu'il fut dans le plus simple appareil, elle l'attira vers elle en observant d'une voix rauque :

— Vous êtes une drogue aussi puissante que l'opium, milord.

Puis ils se turent.

Elle accueillit le désir de son compagnon avec la force qui la caractérisait, mais également une vulnérabilité qu'il ne lui connaissait pas. Il la combla de tout ce qu'il avait en lui, souhaitant lui rendre les inestimables cadeaux qu'elle lui avait faits. Et ensemble, ils atteignirent l'extase.

Après ce bouleversant orgasme, ils somnolèrent dans les bras l'un de l'autre. La tresse de Cassie s'était défaite, et sa crinière formait un voile chatoyant sur le torse de Grey.

— Catherine, murmura-t-il en enroulant une mèche autour de ses doigts. Vous avez les plus beaux cheveux que j'aie jamais vus. Les teindre se révélait peut-être essentiel pour votre métier, mais il est criminel de priver le monde d'une telle splendeur.

— Aucune petite fille à la tignasse carotte ne croirait jamais cela. Et chez une adulte, cette couleur est synonyme de vulgarité. Voire de dévergondage, précisa-t-elle avec ironie. Mais je ne puis dire que cela ne me correspond pas, puisque je suis une traî…

— Ne dites pas cela ! s'exclama-t-il brusquement. Je vous interdis de parler de vous ainsi ! Vous êtes la créature la plus admirable que je connaisse, entière, généreuse et forte. Ne vous regardez pas comme le feraient les esprits étroits.

— La tâche est difficile, surtout ici, souligna-t-elle. Votre mère et votre sœur sont des femmes respectables, dans tous les sens du terme. Et moi… non.

— Se sont-elles montrées impolies envers vous ? s'enquit-il. Je ne le permettrai pas !

— Vous reprenez votre rôle de lord très rapidement, fit-elle remarquer d'un air amusé. Votre cadette a été charmante et s'est révélée ravie de me rencontrer, car elle croit que nous serons voisines et souhaite que nous devenions amies. Quant à lady Costain…, hésita-t-elle. Elle est restée courtoise, mais elle se soucie évidemment de vous, et voulait s'assurer que vous n'étiez pas tombé entre les serres de quelque cupide harpie.

— Comment ose-t-elle ! tempêta-t-il avec fureur. Je vais lui parler.

— Non, répliqua fermement Cassie. La préoccupation de votre mère est légitime. Je ne suis pas vraiment l'incarnation de la jeune promise innocente.

— Pourquoi diable en voudrais-je une ? Ces oies blanches me paraissent effroyablement ennuyeuses.

— Nombre d'hommes vénèrent la pureté virginale. Je me réjouis que vous ne soyez pas l'un d'eux, s'esclaffa-t-elle. Mais n'importe quelle femme s'inquiéterait de voir son fils disparu de longue date reparaître avec une curieuse inconnue.

— Vous n'êtes pas « curieuse », vous êtes seulement magnifique, rectifia-t-il en prenant l'un de ses seins dans la main.

Cassie lui adressa un sourire intime et provocant.

— Votre retour se déroule mieux que prévu, n'est-ce pas ? Avec votre père en voie de rétablissement, vous pouvez prendre votre temps avant de vous voir accablé de lourdes responsabilités que vous n'êtes pas prêt à endosser, dit-elle en lui effleurant la joue d'un baiser aérien. Ma présence n'est pas utile ici, je puis donc rentrer à Londres dès maintenant.

Ces paroles firent l'effet d'une douche froide sur Grey.

— Non ! C'est impossible, vous venez tout juste d'arriver, s'exclama-t-il avant d'inspirer profondément tandis qu'il tentait de juguler son accès de panique. Je me doute que vous voulez reprendre le cours de votre vie, mais aucune mission urgente ne vous attend. Restez une semaine ou deux. Détendez-vous, montez des chevaux de race, laissez-vous dorloter et traiter comme une fleur fragile. Vous le méritez.

Il retint son souffle en attendant sa réponse. Il savait qu'elle partirait, mais dieux du ciel, pas tout de suite !

— Très bien. Une semaine, précisa-t-elle en lui parcourant le corps d'une caresse. Tout cela va assurément me manquer.

Elle attarda sa main sur l'entrejambe de son partenaire. De la lave en fusion coula alors dans les veines de ce dernier.

— À moi aussi, affirma-t-il d'une voix saccadée.

Tandis qu'il se penchait sur elle pour se repaître de ses lèvres gourmandes, il se demanda s'il pourrait survivre sans ce brasier de douceur.

Malgré sa fatigue, Cassie demeura longtemps éveillée après que Grey se fut endormi dans ses bras. Elle souhaitait chérir chaque moment qu'elle vivrait avec lui. Elle n'avait pas eu la force de refuser de rester, mais son séjour ne devrait pas dépasser une semaine. Lady Elizabeth s'était montrée si sympathique et si accueillante que l'espionne avait honte de demeurer à Summerhill sous de faux prétextes.

Sourdait également la sombre réalité que plus longtemps elle s'attardait auprès de Grey, plus il lui serait difficile de partir. Elle ne s'était jamais sentie aussi proche d'un homme. Il était désireux de s'ouvrir à elle comme personne ne l'avait fait auparavant.

Songeant à cette nuit intense, elle prit conscience que leur relation avait basculé. Au départ, il avait eu besoin d'une femme, n'importe laquelle, ce qu'elle avait accepté en échange d'un plaisir purement charnel.

À mesure qu'ils avaient appris à se connaître, la situation avait évolué. Elle était devenue spéciale aux yeux de son compagnon, et elle nourrissait – avec étonnement – le même sentiment à son égard. Par le passé, elle lui avait offert des rapports intimes par pur réconfort contre de la jouissance physique. Ce soir-là, c'est lui qui l'avait rassérénée, qui lui avait apporté ce sentiment de plénitude. Il était temps de partir. Tant qu'elle s'en sentait encore capable.

Même s'il aurait infiniment préféré dormir jusqu'à midi avec Cassie, Grey avait assez recouvré son sens de la discrétion pour se jeter hors du lit en maugréant dès qu'il ouvrit un œil et aperçut les premières lueurs de l'aube.

— Il est l'heure que je m'éclipse.

Il se pencha au-dessus de sa compagne et embrassa son épaule nue. Il vit avec amusement qu'elle était à présent détendue au point de n'émettre qu'un gémissement endormi en guise d'acquiescement, plutôt que bondir du matelas armée d'un couteau.

Il tira les draps sur elle, puis s'habilla à hauteur de ce que la décence imposait. Chaussures à la main, il se glissa furtivement dans le couloir. Il faisait encore très sombre dans la maison, mais des bonnes affairées commenceraient à s'agiter sous peu.

Maintenant qu'il était chez lui, sa profonde réticence à rentrer s'était évanouie. Avant, affronter les exigences et la commotion que provoquerait sa résurrection lui avait semblé une barrière infranchissable.

Il ne s'était pas trompé sur l'émoi suscité. Son retour aurait été plus facile si sa mère avait ouvert le message de Kirkland et s'était préparée à revoir son fils. Mais à présent, tout cela était terminé, et il se sentait… lui-même.

Il n'était plus ce blanc-bec parti papillonner à Paris, mais un homme plus mûr, abîmé, et – l'espérait-il – plus sage. Un gentleman qui avait sa place à Summerhill. Cette demeure, cette terre, cette famille étaient les siennes. Il avait l'impression d'être un arbuste arraché à son sol natal ayant dépéri des années durant sur une terre infertile. Il était désormais replanté au bon endroit.

Pour la première fois, il se sentait assez fort pour oser se demander s'il existait la moindre chance que Cassie reste auprès de lui. Il attendrait quelques jours qu'elle ait eu le temps d'apprécier la beauté et la sérénité du domaine.

Ensuite, ils parleraient. À présent, il refusait de la laisser le quitter sans au moins essayer de la faire changer d'avis.

Chapitre 35

La suite de Grey se trouvait à l'autre bout de l'immense maison, mais il parvint à la regagner sans être vu. Heureux de la décision qu'il avait prise au sujet de Cassie, il ouvrit la porte, puis s'arrêta en apercevant son frère assis devant le feu.

Vêtu de ses habits de journée ainsi que d'une veste d'intérieur, son cadet était affalé dans une bergère, un verre à la main, les yeux plongés dans les flammes. Il ressemblait à son aîné tel qu'il était douze ans auparavant, ivre et insouciant.

— Peter ? lança le gentleman, surpris.

Il regarda autour de lui, et vit qu'une partie de l'ameublement et de la décoration avaient été changés.

— Ah, le jeune seigneur et maître est venu réclamer son bien !

Il se leva pour esquisser une révérence exagérée, en renversant sa boisson tandis qu'il manquait de peu de tomber en avant.

— Je suis surpris que vous ne m'ayez pas jeté plus tôt hors d'ici, reprit-il, mais je suppose que vous étiez trop occupé à monter votre gueuse.

Grey fut parcouru d'une soudaine rage.

— Ne vous avisez pas de parler d'elle ainsi !

— Pourquoi pas ? riposta Peter en ouvrant le placard contenant les verres et les bouteilles. Il est d'un goût diablement douteux d'amener votre maîtresse au domaine familial, mais vous ne vous êtes jamais préoccupé que de vous-même.

Il sortit un flacon de cognac qu'il inclina en arrière pour boire directement au goulot.

— Quels sont ses tarifs ? poursuivit-il. Elle a l'air chère, mais durant mes années d'héritier présomptif, mes revenus étaient substantiels. Je devrais pouvoir m'offrir ses services une nuit ou deux.

Sommers bondit sur son cadet avec une telle fureur qu'il était à peine conscient de la force qu'il déploya pour le frapper, le projeter au sol et l'immobiliser. Il lui importait uniquement de détruire celui qui avait prononcé ces abjectes paroles.

Il fut rappelé à la réalité par un murmure rauque :

— Grey ! Grey, pour l'amour de Dieu, arrêtez !

Extirpé de sa rage meurtrière, le gentleman s'aperçut qu'il écrasait son benjamin et tentait de l'étrangler. Ce dernier avait le visage écarlate et pouvait à peine articuler sa supplication.

L'assaillant s'éloigna brusquement de sa victime et enfouit sa figure dans ses mains, haletant. Il pensait avoir dompté ses colères. Au lieu de cela, il avait presque tué son propre frère. *Plutôt mourir que commettre ce crime atroce.*

À quelques pieds de lui gisait Peter, qui crachait le contenu de ses intestins sur l'inestimable tapis de Chine. Les effets de l'alcool mêlés à la strangulation, sans aucun doute.

Tandis que le jeune homme se hissait en position assise pour s'appuyer contre la bergère, Grey se releva et lui tendit une serviette qu'il trempa au préalable dans la carafe. Sans un mot, le jeune lord s'essuya la bouche et la figure, puis but le verre d'eau que son agresseur lui avait servi.

— Dieux du ciel, Peter, je suis tellement désolé, dit-il, dégoûté par ce qu'il avait fait. Vous n'auriez jamais dû parler ainsi de Cassie, mais cela ne justifiait pas que je manque de vous ôter la vie.

— Je n'avais aucun droit de tenir de tels propos sur votre invitée, répondit son cadet, visiblement plus sobre.

Il plia le linge mouillé, l'appliqua sans tarder sur ce qui devenait rapidement un œil au beurre noir, et demanda :

— Où diable avez-vous appris à combattre de la sorte ?

— À la Westerfield Academy.

Encore sous le choc, Grey se versa deux doigts de cognac, s'affaissa au sol, à trois pieds de son frère, puis s'adossa au canapé.

— Ashton est en partie originaire d'Inde, et il a enseigné à ses camarades une technique de lutte qu'on lui a transmise là-bas. C'est devenu une tradition dans cette école.

— J'aurais dû aller dans cet établissement plutôt que ce maudit Eton, murmura Peter.

— Votre cas était moins préoccupant que le mien, cela ne s'est donc pas révélé nécessaire, lui expliqua son aîné en expirant bruyamment. Dites ce que vous voulez sur moi, mais je ne tolérerai aucune critique à l'encontre de Cassie. Elle est la femme la plus respectable que je connaisse.

— Il est alors regrettable qu'elle ressemble à la meilleure marchandise que l'on puisse se payer sur Bond Street.

Relevant l'expression tempétueuse de Grey, il s'empressa d'ajouter :

— Je vous crois si vous m'affirmez qu'elle n'est pas une prostituée, mais… elle n'a rien de ce que l'on attendrait de votre promise. Pourquoi l'avez-vous amenée à Summerhill alors que père est gravement malade et que vous revenez du royaume des morts ? Les circonstances ne sont guère idéales pour présenter un futur membre de la famille.

— Vous serez heureux d'apprendre que lord Costain va mieux. Il s'est réveillé et m'a parlé. Mère est avec lui en ce moment.

Le visage de son cadet s'illumina.

— Merveilleux !

Grey but une petite gorgée de cognac. Il était tentant de s'enivrer, mais il ne se serait jamais battu avec son frère si celui-ci n'avait été assez soûl pour que son jugement s'en trouve altéré. Ou peut-être son humeur. Peter était à l'évidence contrarié de devoir renoncer à ses prérogatives.

— Cassie est là pour m'aider à rester sain d'esprit, expliqua le gentleman dans un rire amer. Je pensais faire des progrès à ce niveau-là, mais manifestement, je me trompais. Si elle avait été présente, je n'aurais pas frôlé ainsi le fratricide.

— Elle peut vous arrêter quand vous entrez dans de telles crises de démence ? demanda Peter, sceptique.

— Oui, assurément, confirma son aîné avec tendresse.

— Vous semblez avoir recouvré la raison à présent, déclara son benjamin d'un ton hésitant.

Sommers prit conscience qu'il devait donner davantage d'explications.

— Elle est entrée seule dans le château où j'étais emprisonné et m'a libéré ainsi que le prêtre enfermé dans la cellule mitoyenne avec la mienne. Le saint homme était devenu mon seul lien avec la réalité. Elle nous a mis à l'abri et m'a fait sortir du pays, me prêtant sa force et son bon sens alors que j'en étais dépourvu. Croyez-moi, je me suis beaucoup amélioré. Je lui dois plus que je ne pourrai jamais lui rembourser.

Son cadet sourcilla.

— Elle semble admirable, mais est-ce une raison suffisante pour l'épouser ?

Il répondit en pesant soigneusement ses mots :

— Je souhaite faire d'elle ma femme, mais elle n'a pas encore accepté. Elle veut attendre de voir comment les choses se déroulent, dit-il en prenant une inspiration irrégulière. Elle va bientôt partir. Je ne la reverrai peut-être jamais.

Prononcer cela à voix haute était insoutenable.

Relevant le ton affligé de son frère, Peter répliqua avec embarras :

— Je suis désolé. Pourrez-vous… vivre sans elle ?

— Il le faudra bien, non ? rétorqua Grey avec brusquerie. Qu'en est-il de vous ? Je vous pensais heureux de me voir en vie, mais lorsque je suis entré, vous vous êtes comporté comme face à votre pire ennemi.

— Je me réjouis de votre retour. Sincèrement. Et j'apprécie Cassie, d'après ce que j'ai vu d'elle. Mais… (Il se passa des doigts raides dans ses cheveux blonds et emmêlés.) … je vous admirais tant. Votre disparition a été… la pire chose qui me soit arrivée. J'ai passé des années à espérer. Comme tout le reste de la famille.

Sommers grimaça.

— Si seulement j'avais eu l'intelligence de revenir en Angleterre quand on m'a conseillé de le faire !

— La vie aurait été plus simple pour tout le monde, mais vous ne pouviez prévoir les conséquences. Si vous aviez été interné comme tous nos compatriotes, on nous en aurait informés, et nous aurions pu nous calmer et attendre votre retour au bercail. Mais dans la situation telle qu'elle était…, ajouta-t-il en haussant les épaules. Nous avons évidemment imaginé le pire.

— D'après ce que m'a dit Cassie, ce mode de détention est supportable. Ennuyeux, mais permettant de mener une existence à peu près normale.

Sans glisser vers la folie à force d'isolement.

— Bien entendu, poursuivit-il, si l'on m'avait réservé ce sort, je serais encore en France, à languir et me demander si cette maudite guerre finira un jour.

— Mais nous aurions eu confirmation que vous n'étiez pas mort, fit remarquer Peter en soupirant bruyamment. Au lieu de cela, sans que personne n'admette clairement que vous deviez l'être, les gens ont commencé à me traiter comme l'héritier. Sept ans après votre disparition, le comte m'a déclaré qu'il était temps pour moi d'entrer dans le rôle du futur lord Wyndham. Mère a fait installer mes affaires ici quand j'étais à l'université. J'ai commencé à me considérer comme le prochain comte de Costain. J'ai appris à diriger le domaine, je me suis peu à peu intéressé au Parlement. Et maintenant, déplora-t-il en balayant l'air dans un geste désespéré, vous reparaissez et tout m'est repris. Tous ces efforts et toute cette préparation pour rien.

Grey scruta furtivement le salon, qui devait facilement faire dix fois la taille de sa cellule en France. La suite comportait également une chambre et un vestiaire.

— Vous pouvez rester ici. Je n'ai pas besoin de ces appartements, et cela me semble injuste de vous en chasser. Mais je ne puis vous laisser recevoir le titre et les biens afférents. La loi ne fonctionne pas ainsi. Tant que je ne suis pas mort, cet héritage me revient.

— Je sais, souffla Peter en se levant péniblement pour se verser de l'eau avant de s'affaisser de nouveau sur le tapis avec lassitude. J'ai passé la nuit à boire et à m'interroger sur ce que j'allais faire de ma vie. Je n'ai aucune envie de devenir un bon à rien oisif.

— Les occupations traditionnelles d'un cadet sont l'Église, la politique ou l'armée. L'un de ces domaines vous intéresse-t-il ?

Voyant son frère esquisser une moue, il s'enquit alors :

— Y a-t-il quoi que ce soit de moins conventionnel que vous aimeriez vraiment faire ?

L'autre homme hésita, l'air tiraillé.

— Du théâtre. Je veux devenir acteur.

— Un acteur ? répéta Grey avec incrédulité.

L'expression de son frère se ferma.

— Vous comprenez pourquoi je n'en parle jamais. Même si je n'ai jamais cru qu'il me serait possible d'exercer ce métier. Jusqu'à votre retour, Summerhill était mon destin.

Le gentleman étudia ce jeune et beau visage. La veille lorsqu'il avait retrouvé son cadet devenu adulte, il avait été frappé par leur forte ressemblance. Leurs similitudes en taille, carrure et couleur de cheveux permettaient à quiconque de deviner instantanément qu'ils étaient parents.

Mais ils avaient toujours eu des tempéraments différents. Grey était très ouvert, s'intéressait aux gens et aux problèmes à résoudre. Peter avait toujours été plutôt rêveur, appréciant l'art, la musique, et effectivement, les pièces interprétées à l'occasion de fêtes. Son aîné déclara lentement :

— Je me rappelle qu'enfant, déjà, vous aimiez prendre part à des représentations. Les adultes trouvaient votre solennité plutôt charmante. Mais votre inclination était sérieuse, même à cet âge, n'est-ce pas ?

— Je suis tombé amoureux de la comédie la première fois où j'ai posé le pied sur une scène improvisée. J'adore ce langage, ces drames, ces personnages plus vrais que nature. C'est…

Il s'interrompit brusquement, puis s'affaissa contre le fauteuil derrière lui.

— C'est impossible.

— Avez-vous eu l'occasion de jouer ces dernières années ?

— Pas autant que je l'aurais souhaité. Mais l'été dernier, j'ai séjourné chez un ami dans le Yorkshire. Il y a là-bas un théâtre de taille considérable, et le dirigeant de la troupe y a monté la pièce *Comme il vous plaira* pour laquelle il a engagé des gens de la région comme acteurs. Il s'agit de l'œuvre comprenant la tirade « Le monde entier est un théâtre ». L'idée était d'inciter les proches et les voisins à acheter des billets pour voir le spectacle. J'ai passé une audition et j'ai été retenu pour interpréter Orlando.

Il s'agissait du rôle romantique principal, si Grey se souvenait correctement de ses lectures de Shakespeare. Avec un tel physique, Peter était parfait pour incarner ce genre de personnage.

— La pièce a-t-elle été bien accueillie ?

— Le jeu était effroyable, mais le responsable de la compagnie, Burke, a amassé une jolie somme.

Le jeune homme marqua une pause, puis reprit d'une voix timide :

— Après la dernière représentation, il m'a pris à part et m'a confié que si je voulais devenir acteur professionnel, il y aurait une place pour moi dans sa troupe. Il savait que j'étais de bonne famille, mais j'ai fait mes premiers essais sous le simple nom de Peter Sommers, il ne s'est donc pas douté que je prétendais au titre de comte. Du moins, à cette époque, rectifia-t-il dans un rictus.

— Que choisiriez-vous entre les deux, devenir l'héritier ou un comédien reconnu ?

— Le théâtre, répondit instantanément Peter. Je n'aurais pas besoin d'être célèbre. Avoir la chance de jouer jour après jour dépasserait mes rêves les plus fous.

— Alors faites-le, suggéra Grey d'un ton catégorique. Nos parents ne seront pas fous de joie, mais je vous soutiendrai dans votre entreprise. Et s'ils vous coupent les vivres, je veillerai à ce que vous ne mouriez pas de faim.

Le jeune homme en resta bouche bée.

— Vous feriez cela ? Vous n'auriez pas honte que votre frère ne devienne qu'un vulgaire acteur ?

— Je pense au contraire que vous seriez hors du commun, répondit le gentleman dans un sourire mélancolique. Dix ans dans un donjon vous délestent d'une grande part de vos préjugés sur ce qui est convenable. Vous étiez prêt à accomplir votre devoir en tant qu'héritier des Costain lorsque cela semblait nécessaire. Maintenant que ce n'est plus le cas, j'estime que vous devriez faire ce que vous aimez. Même si vous n'y parvenez pas, mieux vaut tenter cette expérience et échouer que passer votre vie à regretter de ne pas avoir au moins essayé.

— Je réussirai, lui assura son cadet avec intensité. Je suis doué, Grey. Et je ferai ce qu'il faut pour réussir.

Grey sourit.

— Me pardonnez-vous donc d'avoir survécu ?

— J'ai désormais des raisons supplémentaires de m'en réjouir ! s'exclama Peter, au bord de l'extase. Je vais écrire à Mr Burke pour l'informer que j'accepte son offre. Il me confiera des rôles mineurs, j'en suis certain, mais c'est un début.

— Parfait. Aujourd'hui le Yorkshire, demain Londres !

Le fugitif n'acheva pas sa boisson, car le jour se levait, et le cognac constituait un petit déjeuner diablement curieux.

— Je vous suggère de patienter quelques jours le temps que père reprenne des forces avant de lui annoncer vos projets, ajouta-t-il.

— J'attendrai d'avoir eu des nouvelles du chef de la troupe avant d'en parler. Et s'il a changé d'avis, eh bien, je trouverai un autre directeur de théâtre, expliqua-t-il en inclinant la tête sur le côté. Et vous, Grey ? Nourrissez-vous de folles ambitions en secret ?

Son aîné n'y avait jamais réellement songé, mais sa réponse fut immédiate.

— Ceci, annonça-t-il en esquissant un geste ample autour de lui. Summerhill. D'aussi loin que je puisse m'en souvenir, je sais que ce domaine et moi ne faisons qu'un. La terre, les gens, les responsabilités du comté. Je suis même impatient de siéger au Parlement et d'aider à gouverner l'État. Je n'ai jamais rien souhaité d'autre.

À l'exception de Cassie.

— Alors il est fort opportun que vous soyez revenu à la vie, déclara son frère en souriant, car vous ferez un bien meilleur comte que moi.

Peut-être. Peut-être pas. Mais comme son cadet, le gentleman était déterminé à faire le nécessaire pour y arriver.

Chapitre 36

Cassie fur réveillée par une bonne apportant un petit pichet de chocolat chaud et un message de Grey.

Souhaiteriez-vous faire une promenade à cheval après le petit déjeuner ? C'est la journée idéale pour visiter Summerhill.

Elle jeta un coup d'œil par la fenêtre, et aperçut la lumière pâle et claire du soleil de ce début de printemps. Il lui avait promis des chevaux de qualité. Elle griffonna : « Oui, s'il vous plaît ! » sur la feuille, et donna pour consigne à la domestique de porter celle-ci à lord Wyndham. Il était appréciable que Kiri ait trouvé un ensemble d'équitation, doré à liseré brun foncé, à intégrer dans la garde-robe hâtivement constituée pour son amie.

Après avoir passé l'élégante tenue, l'espionne descendit prendre un copieux petit déjeuner. Les nouvelles de la guérison du comte avaient conféré à l'atmosphère une certaine légèreté. Lady Elizabeth séjournait à Summerhill depuis l'accident de son père, mais elle était à présent impatiente de rentrer chez elle. Peter adressa un regard purement radieux à Cassie, et Grey la salua avec toute la courtoisie requise, tandis que ses yeux lui lançaient d'impudiques suggestions.

Lady Costain était restée auprès de son mari, mais elle les rejoignit dans la petite salle à manger pour annoncer :

— Le comte souhaite vous rencontrer, Miss St Ives.

— Est-il assez en forme pour recevoir des visiteurs en dehors de sa famille ? demanda Cassie, espérant pouvoir échapper à l'entretien.

— Il a repris des forces, et tient fermement à faire votre connaissance, répondit la noble dame.

Impossible de se défiler.

— Ce sera donc avec plaisir, murmura l'invitée.

Alors qu'elle se levait, Grey déclara :

— Je viens avec vous. Je ne l'ai pas encore vu ce matin.

Elle se dirigea vers l'escalier, soulagée que son amant l'accompagne. Pendant qu'ils montaient les larges marches côte à côte, il lui dit :

— Vous êtes ravissante dans cette tenue dorée.

— La sœur de lady Kiri a suffisamment de reflets roux dans les cheveux pour que nous puissions porter les mêmes couleurs.

Elle baissa la voix pour s'enquérir :

— Comment dois-je me comporter vis-à-vis de votre père ?

Il lui adressa un sourire chaleureux.

— Soyez simplement vous-même, adorable Catherine.

Elle devina que l'appeler par ce prénom était un sous-entendu lourd de sens. Ils pénétrèrent dans la chambre du maître de maison. Pour un homme qui avait joué sa vie aux dés avec saint Pierre la veille, le comte de Costain avait bonne mine. Il était assis contre des oreillers et donnait des instructions à son secrétaire.

Il était lui aussi fort séduisant, jouissant des élégants traits de la famille, que l'autorité avait sculptés au fil des années. Son regard étincelait d'humour et d'intelligence lorsqu'il congédia son employé pour se concentrer sur ses visiteurs. Un jour, Sommers serait son portrait craché.

— Approchez-vous du lit, leur ordonna le blessé. Alors c'est bien vous, mon garçon. Je me suis demandé si j'avais eu des hallucinations, hier soir.

— Pas du tout, monsieur, répondit son fils en lui prenant la main avec une émotion d'une sincérité pudique. Ma ténacité m'a surpris moi-même.

— Je ne puis me souvenir de tout ce que vous m'avez raconté hier, je souhaite donc entendre ce récit de nouveau, mais plus tard, dit-il, le regard brillant, avant de s'adresser à la jeune femme. Je veux à présent faire connaissance avec votre future comtesse. Vous avez raison, elle est jolie malgré sa rousseur, mais vous ne m'avez pas donné son nom. Faites les présentations.

— Monsieur, voici Miss Catherine St Ives, annonça le gentleman en souriant à sa compagne. Vous avez sûrement déjà deviné que vous avez devant vous lord Costain, Cassie.

Avant qu'elle puisse parler, le vieillard s'exclama :

— Bonté divine, vous devez être la fille de Tom St Ives ?

Elle inspira brusquement.

— Vous connaissiez mon père ?

— Oui. Nous sommes devenus amis à Eton, et l'avons été jusqu'à sa mort prématurée, expliqua-t-il en hochant la tête. J'étais là le soir où il a rencontré votre mère. Quelle divine créature ! Nous étions tous follement amoureux d'elle.

Il prit un air nostalgique avant d'ajouter :

— Bien entendu, c'était avant que je croise mon épouse, qui a balayé toutes les autres femmes de mon esprit.

Cassie pressa sa main sur sa poitrine, le souffle court. Elle ne s'était pas attendue à ce que son passé si profondément enfoui, presque oublié, émerge aussi brutalement dans la réalité.

— Avez-vous su ce qui était arrivé à mes parents et au reste de ma famille ?

Le comte acquiesça tristement.

— Une grande tragédie. Au diable les sans-culottes ! Je connaissais également les proches que vous comptiez parmi les Montclair. Des gens charmants, malgré leur nationalité française. Par quel miracle avez-vous survécu ?

— J'étais sortie avec ma nourrice lorsque la maison a été réduite en cendres, expliqua-t-elle. Mais je pourrais être une usurpatrice, vous savez.

— Sottises, s'esclaffa-t-il. Vous avez la rousseur des St Ives, et la beauté de votre mère.

Il lui tendit le bras et reprit :

— Bravo, Grey. Je suis honoré de voir le sang des St Ives se mêler à celui des Sommers. Je suis même réconcilié avec l'idée d'avoir des petits-enfants roux.

Cassie prit la main offerte en réprimant ses larmes. Elle parvint à peine à répondre :

— Merci, milord.

— Voilà que je vous fais pleurer, déplora Costain en la lâchant pour s'enfoncer de nouveau dans ses oreillers, l'air fatigué. Mon garçon, emmenez-la et rendez-lui le sourire. Et envoyez-moi votre mère. Elle me manque.

Le regard anxieux, le gentleman proposa d'un geste à sa compagne de l'escorter hors de la pièce. Lorsqu'ils furent sortis, il ordonna au secrétaire de faire mander lady Costain. Puis il mena Cassie en bas dans le salon vide. Dès que la porte fut fermée, il l'enlaça.

— Bon sang ! Je suis navré que vous ayez subi une telle contrariété. Je ne me serais jamais douté que mon père avait connu vos parents.

— C'était… choquant, déclara-t-elle d'un ton saccadé en nichant son visage au creux de l'épaule de Grey. J'ai l'impression…, s'interrompit-elle pour chercher ses mots, d'avoir été amputée d'un bras, et que l'on vient de me le rattacher. Sauf qu'il s'agit de ma vie, pas juste d'un membre.

— Comme un pied engourdi dont vous recouvrez la sensation, murmura-t-il en lui caressant le dos. Vif, mais très inconfortable.

— Exactement, confirma-t-elle en fermant les yeux tandis qu'elle luttait pour garder son sang-froid.

Pour moi, ma famille est morte depuis si longtemps qu'il ne m'est jamais venu à l'esprit qu'il existait d'autres personnes se souvenant d'elle.

— Peut-être n'est-ce pas malvenu que l'on vous rappelle le monde auquel vous étiez destinée, fit-il doucement remarquer. Votre père est allé à Eton, votre mère était une créature envoûtante qui capturait le cœur des jeunes Anglais. Vous appartenez en tout point à la haute société au même titre que moi, bien que nous ayons chacun vécu des années en exil.

— L'évocation de cette réalité n'a rien de fâcheux, elle me met seulement très mal à l'aise, expliqua-t-elle en soupirant. J'ai eu le sentiment d'être une telle mystificatrice lorsque votre père a parlé de petits-enfants roux.

— Nous pourrions rendre tout cela vrai, osa Grey d'un ton hésitant. Ou du moins essayer.

Elle se dégagea brusquement de lui, encore plus choquée qu'en entendant les réminiscences de lord Costain.

— Dieux du ciel, que voulez-vous dire ?

Il l'observait de ses prunelles grises et énigmatiques.

— Vous êtes ici en tant que ma fiancée, pourquoi ne pas aller jusqu'au bout et nous marier ? Nous nous entendons bien et cela m'épargnerait d'avoir à affronter le marché matrimonial.

Elle leva les yeux au ciel, se sentant obligée de tourner cette proposition en dérision.

— Voilà la raison la plus paresseuse que j'aie jamais entendue pour épouser quelqu'un. Allons faire cette promenade. C'est une belle journée et je ne serais pas contre un peu d'air frais.

— Et j'ai hâte de voir Summerhill, ajouta-t-il en souriant, imperturbable devant le refus qu'il venait d'essuyer. Je ne saurais vous dire combien d'heures j'ai passées à sillonner le domaine dans ma tête.

— Je suis quant à moi impatiente d'essayer l'un de ces pur-sang que vous m'avez promis.

Elle saisit les jupes de sa longue tenue d'équitation, et se dirigea la première vers la porte. La vie était compliquée. Flâner à cheval était simple.

Elle aspirait à la simplicité.

— La course jusqu'en haut de la colline ! cria Grey.

Cassie et sa monture se mirent à galoper avec la vitesse d'un éclair, le rire de la jeune femme flottant derrière elle. Le gentleman aurait bien du mal à la suivre. Elle était aussi à l'aise en amazone qu'à califourchon, et dans ses vêtements dorés, il la trouvait autrement plus séduisante qu'accoutrée en marchande ambulante sur son poney.

Ils arrivèrent à égalité au sommet, hilares, et firent halte.

— J'ai gardé le meilleur pour la fin, annonça-t-il. Voici le petit manoir. Sea Grange.

Il fit un geste en direction du vallon en contrebas, où une vaste maison en pierre surplombait la mer.

L'espionne en eut le souffle coupé.

— Regardez cette rivière de jonquilles qui se déverse le long de la colline ! Partout ailleurs, elles commencent seulement à fleurir, s'émerveilla-t-elle.

— C'est toujours comme cela ici, car la demeure est exposée au sud et protégée sur trois côtés, dit-il en incitant son cheval à descendre la pente. Les autres variétés bourgeonnent plus tard, mais rien ne peut rivaliser avec la gloire printanière de ces bijoux dorés.

Cassie se mit en route derrière Grey.

— Le manoir semble plus vieux que Summerhill.

— Il l'est de deux siècles. À l'origine, il s'agissait d'une ferme.

Il se délecta de la vue de ces murs érodés qui lui étaient si familiers.

— Je ne pense pas que qui que ce soit ait jamais vécu là depuis la mort de ma grand-mère, la comtesse douairière, il y a trois ans. Je regrette de n'avoir pu la revoir.

— Quel gâchis de laisser une si belle demeure vide.

— J'ai toujours pensé que lorsque je marierais, je l'habiterais jusqu'à ce que le comté me revienne, déclara-t-il. Elle est située à quelques minutes seulement de la maison principale, mais elle offre davantage d'intimité. Et cette vue !

— Il est avisé de mettre un peu d'espace entre un lord et son héritier, concéda-t-elle. Le domaine semble aussi bien entretenu que beau. Rien d'étonnant à ce que vous l'aimiez autant.

— Même si j'y ai songé chaque jour de ma captivité, j'avais toutefois presque oublié combien… j'étais lié à cette terre, dit-il, luttant pour trouver les mots qui sauraient exprimer son sentiment. Être ici comble certaines brèches dans mon âme fêlée.

Cassie lui adressa un sourire complice et chaleureux.

— Je peux voir la différence. Vous gagnez en assurance d'heure en heure.

— En espérant que je devienne également plus sain d'esprit, rétorqua-t-il avec ironie. J'ai manqué de tuer Peter ce matin. Cela nous a autant horrifiés l'un que l'autre.

Elle en suffoqua.

— Que s'est-il passé ?

— Je vous l'expliquerai au cours du déjeuner. J'ai demandé en cuisine que l'on m'emballe de quoi manger et boire. Je n'ai pas la clé du manoir, mais il y a un porche à l'extrémité la plus éloignée où nous pourrons nous restaurer.

Elle acquiesça d'un signe de tête et ne posa aucune question jusqu'à ce qu'ils attachent leurs chevaux et que Grey apporte le pique-nique à la petite entrée latérale. Une table et des bancs en pierre y étaient installés, baignés de soleil, et l'endroit offrait une vue splendide sur la mer.

Cassie soupira de plaisir en balayant de la main la poussière et les quelques feuilles qui couvraient l'un des sièges, puis s'assit dans un nuage de jupons dorés.

— J'aime beaucoup le fait que cette maison soit si près de l'eau. Faisiez-vous du bateau étant enfant ? Vous imaginiez-vous tel un capitaine parcourant le monde ?

Il éclata de rire et lui tendit un verre de vin.

— Mes rêves restaient ancrés au sol.

— Dites-moi ce qui s'est passé avec Peter.

Le souvenir était douloureux, il se contenta donc d'une explication succincte. La jeune femme l'écouta en mangeant un sandwich au jambon, fromage et condiments. Lorsqu'il eut terminé son récit, elle observa d'un air songeur :

— Il va donc essayer de faire carrière dans le théâtre. Vos parents ne vont pas le désavouer, j'espère ?

— Non, même s'ils seront contrariés. Mais ils m'ont retrouvé, je suis de nouveau l'héritier et ils souhaitent le bonheur de leurs enfants. Elizabeth aurait pu faire un mariage bien plus prestigieux qu'avec Johnny Langtry, mais il est celui qu'elle voulait. Si Peter réussit dans le métier de comédien, ils lui achèteront probablement un théâtre.

Elle s'esclaffa.

— J'imagine quelqu'un émettant une critique acerbe sur le jeu de votre frère, et votre père faisant baisser les yeux à l'importun avec un regard claironnant « Je suis lord Costain ».

Il esquissa un sourire.

— Vous l'avez bien cerné. Nous avons notre fierté chez les Sommers. Les Hanovre sont un ramassis de novices en comparaison.

— De l'orgueil, certes, mais pas d'arrogance, précisa-t-elle. Vous ferez un comte très respectable, Grey.

— Je l'espère. C'est la seule chose que j'aie jamais réellement voulue.

À l'exception de Cassie, et il savait qu'il était plus sage de ne pas le dire à voix haute. Surtout pas après l'avoir vue regimber quand il avait évoqué l'idée de faire de leurs fausses fiançailles un vrai mariage.

Il contemplait le jeu de lumière dans la rousseur flamboyante de l'espionne, désireux de la garder pour toujours auprès de lui. Il lui fallait la faire changer d'avis. Mais il serait bientôt à court de temps.

Après un paisible repas au soleil, ils reprirent le chemin de la bâtisse principale. Cassie avait adoré la promenade, sa monture, et cette belle journée de printemps. Par-dessus tout, elle avait aimé ce sentiment de plénitude qui émanait du gentleman.

Même si sa captivité avait été abominable, la jeune femme supposait que sous certains aspects, cette épreuve avait favorablement remanié la vie de Grey. Elle était persuadée que s'il avait eu un jour quelque propension à l'arrogance, celle-ci avait été entièrement anéantie.

Les dommages affectifs prendraient plus de temps à guérir. L'espionne se doutait que les foules continueraient d'angoisser son compagnon pendant encore quelque temps, et l'incident avec Peter prouvait que son tempérament était toujours dangereusement à fleur de peau.

Mais les bases de son caractère étaient reconstruites pour former une structure si solide qu'elle n'avait plus à s'inquiéter pour lui. *Plus beaucoup, en tout cas.*

Ils émergèrent des bois et aperçurent un attroupement dans la cour devant l'entrée de la maison.

— Ce sont les métayers et les voisins, s'exclama-t-il. Seigneur, mon père !

Chapitre 37

D'un coup de talon, il lança son cheval au triple galop en direction de la maison. Cassie le suivait de seulement quelques enjambées, sachant qu'il avait des raisons d'être angoissé. Les traumatismes crâniens étaient imprévisibles, et même si le comte avait semblé en voie de guérison, il avait peut-être fait une rechute fatale. Ce genre d'attroupement ressemblait précisément à ceux qui se produisaient lorsque la nouvelle se répandait dans le voisinage qu'un homme illustre et apprécié venait de mourir.

Trente à quarante personnes s'étaient rassemblées, mais tandis qu'elle s'approchait, l'espionne s'aperçut que l'ambiance était plus festive que solennelle. Oui, il s'agissait d'une célébration impromptue, avec des tables comportant des rafraîchissements installées sous le portique. Deux hommes, dont Peter, distribuaient des chopes qu'ils remplissaient à partir de tonneaux.

— Le voilà ! cria-t-on lorsque l'on vit Grey se ruer vers la demeure. Hip hip hip, hourra ! Hip hip hip, hourra ! Hip hip hip, hourra !

Les deux cavaliers prient conscience au même moment que ces gens étaient réunis en l'honneur du retour de l'héritier Costain depuis longtemps disparu.

Il leur fit un signe de la main, puis réduisit le pas de sa monture. Lorsque Cassie arriva à sa hauteur, il lui dit doucement :

— La nouvelle de ma miraculeuse résurrection a visiblement vite circulé. La plupart des occupants du domaine et autres villageois sont là.

Il contracta les mâchoires et sa compagne devina qu'il était pris de panique devant cette foule.

— Pourquoi ne pas les contourner et rentrer par l'arrière de la maison ? suggéra-t-elle. Vous pourriez ainsi les saluer depuis l'une des fenêtres à l'avant.

Il secoua la tête en signe de dénégation.

— Les Sommers ne se défilent pas. S'ils sont venus manifester leur joie de me savoir en vie, je ne puis me cacher. Mais s'il vous plaît… restez près de moi, ma chère.

— Allez-vous me présenter comme votre fiancée ? s'inquiéta-t-elle. Ce mensonge se propage comme une traînée de poudre.

— Je m'en garderai si vous préférez qu'il en soit ainsi, mais je serais fort surpris si qui que ce soit ici n'avait pas déjà entendu chuchoter que ma jolie compagne rousse est la future comtesse Costain, répondit-il avec un sourire en coin. Pour quelqu'un qui a survécu grâce à sa ruse et son esprit d'à-propos, vous êtes remarquablement attachée à la vérité.

Elle fut obligée de rire.

— C'est parce que j'ai mené une vie fondée sur la tromperie que je trace une démarcation très distincte entre la réalité et la comédie dès que c'est possible.

L'assemblée se pressait au-devant du couple, dans des clameurs de bienvenue à l'adresse du gentleman. Cassie lui souffla discrètement :

— Vous vous sentirez moins oppressé si vous restez à cheval.

— Exact, concéda-t-il, mais je ne puis faire cela.

Il descendit de selle, et saisit la main d'un imposant fermier grisonnant qui avait les larmes aux yeux. Il ne s'agissait pas d'un lord saluant un paysan, mais de la preuve vivante d'une communauté dont les Sommers de Summerhill étaient le ciment. Ce bourg avait pleuré la mort supposée de Grey, et à présent, ses habitants célébraient le retour miraculeux de celui-ci. L'agriculteur lui dit :

— Je savais que ces maudits sans-culottes ne pouvaient pas vous tuer !

— Ils y sont presque parvenus, Mr Jackson ! lança le revenant.

Une femme massive d'âge mûr l'étreignit avec ferveur.

— Ne me faites plus jamais de telles frayeurs ! Vous n'avez pas encore passé l'âge d'être fessé, jeune homme !

— Et vous êtes précisément celle qui s'en chargerait, rétorqua-t-il en souriant tandis qu'il lui rendait son embrassade.

En dépit de la chaleur avec laquelle il répondait, Cassie voyait qu'il était tendu comme un arc. Elle glissa de sa monture pour aller se poster à l'épaule gauche du lord. Deux jeunes garçons émergèrent du groupe et prirent les rênes des chevaux pour les mener aux écuries.

Comme il l'avait demandé, elle demeura à ses côtés, mais les gens commençaient à les encercler, fondant progressivement sur eux. L'ambiance était joyeuse, mais même l'espionne devenait nerveuse devant ce fourmillant attroupement. Inquiète pour Grey, elle attrapa Peter par le bras lorsqu'il se joignit à eux. Elle lui dit discrètement :

— La foule l'angoisse. Mettez-vous à sa droite et empêchez les gens de trop s'approcher.

— Il a l'air d'aller bien, fit-il remarquer en sourcillant.

— Ce n'est pourtant pas le cas ! riposta-t-elle. S'il vous plaît, aidez-le à se ménager davantage d'espace.

Accédant aux consignes de la jeune femme, il se plaça à l'endroit indiqué pour former une seconde barrière entre son aîné et l'assemblée qui se bousculait. Cassie prit la main de Grey, et lui chuchota à l'oreille :

— Vous avez besoin d'escorter votre frêle fiancée à l'intérieur !

— Vous, « frêle » ? s'étonna-t-il, incrédule, mais soulagé. Cela constitue toutefois une bonne excuse.

Il entreprit de traverser cet essaim, serrant des mains avec celle qu'il avait de libre et acceptant les accolades tandis qu'il continuait d'échanger des salutations. Peter quant à lui interceptait les exaltés et jugulait une part de leur excitation.

Ils atteignirent le perron et montèrent jusqu'au portique. En haut des marches, Grey se retourna et leva les bras pour requérir le silence.

Lorsque le vacarme se fut calmé, il déclara d'une voix qui emplit la cour :

— Je ne puis exprimer combien je suis touché par un tel accueil. Durant dix longues années, j'ai rêvé de Summerhill. De ma famille, dit-il en gratifiant son frère d'une tape amicale sur l'épaule, et de mes amis. Comme vous, Mrs Henry, qui m'avez fait travailler dans votre jardin en échange de votre merveilleux pain d'épices.

Tout le monde s'esclaffa lorsqu'une dame corpulente répondit :

— Cette fois seulement, je vais en envoyer une fournée chez vous pour célébrer votre retour !

— Si vous oubliez, vous me trouverez affamé à votre porte, promit-il en balayant du regard les visages levés vers lui. Je pensais aux adorables filles Lloyd. Je vois qu'il y en a deux de plus qu'avant mon départ.

Sous les rires renouvelés, il ajouta :

— Avant que j'oublie, je voudrais vous informer que mon père se remet bien de son accident, vous n'aurez donc pas affaire à moi de sitôt.

L'assemblée l'acclama, hilare. Admirative, Cassie le regarda poursuivre son allocution à ses amis et voisins en déployant esprit et charme. Il était vraiment fait pour ces lieux. Ces gens incarnaient la confirmation que des générations de Sommers avaient pris soin de leur terre et de ses occupants. Cette famille les aimait, et était aimée en retour.

L'espionne en eut les yeux rouges, en proie à un entrelacs d'émotions ; de la fierté vis-à-vis de Grey. De l'envie pour le puissant sens d'appartenance dont il jouissait. Et le regret de ne plus jamais constater ce lien entre sa communauté et lui, car il était réellement temps qu'elle s'en aille. Il avait tout ce qu'il lui fallait dans cette propriété.

Une voix cria :

— Dites-nous ce qui s'est passé, lord Wyndham, ou nous inventerons des histoires qui feront tourner le lait !

— Cela serait fâcheux, répondit-il d'un ton hésitant. Cette mésaventure est simple, vraiment, et j'ai la ferme intention d'en oublier les détails, ne m'en demandez donc pas davantage. Il y a dix ans, je me trouvais à Paris et j'ai offensé un haut fonctionnaire du gouvernement juste au moment où la paix d'Amiens prenait fin. C'était une période chaotique, cet homme me jeta donc dans les oubliettes de son propre château à la campagne. À partir de ce moment, les jours se sont écoulés, plus ennuyeux les uns que les autres, il n'y a donc rien de particulier à raconter. Quand je me suis enfin échappé, j'ai mis le cap vers le nord et j'ai trouvé un contrebandier pour me ramener chez moi. Et me voici.

— Qui est votre compagne ? lança une femme. La prochaine comtesse ?

Il prit Cassie par la main pour la faire avancer en lui murmurant « Désolé ». Il se tourna vers l'assemblée et annonça :

— Je vous présente Miss Catherine St Ives du Norfolk, qui m'a aidé à m'enfuir. J'espère parvenir à la convaincre de rester. Êtes-vous disposés à lui réserver un accueil digne du Dorsetshire ?

La foule s'agita dans un concert d'acclamations et d'applaudissements qui firent intensément rougir l'espionne. *Maudite pâleur de rousse!*

Sommers prit congé d'un signe de la main.

— Milady est fatiguée, je vais donc vous remercier et vous dire « au revoir ». Je n'oublierai jamais cette journée.

Dès qu'ils furent rentrés et que la porte fut tirée, il serra très fort sa compagne contre lui en tremblant. Elle sentait le cœur du gentleman battre la chamade contre ses seins.

— Merci de m'avoir secouru une fois de plus, fit-il d'une voix saccadée. Cet enthousiasme était merveilleux en théorie, mais je n'aurais pas tenu très longtemps sans y réagir déplorablement.

— Je pense que vous auriez supporté la situation le temps nécessaire, le rassura-t-elle en lui passant une main réconfortante le long du dos. Mais vous avez été suffisamment éprouvé pour aujourd'hui.

Peter les suivit à l'intérieur en fermant derrière lui.

— À l'évidence, les gens préfèrent que ce soit vous qui héritiez plutôt que moi, remarqua-t-il gaiement.

Il reprit son sérieux en apercevant le visage crispé de son frère.

— Cela s'est vraiment révélé pénible pour vous! s'exclama-t-il. Je pensais que Cassie exagérait.

— Elle est très douée pour m'empêcher de perdre mon sang-froid, dit Grey d'un ton ironique sans la lâcher. Tous ces gens viennent-ils seulement de faire irruption? J'ai craint que leur présence n'annonce la mort de père.

Le jeune homme grimaça.

— Cela y ressemblerait, n'est-ce pas ? Quand mère a vu arriver les métayers, elle m'a envoyé au-dehors jouer les hôtes pendant qu'elle faisait préparer des rafraîchissements. Je pense qu'ils sont venus en grande partie parce que c'est la première véritable journée de printemps dont nous ayons bénéficié jusque-là, et tout le monde cherchait un prétexte pour la célébrer.

— Mon retour a donc servi d'excuse, déduisit son aîné, suffisamment détendu pour mettre fin à son étreinte avec l'espionne, en conservant toutefois un bras autour d'elle. Par ailleurs, en venant ici, nos gens ont pu copieusement goûter au cidre et à la bière de Summerhill, et peut-être également à ses jambons et autres fromages.

— Ils ont amplement profité de l'occasion, confirma lady Costain, perchée au-dessus d'eux.

Elle descendit l'escalier d'un pas aérien, la main sur la rampe, comtesse jusqu'au bout des ongles.

— J'allais envoyer des palefreniers vous chercher, mon cher, poursuivit-elle. Mais à votre retour, vous avez parfaitement fait face à la situation. Votre père vous observait de sa chambre.

— Il doit avoir repris des forces, supposa son fils. Ce qui signifie qu'il sera certainement présent au dîner ce soir.

— Oui, en effet, jubila sa mère. Puisque nous avons tant de motifs de nous réjouir, j'ai décidé que nous ferions un repas de fête en famille. Elizabeth et son mari se joindront à nous. Catherine, avez-vous un plat préféré que je pourrais demander à la cuisinière de préparer ?

La jeune femme cligna des yeux. Apparemment, elle n'était plus une traînée qui en voulait à la fortune des Sommers. Après un instant de réflexion, elle déclara :

— Je me souviens d'une douceur que j'aimais dans mon enfance, une tarte aux pommes confectionnée avec une poignée de raisins secs macérés dans du cognac. Lors de repas exceptionnels, on la servait chaude avec de la crème anglaise ou épaisse.

— Des pommes avec des raisins macérés ? s'étonna la noble dame, intriguée. Cela me semble excellent, et tout à fait à la portée de mes employés. Grey, je suppose que vous vous régaleriez encore du fameux rôti d'agneau de Mrs Bradford ?

— Oh oui, confirma-t-il avec ferveur. Accompagné de sa sauce à la menthe.

— Je vous verrai donc au dîner.

Dans un hochement de tête gracieux à ses fils et sa bru présumée, lady Costain virevolta élégamment vers ses cuisines.

— Ma mère vous considère désormais comme un membre de la famille, fit remarquer Grey.

— Il lui serait difficile de me bannir de la salle à manger alors que je suis votre invitée, souligna-t-elle. Je vais examiner ma garde-robe pour voir ce qui conviendrait à une célébration familiale en campagne avec des convives dont la moitié portent un titre.

— Vous seriez magnifique en restant habillée telle que vous l'êtes, l'assura-t-il.

— Mais ce ne serait guère approprié ! Je vous verrai plus tard.

Elle saisit le bord de ses jupes et monta l'escalier. Arrivée dans sa chambre, elle sonna Hazel qui apparut sur-le-champ.

— Vous êtes une bonne irréprochable, fit remarquer l'espionne. Dotée des aptitudes d'une domestique compétente, mais puisque vous êtes aussi un agent de Kirkland, nous pouvons bavarder sur un pied d'égalité.

L'employée esquissa une révérence parfaite.

— J'ai beaucoup d'expérience en tant que bonne. C'est une excellente façon de collecter des informations à l'insu de tous.

Cassie acquiesça. Les servantes, comme les vieilles marchandes ambulantes, passaient en général inaperçues.

— J'ai besoin de porter quelque chose de joli, mais tout de même discret pour le dîner de ce soir. Le comte va descendre pour la première fois depuis son accident, et les Sommers souhaitent également célébrer le retour de lord Wyndham. La mort s'est vu esquiver à deux reprises, déclara-t-elle en souriant. Lady Kiri a préparé si rapidement mes tenues que je ne sais pas vraiment ce que j'ai à disposition.

— J'ai vu une robe de satin vert qui ira à merveille avec votre chevelure rousse, proposa Hazel. Elle n'est pas aussi longue qu'une tenue de bal et le décolleté est moins plongeant, mais elle est assez jolie pour un repas de fête. Elle aura peut-être besoin de quelques retouches, il serait donc préférable que vous l'essayiez dès que vous aurez ôté vos habits d'équitation.

— J'ai vraiment de la chance que la sœur de lady Kiri soit d'une taille aussi proche de la mienne et d'une telle générosité, dit Cassie en se tournant pour que la domestique puisse défaire le dos du vêtement. Vous ennuyez-vous ici, sans espions ni ministres indiscrets à surveiller ?

L'autre femme éclata de rire en dénouant l'un des lacets.

— C'est très reposant. Cet endroit est des plus rares. Un foyer heureux.

— Je vous accorde que ce n'est guère courant. Que pense le personnel du retour de lord Wyndham ?

— Tout le monde est enchanté, en particulier les anciens qui le connaissaient mieux. Ils disent qu'il tient beaucoup de son père, et que c'est une bonne chose pour Summerhill, révéla Hazel en passant la robe par-dessus la tête de Cassie. Les plus réfléchis ont conscience que dix ans de prison transforment un homme. Ils espèrent qu'il n'a pas trop changé.

— Il est remarquablement résistant, je crois donc qu'ils n'ont aucune inquiétude à avoir concernant leur avenir ici, affirma la compagne de Grey en levant les bras pour enfiler sa tenue. Que pensent-ils de Peter ? Des années durant, il a été considéré comme l'héritier.

La domestique lissa l'étoffe sur la silhouette de sa maîtresse.

— Il est très apprécié et les gens estimaient qu'il aurait fait un comte très convenable, mais restent convaincus que son aîné accomplira mieux la tâche.

— Je suis certaine qu'ils ont raison. Il aime sincèrement ce domaine ainsi que toutes les responsabilités qu'il implique.

Tandis que Hazel piquait des aiguilles à divers endroits du vêtement de satin, l'espionne s'efforçait de ne pas songer à la parfaite épouse requise pour le lord idéal qu'était Grey.

Chapitre 38

Le gentleman écarquilla les yeux en voyant Cassie descendre l'escalier dans un chatoiement de satin vert.

— Vous êtes splendide. Cette robe est parfaite pour ce soir.

Même si elle prenait sa remarque à la plaisanterie, elle appréciait sa chaleureuse admiration.

— Étant donné que vous étiez déjà satisfait de ma tenue d'équitation, je ne sais à quel point me fier à votre jugement.

Il lui tendit son bras.

— Je puis vous assurer que j'ai toujours un goût très sûr lorsqu'il s'agit d'habiller ces dames, affirma-t-il avant de baisser la voix jusqu'à un chuchotement. Je suis aussi doué pour les dévêtir.

— Chut ! siffla-t-elle en rougissant tandis qu'ils pénétraient dans le petit salon où la famille était rassemblée pour boire un verre avant de manger.

Lord Costain avait préféré s'asseoir plutôt que de rester debout, mais il paraissait très en forme. Son épouse se trouvait à ses côtés, et le couple se tenait la main comme deux jeunes mariés fous d'amour.

Cassie esquissa une longue révérence devant eux.

— Je suis ravie de vous voir si bien portant, milord. Je vous remercie tous deux pour votre courtoisie envers une invitée inattendue.

Le vieillard sourit d'un air bienveillant.

— Voilà qui est très joliment dit. Ma femme et moi ne pouvions être plus heureux de rencontrer la promise de notre fils, et de la trouver si convenable.

Une lueur dans le regard de lady Costain laissa supposer qu'elle ne souscrivait pas entièrement à ces propos, elle afficha toutefois un sourire gracieux.

Peter entra dans la pièce suivi de sa sœur et de l'époux de celle-ci. John Langtry était plaisant à regarder ; il n'éclatait pas d'une beauté frappante comme les hommes de la famille Sommers, mais il avait un sourire enjôleur, et sa femme et lui étaient clairement très épris l'un de l'autre.

L'espionne se réjouissait de voir combien Grey était détendu avec ses proches maintenant que les difficultés initiales avaient été écartées. Il échangeait aisément, partageait des réminiscences avec son beau-frère, et veillait à ce que Cassie ne se sente pas telle une étrangère.

Après une demi-heure de conversation désinvolte, la maîtresse de maison se leva.

— Voulez-vous bien passer à la salle à manger ?

— Excellente idée, répondit son fils aîné. J'entends un rôti d'agneau m'appeler.

Sa compagne sourit, impatiente de goûter au fameux plat ainsi qu'à la tarte aux pommes et aux raisins de son enfance. Alors qu'elle se mettait debout, le majordome apparut à la porte.

— Deux messieurs souhaiteraient voir Miss St Ives.

Juste derrière lui se tenaient deux jeunes hommes élégants à peu près de l'âge de Cassie. Ils étaient presque d'allure identique, même si l'un dépassait l'autre en taille et en carrure. Leurs liens du sang ne faisaient aucun doute – et leurs chevelures flamboyaient de reflets cuivrés qui rappelaient exactement ceux de l'espionne.

— Regardez cette rousseur ! C'est forcément elle ! siffla le plus élancé des deux à son compagnon.

Élevant la voix, il interrogea avec avidité :

— Catherine ? Vous êtes bien notre Cat ?

Le verre de Cassie tomba de ses doigts fébriles et se brisa au sol tandis qu'elle étudiait les nouveaux arrivants. Lorsqu'elle avait connu ses cousins, ils n'étaient encore que des enfants aux visages à peine formés, mais dans les traits de ces deux adultes, elle distinguait un air de famille avec Paul, son frère depuis longtemps disparu.

Une cascade de souvenirs lui noua la gorge, et la rendit quasiment incapable de prononcer un mot. Les yeux rivés sur le moins imposant, elle murmura d'une voix presque imperceptible :

— Richard ?

Puis à l'autre :

— Neil ?

Elle vacilla jusqu'à ce que Grey la stabilise d'une main sur l'épaule.

— Vous êtes ses cousins ? s'enquit-il.

— Sans l'ombre d'un doute ! s'exclama le premier en attirant sa parente dans une étreinte démonstrative.

— Cat, mon Dieu, c'est un miracle ! Nous vous pensions morte.

Il se dégagea sans toutefois la lâcher, puis demanda d'un ton hésitant :

— Y a-t-il eu… d'autres survivants ?

Elle secoua la tête, la figure baignée de larmes.

— Je suis la seule.

Le second visiteur écarta son frère.

— Être l'héritier ne vous donne pas le monopole des embrassades, Richard, dit-il en serrant Cassie si fort qu'il aurait pu lui tuméfier les côtes. Vous feriez mieux de vous souvenir également de moi, Cat, ou je mettrai des grenouilles dans votre lit !

— Si vous le faites, vous en trouverez aussi dans le vôtre ! riposta-t-elle dans un éclat de rire.

Elle profita de cette accolade avec son plus jeune cousin. Il était grand et fort, à présent, et n'avait plus rien d'un petit garçon. Étant tous trois presque du même âge, ils avaient partagé une grande part de cette enfance qu'elle avait enfouie dans les profondeurs insoutenables de sa mémoire.

— Vous avez grandi, Neil. Je parvenais à vous vaincre quand nous luttions.

— Que nos mères détestaient que nous nous adonnions à ce sport ! gloussa-t-il.

Richard se tourna vers les regards fascinés des Sommers. S'inclinant devant le comte et son épouse, il dit :

— Lord Costain, lady Costain, veuillez accepter mes excuses pour faire ainsi intrusion dans ce repas de famille. Ma seule justification est qu'après avoir appris que notre cousine était peut-être en vie, nous ne pouvions plus attendre de savoir la vérité.

— Nous comprenons plus que quiconque ce que vous ressentez en vivant ce genre de miracle, affirma leur hôte. Notre fils prodigue n'a disparu que dix ans. Vous avez cru avoir perdu votre cousine durant presque le double.

— Exactement, monsieur, répondit Richard dans un sourire qui illumina la pièce. Nous l'avons enfin retrouvée, et ne pourrions être plus heureux.

Lord Costain étudia ses visiteurs.

— Je connais votre père, et votre oncle était l'un de mes très bons amis. Je suis heureux de rencontrer la prochaine génération de St Ives.

Sa femme jeta un coup d'œil au majordome.

— Ajoutez deux couverts et préparez des chambres pour nos invités.

— Ce ne sera pas nécessaire, milady, protesta Richard. Nous séjournerons à l'auberge du village. Nous aurions dû attendre demain pour passer chez vous, mais… nous n'y sommes pas parvenus, déplora-t-il en déglutissant avec difficulté. Les aînés de Catherine avaient les cheveux foncés comme leur mère et étaient trop vieux pour jouer avec nous, mais elle avait notre âge et notre rousseur héréditaire. Elle était plus une sœur qu'une cousine.

— Bien sûr que vous allez rester ici, insista brusquement la comtesse. Nos familles seront bientôt unies, vous êtes donc les bienvenus sous notre toit. Nous célébrons ce soir la guérison de mon mari après un grave accident, et le retour de France de mon fils.

Qu'y aurait-il de plus naturel pour vous que fêter avec nous la résurrection de votre parente ?

— Vous êtes bien aimable, madame, lui dit Neil.

— Je suis connue pour cela, rétorqua la noble dame avec une étincelle d'humour. Messieurs, voudriez-vous boire quelque chose avant le repas ?

Les frères échangèrent un regard furtif.

— Vous sembliez sur le point d'aller dîner, dit Richard. Laissez-nous un instant pour nous rafraîchir, et nous serons ravis de passer à table tout de suite, si vous voulez bien excuser notre tenue de voyage poussiéreuse.

Il fut ainsi convenu. Dans le tourbillon d'activité qui s'ensuivit, Grey murmura à Cassie :

— Vous n'avez aucun doute sur leur identité ?

— Pas le moindre, répondit-elle. Leur père était le pasteur de la paroisse St Ives, nous avons donc grandi tous les trois ensemble, expliqua-t-elle en les regardant sortir du salon. Après le massacre de ma famille, j'ai refermé la porte sur mon enfance. Ils viennent de l'ouvrir, faisant émerger des souvenirs d'une clarté lumineuse.

— Vous m'en voyez ravi, observa-t-il simplement.

Elle ne doutait pas de sa sincérité, mais une autre émotion qu'elle ne parvenait à définir animait les yeux du gentleman.

Avec deux fois plus d'hommes à table que de femmes, Cassie put s'asseoir à côté de Grey et en face de ses deux cousins. Elle enchaîna les questions sur sa famille. Ils l'informèrent que leurs parents allaient bien ; quant à George, leur frère qui n'était qu'un bébé la dernière fois que la jeune femme l'avait vu, il étudiait à présent à Oxford et envisageait de prendre la suite de son père à l'église. Tous trois rirent, mangèrent, et soupirèrent d'extase en dégustant la tarte aux pommes et aux raisins.

Lady Costain se leva pour signifier la fin du repas et annonça :

— Plutôt que séparer les hommes des femmes pour le porto et le thé, je pense que Catherine et ses proches souhaiteront peut-être passer un peu de temps ensemble pour parler et rattraper tout ce temps perdu.

Cassie, embarrassée, jeta un coup d'œil à son compagnon. Après qu'il lui eut adressé un léger hochement de tête, elle répondit :

— J'aimerais beaucoup, si cela convient à mes cousins.

Ils déclarèrent ne rien désirer avec plus d'ardeur que cela. On escorta donc les St Ives à la bibliothèque, où les deux breuvages furent servis. D'humeur audacieuse, l'espionne remplit trois verres de porto et s'installa avec le sien devant le feu.

Ses cousins s'assirent confortablement en face d'elle, visiblement fatigués de leur long trajet, mais profondément satisfaits.

— J'ai remarqué que lord Wyndham vous appelait Cassie, observa Richard. Préférez-vous ce surnom ?

— Les deux me conviennent. Cat a disparu pendant presque vingt ans. Je trouve plutôt agréable d'entendre de nouveau ce diminutif.

Cat avait été une enfant heureuse et espiègle. Très différente de Cassandra, sérieuse et hantée par son passé. Mais elles existaient autant l'une que l'autre.

— Vos parents savent-ils que vous êtes venus à ma recherche, ou sont-ils restés dans le Norfolk ?

— Ils sont à Londres, mais nous ne leur en avons pas soufflé mot, répondit Richard. Je connais vaguement Kirkland, et il m'a donné cette information vous concernant, je pouvais donc en user comme bon me semblait.

— Kirkland, répéta-t-elle avec ironie. J'aurais dû m'en douter. Pourquoi n'a-t-il rien dit à votre père puisqu'ils étaient tous deux à Londres ? Je suis certaine qu'ils ne sont pas étrangers l'un à l'autre.

Neil grimaça.

— Il y a environ dix ans de cela, un imposteur a surgi. Cela s'est révélé extrêmement douloureux pour nous tous, surtout pour nos parents.

— Quelqu'un s'est fait passer pour moi ? demanda-t-elle, stupéfaite. Pourquoi ?

— Pas pour vous, mais pour Paul, puisqu'il était l'héritier des St Ives, expliqua l'aîné. Cet usurpateur ressemblait assez à votre frère, et avait comme lui les cheveux foncés de votre mère. Il avait par ailleurs rassemblé assez de renseignements sur la famille pour être relativement convaincant.

— Si seulement il s'était agi de Paul, regretta-t-elle tristement. Mais je suis certaine d'être la seule survivante.

Elle décrivit laconiquement l'incendie et la façon dont sa nourrice, Josette, l'avait sauvée. Il ne lui avait paru guère opportun de narrer cet épisode au cours d'un dîner de fête.

—Au moins, l'agonie a été brève, comparée à des mois de détresse dans un donjon dans l'attente d'une exécution, modéra Neil, d'une voix teintée de sauvagerie retenue. Le massacre de vos proches a tout changé, et pas seulement parce que père a hérité du titre.

—Même si passer du presbytère à St Ives Hall a représenté un changement considérable, et pas toujours aussi divertissant que l'on pourrait l'imaginer, souligna Richard.

Neil acquiesça.

—Si votre entourage se voit décimer par la fièvre ou la variole, on trouve cela tragique, en se disant toutefois que Dieu en a décidé ainsi. Être assassiné parce que vous êtes anglais, au mauvais endroit et au mauvais moment est d'une injustice enrageante.

—Nous avons tous deux eu envie de nous engager dans l'armée pour tuer des Français, déclara Richard en toute franchise. Mais étant l'héritier, je me suis résigné au fait que mes responsabilités étaient ancrées en Angleterre.

—J'ai donc eu le rôle du formidable héros, intervint son cadet en souriant. Je suis capitaine dans la Garde royale.

—Pour être honnête, je dois reconnaître qu'il est probablement plus doué que moi pour mettre le désordre.

—Je porte également mieux l'uniforme, riposta Neil d'un air suffisant.

Cassie s'esclaffa devant ces provocations fraternelles.

— Dites-m'en plus sur l'imposteur. Comment vous êtes-vous rendu compte qu'il ne s'agissait pas de Paul ?

— Ma mère avait toujours adoré ce dernier, elle a donc très chaleureusement accueilli cet individu. Elle voulait se persuader qu'il s'agissait de la bonne personne. Mon père n'en était pas aussi certain, raconta Richard. Il ne s'était jamais attendu à devenir lord St Ives et la mort de votre famille l'a bouleversé. Mais il avait déjà porté ce titre pendant dix ans quand cet usurpateur est apparu. Il s'est aperçu que cette fonction lui plaisait. C'est pourquoi lorsqu'il a eu des doutes sur ce revenant, il ne savait pas vraiment s'ils étaient sincères, ou motivés par des raisons plus égoïstes.

— Mon père disait qu'il n'avait jamais rencontré homme plus honorable que son frère, observa doucement Cassie. Ses scrupules n'étaient guère surprenants. Comment le mystificateur a-t-il été démasqué ?

— Je voyais que Richard taisait les mêmes tiraillements que père, expliqua Neil. La situation était plus simple me concernant, car en tant que cadet, je n'avais pas autant à perdre qu'eux. Le faux Paul était fort convaincant, mais j'avais l'impression de ne l'avoir jamais connu auparavant. Il m'était parfaitement étranger. J'en ai parlé à mon frère, et nous avons commencé à lui tendre des pièges. Nous faisions semblant de nous rappeler avoir partagé avec lui des anecdotes qui n'avaient pas eu lieu, et d'autres subterfuges de ce genre. Il savait rester évasif, mais nous avons fini par regrouper suffisamment de preuves pour étayer notre certitude qu'il s'agissait d'un imposteur, et nous en sommes ouverts à nos parents.

— Mère a refusé de nous croire, dit Richard en reprenant le cours du récit. Père a pris un air maussade, puis il a fait venir ce menteur et l'a prié de retirer sa chemise.

— Pourquoi ? demanda Cassie en clignant de l'œil.

— Apparemment, quand Paul était tout petit, avant votre naissance, il est tombé sur un bout de bois déchiqueté et s'est grièvement blessé. Il y a réchappé de peu et s'en est sorti avec une impressionnante cicatrice sur l'épaule. Peu de gens savaient cela, mais mes parents en faisaient évidemment partie.

Fascinée par cette histoire, l'espionne interrogea :

— L'imposteur a-t-il essayé de s'enfuir ?

— Très brièvement, mais Richard et moi étions là, précisa Neil d'un air grave. Je l'ai cloué au sol et lui ai arraché sa chemise. Pas de cicatrice. C'était suffisamment convaincant, même pour mère.

— Qu'est-il arrivé à cet homme ?

— Un tribunal de grande instance s'est organisé sur place, répondit l'aîné. L'usurpateur s'appelait Barton Black et il se trouve être l'un de nos cousins germains. Sa mère était une bâtarde de notre grand-père, qui semble avoir été un vieux bouc fort vigoureux. Quand ce rejeton a entendu parler des St Ives morts en France, il a étudié notre famille de près. Lorsqu'il s'est écoulé suffisamment de temps pour brouiller les souvenirs, il a paru en affirmant être Paul.

—Je pense qu'il fait partie de ces cousins que je suis heureuse de ne pas avoir connus, déclara Cassie, médusée. Qu'a décidé le tribunal ?

—Mon père ignorait tout de la mère de Barton, et a estimé que ces deux personnes avaient été misérablement traitées. Il a fait signer à ce bougre une confession détaillée en nous prenant tous à témoin, puis lui a annoncé qu'il pouvait partir librement. Ce diable de Black ne manquait pas d'impudence, s'esclaffa Richard. Il nous a dit vouloir quitter l'Angleterre pour des climats plus chauds, et a réclamé qu'on lui paie la traversée jusqu'à Botany Bay, car selon certains, il y avait des occasions à saisir là-bas.

—Père y a consenti et nous l'avons escorté sur les quais pour le mettre dans un bateau. Nous ne le reverrons pas, affirma le cadet en souriant. Je l'aimais bien, même s'il n'était pas Paul. Mais vous comprenez pourquoi, au moment où Kirkland a révélé que Catherine St Ives était en vie, Richard a décidé de vous voir de ses propres yeux avant que nous en parlions à nos parents. Comme j'étais à Londres, il m'a enrôlé dans cette expédition.

—Vous ne me l'auriez jamais pardonné si je ne vous l'avais pas proposé, souligna son frère.

—Vous n'aviez aucun doute sur mon identité ? s'enquit leur cousine avec curiosité. Vingt ans, cela représente tout de même une longue période. Les deux tiers de nos vies.

—Vous êtes rousse, déclara Neil. Par ailleurs, Kirkland a affirmé qu'il vous connaissait depuis des lustres. Puisque vous n'êtes jamais venue vous présenter à la famille, vous ne sembliez donc pas en attendre quoi que ce soit.

— Pourquoi ne nous avoir rien dit ? demanda Richard, la voix basse et empreinte d'affliction. Ne pensiez-vous pas que votre disparition nous affectait ?

Elle baissa les yeux sur son porto et s'aperçut qu'elle l'avait entièrement bu. Elle se leva pour se resservir, et remplit également les verres de ses parents.

Lorsqu'elle eut repris son siège, elle leur expliqua :

— Je suis devenue orpheline en France, déjà chanceuse d'être vivante. Mon existence britannique me paraissait lointaine, guère plus qu'un rêve. Avec une guerre en cours, il n'était pas chose simple d'écrire une lettre. Quand j'ai atteint l'âge de retourner au pays, il s'était passé trop de temps. J'étais persuadée que personne ne se souviendrait ni se soucierait de moi.

— Vous êtes plus avisée que cela, Cat, la raisonna Richard. Je pensais ce que j'ai dit aux Costain. Vous étiez une sœur pour nous. Comment avez-vous pu envisager que nous vous oublierions ?

Le regard noyé dans son vin, elle prit conscience qu'il y avait une autre raison.

— J'avais besoin de croire que… que vous étiez tous heureux et bien portants, répondit-elle d'un ton peu assuré. Si j'avais appris que l'un de vous était mort, je ne l'aurais pas supporté.

Neil sc pencha pour lui presser l'épaule avec une affection fraternelle.

— Nous allions bien, Cat. Mais nous nous serions sentis encore mieux en vous sachant en vie.

— Qu'avez-vous fait durant toutes ces années ? s'enquit l'aîné. Vous êtes-vous mariée ? Avez-vous eu des enfants ? Comment avez-vous survécu ?

Elle hésita, indécise quant à ce qu'elle devait leur confier. Mais ces hommes étaient des proches. Ils méritaient la vérité.

— Je passe le plus clair de mon temps en France, mais je retourne régulièrement en Angleterre. J'effectue des missions que le gouvernement juge utiles.

— Vous êtes une espionne, lança le cadet, qui venait de comprendre. Bon sang, Cat, mais vous êtes depuis toujours la fille la plus intrépide que je connaisse !

— Je crois comprendre pourquoi vous ne nous écriviez jamais, déduisit Richard avec gravité. Le métier que vous exercez doit être extrêmement dangereux.

Elle haussa les épaules.

— Il n'y avait aucune raison de perturber vos existences, et si par malheur il m'arrivait quelque chose, vous n'auriez pas à me perdre une seconde fois.

— En réalité, vous aviez une très bonne raison de nous faire savoir que vous étiez vivante, annonça l'aîné. Ne saviez-vous pas que vous étiez une héritière ?

Chapitre 39

— Une héritière ? répéta Cassie, hébétée. Le contrat de mariage de mes parents prévoyait certainement des parts spécifiques pour chaque enfant issu de leur union, mais tout cela a dû être replacé dans le patrimoine des St Ives après l'annonce de nos décès. Pourquoi recevrais-je de l'argent ?

Neil sourit.

— Dites-lui, Richard. C'est vous qui passez tout votre temps avec les avocats et les banquiers.

— Pour mon malheur, répondit son frère en levant les yeux au ciel. Vous pouvez toujours prétendre à ce qui vous revient puisque vous êtes en vie, mais ce n'est qu'un début. Votre mère jouissait d'une fortune substantielle, et les dispositions avaient été prises pour que la somme soit partagée en portions égales entre ses enfants. Étant donné qu'il ne reste que vous, tous ses biens deviennent les vôtres, en plus de votre pourcentage sur la succession St Ives.

Toujours sceptique, elle déclara :

— Les Montclair étaient certes aisés, mais je suppose que leurs biens ont été saisis par le gouvernement français durant la Révolution.

— Peut-être. Je n'ai aucune information à ce sujet, répondit Richard. Mais puisque votre mère était mariée à un Britannique, son argent a été transféré en Angleterre, où il fructifie tranquillement depuis lors.

— Nous, les St Ives, sommes des hommes d'affaires dans l'âme, déclara Neil en souriant. Nous savons bien mieux nous enrichir que l'aristocrate moyen.

Cassie avait encore du mal à tout saisir.

— Désormais, j'ai donc les moyens de m'offrir une petite maison en bord de mer.

— Même un château qui surplombe l'océan si vous le souhaitez, lui confirma l'aîné.

Elle secoua la tête, peinant à mesurer l'ampleur de cette nouvelle.

— Je ne pensais pas que ma vie serait assez longue pour qu'une quelconque fortune y ait la moindre importance. Mes dépenses m'ont toujours été remboursées par mes employeurs, je n'ai donc aucun besoin d'épargner.

Quel intérêt aurait-elle eu à acheter des tenues ou des bijoux qu'elle n'aurait portés que très rarement ?

— Je ne me suis jamais souciée de mon avenir parce que je n'ai jamais imaginé faire de vieux os.

— Assez de toutes ces sottises, Cat, la réprimanda Neil d'un ton austère. En tant que soldat en période de guerre, je pourrais mourir prématurément de mille et une façons, mais j'entends fermement devenir un vieux colonel bougon à la retraite et vivre jusqu'à quatre-vingt-dix ans. Cela n'a aucun sens d'émettre des prévisions aussi pessimistes sur sa propre disparition.

Cassie l'avait fait. Mais à présent, elle découvrait des raisons de vivre.

— Assez parlé de mort, décréta Richard. Cat, rentrez à Londres avec nous. Mes parents seront fous de joie de vous revoir.

Et quitter Grey ? Summerhill ? Il le fallait, et sans tarder. Atermoyant, elle répondit :

— Je dois y réfléchir. Tout cela est si soudain.

— Le monde est sens dessus dessous, concéda-t-il. Demandez à Wyndham de vous accompagner. Il devrait rencontrer votre entourage. J'aimerais faire plus ample connaissance avec lui. Et m'assurer qu'il est assez bien pour celle que je considère comme ma sœur.

— Il vient seulement de rentrer chez lui, il ne voudra pas repartir aussi tôt.

Ses cousins firent un signe de tête compréhensif, puis commencèrent à l'informer de tout ce qui s'était passé dans la famille au cours des vingt dernières années. Elle avait l'impression qu'un nouveau monde lumineux et baigné de soleil se créait sous ses yeux.

Il remplacerait l'étincelant univers de Grey dont elle avait eu un aperçu et qui ne serait jamais le sien.

Au moment où les trois cousins achevaient leur conversation, le reste de la maisonnée s'était retiré. Lorsqu'elle se sentit trop lasse pour poursuivre, Cassie étreignit ses proches pour leur souhaiter « bonne nuit ».

— J'avais oublié comme il était merveilleux d'avoir une famille.

— Il n'existe rien de plus important, déclara Richard en la lâchant pour laisser la place à Neil.

Maintenant que nous vous avons retrouvée, vous aurez toujours des parents.

—Rentrez à Londres avec nous, Cat, s'il vous plaît, ajouta le cadet. Je pars en Espagne d'ici à la fin de la semaine, et j'ai l'impression que nous avons encore des années de discussions à rattraper.

—J'y songerai.

Esquissant un dernier sourire, elle retourna à sa chambre, étourdie par le porto qu'elle avait bu. Elle n'avait jamais oublié Paul et Anne, ses véritables aînés, mais elle aurait dû se rappeler qu'elle avait également des cousins qui étaient comme des frères.

Un rai de lumière filtrait sous sa porte, une bonne lui avait donc probablement laissé une lampe, et peut-être un feu pour réchauffer la fraîcheur nocturne. Cassie s'aperçut en soupirant qu'il lui faudrait sonner Hazel pour que celle-ci l'aide à retirer sa robe.

Elle pénétra dans la pièce et ne fut guère surprise de voir qu'elle n'était pas seule. Grey était étendu sur le lit, les mains repliées sous sa tête et le regard rivé au plafond. Il avait enlevé ses bottes et son manteau, et n'était plus que finesse et puissance féline, ses cheveux d'or et sa silhouette virile dessinés par la lumière des flammes.

Lorsqu'elle entra, il tourna ses yeux saisissants et cerclés de noir vers elle.

—Vous allez partir, n'est-ce pas ? demanda-t-il calmement.

Elle ferma la porte et s'y adossa. Sa décision était prise.

—Oui.

— Je vois ce que cela signifie pour vous d'avoir à nouveau une famille. Vos cousins ont l'air d'être des gens bien. Néanmoins…

En un mouvement fluide, il s'était levé et avait traversé la chambre pour se tenir à un pas d'elle.

— Restez, Cassie. Je vous en prie.

Elle voulait se jeter dans ses bras, le serrer et ne plus jamais le lâcher. Elle voulait apprendre les mystères les plus enfouis de son âme, se mêler à lui de la façon la plus intime qui puisse unir deux êtres.

Mais c'était impossible.

— Il est temps pour moi de partir, Grey, annonça-t-elle, luttant pour conserver une voix posée.

— Pourquoi ? interrogea-t-il avec intensité. Ne pensez-vous pas que nous pourrions avoir une belle vie ensemble ?

— Je l'ignore. Tout comme vous, répondit-elle en secouant la tête. Vous n'êtes libre que depuis quelques semaines. Nous sommes pratiquement toujours ensemble depuis votre évasion, à braver le danger et partager des moments passionnés. Je suis votre unique constante pendant que vous faites votre retour dans le monde. Mais cela ne constitue pas une raison suffisante pour nous marier. Vous n'avez plus besoin de moi, Grey, dit-elle en balayant d'un geste ample ce qui l'entourait. Tout ce qu'il vous faut vraiment est ici, à Summerhill.

— Je ne vous demande pas de demeurer parce que j'ai besoin de vous, mais parce que je vous veux, rectifia-t-il avec gravité. Cela fait-il une différence ?

Elle remua la tête en signe de dénégation.

— Le désir est puissant, mais l'on ne devrait pas le laisser l'emporter sur notre jugement.

— Non ? Vous pensez qu'il est facile d'en faire fi ?

Il s'approcha d'elle et la piégea contre la porte avec un baiser torride. Il fit glisser ses mains sur elle, empli de fièvre et de promesses, l'embrasant d'une brûlante ardeur.

Toute résistance et tout discernement s'évanouirent tandis qu'elle cédait à la passion qui les liait. Ils s'enlacèrent, se tordant de désir et trop impatients pour prendre le temps de se dévêtir.

Le souffle haché, il remonta la robe de soie verte jusqu'à ce qu'elle forme un amas de plis sur les hanches de la jeune femme. Puis il plongea d'une main habile et sûre dans cette chaleur moite et soyeuse.

Elle suffoqua, palpitant sous les doigts de son partenaire. Elle voulait se fondre en lui, et arracher ses habits. La fougue prit le dessus, et elle releva sans ménagement la chemise de Grey, afin de pouvoir faire glisser sa main sur le ventre chaud et tendu de celui-ci.

Lorsqu'elle s'empara de la chair dure et incandescente, son compagnon en tressaillit de tout son être et émit un doux gémissement. Il défit violemment son pantalon, et Cassie enroula sa jambe autour des hanches de son amant. Au moment où il s'introduisit en elle, ils fusionnèrent, pantelants, se complétant l'un l'autre avec une évidence saisissante.

— Catherine, murmura-t-il d'une voix éraillée tandis que ses caresses se faisaient plus fermes sur les courbes parfaites du postérieur de sa compagne. Cat. Cassie !

Il s'abandonna, sombrant dans l'abîme, et entraînant la jeune femme avec lui. Elle lui mordit l'épaule tandis qu'il la comblait encore et encore, dissolvant la peine qui structurait son existence pour ne faire place qu'aux sensations.

Mais cela ne pouvait suffire, pas quand la passion s'évanouirait et la laisserait à bout de souffle, affaiblie, et emplie de regrets.

Elle n'aurait peut-être pas réussi à traverser la pièce si le gentleman ne l'avait à moitié portée. Lorsqu'ils furent près du lit, il détacha avec dextérité les lacets et agrafes de la robe de satin. Tandis qu'il lui retirait ses différentes couches de vêtements, elle se demanda si cette tenue pourrait être sauvée.

Elle supposa que cela n'avait aucune importance, puisqu'elle pouvait désormais acheter toutes celles qu'elle souhaitait. Mais elle avait derrière elle trop d'années d'austérité pour ne pas se soucier d'un bel habit détérioré sans raison.

Elle avait par ailleurs trop côtoyé le danger et la dissimulation pour se donner entièrement à un homme qui la désirait à cet instant précis, mais ne voudrait pas finir sa vie avec elle. Elle prit conscience que le nœud du problème se situait là, tandis qu'elle se glissait sous les draps pour regarder Grey se déshabiller.

Il était beau, tout en fermeté et en muscles. Il aimait et appréciait les femmes, et lorsque le désir qui les unissait finirait par s'estomper, il trouverait ailleurs de plus ardentes amours.

Il resterait correct. Il ferait de son mieux pour lui cacher ses aventures, afin de protéger ses sentiments et sa dignité. Mais elle le saurait. Une espionne chevronnée ne pouvait être dupée sur un sujet qui touchait d'aussi près son cœur.

Au bout d'une année ou deux, lorsque les fragments de sa personnalité se seraient reconstitués pour en former une nouvelle que personne ne pouvait encore imaginer, Grey serait peut-être prêt à trouver la prochaine comtesse Costain. Il s'agirait d'une beauté vierge et sophistiquée qui se satisferait de ce que cet homme aurait à lui offrir. Elle s'autoriserait éventuellement à avoir des amants quand la flamme se serait éteinte, et qu'elle aurait mis au monde l'héritier et son remplaçant que la position de son époux requérait.

Mais Cassie le Renard ne serait jamais une telle femme. Elle n'avait aucune intention de partager. Il lui fallait partir sans attendre, avant d'être trop éperdument amoureuse de lui.

Il la tenait tout contre lui, et lui dit avec une triste résignation :

— Vous êtes toujours décidée à me quitter, n'est-ce pas, ma lady Renard ?

— Oui, murmura-t-elle. Il existe une attirance entre nous, et ce lien qui s'est créé quand nous nous sommes évadés de France, mais cela n'est guère suffisant pour poser les bases d'une vie commune.

— Je pense plutôt le contraire, mais si vous n'êtes pas d'accord avec moi, je ne sais comment procéder pour vous faire changer d'avis.

Sa main descendit de l'épaule de l'espionne, caressant et réchauffant sur son passage la douce chair dont elle épousait les courbes.

— Je veux tout vous donner, mais vous n'avez besoin de rien venant de moi, poursuivit-il. Vous avez trouvé le chemin pour retourner vers la fortune et la noblesse qui vous étaient destinées, je ne puis donc même pas vous offrir cela.

— Vous m'avez fait un cadeau plus précieux qu'un titre et des richesses, affirma-t-elle en se tournant pour l'embrasser avec langueur. Vous m'avez ouvert le cœur d'une façon qui me laisse penser qu'un avenir est envisageable. Si je survis à cette guerre, et je commence à croire que c'est possible, je serai capable de mener une existence plus appréciable que si je ne vous avais jamais connu.

Il prit son sein en coupe.

— Je suis heureux que vous estimiez le temps que nous avons passé ensemble. Je pensais être le seul à en avoir tiré bénéfice, et je ne suis pas égoïste au point de préférer qu'il en soit ainsi.

— Vous ne l'êtes pas du tout, contesta-t-elle, en lui déposant un autre baiser dont la tendresse se transformait en désir. Vous faites preuve d'une forme de générosité qu'aucun autre homme de ma connaissance ne saurait égaler.

Il roula de façon à se tenir au-dessus d'elle, supportant son poids de ses bras afin que son corps effleure à peine celui de Cassie.

— Vous avez raison sur le fait que guérir d'un séjour en enfer prendra plus d'un mois. Serai-je à vos yeux un prétendant plus convenable et sain d'esprit d'ici à un an ? Lorsque vous serez en Angleterre, pourrai-je vous emmener passer des vacances follement passionnées au bord de la mer ?

— Non ! répondit-elle d'un ton cassant. Nous devons mettre un terme à tout cela dès maintenant. Vous ne devez pas attendre de voir si je change d'avis, reprendre cette aventure ne ferait que prolonger la souffrance. Trouvez de la joie dans tout ce dont vous avez été privé. Dans un an, vous ne serez plus intéressé par une espionne vieillissante.

— Je suis tenté de vous fesser, dit-il avec exaspération. Vous vous souciez de mon état mental, et pourtant votre bêtise vous empêche de voir quelle femme belle et extraordinaire vous êtes.

Il commença à parcourir sa gorge de baisers, réveillant des sensations qu'elle pensait épuisées.

— Puis-je au moins vous convaincre que vous êtes tout simplement irrésistible ? demanda-t-il.

Elle ouvrit les cuisses et il s'y installa, son membre durci glissant le long de cette chair d'une exquise sensibilité. Tout en se balançant contre lui, elle lui avoua d'une voix rauque :

— Vous me donnez l'impression d'être la créature la plus désirable au monde.

— Parce que vous l'êtes, répondit-il en enfouissant son visage au creux de l'épaule de sa compagne. Ah, mon Dieu, Cassie ! S'il ne nous reste que cette nuit, savourons-en chaque moment.

— C'est ce que nous allons faire, souffla-t-elle en l'attirant en elle. C'est ce que nous allons faire.

Lorsqu'ils furent à court de mots et de passion, Grey l'enlaça. Cassie avait le dos pressé contre le torse de son amant de telle sorte qu'elle sentait son cœur marteler. Elle se demanda si elle serait un jour aussi proche d'un autre homme.

Peut-être. Le temps qu'elle avait passé avec lui l'avait changée de manière fondamentale. Elle parvenait désormais à imaginer une vie après la guerre. Si elle survivait, elle achèterait une maison dans le Norfolk pour être près de sa famille. Éventuellement, elle se marierait un jour. Mais à cet instant, aimer un autre que Grey lui semblait inconcevable.

Elle somnolait quand le gentleman entonna une composition dont les douces paroles et la mélodie étaient à peine audibles. Elle ne l'avait pas entendu chanter depuis qu'elle l'avait trouvé dans le donjon de Château Durand. Elle avait été autant surprise par sa voix riche et puissante que par l'incroyable paillardise du texte.

Son organe était toujours impressionnant, mais cette fois, le lord interprétait une chanson d'amour, ou plus précisément d'amour perdu. Elle eut la gorge serrée en identifiant l'air de son enfance qui la hantait.

Allez-vous à la foire de Scarborough Fair?
Persil, sauge, romarin et thym
Rappelez-moi au bon souvenir de quelqu'un qui vit là
Elle fut autrefois mon véritable amour

Les vers se poursuivaient dans un appel à accomplir des tâches impossibles avant que l'amour soit atteint. Meurtrie, elle ferma les yeux pour retenir ses larmes.

Rappelez-moi au bon souvenir de quelqu'un qui
vit là
Elle fut autrefois mon véritable amour

Chapitre 40

Grey avait affronté des défis plus éprouvants que faire des adieux formels à Cassie alors qu'elle le quittait pour toujours, mais il ne pouvait se rappeler spontanément à quel moment. Il espérait être capable de garder son sang-froid au lieu de s'effondrer et de confirmer ainsi les pires soupçons de la jeune femme sur sa santé mentale.

Toute la famille Sommers s'était rassemblée dans l'entrée pour dire « au revoir » à l'espionne et ses cousins. Elle n'était pas vêtue avec sophistication ce matin-là, mais le brun profond de sa robe élégamment coupée complétait parfaitement la splendide teinte cuivrée de ses cheveux et le blanc laiteux de sa peau. Elle se tourna vers lui pour prendre congé, l'air plus souveraine que la reine d'Angleterre. Il était difficile de songer qu'ils s'étaient enlacés nus et brûlants de passion la nuit précédente.

Pendant que Richard et Neil gratifiaient le comte et son épouse de remerciements et d'adieux expansifs, Grey saisit l'occasion de glisser quelques derniers mots en privé à sa bien-aimée. Se tenant très près d'elle, il aperçut des cernes sous ses yeux. Rien de surprenant, compte tenu du peu de temps qu'ils avaient dormi. Il avait probablement les traits aussi tirés qu'elle.

— Si je peux surmonter cela sans faire une impressionnante crise de nerfs, je suis assurément guéri de la folie qui m'a gagné en prison, murmura-t-il, s'efforçant d'employer un ton léger. Bien que, en toute honnêteté, la seule chose qui m'empêche de vous soulever pour aller vous enfermer dans le grenier est la certitude que vous me casseriez un bras ou quelque autre membre qui m'est plus précieux.

Les prunelles de Cassie furent traversées par une lueur d'amusement narquois.

— Je ne doute pas que vous soyez en voie de rétablissement, mon cher. Vous briserez bientôt tous les cœurs féminins du beau monde.

— Si curieux que cela puisse paraître, ce n'est pas mon ambition.

Il la dévisagea avec une affliction si intense que son regard aurait pu érafler la peau diaphane de sa rousse conquête. Dans un coin reculé de son cerveau, il comprenait pourquoi elle estimait qu'ils devaient prendre des chemins séparés. Une infime part de lui était du même avis. Mais son cœur, son corps et son âme pensaient autrement.

— Il est temps de partir, Cat ! cria Neil.

— Au revoir, milord, mon compagnon dans l'adversité, dit-elle en effleurant la joue de Grey avec la délicatesse d'une plume. Je ne vous oublierai jamais.

Il perdit toute maîtrise et écrasa la jeune femme dans une étreinte désespérée.

— Ne partez pas, Cassie, lui murmura-t-il à l'oreille. Restez.

L'espace d'un instant, elle lui rendit son embrassade avec la même ferveur. Puis elle se dégagea, les joues empourprées.

— Je vous souhaite une belle vie. Soyez heureux.

Elle fit volte-face et sortit de Summerhill. En emportant le cœur du gentleman avec elle.

Cassie commença seulement à se détendre quand le fiacre fut à bonne distance du domaine. Bien entendu, elle n'attendait pas de Grey qu'il la poursuive au galop pour l'emmener sur son cheval. Il était certainement trop avisé pour tenter cela. Mais avec lui, elle n'était jamais sûre de rien.

Lorsqu'ils atteignirent la route principale vers l'est qui les conduirait à Londres, elle finit par se mettre à l'aise. À quatre dans l'habitacle, ils avaient chaud, elle retira donc son chapeau. Richard était assis à côté d'elle. Neil était installé sur le siège opposé ainsi que Hazel – transparente comme seuls les agents de Kirkland savent l'être – qui faisait face au frère aîné.

Ce dernier avait gardé le silence jusque-là, mais il déclara brusquement :

— J'ai vu la réaction de Wyndham pendant notre départ. Vous a-t-il manqué de respect, Cat ?

— De « respect » ? répéta-t-elle d'un air perplexe. Que voulez-vous dire ?

Embarrassé, mais disposé à étriller Grey, Richard demanda :

— Vous a-t-il amenée à nourrir des espérances sans les honorer ?

Entre amusement et irritation, Cassie lui répondit froidement :

— Si vous vous entraînez à être chef de famille, arrêtez. Je suis tout à fait capable de prendre soin de moi-même.

— Mais se comporte-t-il justement envers vous ? insista-t-il. Je suis sérieux, Catherine.

Elle étudia ses cousins le temps d'environ douze tours de roues, curieuse de savoir s'ils pouvaient comprendre la réalité d'une vie d'espionne. Ils seraient probablement choqués – après tout, ils étaient fils de pasteur. Mieux valait ne pas leur expliquer la complexité de son métier.

— Il voulait m'épouser. La plupart des gens considéreraient son attitude comme honorable.

— Et vous avez refusé ? s'étonna l'aîné, déconcerté. Je n'en saisis pas la raison. Vous sembliez très attachés l'un à l'autre.

— C'est compliqué.

Elle ferma les yeux, coupant court à la discussion, elle-même incapable de justifier son choix. Mais elle était convaincue d'avoir raison. Grey n'était pas encore prêt à prendre une épouse. Et au moment venu, si cela arrivait un jour, elle ne serait pas cette femme.

Une fois de plus, le trajet pour la capitale se fit au rythme le plus rapide que puisse permettre un voyage en fiacre de location jalonné de changements d'attelage réguliers. La soirée était toutefois bien avancée quand ils gagnèrent leur destination. À sa demande, Hazel fut déposée près du bureau de Kirkland. Cassie la soupçonna d'aller faire un compte-rendu sur le retour de Wyndham à Summerhill.

Elle dit à sa fausse bonne qui descendait du véhicule :

— Je vous remercie infiniment. Vous m'avez facilité ce séjour dans l'Ouest.

— Il m'a été appréciable, répondit l'agent en souriant. Peut-être nous reverrons-nous à Exeter Street.

Lorsque le fiacre se remit en route, Neil fit observer :

— Cette employée n'est pas commune.

— Je ne suis pas une employeuse commune, rétorqua sa cousine avec humour.

Il ne leur fallut qu'un court trajet pour arriver à St Ives House. Tandis que Neil l'aidait à descendre de la voiture, l'espionne examina la façade. Le quartier était ravissant et bien proportionné. Quand elle était petite, on ne l'avait pas souvent emmenée à Londres, mais elle se souvenait très bien de cette demeure.

— Vous est-il pénible d'être à nouveau ici ? lui demanda Richard alors qu'elle lui prenait le bras.

Elle acquiesça.

— Je n'y ai séjourné que rarement, mais j'ai conservé de tendres souvenirs de cet endroit. Je l'ai donc évité.

— Vous n'êtes jamais passée devant lorsque vous étiez à la capitale ? s'étonna Neil.

— Pas une seule fois, avoua-t-elle en pinçant les lèvres. J'avais enseveli tout ce qui concernait mon enfance, et je n'avais jamais regardé en arrière depuis lors.

— Cela ne se produira plus, déclara-t-il fermement. Nous ne le permettrons pas.

— Quels frères autoritaires vous faites, plaisanta-t-elle. Même à huit ans, j'acceptais difficilement les ordres.

Richard sourit.

— Ne puis-je brièvement espérer que vous soyez devenue plus docile ?

— Pure perte de temps. Concentrez-vous plutôt sur le fait d'épargner un trop grand choc à vos parents, lui conseilla-t-elle. Quand lady Costain a vu Wyndham sans avoir été prévenue de son retour, elle s'est évanouie.

— Très juste. Je vais entrer en premier pour les préparer. Neil, accordez-moi quelques minutes pour poser le décor avant de venir avec Cat.

— Bien entendu.

Le valet qui les reçut adressa à Cassie un regard curieux, mais il était trop jeune pour l'avoir connue.

— Bienvenue, messieurs. Si vous souhaitez présenter vos respects à lord et lady St Ives, ils prennent le thé dans le salon.

— Faites monter un souper pour trois personnes, ordonna l'aîné.

D'un pas vif, il gravit les marches pour rejoindre ses parents.

Le cadet prit le manteau et le chapeau de sa cousine en ajoutant :

— Préparez une chambre pour notre invitée.

Lorsque le domestique partit s'exécuter en hâte, le jeune homme demanda à cette dernière :

— Prête à rencontrer d'autres membres de votre famille ?

Elle esquissa un sourire en coin en lui prenant le bras.

— Je commence à éprouver une certaine compassion pour Wyndham lorsqu'il appréhendait de rentrer chez lui après une longue absence.

— Étant donné que vous ne nous attendiez pas mon frère et moi, vous n'avez pas eu le temps de vous inquiéter au préalable, confirma-t-il. Mais cela va bien se dérouler. Maintenant, en route, et avec entrain !

Elle éclata de rire et s'exécuta. Pendant qu'ils montaient l'escalier, elle essaya de se rappeler les anniversaires de ses cousins. Richard avait environ un an de plus qu'elle, Neil un an de moins. D'âges suffisamment proches pour qu'ils courent tous trois partout comme une bande de sauvages. Les règles du presbytère étaient moins strictes qu'au manoir, et Cassie y avait passé beaucoup de temps, assistant aux cours donnés par son oncle.

La maison était telle que dans ses souvenirs. Elle reconnut même une partie du mobilier. Il y avait eu toutefois assez de changements, elle apercevait en particulier de nouveaux objets d'art et tapisseries, pour qu'elle n'ait plus le sentiment d'être chez ses parents. Ce dont elle se réjouissait.

Lorsqu'ils pénétrèrent dans le salon, lady St Ives disait d'un ton placide :

— Combien de temps devons-nous patienter pour cette heureuse surprise, Richard ?

— Elle ne va pas tarder, répondit-il. La voilà !

Il fit un geste ample vers Cassie et Neil, avant d'aller les rejoindre. Alors que les trois jeunes gens étaient ainsi alignés, leur ressemblance se révélait indéniable.

Le lord et sa femme dévisagèrent la nouvelle venue, bouche bée. Les années avaient un peu enrobé leurs silhouettes, ridé leur peau et avaient ajouté des mèches grises à leur chevelure, mais ils demeuraient les oncle et tante aimables et adorés de l'espionne. Elle leur adressa une révérence solennelle.

— La route a été longue, oncle Pasteur. Ma patiente tante Patience.

Elle utilisa délibérément ces surnoms pour attester son identité.

— Catherine ? suffoqua la noble dame.

Son époux traversa aussitôt la pièce pour regarder plus attentivement leur invitée. John St Ives ressemblait à son frère, mais il était d'un abord moins sévère, de plus large corpulence, et son aîné de vingt ans.

— Catherine, dit-il en lui serrant les mains, radieux. Ma chère nièce ! Il ne s'agit pas d'une usurpatrice, Patience !

La réunion qui s'ensuivit ne fut guère différente de celle avec ses cousins, excepté qu'elle impliquait plus de gens, de nourriture, et de voix qui se chevauchaient. Alors que minuit approchait, Cassie commença à bâiller.

— Je suis désolée, dit-elle. La journée a été interminable.

— J'aurais dû demander que l'on prépare une chambre ! s'exclama sa tante. J'étais si occupée que j'ai oublié.

— J'y ai pensé, la rassura tendrement Neil. Elle sera prête quand Cat aura envie de prendre congé.

— Ce qui signifie dès maintenant, précisa celle-ci en étouffant un autre bâillement.

Elle était épuisée par le trajet, mais également par cet excès de mondanités. Elle était habituée à une existence plus tranquille.

— Quels sont vos projets, à présent, Catherine ? s'enquit son oncle. Vous êtes ici chez vous tant que vous séjournez à Londres, bien entendu. Mais voudriez-vous aller à Eaton Manor ? Avec l'arrivée du printemps, le Norfolk aura revêtu ses plus beaux atours.

Cette pensée eut l'effet d'un coup de poignard. La jeune femme avait passé là presque toute son enfance, et elle y conservait plus de souvenirs qu'elle ne pourrait en affronter pour le moment.

— Peut-être plus tard, répondit-elle. Pour l'instant, j'ai à faire à la capitale.

Après les embrassades pour se souhaiter « bonne nuit », elle fut heureuse de se retirer dans une chambre confortable, meublée avec goût, et chauffée par un feu crépitant. Ses habits avaient été brossés et pendus dans la garde-robe.

Une bonne se présenta quelques instants après. Elle était là pour l'aider à enlever sa tenue, et lui apporter un grog au lait et aux épices pour faciliter son sommeil. Cassie se sentit au bord des larmes en prenant le breuvage qui fumait doucement. Elle reconnaissait à l'odeur la recette de sa mère. Elle en avait souvent bu dans son enfance.

Lorsque la domestique lui eut défait sa robe, l'espionne la congédia. Elle passa ses vêtements de nuit, se munit de sa tasse et alla à la fenêtre pour contempler la ville endormie. Une gorgée de la mixture lui permit de constater qu'eu égard à sa maturité, une dose vivifiante de rhum avait été ajoutée.

Que faisait Grey à cet instant précis ? Mieux valait ne pas y songer. Certes, elle aimait sa famille récemment retrouvée, mais elle était indépendante depuis trop longtemps pour laisser les siens prendre les rênes de son existence. Ils avaient les meilleures intentions du monde, mais elle était Cassie le Renard et avait juré d'œuvrer à la chute de Napoléon durant toute sa vie d'adulte.

Toutefois, même si elle n'était pas prête pour Eaton Manor, elle apprécierait de passer du temps avec les St Ives et de devenir une femme aisée. Elle devait à lady Kiri Mackenzie et Lucia Stillwell une folle expédition dans les boutiques pour les remercier de lui avoir fourni un trousseau du jour au lendemain.

Elle prit conscience que possédant désormais des biens, elle devrait rédiger son testament. Elle n'en aurait jamais eu l'utilité auparavant.

Elle irait également montrer ses crocs à Kirkland pour avoir informé Richard St Ives qu'elle était en vie, et de surcroît sans sa permission. Le fait que tout se soit bien déroulé signifiait simplement que son employeur était comme toujours d'une irritante infaillibilité.

Après l'avoir réprimandé, elle solliciterait auprès de lui une nouvelle mission. Son existence avait radicalement changé au cours des dernières semaines, mais une guerre sévissait toujours en Europe. Et l'espionne n'obtiendrait satisfaction qu'au moment où Bonaparte serait anéanti.

Le renard n'avait pas fini sa poursuite.

Grey s'était mis à la course. Il en avait fait sur place durant d'innombrables heures lorsqu'il était en prison, s'imaginant qu'il traversait de vastes et verts paysages. Souvent, pendant ces trajets vers nulle part, il parcourait mentalement sa propriété. À présent, il pouvait réellement trotter de part et d'autre de Summerhill. Il avait besoin d'exercice physique, car il ne dépensait plus son énergie au lit avec Cassie. Il se rendit vite compte que monter et descendre des collines n'avait rien à voir avec le fait de piétiner dans sa cellule. Même s'il découvrait des muscles qui n'étaient guère sollicités sur un sol plat, il aimait cette liberté de pouvoir courir sans se soucier qu'il fasse beau, qu'il pleuve, ou que le matin soit brumeux. Par ailleurs, il ne se lasserait jamais de la beauté de son domaine.

Il adorait monter à cheval, mais se déplacer à pied lui permettait de découvrir les lieux sous de nouveaux aspects. Le cordonnier local lui avait confectionné une paire de bottines légères et confortables, et parfaitement adaptées à sa récente passion. Il se sentait reprendre des forces, tant mentalement que physiquement.

Ces ravissantes terres ancestrales le guérissaient d'une manière qu'il n'aurait su décrire.

Il essayait de ne pas songer à Cassie. Son évolution avait certes été interrompue par des années d'incarcération, mais bon sang, il était désormais un adulte. Il devrait être capable d'accepter qu'une femme ait des raisons valables de le rejeter.

Malheureusement, elle revenait hanter son esprit chaque fois que ses parents donnaient un petit dîner en l'honneur des voisins. Il avait consenti à y participer, car il savait combien les gens étaient curieux au sujet du fils prodigue, et il avait besoin de reprendre sa place dans sa communauté.

Mais il détestait être observé comme une pièce de bœuf jetée à une meute de chiens affamés. Il avait dû annoncer à sa famille la rupture de ses fiançailles à la demande de Cassie, mais avait refusé de répondre à la moindre question. Toutefois, son célibat induisait que toutes les jeunes femmes disponibles des environs l'étudiaient pour évaluer leurs chances.

Celles qui n'appartenaient pas à la noblesse le regardaient d'un autre œil et lui faisaient d'autres sortes de propositions. Il devint expert dans l'art de disparaître poliment. Tant de féminité nubile mettait en relief le caractère unique et spécial de l'espionne. Son intelligence, sa chaleur, sa sagesse durement acquise lui manquaient. Tout comme son corps sensuel et délicieusement cambré.

Dès que ses pensées prenaient cette direction, il estimait qu'il était temps de repartir courir.

Après une quinzaine de jours chez lui, il commençait à se détendre et à avoir le sentiment qu'il redevenait lord Wyndham. Puis il reçut un pli qui fit derechef basculer son univers.

Il alla chercher Peter et le trouva dans la bibliothèque, qui était le principal repaire de son cadet. Celui-ci leva les yeux d'une lettre, rayonnant.

— Cela vient de Mr Burke, le directeur de théâtre ! Il dit que sa compagnie a besoin d'un jeune premier pour faire tomber les dames en pâmoison, et puisque je semble avoir des aptitudes pour la comédie, il va me donner une chance.

— Merveilleux !

À présent, Grey devait gâcher le bonheur de son frère.

— Mais n'en parlez pas encore aux parents, poursuivit-il en brandissant sa propre missive d'un air sombre. Je dois aller en France. Si je n'en reviens pas, vous serez de nouveau le prétendant au titre de comte.

Chapitre 41

Samuel Johnson disait qu'un homme lassé de Londres était un homme lassé de la vie. Peut-être cela ne s'appliquait-il pas aux femmes, car après deux semaines à écumer les magasins et à fréquenter la société, Cassie ne tenait plus en place. Elle avait l'habitude que son existence ait un but. Choisir des rubans pour des chapeaux ne paraissait pas très important comparé au fait de travailler à la destruction de Napoléon.

Elle fut soulagée de recevoir un message de Kirkland la priant de passer le voir. Elle lui avait déjà rendu visite pour lui reprocher d'avoir dévoilé son identité à ses cousins, mais ni l'un ni l'autre n'avaient pris au sérieux ses réprimandes, puisque l'immixtion de son employeur s'était révélée bénéfique.

Cette entrevue serait différente. Tandis qu'elle faisait résonner le heurtoir à tête de dragon, elle se remémora ce jour de janvier où l'Écossais l'avait fait venir pour lui demander de découvrir si Wyndham, disparu de longue date, était encore en vie. Les mois qui s'étaient écoulés entre-temps avaient été si riches en événements qu'elle avait l'impression d'être présente depuis une éternité.

Une fois de plus, elle fut accueillie par le majordome et se dirigea sans escorte vers le bureau de l'Écossais. Il se leva courtoisement lorsqu'elle entra.

— Qu'avez-vous à me confier aujourd'hui, James ? demanda-t-elle avec légèreté. Des renseignements à faire passer de l'Angleterre vers la France, ou vice versa ? Une mission de reconnaissance, un assassinat ?

— J'ai des informations à vous donner, annonça-t-il sombrement. Il vous regarde de décider ce que vous allez en faire.

Elle s'assit lorsqu'il l'y invita d'un signe de main.

— Il semble que cette affaire soit grave.

— Elle l'est, confirma-t-il en s'enfonçant dans son fauteuil d'un air las. Vous n'êtes pas sans savoir que les gouvernements français et anglais ont des moyens secrets de communiquer ensemble ?

Lorsqu'elle hocha la tête, il poursuivit :

— J'ai reçu un message de Claude Durand. Il est passé entre de nombreuses mains avant de me parvenir. Cet homme a de nouveau capturé le père Laurent, le compagnon de geôle de Wyndham. Il a également arrêté les gens chez qui le prêtre s'était réfugié.

— Les Boyer.

L'estomac de Cassie se noua si violemment qu'elle en eut presque la nausée. Il était déjà désastreux que cet ignoble individu ait fait prisonnier l'homme d'Église, mais Violette et Romain ?

— Il s'agit de la nièce de l'ecclésiastique et de son mari, expliqua-t-elle. Ils nous ont recueillis avec une grande gentillesse lorsque nous en avions cruellement besoin. Durand s'est-il également emparé de leurs enfants ?

— Apparemment. Il prétend avoir enfermé quatre membres de leur famille.

Il ne s'était probablement pas embarrassé de l'aînée qui était mariée, mais cela ne constituait qu'un maigre réconfort. L'espionne cracha des jurons dont Catherine St Ives aurait ignoré l'existence.

— Ce monstre ! s'écria-t-elle tandis que son sang se glaçait à mesure qu'elle comprenait la situation. Durand a fait circuler cette information pour tendre un piège, n'est-ce pas ? Il veut que Wyndham retourne en France.

— Ce serait la seule raison valable pour qu'il fasse l'effort considérable d'envoyer ce renseignement aux Anglais, concéda Kirkland. Et je crains qu'il n'arrive à ses fins. À l'heure qu'il est, notre ami s'apprête à partir pour le territoire ennemi.

Elle en eut le souffle coupé.

— Pourquoi diable l'avez-vous mis dans la confidence ? Secourir les Boyer serait quasiment impossible, même pour des agents confirmés. S'il va là-bas, il se fera tuer !

— Je ne l'espère pas. Quant aux motifs que j'avais de porter cette nouvelle à sa connaissance..., commença-t-il en grimaçant. En dépit de vos commentaires justifiés sur mon intrusion, je n'aime pas décider pour les autres. Qu'éprouverait Wyndham s'il apprenait plus tard que le père Laurent s'était fait de nouveau capturer et était mort en prison ? Et les Boyer ? Ce sont de braves gens dont le seul crime semble se résumer à avoir offert un refuge à l'oncle de cette femme.

— Vous deviez savoir que votre camarade ne pourrait s'empêcher de retourner là-bas, dit-elle en esquissant une moue réprobatrice. Je l'imagine marchander avec le ministre, et se livrer en échange du prêtre et de ses proches.

Kirkland triturait sa plume de ses doigts crispés.

— Il serait fâcheusement imprudent de négocier avec un tel serpent, mais je ne serais guère surpris que notre ami le fasse s'il estimait ne pas avoir d'autre choix.

Une certaine sérénité s'empara de Cassie.

— Vous devinez que je ne le laisserai pas s'y rendre seul.

— Je me suis douté que vous insisteriez probablement pour l'accompagner, admit-il.

— N'êtes-vous jamais fatigué de vous prendre pour Dieu, James ? demanda-t-elle d'une voix tranchante.

— Si, fréquemment.

La plume cassa entre ses doigts.

— Si Wyndham y va seul, poursuivit-il, il a peu de chances de rester en vie, encore moins de réussir sa mission. Si vous partez avec lui, les probabilités de succès sont multipliées, mais demeurent incertaines, et je vous ai déjà mise en danger. Que feriez-vous à ma place ?

Elle réfléchit.

— La même chose que vous. Mais j'ai besoin d'enrager contre quelqu'un, et je n'ai personne d'autre que vous sous la main.

— Sentez-vous libre de me maudire. J'ai l'habitude, déclara-t-il avec un sourire en coin. Vous voilà avec une nouvelle existence. Une famille adorable, une fortune, un retour dans le milieu social qui vous a vue naître. Et je vous fais replonger dans le monde obscur et périlleux de l'espionnage.

— Si cela peut vous réconforter, je commençais à m'ennuyer dans ce quotidien de boudoir et me sentais prête à reprendre mon activité, avoua-t-elle en plissant les yeux tel un chat. Je suis persuadée que vous savez comment je réagirais si vous laissiez Wyndham courir à sa perte sans m'en informer.

— Je craindrais pour ma propre vie, répondit-il aussitôt.

— Quel homme avisé, rétorqua-t-elle en se levant, consciente de ce qu'elle avait à faire. Savez-vous où se trouve notre compagnon ?

— À l'étage, dans ma chambre d'amis. Je l'ai invité à séjourner ici tant qu'il est à Londres.

Elle pivota sur ses talons et se dirigea vers la porte. Il lança derrière elle :

— Deuxième étage, tout au fond.

Non qu'elle eût besoin d'indications. Maintenant qu'elle savait Grey à proximité, elle le trouverait. Et gare à celui qui se mettrait en travers de son chemin.

Le gentleman rédigeait l'une de ces quelques lettres éprouvantes qui n'auraient peut-être jamais besoin d'être envoyées, du moins l'espérait-il, quand la porte de sa chambre s'ouvrit sans un bruit. Il leva les yeux, pensant qu'il s'agissait de l'une des bonnes au pas de velours de Kirkland. Puis il se figea. *Cassie.*

Elle affichait une expression sereine et déployait une discrète élégance dans sa robe bleu foncé. Tout à fait son style si elle avait été depuis toujours une aristocrate anglaise, s'aperçut-il. Une confection impeccable, de somptueux tissus, et une coupe plutôt conformiste pour contrebalancer la sensuelle magnificence de sa silhouette parfaite et de sa chevelure aux éclats cuivrés.

Elle ferma la porte et s'y adossa, une main sur la poignée, comme prête à détaler. Le cœur battant la chamade, il se leva, songeant combien il était diablement injuste de la part de son hôte de lui envoyer la jeune femme. L'atmosphère devint vibrante de tension. Il avait envie de traverser la pièce, de prendre l'espionne dans ses bras et de l'attirer sur le lit.

Au lieu de cela, il s'efforça de rester derrière le bureau. Esquivant les préliminaires, il annonça directement d'un ton catégorique :

— Je ne changerai pas d'avis.

Elle riva sur lui des yeux froids et inquisiteurs.

— Vous pensez donc pouvoir traverser la Manche et une partie de la France pour faire sortir cinq personnes – dont au moins une dans un état de santé précaire – de Château Durand ?

— Je l'ignore, répondit-il en toute sincérité. Mais je dois essayer. Je suis trop redevable vis-à-vis du père Laurent et des Boyer pour ne pas faire tout ce qui est en mon pouvoir.

— Vous êtes sûr ? demanda-t-elle. Vous avez passé dix ans en enfer. À présent, vous avez tout récupéré.

Votre famille, votre fortune, votre rang. Êtes-vous disposé à tout perdre de nouveau dans cette quête impossible ?

— Oui.

En dépit de ses petits accès de colère et de sauvagerie, sa vie s'était révélée d'une douceur presque insoutenable depuis que Cassie l'avait aidé à s'échapper. Après avoir cherché ses mots, il déclara d'une voix hésitante :

— J'ai besoin de le faire. J'ai joui d'une multitude d'avantages depuis ma naissance, sans avoir à affronter la moindre épreuve en retour. Je n'ai jamais risqué ma vie pour quelqu'un d'autre. Je… j'ai besoin de me prouver que je suis un homme, pas un blanc-bec.

Elle acquiesça comme si ces propos venaient confirmer ses réflexions.

— Je ne suis pas ici pour dépenser ma salive à tenter de vous faire renoncer. Je savais que vous ne pourriez pas leur tourner le dos.

— J'ai des années de frivolité à rattraper. Mais alors, dit-il en la regardant d'un air méfiant, si vous n'êtes pas ici pour essayer de me faire abandonner mon entreprise, pourquoi êtes-vous venue ? Pour me ligoter et m'enfermer dans une armoire afin que je ne puisse quitter Londres ?

Elle arqua les sourcils.

— Pour me charger de cette mission, bien sûr. Livré à vous-même, vous allez vous faire tuer, et ruiner tout le temps ainsi que tous les efforts que je vous ai consacrés.

Il était tiraillé entre l'envie de rire et celle de jurer.

— Non. Vous avez déjà pris bien trop de risques pour moi. Le père Laurent et ses proches sont ma responsabilité, pas la vôtre.

— Cette remarque est fort discutable, puisque c'est moi qui nous ai conduits directement à la ferme des Boyer et que j'ai bénéficié de leur générosité, riposta-t-elle. Ce qui est indiscutable, c'est le fait que vous n'ayez pas les aptitudes ni l'expérience requises pour entrer en toute sécurité sur le territoire français et avoir une chance d'en sortir vivant.

— Vous me sous-estimez, dit-il sèchement, conscient qu'elle avait raison. Je parle français comme un natif, et ayant voyagé avec vous à travers ce pays, je sais comment procéder. Kirkland m'a également promis de nouveaux papiers.

— Pouvez-vous trouver un moyen de transport pour traverser la Manche ? Étant donné que vous souffriez de deux blessures par balle lorsque nous avons regagné l'Angleterre, je suppose que vous ne parviendrez pas à vous rappeler le chemin jusqu'à mes contrebandiers britanniques.

Ses plaies et le mal de mer l'avaient effectivement plongé dans un certain brouillard, mais il avait repensé à tout cela.

— Leur nom est Nash, et j'ai une idée assez claire de l'endroit où nous avons débarqué. Je les retrouverai et leur proposerai une telle somme qu'ils ne pourront refuser.

— C'est une solution, concéda-t-elle. Vous réussiriez sans doute à retourner à Château Durand, avec les bons papiers, même si certains s'interrogeraient sur un jeune homme vigoureux qui n'est pas dans l'armée. Mais que ferez-vous une fois arrivé là-bas ? Comptez-vous vous y introduire seul ?

— J'élaborerai un plan, et ce ne sera pas un assaut direct. Je suis certes novice, mais pas stupide.

— En général, non, mais refuser mon aide est profondément idiot. Ensemble, nous avons nos chances. Par vous-même…, commença-t-elle d'un ton hésitant en secouant la tête. Vous m'avez dit que Peter ne voulait pas hériter du comté. Allez-vous le forcer à porter le titre ?

— Quel tact, rétorqua-t-il, exaspéré.

Il réduisit la distance qui les séparait en deux longues enjambées et alla l'embrasser avec toute la passion accumulée depuis leur dernière nuit.

La toucher l'apaisait et l'enflammait en même temps. La bouche de Cassie était d'une brûlante douceur, et ses seins s'écrasaient contre lui tandis qu'elle s'embrasait, les doigts enfoncés dans le dos de son amant. Vaguement conscient qu'il ne s'était pas attendu à cela, il mit fin au baiser et se dégagea, haletant.

— Pensez-vous sérieusement que nous pourrions voyager ensemble sans nous jeter l'un sur l'autre ?

— Apparemment, non.

Elle avait le visage écarlate et des mèches de cheveux cuivrés qui retombaient en cascade sur ses épaules. Elle le gratifia d'un sourire tristement espiègle et ajouta :

— C'est pourquoi nous devons nous déplacer en tant que mari et femme.

Chapitre 42

Grey fut obligé de rire.

— Est-ce que partager une couche est ma récompense si je vous laisse venir avec moi ?

— Plutôt une façon de rendre la situation rationnelle, je suppose. Nous voulons tous deux ardemment tenter un sauvetage à Château Durand, dit-elle en s'approchant pour l'embrasser et tirer sur sa cravate. Mais je suis sérieuse quand je prétends refuser de vous laisser y aller seul. Si vous en faites la moindre tentative, vous risquez de vous retrouver enfermé dans une armoire, après tout.

Il sentit son bon sens s'évanouir pendant qu'il défaisait la robe, puis le corset de sa compagne. Il avait besoin de la voir et de la toucher tout entière, de s'imprégner de sa merveilleuse essence.

Elle devait éprouver la même chose, car elle lui ôta violemment ses vêtements, avec une passion aussi intense que celle de Grey. Ils n'avaient été séparés que deux semaines, qui leur avaient paru des années. Il voulait la dévorer, se délecter de cheveux de cuivre chatoyants, de senteurs subtiles et de femme puissante.

Lorsque leurs peaux furent enfin en contact, ils s'effondrèrent sur le lit, dans des caresses et des baisers d'un empressement frénétique. Quand il ne put attendre plus longtemps et s'introduisit en elle, il gémit de plaisir et s'immobilisa, sachant avec quelle rapidité ce rapport risquait de se terminer. Souhaitant retarder le terme de leur étreinte, il roula afin que sa partenaire soit au-dessus de lui.

— Ouiii, chuchota-t-elle en s'ajustant, trouvant un rythme qui leur conviendrait à tous deux.

Mais elle était animée de la même impatience que lui, du même besoin, et se mit à convulser bien trop tôt autour de lui.

Il jouit immédiatement, l'agrippant avec fermeté tandis qu'il déferlait en elle. *Cassie, Cassie, Cassie…*

La passion assouvie, il lui caressa le dos en reprenant difficilement sa respiration. Lorsqu'il put s'exprimer de façon cohérente, il lui dit :

— J'avais envisagé de voyager déguisé en prêtre, mais je doute que cela fonctionne.

— Absolument pas, répondit l'espionne en s'étouffant de rire.

Elle s'allongea sur le côté, contre le flanc gauche de Grey, la main posée tendrement sur le torse de celui-ci.

— D'un moment à l'autre, vous allez m'expliquer que cela ne change en rien cette situation à long terme, et que nous n'avons aucun avenir, murmura-t-il. Mais que si nous voyageons ensemble, il est plus sensé de nous comporter comme des époux que de tenter de rester à distance l'un de l'autre.

— « Sensé », répéta-t-elle en faisant le tour du nombril de son compagnon avec le doigt. Tout à fait le terme qui nous résume.

Il sourit en jouant avec une mèche de cheveux soyeuse.

— Ce n'est peut-être pas le plus approprié.

— Probablement pas, dit-elle en reprenant son sérieux. Nos chances de secourir avec succès le père Laurent et sa famille sont de cinquante pour cent, au mieux. Par conséquent, les plaisirs dont nous bénéficierons sur le moment vaudront la peine que nous risquons de subir par la suite.

— Donc si nous échouons, nous serons morts et ne pourrons donc endurer la détresse de notre séparation ? Cela paraît raisonnable, vu sous cet angle morbide.

Il caressa l'épaule nue de la jeune femme, songeant que cette intimité était précieuse. Elle valait largement des années de sa vie.

La jeune femme se blottit sous son bras, toute en courbes chaudes et douces.

— Comment vous portiez-vous à Summerhill ?

— Je me suis mis à la course à pied par pur amusement, car cela me fait du bien et c'est bon pour la santé. Je suis également monté à cheval pour aller rendre visite aux métayers, leur rappeler qui je suis, et les assurer qu'ils peuvent me faire confiance, expliqua-t-il en gloussant. Il persiste encore quelques doutes, mais j'ai joué au gentleman avec un certain succès. Ma mère convie également la bourgeoisie à la maison, une famille à la fois, afin que je refasse connaissance avec les voisins.

— Il est avisé de sa part de restreindre les divertissements à des comités réduits, fit-elle observer.

— Pour sa première réception, elle a invité deux douzaines de personnes à prendre le thé, malgré ma requête d'éviter les larges groupes, reprit-il sèchement. Quand j'ai passé la porte et que j'ai vu cette assemblée dans le salon, je me suis incliné poliment avant de prendre congé. Ma réaction l'a convaincue du sérieux de ma demande.

— Mais de manière générale, vous vous sentez mieux ?

Relevant l'inquiétude dans sa voix, il lui répondit d'un ton rassurant :

— Bien mieux. Je serai peut-être prêt pour la Saison londonienne d'automne.

S'il était encore en vie et de retour en Angleterre.

— Et vous ? poursuivit-il. Vos oncle et tante ont-ils été aussi accueillants que vos cousins ?

— Oh, oui. Ma tante Patience a toujours regretté de n'avoir que des fils. J'étais un garçon manqué étant enfant, mais maintenant, je prends plaisir à être une fille de substitution.

Ainsi que d'avoir une mère de remplacement, supposa-t-il.

— Cassie, vous me demandiez si j'étais sûr de vouloir mettre autant en péril. Je dois vous poser la même question. Vous avez retrouvé une vie à laquelle vous aviez définitivement renoncé. Êtes-vous absolument certaine de risquer de la perdre pour une cause qui n'est pas vraiment la vôtre ?

— Oui, affirma-t-elle en posant son front contre le bras de Grey. L'une des règles que j'ai toujours suivies est que l'on n'abandonne pas ceux qui vous ont aidé.

Les Boyer ont été là pour nous. Il est maléfique de la part de Durand de se servir d'eux pour vous attirer en France. Tout comme vous, je ne puis rester en retrait et dire « Quel malheur, mais cela ne me concerne plus ».

Il avait pris la décision de retourner sur ce territoire ennemi en sachant que les probabilités de réussir sa mission étaient négligeables, mais avec l'espionne à ses côtés, il sentait poindre en lui un soupçon d'optimisme.

— Puisque c'est vous l'experte, comment pensez-vous que nous devrions procéder ?

— J'ai commencé à y réfléchir dès que Kirkland m'a informée de votre projet insensé.

Elle tira les couvertures sur eux, ce qui augmenta leur confort, ainsi que leurs chances de rester concentrés.

— Où en étiez-vous de vos propres idées ? l'interrogea-t-elle.

— Je comptais me teindre les cheveux et peut-être me faire pousser une moustache pour dissimuler mes traits, mais cela prend du temps. Pourrais-je en porter une fausse qui ferait correctement illusion ?

— Les postiches n'ont jamais l'air vrais et sont difficiles à faire tenir, quelle que soit la durée.

Elle passa un doigt léger sur la lèvre supérieure de son compagnon, et sentit les poils blonds presque invisibles qui commençaient à pousser.

— Dans quelques jours, dit-elle, votre moustache pourra être colorée. Elle sera courte, mais suffisamment visible pour détourner l'attention du reste de votre figure.

— Et vous ? Serez-vous de nouveau une dame mature et grisonnante ?

— Mon apparence ne doit pas être la même qu'avant. Par ailleurs, je ne pense pas que l'on puisse vous transformer en vieillard, ce qui serait le rôle adéquat pour m'accompagner, déclara-t-elle en plissant la bouche d'un air songeur. Nous devrions voyager comme un couple d'âge moyen et assommant, aux revenus modestes. Vous pourriez être un commis ou un fonctionnaire gouvernemental de bas niveau. Je serai compassée et sans humour. M. et Mme Harel. Les gens nous éviteront.

Il étudia son ravissant visage.

— J'ai du mal à me rappeler que je vous pensais vieille et ordinaire au départ, mais si vous m'en avez convaincu la première fois, vous pourrez le faire à nouveau.

Elle le regarda d'un œil sans expression et… disparut. Elle n'avait pas bougé, ses traits et sa teinte de cheveux étaient les mêmes, mais elle était plus fade et moins intéressante.

— Comment faites-vous cela ? s'exclama-t-il. On aurait dit que vous conteniez une bougie allumée en vous, et que vous l'avez soudain éteinte d'un pincement de doigts.

— Je ne puis vraiment décrire comment je m'y prends. Je m'imagine seulement que je suis banale, expliqua-t-elle dans un demi-sourire. J'ai passé la majeure partie de ma vie dans la peau d'une femme commune et indigne de l'attention des hommes. Cela me vient naturellement.

— Je vous désirerai tout autant, même si vous vous déguisez en terne épouse d'un ennuyeux officiel, dit-il en gloussant. Songez combien il sera amusant d'ôter les mornes couches de vêtements pour découvrir les délicieux mystères qui se cachent en dessous.

Elle acquiesça d'un sourire.

— Souvenez-vous simplement qu'en public, nous devrons donner l'impression de ne pas nous être touchés depuis notre nuit de noces.

— Difficile, mais je m'y efforcerai.

Ayant réglé cette question, il passa à la suivante.

— Comment allons-nous voyager une fois en France ? Dans un véhicule comme vous aviez ?

— Puisque nous serons les assommants M. et Mme Harel, nous pourrons nous déplacer en coche public, ce qui sera plus rapide. Nous prendrons également un autre itinéraire. Pour parvenir à Château Durand à partir d'une direction différente.

— Nous procurerons-nous une paire de bonnes montures quand nous nous serons rapprochés ? interrogea-t-il. Nous aurons besoin de nos propres moyens de transport, et nous pouvons aller à cheval dans certains endroits qui nous seraient inaccessibles en voiture.

Elle acquiesça.

— J'espère toutefois que nous n'aurons pas à faire sortir nos amis de France en cachette. Cela se révélerait bien plus compliqué. Il nous faudra prévoir une sorte de refuge avant d'arriver à proximité. Kirkland devra aussi demander à son orfèvre en faux papiers de lui en fabriquer pour toute la famille, au cas où ce serait nécessaire.

Ils n'étaient même pas sortis du lit, que Grey trouvait déjà d'impressionnants avantages à travailler avec une professionnelle.

— Durand me déteste et veut ma mort, il n'aurait pas déployé de tels moyens si ce n'était pour m'attirer dans ses filets. Si jamais il en a la possibilité, il souhaitera être chez lui, mais sans savoir avec certitude quand – ni même si – je viendrai, et il a sûrement des responsabilités qui l'occupent à Paris. Je suppose donc qu'il a engagé des hommes pour garder sa propriété, et qu'ils auront pour ordre de me capturer, si c'est faisable, plutôt que de me tuer. Cela vous paraît-il sensé ?

— Oui, mais il doit être prêt à rejoindre sa propriété, puisqu'il peut déduire à quel moment vous serez le plus susceptible d'apparaître, dit-elle en sourcillant. Il parviendra peut-être à convaincre ses supérieurs qu'il enquête sur une organisation de traîtres près de son domaine et qu'il lui faut y demeurer afin de tous les arrêter.

Grey l'espérait. Oui, il espérait trouver ce bâtard dans son château pour avoir l'occasion de le tuer à mains nues. Ce qui était peu probable, puisque toutes les chances étaient du côté de son adversaire, mais il avait le droit de rêver. Il exprima alors sa pire crainte :

— Pensez-vous que ce monstre a déjà exécuté le père Laurent et les Boyer ?

— C'est certes envisageable, répondit Cassie avec gravité. Mais je ne crois pas que ce soit le cas. La France est une nation de lois, et depuis la Révolution, nombre de celles-ci sont destinées à protéger les faibles des forts.

Lorsqu'il renifla avec dédain, elle ajouta :

— Ne riez pas. Le Code Napoléon est la seule chose pour laquelle j'accorde à l'Empereur quelque crédit. Avant que le peuple se rebelle, ce pays était un assemblage impossible de règles féodales et religieuses, avec des privilèges accordés à la noblesse et au clergé. Le code civil interdit spécifiquement les avantages justifiés par la naissance.

— Durand a presque dépassé les bornes, non ? Il n'a certes pas de titre, mais une grande part de ses actes ne sont pas sans ressemblance avec ceux de ses ancêtres aristocrates.

— Exactement. Il n'a nullement été inquiété pour avoir un donjon privé dans les enceintes de son manoir, surtout puisqu'il y retenait un prêtre et un Anglais. Mais éliminer un propriétaire respecté et sa famille lui causerait de sérieux ennuis, déclara Cassie en fronçant les sourcils tandis qu'elle réfléchissait. Il a très probablement fait accuser le père Laurent de trahison, et a lancé des investigations pour prouver que les Boyer sont eux aussi déloyaux. Ce qui lui permet de les détenir le temps de ces recherches. Il se pourrait qu'il les libère s'il vous attrape.

— Seigneur, je l'espère, répondit Grey dans une véritable prière. Si vous avez raison, il n'a jusque-là rien fait de particulier pour s'attirer de graves problèmes vis-à-vis de ses supérieurs. Comme vous le disiez, la Révolution a toujours détesté les hommes d'Église et le pouvoir de celle-ci, et personne ne remettrait en cause le meurtre d'un espion britannique. Les Boyer sont donc susceptibles d'en réchapper.

Elle intercepta le regard de son compagnon et déclara à celui-ci avec une glaçante détermination :

— Vous ne proposerez, sous aucun prétexte, votre vie à Durand en échange de leur liberté. Je ne vous y autoriserai pas.

— Vous pensez pouvoir m'en empêcher ? riposta-t-il en plissant les paupières.

— Ce combat se révélerait intéressant, non ? estima-t-elle doucement. Espérons qu'il ne faille pas en arriver là.

Grey marqua son approbation. Pour rien au monde ne souhaitait-il être en conflit avec elle. Il lui dit pour changer de sujet :

— Votre entrée triomphale au château alors que tout le monde se trouvait cloué au lit était un coup de chance extraordinaire. La fortune ne nous sourira pas autant cette fois-ci. Vous avez probablement eu un meilleur aperçu des enceintes que moi. Serai-je en mesure de les escalader avec l'équipement adéquat ?

— Nous le pourrons et le ferons tous les deux. Il nous faudra porter des vêtements sombres qui nous dissimuleront si nous passons par-dessus les murs, expliqua Cassie, les yeux rivés au plafond tandis qu'elle réfléchissait. Serait-ce avisé de supposer que les prisonniers sont enfermés dans le donjon où le père Laurent et vous-même étiez détenus ?

— Je pense que oui. Il est impossible d'en sortir sans une aide extérieure.

— D'après mes souvenirs, les cellules étaient munies de hautes meurtrières. Trop élevées et trop étroites pour permettre à quiconque de s'enfuir, mais ce sont malgré tout des ouvertures. Savez-vous sur quoi elles donnaient ?

— Une cour arrière très tranquille, entre le manoir et les écuries, me semble-t-il. Le bruit ou le passage y étaient rares. Les fenêtres se situent juste au-dessus du rez-de-chaussée. Les bonnes venaient à l'occasion pour discuter un peu, je ne pense donc pas que cet endroit était très fréquenté.

— Vous parveniez à continuer d'exercer vos charmes même dans les affres de l'emprisonnement ?

Il repensa aux filles curieuses qui s'arrêtaient parfois pour échanger quelques mots.

— Je manquais si cruellement de contacts humains que toute voix était la bienvenue. Il est arrivé, si j'avais vraiment de la chance, qu'une domestique me jette une pomme. Le paradis.

L'amusement de l'espionne s'évanouit.

— Il est stupéfiant que vous ayez aussi admirablement traversé un tel calvaire.

— Sans le père Laurent, je n'aurais pu éviter de finir à l'asile de Bedlam, répondit-il avec la même gravité. Je ne puis supporter de l'imaginer mourir dans ces oubliettes dont il était sorti.

— Nous ferons de notre mieux pour veiller à ce que cela ne se produise pas.

Elle se mordit la lèvre d'une façon qui détourna fortement l'attention de Grey. Le corps de celui-ci se remettait sûrement de leur union passionnée.

L'esprit toujours attelé à leur entreprise, elle déclara :

— Nous devons effectuer une sérieuse mission de repérage autour du château. Toute aide locale nous sera inestimable.

— Cela risque d'être difficile à trouver.

— Nous pouvons commencer par la propriété des Boyer. S'il se trouve quelqu'un là-bas, on nous donnera peut-être des renseignements sur eux ainsi que sur le château de Durand.

— Il est fort probable que ce dernier ait cédé la ferme à l'un de ses acolytes, déplora Grey d'un ton pessimiste. Si nous demandons de l'assistance, on nous arrêtera pour espionnage.

— Rappelez-vous ce que je vous ai dit sur la France et les lois qui la régissent, rétorqua-t-elle. Si ce monstre confisquait les lieux sans que la famille à qui ils appartiennent soit accusée du moindre crime, un membre de la communauté irait s'en plaindre auprès d'un magistrat.

— Il n'en prendrait donc pas possession lui-même. Pourrait-on laisser cette exploitation à l'abandon ?

Elle secoua la tête en signe de dénégation.

— Un tel endroit ne peut être négligé, surtout au printemps. Les Boyer ont une fille mariée. Je suis tentée de penser qu'elle y est retournée avec son mari pour s'occuper des animaux et des plantations. Elle prie certainement pour que ses parents soient libérés. Dans le cas contraire, ou s'ils se font exécuter, tout laisse à croire qu'elle deviendra la propriétaire. Si nous pouvons la retrouver, elle nous fournira des informations et de l'aide.

— J'espère que vous avez raison. Nous fondons notre raisonnement sur un grand nombre de suppositions.

Elle sourit avec ironie.

— Disons plutôt que ce sont des déductions. Ce terme est plus encourageant.

Il commença à la caresser sous la couverture. Les discussions sur l'oreiller leur portaient grandement conseil. Elle eut le souffle court lorsqu'il lui effleura le téton avec le pouce.

— Il nous faut une armée, marmonna-t-il. Avec de l'artillerie.

— C'est précisément ce que j'étais en train de me dire, répondit-elle en faisant glisser sa main sur la cuisse de Grey.

— Quoi ? s'exclama-t-il en se redressant sur un coude pour la dévisager. Je suis celui de nous deux qui est censé ne plus avoir toute sa tête !

— Où diable êtes-vous allé chercher une idée pareille ? s'étonna-t-elle en riant avec malice. Nous avons l'un comme l'autre perdu la raison pour entreprendre une telle mission, ne gâchons donc pas un seul moment de folie.

Elle le prit par le cou et l'attira à elle pour lui donner un baiser.

En quelques instants, le bon sens s'était évaporé.

Chapitre 43

Château Durand se découpait sur le ciel nocturne, saisissant et imprenable, sûrement semblable à ce qu'il était au quinzième siècle. Cassie et Grey, tout de noir vêtus et leurs visages presque entièrement dissimulés derrière des foulards sombres, étaient venus en exploration.

Le trajet pour la France s'était si bien déroulé que l'espionne en était presque arrivée à attendre avec superstition qu'un drame les frappe. Son compagnon avait réussi à faire la traversée de la Manche sans être malade, même s'il arborait un teint verdâtre lorsqu'ils avaient débarqué. Leur déguisement de couple morne et sans humour s'était révélé très efficace. Ils n'avaient jamais éveillé les soupçons, et peu de gens souhaitaient engager la conversation avec eux.

Mais la partie la plus facile de leur voyage était terminée. Ils avaient fait halte la nuit précédente dans une ville relativement grande, à douze miles de Saint-Juste, le village que surplombait le lugubre manoir. Grey acheta de robustes montures tandis que Cassie jouait le rôle de la conjointe soumise.

Après s'être rendus à cheval vers le bourg sous l'identité des si conventionnels M. et Mme Harel, ils avaient trouvé une grange abandonnée non loin et suffisamment en retrait de la route. Ils avaient installé leurs bêtes et enfilé leurs habits de cambrioleur. Le fait que le gentleman n'ait pas émis une seule remarque suggestive au sujet du pantalon de sa fausse épouse trahissait son angoisse.

Une demi-heure seulement de marche à travers les bois séparait leur refuge des geôles du ministre. La nuit était fraîche et venteuse, avec des nuages qui filaient devant une lune descendante. La jeune femme sentait que Grey se tendait comme une corde de violon à mesure qu'ils approchaient. Elle ne pouvait même pas imaginer ce qu'il vivait en retournant à l'endroit où il avait enduré dix années d'emprisonnement.

Lorsque le château fut en vue, ils s'attardèrent dans les bois ombragés pour l'étudier. Contrairement à la première fois où Cassie s'y était introduite, le portail était fermé, et un garde était posté dans la petite guérite. Les murs crénelés devaient faire au moins vingt pieds de haut. Ils entouraient le sol carré du château, avec une partie aménagée d'une largeur d'environ trente pieds à la base.

Au sommet de chaque angle se trouvait une tourelle de surveillance. De faibles lueurs provenant de braseros annonçaient qu'elles étaient occupées. Les sentinelles s'ennuyaient certainement à mourir, mais avaient une vue précise des enceintes, au cas où quiconque tenterait d'entrer en les escaladant.

Sur le mur arrière plongé dans l'ombre et situé à l'opposé de l'entrée principale, ils aperçurent une petite poterne. Cassie l'examina en manipulant deux fines piques en métal dans la serrure. Celle-ci semblait bloquée par la rouille. Ouvrir la porte ne serait ni aisé ni discret.

À la gauche de l'espionne, Grey étudiait la paroi de pierre en elle-même, en parcourant la surface de ses mains pour en évaluer l'état. Il trouva une prise et commença à gravir le mur au toucher. Il en avait monté la moitié quand Cassie émit un petit cri de renard pour attirer son attention.

Il s'arrêta. Au bout de quelques battements de cœur, il se laissa retomber silencieusement sur le sol meuble. Sa compagne lui effleura le bras et lui fit comprendre d'un signe qu'ils devaient se retrancher dans les bois de l'autre côté de la zone dégagée.

Lorsqu'ils furent hors de vue dans l'obscurité, elle lui demanda à voix basse :

— Vous allez bien ?

— J'aurais voulu poursuivre mon escalade.

Il riva les yeux sur l'enceinte massive. La voix empreinte d'une vive émotion, il avoua :

— Je désirais pénétrer à l'intérieur et tuer Durand à mains nues, puis réduire ce domaine en miettes.

Elle lui saisit fermement le poignet.

— C'est compréhensible. Mais vous devez absolument vous maîtriser quand sera venu le moment d'entrer ! Si vous êtes pris d'une crise de rage, vous mettrez tout en péril. Tout, et tout le monde.

Il prit une inspiration saccadée.

— Je sais que vous avez raison. Je jure de ne rien faire qui pourrait vous nuire, ni au père Laurent et à sa famille.

Elle lui lâcha le bras, espérant qu'il parviendrait à tenir promesse. Il était bien plus serein que le jour de son évasion, mais une situation extrême le pousserait facilement de nouveau à bout. Se concentrant sur l'affaire en cours, elle lui dit :

— Parlez-moi de la façade. Elle semblait simple à gravir.

— Le mortier entre les pierres s'effrite en de nombreux endroits. Elle n'était pas compliquée à franchir, même dans le noir. Et la poterne ?

— La porte est lourde, difficile à bouger, et la serrure est rouillée. Le mur sera peut-être le meilleur moyen de pénétrer sans nous faire repérer. Mais nous allons devoir faire sauter la poterne pour entrer et secourir nos prisonniers.

Il acquiesça.

— Nous devrions refaire le tour du manoir.

Elle l'approuva et se mit en route. Il la suivit. Ce soir-là, ils exploraient. Le lendemain, ils iraient chercher de l'assistance.

Après une bonne nuit de sommeil dans la vieille grange, ils revêtirent leurs déguisements conformistes de M. et Mme Harel, et se dirigèrent vers la ferme. Le trajet à cheval fut plus rapide qu'à bord d'une charrette à travers la tempête, et le chemin qui menait à la ferme était bien plus beau maintenant que le vent et la neige avaient disparu.

Cassie pria intérieurement qu'ils trouvent sur place la fille mariée des Boyer. Elle pourrait se révéler d'une aide précieuse. Sans elle, leurs chances de réussir s'amenuiseraient un peu plus.

Il ne semblait y avoir personne dans la cour, mais un filet de fumée s'échappait de la cheminée de la cuisine. La maison n'était pas vide.

Aussi conscient que sa sauveuse de l'enjeu de la situation, le fugitif descendit d'un bond de sa monture, en lançant les rênes à sa compagne. Conservateur comme l'était son personnage, le gentleman prenait l'initiative de tout, tandis que sa fausse épouse progressait assise en amazone et gardait les yeux modestement rivés au sol.

Il frappa à la porte. Quelques chiens commencèrent à aboyer comme des diables à l'intérieur. Ils donnaient l'impression de vouloir sortir, la bave aux babines, pour réduire cet étranger en charpie. Les chevaux tressaillirent nerveusement, mais le gentleman ne se défila pas.

Quelques instants s'écoulèrent dans un silence uniquement perturbé par le vacarme des cerbères. Puis une petite fenêtre à hauteur de tête s'ouvrit et une femme demanda avec méfiance :

— Que voulez-vous ?

Cassie ne voyait pas son interlocutrice, mais celle-ci avait une voix jeune. Grey annonça paisiblement :

— Je suis un vieil ami de M. et Mme Boyer, et je passais dans les environs. Sont-ils chez eux ?

— Non, reçut-il pour toute réponse. Allez-vous-en !

Il plaça sa main dans l'embrasure quand l'inconnue voulut refermer la vitre.

— Et le père Laurent ? Est-il toujours ici ?

— Qui êtes-vous ?

Cette fois, la question trahissait une certaine peur.

Estimant que le temps était venu de se montrer honnête, il répondit :

— Je suis Mr Sommers. Votre grand-oncle et moi avons traversé ensemble une douloureuse épreuve.

La jeune femme retint sa respiration.

— L'Anglais ?

— Lui-même. Êtes-vous la fille mariée des Boyer ?

— Oui, je suis Jeanne Duval, confirma-t-elle d'un ton incertain. Pourquoi êtes-vous venu ici ?

— Pour libérer votre famille, répondit-il doucement. Pouvez-vous nous aider ?

Une longue pause s'ensuivit de nouveau. Puis une clé racla dans la serrure, et la porte s'ouvrit brusquement. L'aînée de la fratrie ne devait pas avoir plus de vingt ans. Ses cheveux châtains et ses yeux noisette auraient été jolis sans l'inquiétude qui marquait son visage. Elle avait ameuté ses chiens autour d'elle comme des armes prêtes à servir.

Grey s'inclina avec une élégance aristocratique.

— C'est un plaisir de vous rencontrer, madame Duval. Je n'ai passé que quelques jours ici avec vos proches, mais j'ai toutefois eu le temps de développer la plus haute estime pour vos parents.

La jeune fille fut alors au bord des larmes.

— Pensez-vous vraiment pouvoir les secourir ?

— Je l'ignore, mais je ferai assurément tout mon possible, lui promit-il en désignant Cassie. Permettez-moi de vous présenter Mme Renard. C'est elle qui nous a libérés, le père Laurent et moi. Pouvons-nous entrer ?

Jeanne tritura l'ourlet de son tablier.

— Pourquoi voulez-vous parler avec moi ?

— Si nous avons la moindre chance de sauver les vôtres, nous avons besoin de toutes les informations possibles au sujet de leur captivité, lui expliqua-t-il patiemment.

Jeanne hocha nerveusement la tête.

— Mme Renard peut entrer pendant que vous menez les chevaux à la grange. Je vais appeler mon mari pour qu'il nous rejoigne.

Wyndham proposa sa main à Cassie pour l'aider à descendre de sa monture, puis il guida les bêtes vers l'écurie. La jeune maîtresse de maison fit résonner une grosse sonnette fixée à côté de la porte et composée de trois lots de trois cloches. L'espionne était persuadée que ce dispositif n'était pas là lors de leur précédente visite. Ce qui dénotait une fois de plus l'angoisse de la maisonnée.

Elles se dirigèrent vers la cuisine. L'ameublement et la large cheminée étaient familiers, mais la demeure était trop tranquille, privée de l'activité grouillante de tout un foyer. Tandis que Jeanne renvoyait les chiens désormais obéissants dans l'arrière-cour, Cassie remarqua que le tablier d'un blanc immaculé de son hôtesse cachait la courbe délicate d'une grossesse d'environ cinq mois.

— Vous êtes enceinte ? demanda-t-elle amicalement. Voilà qui doit vous éreinter en plus de vos inquiétudes pour vos proches !

La jeune femme éclata aussitôt en sanglots. Alarmée, son invitée la mena vers un fauteuil auprès du feu. Une couverture était pliée sur un banc, elle la secoua donc pour en envelopper la future parturiente.

— Désirez-vous quoi que ce soit ? Un verre d'eau ?

L'aînée des Boyer répondit dans un murmure à peine audible :

— Je veux ma mère.

Reprenant ses esprits, elle sortit un mouchoir, s'épongea les yeux, et se moucha.

— Je suis désolée, reprit-elle, tout me fait pleurer à présent. C'est le père Laurent qui m'a annoncé le premier que j'attendais un enfant. J'avais moi-même des soupçons, mais quand je suis venue rendre visite à mes parents et que je l'ai trouvé là, il a regardé mon visage, puis il a souri et m'a dit qu'il serait bientôt arrière-grand-oncle.

Les larmes lui montèrent de nouveau aux yeux.

— Il peut déceler ce genre de choses ? s'étonna Cassie.

— Oh oui, il était très réputé pour cela. À l'époque où il avait une paroisse, de jeunes habitantes de la région parcouraient des kilomètres pour voir s'il pouvait confirmer leurs espérances. Je n'ai par ailleurs jamais entendu qu'il s'était trompé, précisa-t-elle en posant une main sur le doux renflement de son ventre. Il pense que j'aurai un garçon, même s'il ne sait prédire avec autant de précision le sexe du bébé.

L'espionne avait entendu parler du don qu'avaient les sages-femmes de deviner les grossesses. Elle supposait qu'un vieux prêtre sage et observateur pouvait déployer des talents similaires.

Un jeune homme brun, grand et de large carrure avec un moignon au bout du bras gauche fit irruption dans la pièce, l'air prêt à en découdre.

— Jeanne !

Il alla se placer derrière elle et mit sa main droite sur l'épaule de son épouse.

— Cette femme vous importune-t-elle ?

Il était à peine plus âgé qu'elle, mais semblait aussi capable que protecteur. Son membre manquant expliquait pourquoi il n'avait pas intégré l'armée.

Elle posa ses doigts sur ceux de son mari, mais avant qu'elle puisse répondre, Grey fit son entrée. Cassie l'observa, songeant combien il était séduisant, même avec sa fine moustache. Il était toujours mince, mais ses os ne saillaient plus, et il émanait de lui une réelle autorité qui n'avait rien de commun avec le zèle dont faisait preuve M. Harel.

— Tout va bien, Pierre, l'assura-t-elle. Cet étranger prétend être l'Anglais qui était dans la cellule à côté de celle du père Laurent, et qu'il est venu libérer ma famille.

— Mme Boyer nous a raconté qu'il était blond, rétorqua le jeune homme d'un air suspicieux.

— Je me suis teint les cheveux en brun pour passer plus inaperçu, expliqua Grey en esquissant un léger sourire. Je peux vous prouver ma couleur naturelle en vous montrant les poils qui couvrent certaines parties de mon corps, mais il va nous falloir nous retirer dans une autre pièce pour ne pas offenser ces dames.

Tandis que Pierre s'empourprait, le gentleman ajouta :

— Je suis là parce que le père Laurent est l'homme le plus avisé, le plus gentil que j'aie rencontré. Je n'aurais jamais survécu dix ans dans un donjon sans lui. Il m'a été bien plus indispensable que je ne l'ai été pour lui.

— Mais qu'est-ce qui vous rend si sûr de pouvoir secourir les proches de ma femme à Château Durand ? Le manoir en lui-même est difficile d'accès, et son maître y a fait venir des gardes en renfort.

Cassie intervint pour la première fois :

— Nous avons vu les sentinelles hier soir lors de notre exploration de l'édifice. Il nous serait utile de savoir combien il y en a.

L'homme estropié tourna les yeux vers elle.

— Qui êtes-vous ?

— Mme Renard.

Jeanne acquiesça en guise de reconnaissance, mais fit observer :

— Ma mère disait que vous étiez plus vieille.

— J'ai un certain talent pour changer d'apparence, rétorqua l'espionne. Sommes-nous parvenus à vous convaincre de notre identité ? Je ne puis vous blâmer de vous montrer prudents.

Leur hôtesse leva les yeux pour croiser le regard de son époux. Après un instant de communication silencieuse, Pierre déclara :

— Vous semblez sincères. Mais que pensez-vous être en mesure de faire pour libérer cinq personnes d'une forteresse bien gardée ? Il faudrait une armée pour y pénétrer !

— Nous avons un plan, répondit Grey, mais pas assez d'informations. Tout d'abord, êtes-vous certains que les vôtres sont retenus à cet endroit ? Et si c'est le cas, sont-ils enfermés dans le donjon ?

Jeanne se leva, dans un mouvement empli de force et d'espérance qui faisait penser à Mme Boyer.

— Si nous devons aborder de tels sujets, faisons-le devant de la nourriture. Votre dîner vous attend, Pierre. J'ai de la soupe, il y en aura donc assez pour nous tous.

L'estomac du lord gargouilla d'approbation à cette proposition, ce qui détendit l'atmosphère. Même si le ventre de sa compagne restait discret, elle était elle aussi affamée. Ce matin-là, leur petit déjeuner dans la grange s'était résumé à du fromage, du pain et de l'eau.

La jeune maîtresse de maison prouva qu'elle était bien la fille de sa mère en leur servant un épais potage de haricots, du fromage et du pain, mais frais cette fois, ainsi que du pâté de porc. Son invitée s'efforça de ne pas engloutir goulûment le contenu de son assiette.

Même si les Duval finissaient par ordonner à leurs visiteurs de quitter la ferme, ceux-ci auraient au moins bénéficié d'un bon repas avant de partir.

Chapitre 44

Lorsque les appétits furent assouvis, Jeanne repoussa son assiette et riva les yeux sur ses hôtes.

— Vous voulez donc secourir mes parents. Que pouvons-nous faire pour vous être utiles ?

— Comme je vous l'expliquais tout à l'heure, nous devons nous assurer qu'ils sont en vie et retenus à Château Durand, déclara Grey avec gravité. Vous a-t-on autorisée à leur rendre visite ?

Elle secoua tristement de la tête.

— Je ne les ai pas vus, mais Pierre a une cousine qui travaille là-bas. Elle nous a confirmé qu'ils y étaient emprisonnés et qu'elle leur avait même parlé par une fenêtre, très étroite et près du sol. Elle dit qu'ils sont dans deux cellules différentes, l'une pour ma mère et ma sœur, et l'autre, juste à côté, pour mon père, mon frère et mon grand-oncle. Ils ne sont pas heureux, mais ne subissent pas non plus un calvaire, même si Laurent vit difficilement cette captivité.

Le gentleman en eut presque le vertige d'apprendre avec soulagement que sa pire crainte – l'exécution des captifs – ne s'était pas réalisée.

— Sont-ils accusés du moindre crime ?

— Mon père et moi sommes allés parler d'eux au juge local, répondit le jeune homme. L'oncle de ma femme est retenu pour trahison, et l'on enquête sur les Boyer pour prouver qu'ils sont ses complices, ajouta-t-il en reniflant avec dégoût. C'est absurde et ce magistrat le sait, mais il nous a affirmé que jusque-là, Durand n'avait violé aucune loi.

Une fois encore, Cassie avait deviné juste. Remerciant le ciel de faire équipe avec une espionne qui comprenait vraiment le fonctionnement de la France, Grey demanda :

— Votre cousine vous a-t-elle appris combien de gardes avaient été engagés pour protéger le château ?

— Une douzaine, ainsi qu'un sergent. Ils sont sous contrat privé, mais viennent tous de l'armée, d'après ce qu'elle suppose, dit Pierre en prenant un air sceptique. Vous pensez pouvoir affronter et vaincre un tel nombre ? Auriez-vous une escouade de soldats britanniques cachés non loin ?

— Ni armée, ni attaque frontale, répondit le lord en désignant sa compagne d'un signe de tête. Ma lady Renard va vous expliquer.

— Nous comptons attirer l'attention de ces hommes, enchérit-elle en reprenant le cours du récit. Pendant qu'ils seront occupés par la diversion prévue, nous escaladerons le mur du château pour atteindre les fenêtres des cachots. Avec les bons outils, nous devrions pouvoir en ouvrir une et faire sortir les prisonniers.

— Je vais esquiver la plupart des questions que vos propos soulèvent, et vous demander quelle « diversion » vous avez à l'esprit, dit le jeune homme d'un ton aigre. Elle devra être de grande envergure pour détourner treize gardes de leurs postes le temps de forcer l'entrée du donjon.

— Des grenades explosives, annonça calmement Cassie.

Pierre et Jeanne la dévisagèrent, bouche bée.

— Vous en avez sur vous ? demanda le mari.

Au même moment, sa femme soufflait :

— N'est-ce pas horriblement dangereux et imprévisible ?

— Si, en effet, admit l'espionne, mais c'est pour cette raison que ces bombes sont utiles. J'ai apporté assez de poudre et de mèche pour en fabriquer une douzaine de la taille d'une grosse pomme.

Elle illustra ses propos d'une main.

Leur hôte parut dubitatif.

— Seront-elles assez puissantes pour ouvrir une brèche dans l'enceinte du château ?

— Nous ne voulons pas la faire tomber, seulement les deux portes principales, et nous ne souhaitons en aucun cas blesser quiconque parmi les domestiques comme votre cousine, expliqua Grey. Mais si nous lançons une douzaine d'explosifs par-dessus le mur à différents endroits, ils créeront assurément une diversion.

Duval commençait à avoir l'air intrigué.

— Les grenades sont de la poudre entassée dans un étui en métal, n'est-ce pas ? En avez-vous apporté ?

Cassie secoua la tête en signe de dénégation.

— Transporter des douilles nous aurait encombrés d'une lourde charge, et aurait pu éveiller de forts soupçons. La dernière fois que nous sommes venus ici avec le père Laurent, votre mère nous a donné de l'eau-de-vie de pomme conservée dans une solide petite carafe en terre. J'espérais qu'il vous resterait d'autres pots de ce genre qui auraient pu servir d'enveloppes. On y verse de la poudre, on ajoute une mèche, on rebouche le goulot, et voilà une arme qui détournera la concentration des sentinelles.

Pierre la regardait avec une stupéfaction non dissimulée. Mais son cerveau n'avait pas cessé de fonctionner.

— Pouvez-vous, à deux, projeter suffisamment de grenades par-dessus le mur pour produire l'effet que vous escomptez ? Il va falloir beaucoup courir et les lancer à tour de bras si elles doivent toutes exploser en même temps.

Il venait de pointer du doigt l'une des faiblesses de leur plan.

— Je ferai en sorte que les cordelettes restent allumées environ dix minutes, précisa l'agent. Il est toutefois compliqué de prévoir ce genre de choses.

— Et si l'une d'elles s'éteint, ou que les gardes les voient brûler et comprennent soudain ce qui se passe ?

Elle haussa les épaules.

— Cela pourrait se produire. Nous devons simplement prier pour qu'un nombre suffisant explose à peu près au même moment pour créer la diversion que nous recherchons.

— Vous avez besoin d'autres complices, affirma Pierre en souriant. Et je suis un très bon lanceur.

— Non ! s'exclama Grey. Vous ne pouvez pas nous aider.

La figure du jeune homme s'embrasa.

— À cause de cela ? s'indigna-t-il en brandissant son moignon.

— Bien sûr que non. Cela n'entraverait en rien vos mouvements. Mais il est vital que vous ne soyez d'aucune façon associés à tout ceci, car vous serez les premiers accusés de complicité d'évasion.

— Il a raison, intervint Jeanne en posant une main sur le bras droit de son mari. Nous devons demeurer au-delà de tout soupçon. J'ai une idée à ce sujet. Le magistrat est un cousin de ma mère, déclara-t-elle d'une mine réjouie. Nous avons tous un lien de parenté par ici. Il nous conseille sur notre situation juridique. Le soir où vous mettrez votre plan en action, nous pouvons lui demander de nous rejoindre à la taverne de Saint-Juste. Nous lui offrirons un bon dîner de chez Mme Leroux, et il nous apprendra s'il est parvenu à obtenir des informations auprès de ses supérieurs quant à la légalité de l'arrestation de mes parents.

— Il s'agit d'un autre débat, fit observer Pierre. Même si vous les libérez, où iront-ils ? Ils ne peuvent pas revenir ici tant que Durand est à leurs trousses.

— Je sais. Nous leur avons trouvé un refuge provisoire, le temps de décider ce qui est le mieux pour eux. Après cela…, s'interrompit Grey en ouvrant largement les bras dans un mouvement très français.

Si cela se révèle nécessaire, je les emmènerai jusqu'en Angleterre. Cette guerre ne durera pas éternellement.

Il évita le regard inquiet de Cassie. Ils avaient sans cesse débattu de cette question durant le trajet. Les faire tous deux quitter la France avait déjà été un réel défi. La même opération avec sept personnes serait autrement plus compliquée. Mais il s'échinerait à s'assurer que ses amis se retrouveraient libres et en sécurité.

— Je suppose que vous avez raison, regretta Pierre. Mais je peux trouver d'autres gaillards qui seront ravis de vous aider.

Grey retint sa respiration.

— Cela nous serait très utile, s'ils sont fiables.

— Durand n'est pas très apprécié, précisa Jeanne. L'interpellation de ma famille par ses sbires a suscité l'indignation générale.

— Cette région compte également nombre de royalistes, ajouta le jeune homme. Nous n'évoquons pas ce genre de choses. Et nous ne nous dénonçons pas aux informateurs de la police, affirma-t-il en levant son membre amputé. J'ai perdu cela en me battant pour la France et ma famille, pas pour Napoléon ni l'un de ces gros imbéciles de Bourbon. Tous ceux que je vous recommanderai méritent votre confiance. L'un d'eux, notamment, travaille à la ferme, et je placerais ma propre vie entre ses mains.

Le gentleman ébaucha un sourire empreint d'ironie.

— J'espère pouvoir faire de même avec la mienne.

Et celle de Cassie.

Jeanne s'était retirée, et revenait à présent munie d'un petit pichet rustique et de quatre tasses en céramique. Elle posa le pot devant l'espionne.

— Ma mère est connue pour son eau-de-vie de pomme. Nous la vendons au marché du village. Ce récipient fera-t-il une grenade acceptable ? Il y a deux autres douzaines de ces pichets dans le garde-manger.

Cassie soupesa la carafe et en retira le bouchon pour en vérifier l'épaisseur des parois.

— Cela conviendra sûrement. Nous devons fabriquer des échantillons d'explosifs pour nous en assurer.

— Il va donc nous falloir vider celui-ci, déclara l'hôtesse.

Elle remplit les godets et les fit circuler autour de la table. Elle leva le sien.

— Liberté pour ma famille !

Le lord était heureux de trinquer à cela. L'alcool était aussi parfumé et aussi fruité que la première fois où il l'avait goûté dans le bassin glacé de la ferme.

Il lui donnait par ailleurs le même coup de fouet.

Lorsque Grey et Pierre sortirent pour aller s'occuper des chevaux et trouver l'endroit adéquat pour essayer une grenade, Cassie s'assit à table avec Jeanne pour confectionner leurs armes d'essai. Elle avait apporté quelques livres de poudre et une longueur considérable de mèche. La maîtresse de maison observait avec circonspection tandis que son invitée faisait un entonnoir en papier pour verser la poudre dans le premier pichet.

— Cela ne risque pas de se déclencher et d'anéantir la cuisine, n'est-ce pas ?

— Non, cette matière est très stable. Elle n'explosera pas si la cordelette n'est pas allumée.

Après avoir procédé au remplissage, elle coupa un bout de mèche et le glissa dans le goulot de la carafe, puis referma soigneusement celle-ci. Une fois prêt, le dispositif paraissait tout à fait innocent. Un petit pichet d'eau-de-vie dont dépassait une bandelette.

— J'en fabriquerai quelques autres en modifiant la quantité de poudre et la longueur de la mèche.

Tandis que Cassie entamait la fabrication de la deuxième grenade, Jeanne lui demanda :

— Quand comptez-vous faire irruption dans le château ?

— Le plus rapidement possible. De préférence dans les deux ou trois jours qui viennent. La lune est croissante et chaque nuit est un peu plus lumineuse, expliqua-t-elle, les sourcils froncés, en coupant une bandelette. Par ailleurs, mon instinct me dit que le plus tôt sera le mieux. Pour toute votre famille, mais surtout pour le père Laurent.

La jeune fille acquiesça d'un air grave.

— Il avait repris des forces ici, mais il reste fragile. Imaginez l'horreur de retourner dans cette cellule où il a passé tant d'années !

— Je m'applique à ne pas y penser.

Cassie s'affaira sur une troisième grenade en se mordant la lèvre. Cette opération s'annonçait hasardeuse et jalonnée de trop nombreuses variables.

Elle espérait que le prêtre était en bons termes avec le divin, car ils allaient avoir besoin de toute l'aide possible.

Cette nuit-là, ils marchèrent lourdement à travers la forêt pour tester les explosifs. Jeanne se joignit à eux, souhaitant prendre part à l'action. Grey et Pierre avaient trouvé une zone sauvage située à l'opposé du village et du manoir. Même à plusieurs miles de distance, le son se propageait, et ils voulaient s'assurer de n'alerter personne sur l'utilisation des grenades.

Une légère bruine tombait, induisant que leurs armes allaient résonner tel le tonnerre. Tout en se faufilant à travers bois avec une lanterne protégée, Cassie remerciait le ciel que les conditions d'essai se révèlent aussi idéales.

Après une demi-heure de marche, ils arrivèrent au site. Deux affleurements enclavaient une trouée à sol terreux où poussaient quelques arbres à peu près aussi hauts que les enceintes du château. Le groupe pouvait non seulement s'entraîner à lancer les projectiles, mais aussi mesurer les dommages que ceux-ci produisaient sur les parois de l'autre côté, tout en s'abritant derrière les saillies.

L'espionne observa les arbres.

— Pourquoi ne pas commencer par envoyer des pierres de même poids pour évaluer nos aptitudes ?

Grey acquiesça.

— Pierre et moi en avons ramassé un peu plus tôt qui semblaient du bon gabarit. Elles sont empilées par là.

Il posa sa lampe sur le rebord rocheux derrière lui et soupesa l'un des cailloux. Après l'avoir lancé plusieurs fois en l'air, il le jeta par-dessus les branchages. La pierre ne rencontra aucun obstacle, et atterrit avec aisance et fracas contre le roc de l'autre côté.

— Pas mal, dit le jeune Duval en choisissant son arme d'essai.

Après l'avoir soupesée, il la lança. Elle survola largement les arbres. Il n'avait pas menti en vantant la force de son bras droit.

Cassie fut la suivante. Son caillou n'effectua pas une trajectoire aussi remarquable, mais son lancer était tout à fait correct. Puis ce fut au tour de Jeanne. L'air déterminée, elle se mit en position, envoya son projectile… qui s'écrasa dans les branches bourgeonnantes.

— Ce n'est pas plus mal que vous dîniez avec le magistrat ce soir-là, fit remarquer le gentleman en souriant. Sommes-nous prêts pour les vraies munitions ?

Cassie sortit trois grenades qu'elle avait empaquetées dans un sac en toile tapissé de serviettes pour amortir les chocs.

— J'ai mis différentes longueurs de mèche dans celles-ci. Je pense qu'elles se déclencheront dans environ cinq, trois, et deux minutes, mais il ne s'agit que d'une supposition, et je souhaite vérifier mes estimations.

Elle souleva celle dont la cordelette était la plus courte.

— Dans celle-ci, j'ai mis moins de poudre. Une plus petite charge sera utile pour faire sauter la poterne sans attirer autant l'attention que les explosions à l'avant du manoir. Par ailleurs, il nous en faudra une pour éventuellement dégager notre chemin jusqu'aux cellules. Je ne veux pas tuer les gens que nous essayons de sauver. Pierre, puisque vous êtes le meilleur lanceur, vous pouvez jeter celle avec la courte mèche après que nous aurons testé les deux autres.

Le jeune homme acquiesça, ravi. Grey se mit en devoir d'allumer la plus longue cordelette avec la flamme de sa lanterne, puis envoya la grenade. Ils rejoignirent Jeanne derrière l'affleurement rocheux et se couvrirent les oreilles tandis que Cassie comptait à rebours dans sa tête.

« Boum ! » Le sol vibra, et l'air ainsi que le bruit les atteignirent violemment, même derrière leur abri.

Lorsque le vacarme des débris qui retombaient prit fin, Sommers proposa :

— Allons voir les dégâts.

Ils découvrirent que l'explosif avait laissé un petit cratère, projeté de la terre et des cailloux, et laissé une fente dans la saillie rocailleuse. Le lord posa une main chaleureuse sur l'épaule de Cassie.

— Est-ce là ce que vous attendiez ?

— Oui, même si la mèche a brûlé plus vite que je ne l'aurais imaginé. Je devrai en couper de plus longues.

Elle lança la grenade suivante, qui contenait à peu près la même quantité de poudre. Celle que Pierre avait envoyée était peu remplie et semblait avoir la puissance adéquate pour être utilisée sur les fenêtres. Tandis qu'ils étudiaient la plus petite cavité qu'elle avait creusée, Grey annonça :

— Nous avons notre arsenal.

La voix palpitante d'excitation, Mme Duval intervint :

— Votre plan paraît plus concret, à présent. Ma famille sera peut-être libre dans quelques jours !

Cassie ne prit pas la peine de lui préciser que les explosifs constituaient la partie la plus simple.

Chapitre 45

Deux jours plus tard, toutes les dispositions ayant été prises, leur incursion était prévue pour cette nuit-là. Pierre et Jeanne étaient déjà partis retrouver le magistrat en charrette, et Grey et Cassie préparaient dans leur petite chambre l'équipement dont ils auraient peut-être besoin ; des cordes, un pied-de-biche court et pesant, et des armes. Le gentleman sourcilla, regrettant de ne pas être mieux armé.

Il porterait l'équipement le plus lourd ainsi que la majorité des grenades dans un sac à dos conçu pour être jeté par-dessus son épaule et laisser ainsi ses mains libres. Il en vérifia deux fois – puis trois – le contenu, les nerfs tendus même si sa compagne et lui avaient eu d'interminables discussions sur les cas de figure possibles, et la façon dont leur liste de matériel pouvait être peaufinée.

— Ressent-on cette sorte d'anxiété quand on part pour le combat ? demanda-t-il. Combien de temps cela prend-il de s'y habituer ?

Cassie n'avait pas encore passé ses vêtements sombres et masculins, mais même avec des cheveux ternes et une robe brune toute simple, elle était ravissante. *Calme et pleine d'assurance.* Il regrettait sa crinière rousse.

— Nous allons effectivement sur le champ de bataille, cette angoisse est donc naturelle, répondit-elle. Même si vous êtes nerveux pour l'instant, dès que les premières grenades exploseront, vous vous calmerez et deviendrez dangereux. Nous avons prévu tout ce que nous pouvions. À présent, l'issue est entre les mains de Dieu.

— J'espère que le Seigneur souhaite sauver la vie de l'un de ses meilleurs serviteurs, et la nôtre par la même occasion, déclara-t-il en inspectant son sac. Si seulement nous avions des armes à feu.

— Nous avons déjà abordé ce sujet, rétorqua-t-elle patiemment. Nous ne pouvions pas traverser la France avec un fusil sans nous faire remarquer, et un seul n'aurait pas permis d'affronter une escouade de soldats. Les pistolets ne sont pas très précis, surtout de nuit, qui plus est à la vitesse à laquelle nous nous déplacerons. J'ai un couteau, et je sais m'en servir.

— Tirer sur l'ennemi peut l'obliger à se retrancher et chercher à gagner du temps, même s'il ne reçoit qu'un coup, souligna-t-il.

— Exact, concéda-t-elle en tapotant son plus petit sac, qui contenait le reste des munitions. Mais nous avons des explosifs.

Il regarda par la fenêtre le ciel qui s'assombrissait.

— Est-ce l'heure d'y aller ?

— Pas encore, s'esclaffa-t-elle. Vous êtes aussi impatient qu'un enfant à qui l'on a promis une glace chez *Gunter's*.

— Je n'ai encore jamais fait une telle chose.

Il s'assit sur le bord du lit en face de celui où était installée Cassie. Jeanne et Pierre avaient affirmé ne pas se soucier des arrangements de leurs invités quant au couchage, ces derniers partageaient donc la chambre qui avait été autrefois occupée par les filles Boyer. Ils n'avaient utilisé qu'un petit lit sur les deux. Ils étaient par conséquent à l'étroit, mais recherchaient cette proximité. Un matelas simple était suffisant pour faire l'amour.

— La première expérience de guerre est difficile à vivre, expliqua-t-elle. Mais il faut un début à tout. Au moins, vous n'êtes pas l'un de ces novices de dix-sept ans qui n'ont jamais affronté d'adversaire.

— Je n'ai pas spécialement peur de manquer de courage, répondit-il doucement tandis qu'il analysait ses inquiétudes. Mais les enjeux sont si importants ! Je crains d'échouer et je redoute que d'autres soient blessés par ma faute.

— La vie et la mort sont les plus grands défis qu'il existe, affirma-t-elle d'un ton posé. Mais nous finissons tous par rendre notre dernier souffle. J'espère que ce ne sera pas ce soir, mais l'un de nous deux préférerait-il ne pas se trouver là ?

— Comme je vous l'ai dit en Angleterre, il s'agit de quelque chose que je dois faire, lui rappela-t-il en la regardant d'un air sombre. Mais vous n'y êtes pas obligée. Vous auriez pu rester en sécurité à Londres et y apprendre comment dépenser de l'argent. N'avez-vous jamais songé à vous retirer de ce jeu des plus dangereux ?

— C'est fait, annonça-t-elle, au grand étonnement de Grey. Quand j'ai rendu visite à Kirkland pour le réprimander d'avoir révélé à mon cousin que j'étais en vie, il m'a déclaré qu'il était temps pour moi d'abandonner l'espionnage. J'ai accompli une noble tâche et j'ai aidé mon pays, mais la chute de Napoléon est inévitable, expliqua-t-elle en esquissant un léger sourire. Même s'il me parlait dans des termes élogieux, James m'a clairement fait comprendre que mes services n'étaient plus requis.

Il arqua les sourcils de surprise.

— Intéressant. Surtout le fait que vous ne m'en ayez pas informé plus tôt.

— Je suis tiraillée, admit-elle. Même si je souhaite toujours voir l'Empereur mort et sa tyrannie abolie, je ne ressens plus la nécessité de m'en charger personnellement. Que vais-je faire de mes journées si je ne rôde plus en France pour dormir dans des conditions rigoureuses et porter d'ignobles vêtements ?

Il gloussa.

— Je suis certain que vous trouverez rapidement des activités qui en valent la peine.

Après un silence, elle répondit avec hésitation :

— J'envisage d'acquérir un domaine dans le Norfolk non loin de ma famille et de m'en occuper moi-même. Veiller sur mes métayers, mettre en place des écoles, voilà un projet qui mérite d'être mené à bien.

Avant qu'il puisse lui suggérer qu'en se mariant avec lui, elle aurait la possibilité d'accomplir de telles missions, elle reprit la parole :

— Et vous ? Si Dieu le veut, il s'écoulera un certain temps avant que vous héritiez du comté.

Passerez-vous ces années dans le vin, les femmes et autres égarements ?

Il frissonna.

— J'en ai eu mon compte étant jeune. En réalité, je pensais au Parlement. Mon père dirige plusieurs sièges, et l'un de ses membres est souffrant et envisage donc de prendre sa retraite.

— Cela devrait vous épargner de faire des bêtises, répondit-elle d'un air songeur. Et cela constituerait pour vous une bonne expérience en attendant que vous portiez le titre et que vous hantiez officiellement les couloirs de la Chambre des lords.

— Exactement ! s'exclama-t-il, incapable de dissimuler son excitation. Je souhaite m'impliquer dans des sujets importants. Je veux nouer des relations avec des députés qui pourront me servir dans mes fonctions futures. Le monde change, Cassie. Nous traversons une ère de révolutions. Si nous voulons que l'Angleterre en évite une, nous devons modifier le système de façon qu'il bénéficie au citoyen moyen, affirma-t-il en souriant. Parmi les choses qui doivent changer se trouve le fait que des aristocrates comme mon père gèrent nombre de sièges au Parlement.

Cassie éclata de rire.

— Vous allez donc devenir un réformateur ! Je retire ce que j'ai dit sur la politique qui vous empêcherait de mener une vie trop irréfléchie. Mais j'approuve vos objectifs, et je vous imagine très bien en membre du Parlement.

Peut-être. Il se demanda s'ils survivraient l'un ou l'autre pour atteindre les buts qu'ils évoquaient ce soir-là. Aux prises avec une soudaine angoisse, il se leva.

— Puisqu'il est encore trop tôt pour partir, je vous propose de passer le temps d'une manière qui nous garantit d'être détendus.

Il lui tendit la main.

Une étincelle éclaira le regard de sa compagne.

— Excellente idée.

Elle se mit debout dans un mouvement souple et se glissa avec grâce dans ses bras. Ils s'embrassèrent avec une telle urgence, une telle avidité partagées que la tension qui bouillonnait en eux explosa dans une passion dévorante. Il avait besoin de la vénérer, la posséder, la lier à lui pour l'éternité.

La flamme qui les consumait brillait d'autant plus qu'il s'agissait peut-être de la dernière fois.

La blancheur de la lune était parsemée de nuages et l'atmosphère laissait présager de la pluie. Même si Grey et Cassie avaient prévu de se rendre tôt au rendez-vous au pied de Château Durand, deux hommes les attendaient déjà. Les recrues étaient vêtues de noir et masquées, comme l'espionne et le lord. Prudemment anonymes. Les compères émergèrent des ténèbres lorsque le couple descendit de cheval.

— *Liberté**, lança un individu trapu d'une voix rauque.

— *Égalité**, répondit le gentleman.

— *Fraternité**.

Le code étant ainsi complété, l'inconnu tendit la main. Sommers la serra, remerciant Pierre silencieusement de l'avoir aidé à embaucher leurs grenadiers. Ils étaient une douzaine à avoir accepté de participer, et le jeune Duval attestait qu'ils étaient des compatriotes fiables et expérimentés. Si l'affrontement dégénérait au château, ces derniers devraient être capables de s'en sortir sains et saufs.

Le second homme, plus mince et agile, intervint :

— Juste après notre arrivée, un élégant fiacre a emprunté l'allée pour monter jusqu'au manoir.

— Durand ? supposa Grey, le cœur martelant.

— Ça se pourrait. La sentinelle n'a pas traîné pour ouvrir les portes.

L'ancien prisonnier voulait se retrouver face à son bourreau avant de le réduire en miettes. Mais la présence du maître en ces lieux affûterait-elle l'attention des gardes ? Ou au contraire, s'en verraient-ils perturbés ?

Impossible de le savoir. Dans les deux cas, les attaquants ne pourraient rien y changer. Ils avaient commencé une mission, et devaient la poursuivre.

Le reste des renforts fit bientôt son apparition. Lorsque les assaillants furent au complet, Cassie les rassembla pour leur montrer comment procéder avec les grenades.

— Vous en aurez tous plusieurs, avec des mèches de différentes tailles, expliqua-t-elle d'un ton masculin pour dissimuler son appartenance à la gent féminine. Si l'une d'elles brûle trop vite, jetez l'explosif, ou retirez la bandelette ! Notre mission est de sauver des vies, pas de tuer nos amis.

— Comment les déclenche-t-on ? demanda une voix jeune.

— Avec ceci.

Grey sortit trois petites lanternes fermées. À l'aide d'un briquet, il en alluma une, puis les autres. Avec les portes ainsi closes, presque aucune lueur ne s'en échappait.

— Vous en aurez une pour trois, la dernière est pour nous, poursuivit-il. Rappelez-vous à quelle distance portent le son et la lumière la nuit, veillez donc à éviter d'émettre l'un et l'autre autant que possible. Nous serons au mur arrière, et envisageons de prendre la fuite par la poterne, vous devrez donc bombarder l'avant du château. Une grenade pour la porte principale, puis le reste par-dessus les enceintes de chaque côté. Des questions ?

Aucune.

L'un des gaillards déclara :

— Cela fait des années que je veux faire voler Durand en éclats.

— J'aimerais le tuer moi-même, renchérit l'homme trapu d'un air nostalgique.

Ce bâtard était vraiment impopulaire. Grey les avertit :

— Nous ne sommes même pas sûrs qu'il soit là. Gardez en mémoire que notre mission principale est de délivrer le père Laurent et les Boyer, et le faire sans dommages collatéraux.

— Une nuit de divertissement et d'explosions, se réjouit l'un des volontaires. Cela me renvoie à mes années de soldat. Sommes-nous prêts ?

Oui.

Seuls Cassie et son compagnon étaient à cheval. Ils menèrent leurs montures à travers les bois jusqu'au manoir. La pluie de la veille avait rendu le sol assez meuble pour absorber le bruit. Lorsqu'ils furent juste en dessous du château, Grey dit doucement :

— Laissez-nous le temps de faire le tour pour aller au mur arrière. *Bonne chance, mes amis**, avec tous mes remerciements.

Il tendit le bras au grenadier le plus proche.

Ce dernier lui serra la main en répondant :

— Le plaisir est pour moi !

Le groupe entier les imita. Puis Cassie et le lord contournèrent l'édifice par le bois. Ils attachèrent leurs bêtes dans l'obscurité, mais non loin de la bâtisse, en cas de nécessité.

Puis ils attendirent. Le sac du gentleman était bien plus léger maintenant qu'il avait distribué la plupart des munitions. Il décida de placer la petite lanterne fermée dans une poche pendant qu'il escaladait, et pria tous les saints que la flamme ne s'éteigne pas. Il savait manipuler le briquet avec rapidité, mais tout temps perdu pouvait faire la différence entre un succès et un désastre.

L'attente parut interminable. Lors de leur exploration, ils avaient choisi une portion de mur particulièrement irrégulière, qui se trouvait entre la poterne et la tour de garde à l'angle gauche. Cette partie devrait être gravie sans risque pendant que l'attention des sentinelles serait détournée par les grenades. Ils redescendraient à proximité des fenêtres du donjon.

« Boum ! » La première explosion ébranla l'air nocturne. Quelques courts instants plus tard, une autre. Puis une autre. Les volontaires respectaient les consignes pour effectuer leurs lancers.

Cassie avait raison. Dès que le premier engin détona, la nervosité de Grey céda la place à une nécessité froide et vigilante. Il alluma une grenade à courte mèche et l'envoya au pied de la poterne. Puis sa compagne et lui détalèrent vers la portion de mur qu'ils avaient choisie.

D'autres déflagrations émaillées de cris résonnèrent de l'avant du parvis du château. Des flammes brillèrent – probablement un abri en bois qui avait été touché. Puis d'autres hurlements.

La poterne explosa, faisant trembler le sol et ébouler avec fracas des pierres disjointes de l'enceinte. Sans attendre de voir si des gardes se rendaient vers la porte dérobée, les deux intrus commencèrent à grimper. Le mur était assez abîmé pour leur offrir les prises nécessaires, mais progresser à tâtons dans le noir leur paraissait horriblement long.

Légère et agile, Cassie atteignit le sommet avant Grey. Il s'en approchait lorsqu'un morceau de pierre s'effrita sous son pied. Le poids de son sac le déséquilibra, au point qu'il faillit tomber. Il lança une main en l'air, s'agrippa au bord d'une meurtrière et parvint à éviter la chute.

Le cœur battant la chamade, il se hissa sur le reste de la montée puis s'accroupit dans l'ouverture en reprenant son souffle. Cassie s'agenouilla à côté de lui. Il lui prit la main tandis qu'ils observaient le chaos qu'ils avaient créé.

Le château leur bloquait une partie de la vue, mais ils entendaient la voix de stentor d'un sergent qui hurlait pour rassembler ses troupes devant le portail d'entrée anéanti. Des hommes couraient dans la lueur des flammes, et des efforts semblaient être déployés pour contenir le feu – le résultat en était visiblement peu concluant, car la lumière ne cessait de s'intensifier.

— Parfait, chuchota Cassie. Il est temps pour nous d'entrer.

Sommers sortit de son sac une longue corde enroulée. L'une des extrémités était fermée par une boucle. Il envoya celle-ci par-dessus les créneaux et laissa l'autre bout retomber au sol.

Au moment où il se baissait en hâte, il s'aperçut que sa grenade avait suffisamment endommagé la poterne pour leur permettre de passer à travers le trou. Dieu merci, la déflagration n'avait alerté personne, car les gardes se regroupaient devant le manoir, où l'attaque principale avait lieu.

Dès qu'il toucha le sol, Cassie se pendit à la corde et descendit le mur. Il ne put s'empêcher de remarquer qu'elle était certes habillée en homme, mais n'en arborait pas les mêmes courbes. Dès qu'elle fut près de lui, il prit un instant pour l'embrasser avant qu'ils contournent l'arrière du château en direction de la paisible cour située entre le donjon et les écuries.

Personne en vue. L'abri en flammes éclairait assez pour rendre visibles quatre meurtrières horizontales donnant sur les cellules. Grey se laissa tomber devant la plus proche, qui communiquait, supposa-t-il, avec son ancien cachot.

— Père Laurent ? appela-t-il, s'efforçant de garder une voix basse. Madame Boyer ?

— Grey, est-ce bien vous ? répondit le prêtre avec stupéfaction.

— Oui, et nous sommes là pour vous délivrer.

Tout en parlant, il exerçait une pression sur les barreaux. Ceux-ci étaient trop solidement fixés pour qu'il puisse les desceller.

— Romain et André sont avec vous ?

— Oui, acquiesça doucement le premier. Violette et Yvette sont dans la pièce voisine.

Cassie avait inspecté les autres ouvertures. Elle dit à son compagnon :

— Nous ne pourrons jamais retirer ces grilles à temps. Nous devons faire sauter cette fenêtre, qui est la plus éloignée des détenus.

Sachant qu'elle avait raison, elle avertit les prisonniers.

— Protégez-vous. Nous allons utiliser une grenade pour entrer dans la cellule la plus éloignée de vous.

— Une grenade ? s'étonna Violette, dont la voix provenait de la meurtrière d'à côté. C'est donc cela que nous entendions ! Venez, Yvette, nous allons nous terrer dans un coin comme des renards.

Une autre série d'explosions résonnèrent dans l'avant-cour tandis que Sommers allumait une grenade peu chargée et à courte mèche que Cassie avait confectionnée spécialement pour ce à quoi il s'apprêtait. Par chance, la flamme de sa lanterne ne s'était pas éteinte durant leurs efforts physiques.

Dès que la bandelette fut en feu, il jeta la munition par la quatrième meurtrière, qui donnait sur une pièce vide. Puis l'espionne et lui se retirèrent derrière un contrefort en pierre non loin.

L'explosif détona entre deux autres provenant du parvis. Même si le leur était modeste en comparaison, il provoqua toutefois un fracas assourdissant de débris éparpillés dans la cour.

— J'aurais dû mettre moins de poudre ! fulmina Cassie pendant qu'ils fonçaient vers l'ouverture déchiquetée.

Il y avait à présent un tas de gravats et un trou assez large pour que la jeune femme s'y faufile, même si le passage se révélait étroit.

Grey disposait d'une seconde corde. Il l'enroula plusieurs fois autour de sa taille puis lâcha l'autre extrémité dans l'ouverture. Cassie rampa à reculons à travers la fenêtre éventrée. Lorsqu'elle fut à l'intérieur avec une main sur la corde, le gentleman lui tendit la lanterne.

— Je vais essayer d'élargir le trou, dit-il.

— Bien, répondit-elle en disparaissant dans la cellule sombre et humide.

Le lord sortit le petit pied-de-biche de son sac et fit levier sous des pierres disjointes autour de l'embrasure. Jusque-là, tout se passait comme prévu.

Cela ne pouvait pas durer.

Chapitre 46

Cassie atterrit sur les débris au pied de la fenêtre, se tordit la cheville, et manqua de tomber. La force avec laquelle Grey tenait la corde permit à sa compagne de garder l'équilibre.

Elle prit appui sur son pied éprouvé, jugea qu'il n'y avait pas de réels dégâts, et ouvrit la trappe de la lanterne pour laisser échapper un rai de lumière dans ces ténèbres. Elle traversa la cellule en direction de la porte et se réjouit de constater qu'elle n'était pas fermée à clé.

Remerciant le ciel à voix basse de ne pas avoir à crocheter la serrure, elle s'engagea dans le couloir. Une lueur filtrait dans l'embrasure du poste de garde. Elle se précipita pour tenter de l'ouvrir. L'entrée était verrouillée, et aucun bruit n'était perceptible de l'autre côté. Espérant que la sentinelle était partie s'occuper des assaillants, l'espionne sortit ses outils.

Le loquet était vieux et de simple facture, il fallut donc moins d'une minute à la jeune femme pour le déverrouiller. Les nerfs à vif, elle poussa précautionneusement la porte au cas où un individu se tiendrait prêt à lui tirer dessus. La pièce était vide. Et par miracle, le trousseau était accroché au mur!

Elle s'en empara, ainsi que d'une lampe de plus grande taille que l'on avait laissée brûler sur un crochet.

Il lui fallut trois tentatives avant de trouver la clé du cachot des hommes, mais celui-ci finit par s'ouvrir.

— Madame Renard ? s'étonna Romain.

À ses côtés se tenaient son fils, les yeux écarquillés, et le père Laurent, qui paraissait moins frêle que la dernière fois où elle l'avait sorti de cet enfer. Les deux hommes avaient besoin d'un bon rasage, mais dans l'ensemble, tous trois semblaient en forme.

— En personne, lança-t-elle, soudain consciente que son foulard sombre avait glissé autour de son cou, révélant ainsi son visage. Nous allons sortir par la cellule du fond, dont la fenêtre a été élargie, et où nous avons placé une corde. André, vous êtes le plus léger. Votre père peut vous aider à grimper vers l'extérieur. Puis Sommers et vous-même pourrez hisser votre oncle.

Romain prit un air renfrogné.

— Je ne partirai pas sans mon épouse et ma fille !

— Le temps que vous soyez remontés, ces dames seront également libres. Maintenant, dépêchez-vous !

Elle lui tendit la plus grande lanterne, puis alla s'affairer sur la serrure des femmes. Une fois encore, il lui fut horriblement long de trouver la bonne clé. Dès que la porte s'ouvrit, Violette et Yvette sortirent en trébuchant. Mme Boyer prit Cassie dans ses bras.

— *Mon ange** !

— Je suis loin d'en être un !

L'espionne lui rendit brièvement son étreinte, soulagée que ses amis semblent avoir convenablement supporté leur captivité.

— À présent, venez, poursuivit-elle. Plus vite nous partirons, mieux ce sera.

Elles se dirigèrent vers la cellule qui menait vers la liberté, et trouvèrent le prêtre soulevé à bras-le-corps par Romain, et tiré vers le haut par Grey. L'opération devait être douloureuse et délicate pour ce vieillard, mais il fournissait avec obstination tous les efforts possibles sans se plaindre.

Tandis que le père Laurent disparaissait vers l'extérieur, M. Boyer saisit sa conjointe et leur fille dans une furieuse embrassade.

— Yvette, vous passerez en premier, dit-il d'une voix éraillée. Je vais vous aider à monter. Ensuite, attrapez la corde, et laissez Sommers et André vous tirer à travers le trou.

— Oui, papa.

La fillette se fraya un chemin dans les gravats, puis saisit le câble aussi haut qu'elle le put. Son père la souleva afin qu'elle ait les mains presque au niveau de l'ouverture. Après un moment d'escalade hésitante, elle fut dehors.

— Viole, vous êtes la prochaine, ordonna Cassie.

Elle était plus lourde que sa fille, l'espionne aida donc ses compagnons à la hisser. Les hanches agréablement arrondies de Mme Boyer passèrent à peine par la brèche élargie.

— À vous, lady Renard, annonça Romain. Il vous faudra tous unir vos forces pour me soulever.

Sachant qu'il avait raison, elle accepta qu'il l'aide dans son ascension. Le soulagement de sortir sans être accueillis par des gardes qui les auraient fait redescendre par la violence était considérable. Elle pressa le bras de Grey, profondément apaisée.

— Pensez-vous qu'il pourra franchir un passage aussi étroit ?

— Ce sera juste, mais il y arrivera, assura le gentleman en dénouant la corde de sa taille pour la tendre aux autres. Ceux qui s'en sentent la force peuvent participer.

Cassie et tous les Boyer à l'air libre s'agrippèrent au câble. L'ecclésiastique déplora avec tristesse :

— Je ne suis bon qu'à prier.

— Faites donc, mon père ! lui répondit-elle.

Elle sentit le poids de Romain au bout de la corde. Il devait être hissé à partir du bas de la cellule, et sa carrure large et musclée de fermier le rendait lourd.

Sa tête apparut, puis ses épaules. Il avait certes du mal à passer à travers le trou, mais Cassie poussa un soupir de soulagement en le voyant franchir tant bien que mal l'ouverture éventrée. Il y était presque…

Il était trop tôt pour se réjouir. M. Boyer venait juste d'atteindre la terre ferme en rampant, lorsqu'une voix retentissante ricocha sur les murs.

— Wyndham ! Je savais que vous viendriez !

L'espionne leva les yeux et vit Claude Durand s'approcher d'eux avec arrogance, son manteau sombre flamboyant dans la lueur des torches que brandissaient la demi-douzaine de gardes armés qu'il menait.

Les deux assaillants avaient manqué de temps.

Grey siffla à Cassie :

— Faites sortir tout le monde par la poterne pendant que je détourne son attention !

Elle émit un petit cri d'angoisse, mais ne protesta guère.

— Vous avez intérêt à être prudent !

— Je préfère infiniment être un lâche en vie qu'un héros mort ! l'assura-t-il.

Mais tandis qu'il se tournait vers son ennemi, il s'aperçut qu'il n'aurait peut-être pas le choix. Le destin en avait décidé autrement et l'avait renvoyé à cet endroit et face à cet adversaire.

Grey supposa que l'obscurité dans son dos empêchait le maître du château et ses sous-fifres de voir les fugitifs. S'il parvenait à garder tous les yeux rivés sur lui, ces individus ne verraient peut-être pas Cassie emmener ses protégés à l'abri.

Le moment était venu de faire diversion. Il baissa son foulard, révélant ainsi son visage. Tandis que des pas s'éloignaient derrière lui, il s'approcha du ministre à grandes enjambées avec l'assurance hautaine de tout aristocrate, devinant que cette attitude retiendrait l'attention de son bourreau.

— Bien sûr que je suis venu, répondit-il d'une voix traînante. Honte à vous d'emprisonner des innocents pour m'attirer jusqu'en France. Vous auriez pu me tuer à tout moment au cours des dix années que j'ai passé ici. C'eût été plus judicieux que de faire l'enfant en jouant au chat et à la souris.

— C'est une erreur que je vais m'empresser de réparer !

Il leva son pistolet et l'arma, les mains tremblantes de rage.

Quelles étaient les probabilités que son engin ait un raté, ou que ce monstre manque son tir ? Aucune importance, puisqu'il avait le soutien de six hommes munis de fusils, et qu'il s'agissait par ailleurs de professionnels, et non d'amateurs aliénés.

— Pourquoi me détestez-vous autant ? demanda l'ancien détenu nonchalamment. J'aurais compris que vous m'abattiez dès le début. Un crime passionnel, le cas classique. Mais pourquoi jeter un blanc-bec dans un donjon pendant dix ans ?

— Je voulais que vous souffriez !

Il semblait plus que légèrement perturbé, et agrippait son pistolet, comme s'il savourait l'instant et refusait de tirer trop tôt.

— Les titrés égoïstes et gâtés dans votre genre ont mené mon pays à sa ruine. Je vous aurais envoyé à la guillotine, mais cela vous aurait rendu la mort trop douce, et votre vie a toujours été si simple. Vous méritiez une fin douloureuse.

— Vous avez raison, j'étais gâté et égoïste, mais je devais une majeure partie de tout cela à ma jeunesse, et non à mon sang noble.

Grey s'immobilisa à vingt pas de son ennemi. Il réfléchissait à une insulte vraiment efficace, pour jouer à l'Anglais insouciant et bravache. Il était étrange que les événements l'aient fait revenir là pour mourir. Mais il avait vécu les meilleures semaines de son existence depuis que Cassie l'avait secouru.

Il eut alors une idée. Au lieu d'avoir recours aux injures, il dit d'un ton paresseux :

— Vous serez horrifié d'apprendre non seulement que ma détention a fait de moi un être meilleur, mais également que les mois qui ont suivi mon évasion, j'ai vécu le bonheur de toute une vie.

— Tout cela est terminé ! s'écria Durand en posant le regard sur le canon de son pistolet, les yeux plissés. Devrais-je vous tirer dans le genou, afin que vous attendiez la mort en hurlant de douleur des jours durant ? Ou me contenter de vous mettre une balle dans le cœur pour mettre un terme à toutes ces inepties ?

— Vous me donnez le choix ? Quelle noblesse de votre part, répondit Sommers dans une révérence furtive et ironique. Je vais devoir y réfléchir. Même si je pourrais survivre d'un tir dans la jambe, dans le cas contraire, ce serait là une fâcheuse manière de mourir. Mais un trou dans la poitrine est si définitif.

— Je ne vous donne pas le choix, maudit godon ! gronda le maître des lieux.

Il ajustait sa position lorsqu'une obscure silhouette passa devant Grey. *Dieux du ciel, le père Laurent !* Le vieux prêtre avait une allure peu honorable, mais gardait la tête haute.

D'une voix profonde qui aurait pu remplir une église, il dit :

— Ne prenez pas la vie d'un autre innocent, Claude. Vous avez assez de péchés sur la conscience.

Le pistolet commençait à vaciller.

— Éloignez-vous de moi, abject vieillard ! Vous n'avez aucun droit de me blâmer !

— J'étais seulement votre confesseur, répondit calmement l'ecclésiastique en s'interposant entre les deux hommes. Dieu est votre juge, mais il fait preuve de miséricorde. La rédemption est possible, même pour les grands pécheurs, si réelle contrition il y a. Repentez-vous avant qu'il soit trop tard.

— Je suis déjà damné ! s'exclama le criminel en appuyant sur la détente.

Au même instant, un poignard fendit l'air jaillissant des ténèbres derrière Grey pour aller entailler la main de Durand. *Cassie.*

Le blessé jura, et son bras tressauta lorsque le coup de feu partit. La déflagration résonna entre les murs alors que le prêtre s'effondrait par terre.

Père Laurent ! Comme si le couteau s'était planté dans son propre cœur, le gentleman se précipita vers son ennemi pour le plaquer au sol avant qu'il puisse recharger son arme. Si le lord et son ami étaient condamnés, ils ne quitteraient pas ce monde sans leur bourreau.

Les deux adversaires luttèrent à terre dans un chaos de coups de poing et de membres maltraités. Tandis que le sergent hurlait à ses hommes de ne pas tirer, au risque de tuer le mauvais individu, le ministre siffla :

— Espèce de sale godon stupide et décadent ! Vous croyez pouvoir en réchapper ?

— Probablement pas.

Grey se souvint de la fois où ils en étaient venus aux mains, lorsque ses années d'emprisonnement l'avaient affaibli. Durand était encore étonnamment fort pour son âge, et un adversaire rude et peu loyal, mais à présent, le Britannique avait repris des forces et se trouvait animé d'une rage meurtrière.

— Mais je ne partirai pas seul ! ajouta-t-il.

Il resserra ses mains autour du cou de son rival, coupant court à un chapelet de jurons. Du coin de l'œil, il aperçut des soldats qui s'approchaient pour séparer les deux opposants. Il était temps de mettre fin à tout ceci.

— Au nom de la justice, je vous exécute, Claude Durand !

Il lui brisa la nuque. Un craquement se fit entendre, et toute lueur de vie disparut des yeux du Français.

Un instant plus tard, des mains s'emparèrent brutalement de lui pour le hisser sur ses pieds. L'officier leva aussitôt son fusil et visa la poitrine du gentleman à bout portant. Ce dernier n'éprouvait aucune crainte, seulement un regret. *J'aurais dû dire à Cassie que je l'aimais.*

Le sergent chargeait son arme lorsqu'une puissante voix de femme cria :

— Halte ! Ne tirez pas sur cet homme !

Tous les regards se tournèrent brusquement vers l'endroit d'où provenaient ces ordres. Une créature grande et plantureuse se ruait vers eux, sa cape tourbillonnant autour d'elle. Un ange obscur dont la silhouette se découpait sur un abri en flammes.

Elle s'arrêta à dix pieds de Grey, haletante.

— Plus de coups de feu, plus de violence ! Pas si vos subalternes et vous-même souhaitez être payés pour le travail que vous effectuez ici. Je paierai un supplément à quiconque obéit sur-le-champ.

Le chef d'escouade bredouilla :

— Madame, ce porc a tué votre époux ! Un ministre !

— Il l'a fait en état de légitime défense.

Camille observa la dépouille de son mari. Elle se signa, puis reprit :

— Durand a tiré sur un prêtre. Il a refusé la miséricorde divine, et reçu la punition du Seigneur.

Grey fut relâché, même s'il entendit murmurer des jurons. Mais puisque ces individus étaient des mercenaires, la promesse d'une somme d'argent se révélait suffisante pour acheter leur coopération.

— Sergent Dupuy, rassemblez vos hommes pour combattre le brasier, ordonna Camille. Ce château se dresse depuis cinq siècles. Je ne veux pas le voir réduit en cendres ce soir, déclara-t-elle en déglutissant convulsivement. Dites à l'intendant d'emporter le corps de mon époux à la chapelle, et ordonnez au charpentier du domaine de fabriquer un cercueil.

L'air maussade, l'officier rassembla sa troupe d'un coup d'œil et se mit en route vers les incendies. L'ancien prisonnier adressa une révérence respectueuse à sa sauveuse.

— Mes plus sincères remerciements, madame Durand.

— Grey. Cela fait longtemps, fit-elle doucement. Je préfère que vous m'appeliez Camille.

— Vous avez l'air en forme, Camille.

Il ne mentait pas. Elle était plus ronde, des mèches argentées parsemaient sa chevelure brune, mais c'était encore une belle femme.

— Je suis désolé que vous ayez dû assister à la mort de votre mari.

— Pas moi, rétorqua-t-elle, le visage tourmenté tandis qu'elle s'efforçait de garder une contenance. Nous partagions... beaucoup, mais c'était un monstre.

Le gentleman sentit un mouvement à côté de lui, se tourna et aperçut Cassie qui aidait Laurent à se relever.

— Mon père, vous êtes en vie !

— Oui, et la balle m'a à peine effleuré, le rassura-t-il en tapotant la main bienveillante de l'espionne. Le poignard de Mme Renard a gâché le tir de Durand, et en raison de mon grand âge, il ne m'a fallu qu'une épaule égratignée pour m'effondrer.

— Dieu soit loué ! s'exclama la maîtresse des lieux en prenant les mains du prêtre. Je vous jure que j'ignorais ce que mon mari faisait subir à lord Wyndham et vous-même. Il ne m'en a jamais parlé, et je ne venais point dans ce manoir que je n'aime guère.

— Il s'y est déroulé de sombres événements, concéda l'homme d'Église.

Elle étudia les murs sinistres en frissonnant.

— Je préfère infiniment Paris. Mais mon époux a insisté pour que je vienne cette fois, car j'y verrais quelque chose qui m'amuserait.

Durand avait souhaité qu'elle assiste à la fin de Grey et de son ami. Cet homme était vraisemblablement dément, et avait contraint sa femme à être le témoin de ses caprices insensés.

— Je n'ai jamais pensé que vous approuviez son comportement, intervint le prêtre d'une voix lénifiante.

Camille lâcha la main de celui-ci et se tourna vers son ancien amant.

— Je suis désolée, mon enfant chéri. Je n'aurais jamais envisagé que quelques moments de divertissement auraient de telles répercussions.

Elle esquissa une moue et poursuivit :

— Mes infidélités excitaient mon conjoint. Mais je n'aurais jamais dû les commettre avec un Anglais. Il n'a pas supporté ce détail.

Tout cela était bien trop français pour le lord. Il lui prit la main et se pencha pour y déposer un léger baiser.

— Il est inutile de présenter vos excuses. Nous avons tous deux fauté. Cette histoire fait partie du passé. Désormais, seul le présent compte. La nièce de Laurent et ses proches peuvent-ils retourner chez eux sans être inquiétés ?

— Bien entendu. Ils n'auraient jamais dû être emprisonnés. Vous pouvez emprunter un fiacre pour les ramener à bon port. Mon père, voulez-vous bien rester jusqu'à demain matin ? Il faut faire examiner votre blessure, et j'ai grand besoin de me confesser, déclara-t-elle avant de se tourner de nouveau vers le cadavre de son mari. Et… il y a un enterrement à préparer.

— Bien sûr, ma chère fille.

L'ecclésiastique, qui s'était agenouillé pour fermer les yeux du défunt, s'approcha pour prendre la veuve par le bras, puis ils se dirigèrent vers l'entrée du château.

Grey observa la dépouille de son ennemi. Il n'éprouvait aucun sentiment de triomphe, ni de culpabilité d'avoir tué un monstre. Il était choqué, fatigué, heureux que ce long cauchemar soit terminé, et que ses amis et lui-même aient survécu.

Cassie, restée discrètement dans l'ombre, rejoignit alors son compagnon.

— Vos goûts en matière de maîtresses sont intéressants, et j'en remercie Dieu.

Il passa un bras autour d'elle, si épuisé qu'il tenait à peine debout.

— Les prières de Laurent l'ont peut-être fait venir ici à temps pour qu'un miracle se produise. À présent, il nous faut une bonne nuit de sommeil, et un trajet tranquille jusqu'en Angleterre. Il serait trop ironique de survivre à cela et de nous faire tuer sur le chemin du retour.

— Cela n'arrivera pas, répondit l'espionne d'un ton confiant. Nous serons bientôt en sécurité à Londres et Kirkland poussera un grand soupir de soulagement.

Revenant à la réalité, le gentleman demanda :

— Les Boyer se sont-ils échappés sans encombre ?

— Ils ont refusé de partir, au cas où il vous faudrait de l'aide.

Il se retourna, et vit Violette, Romain et leurs enfants se ruer vers lui. Ils avaient besoin d'un bon bain et de vêtements propres, mais affichaient des visages radieux.

La jeune femme s'avança sans attendre pour l'embrasser sur la joue.

— Vous avez le courage de dix lions, monsieur Sommers !

Il lui adressa un sourire las.

— Alors votre oncle en vaut dix fois plus.

— Je crois que ses prières ont provoqué une intervention divine en notre faveur, affirma-t-elle en serrant son époux par la taille. La marche est longue jusqu'à la ferme. Où pouvons-nous bénéficier de cette course en fiacre que Mme Durand a proposée ?

— Aux écuries, répondit Grey en prenant Cassie par les épaules avant de les guider. Ma lady Renard et moi-même partirons à cheval. Pouvons-nous nous reposer un jour ou deux à la ferme avant de reprendre la route ?

— Aussi longtemps que vous le désirez, *mon héros**, acquiesça Romain avec ferveur.

Tandis qu'ils se rendaient dans la cour principale, le lord vit que deux abris étaient en flammes, mais les incendies étaient vigoureusement maîtrisés par les soldats et quelques domestiques du château.

Pas de trace des grenadiers. Ils avaient dû se retirer dans les bois pour observer la scène à bonne distance. Même si les murs comportaient ici et là de nombreux cratères causés par les explosifs, Grey ne vit aucun corps ensanglanté.

Violette avait raison. Il s'était produit un miracle.

Chapitre 47

Il était très tard lorsque Cassie et Grey furent de retour à la ferme. Ils accolèrent leurs petits lits et dormirent dans les bras l'un de l'autre en dépit du fâcheux intervalle qui séparait les matelas. L'espionne se sentait si fourbue qu'elle aurait pu s'abandonner au sommeil sur un matelas de clous.

Il n'était pas loin de midi quand elle s'éveilla. Elle somnola un peu, sans ouvrir les yeux. Elle avait sérieusement douté d'être encore en vie pour revoir la lumière du jour, et pourtant, elle était bien là. Par ailleurs, il lui restait environ deux semaines à passer avec son compagnon avant de regagner l'Angleterre et de lui faire ses adieux.

— Vous souriez comme une chatte au soleil, lui murmura Sommers à l'oreille, le souffle chaud. Que diriez-vous de nous lever et trouver quelque chose à manger ? Je suis affamé.

— Les aventures périlleuses ont tendance à ouvrir l'appétit.

Elle hésita à jouer les sensuelles tentatrices – il n'était jamais difficile de le faire céder –, mais elle avait faim et souhaitait également s'assurer que tout le monde allait bien.

Elle bondit du lit, effectua de rapides ablutions au lavabo, et revêtit son insipide tenue de Mme Harel. Elle brûlerait cette abominable chose dès qu'elle aurait franchi les côtes britanniques.

Ils se laissèrent guider par les rires jusqu'à la cuisine. Ils y pénétrèrent, et trouvèrent les Boyer et les Duval partageant une joie incandescente. Accueillis par les cris de la famille réunie grâce à eux, ils prirent place à la longue table en face de Laurent, qui revenait tout juste de son office à Château Durand. Cassie se réjouit intérieurement que le gentleman ne tressaille pas devant cette nombreuse assemblée.

— Vous avez l'air en forme, mon père, déclara l'espionne.

Le vieillard était à présent propre et détendu, et dégustait de bon cœur une large omelette aux herbes et au fromage.

— Votre éraflure à l'épaule était-elle superficielle ? poursuivit-elle.

Le prêtre esquissa un sourire malicieux.

— On m'a prédit un décès imminent alors que j'étais un bébé malingre, pourtant, je suis toujours là. La balle m'a à peine effleuré. Je crois qu'elle m'a surtout fait tomber en touchant le tissu de mon manteau.

Grey lui serra la main avec ferveur.

— Je n'en croyais pas mes yeux quand je vous ai vu affronter le ministre ! C'était l'acte le plus courageux auquel j'aie assisté.

L'ecclésiastique haussa les épaules.

— Au pire, il m'aurait tué, ce qui n'a rien de désastreux pour un homme de foi. Mais je serai ravi de retrouver une paroisse et une église, affirma-t-il en regardant son ami d'un œil solennel. Je n'aurais pas voulu que vous risquiez votre vie pour celle d'un ancêtre comme moi, mais au nom de Violette et de sa famille, je vous adresse ma plus profonde gratitude.

Tandis que le lord prenait un air gêné de recevoir ces remerciements, Mme Boyer posa des tasses fumantes remplies d'un café bien réel et de bonne qualité devant ses invités.

— La solidarité que nous déployons les uns envers les autres n'est-elle pas admirable ?

— Elle prouve que les Français et les Anglais peuvent devenir amis si on leur en donne l'ombre d'une occasion.

Cassie versa de la crème et du sucre dans son breuvage, puis en avala une longue gorgée. C'était délicieux, brûlant et revigorant. Un courant chaud et énergique traversa son corps éprouvé.

— Que l'avenir nous apporte la paix, et sans tarder, lança Grey.

Il trinqua avec sa compagne en levant sa tasse vers elle, le regard bienveillant. Étant donné sa double nationalité, elle ne pouvait qu'approuver ces paroles. Elle n'avait jamais souhaité la guerre entre ses deux pays d'origine.

Alors qu'elle entamait l'assiette qu'Yvette venait de placer devant elle, le prêtre fit remarquer dans une expression songeuse :

— Votre couleur naturelle de cheveux est le roux, comme l'animal qui vous sert de surnom, n'est-ce pas ?

Elle déglutit avant de répondre :

— Ma teinte est en effet plus celle du renard que de la carotte à laquelle on me comparait dans mon enfance.

Il gloussa.

— Je me demande si votre enfant en héritera.

Elle le dévisagea, la main tenant sa tasse figée en l'air.

Il arqua ses sourcils broussailleux.

— Vous ne saviez pas que vous étiez enceinte ? Bien entendu, c'est très récent, et vous avez été fort occupée par ailleurs.

Cassie sentit ses joues de porcelaine s'empourprer violemment tandis que tous les yeux se rivaient sur elle avec un immense intérêt. À côté d'elle, Sommers se leva, lui attrapa fermement le bras, et annonça plaisamment :

— Si vous voulez bien nous excuser, ma fiancée et moi devons nous entretenir.

Il l'escorta hors de la cuisine pour regagner leur chambre. Après l'avoir installée sur l'un des lits, tremblante, il s'agenouilla et prépara un feu. Sous le choc, elle accueillit favorablement cette chaleur.

Il se releva et l'observa intensément, du haut de sa grande taille et de sa large carrure.

— Je suppose que vous n'en saviez rien ?

Elle confirma d'un signe de tête, l'estomac noué.

— Jeanne m'a dit que le père Laurent était très doué pour deviner les grossesses. Je me sens un peu abattue ces derniers temps, mais j'imaginais devoir l'imputer à l'inquiétude et la prise de risques.

— Vous prétendiez avoir une méthode fiable ?

— Les graines de carottes sauvages. Elles sont assez efficaces, mais il n'existe aucun moyen infaillible, expliqua-t-elle en esquissant un sourire en coin. Et Dieu sait que nous avons maintes fois mis cette technique à l'épreuve.

— Je suis…, hésita-t-il. Je suis stupéfait. Abasourdi. Ravi. Je ne pensais jamais connaître la paternité.

Il s'assit sur le lit d'en face, ses genoux à seulement un pied de ceux de Cassie, et l'observa intensément avant de reprendre :

— Mais comment vous sentez-vous vis-à-vis de ce soudain changement de circonstances ?

Elle cherchait ses mots, l'esprit bouillonnant.

— Enchantée, car je ne pensais pas non plus devenir mère un jour. Atterrée parce que cela arrive à un moment… gênant. Et très irritée, poursuivit-elle en lui lançant un regard noir, parce qu'à présent, vous avez le sentiment de devoir à tout prix m'épouser.

— Faux.

Elle cligna des yeux.

— Vous n'allez pas déployer votre sens de l'honneur aristocratique et insister pour m'épouser parce que je suis enceinte ?

— Non, répondit-il en se penchant en avant pour lui prendre les mains. Ce bébé sera une source de joie, mais il représente un argument irrecevable en faveur d'un mariage. J'avais déjà la ferme intention de vous persuader de devenir ma femme. Cette conversation se déroule seulement un peu plus tôt que prévu.

Elle tenta sans succès de retirer ses mains, car il les retenait avec une force dénuée de violence, mais implacable, et il semblait inopportun d'entamer un combat.

— Si mes souvenirs ne me font pas défaut, nous avons déjà eu cette discussion, et je vous ai dit qu'avoir besoin de moi ne constituait pas une base solide pour cette union, et que dans un an, vous souhaiteriez autre chose que ce que vous recherchez à présent, s'exaspéra-t-elle. Je croyais que nous étions d'accord.

Il sourit, si beau qu'elle se sentit presque fondre.

— En partie, seulement. À l'époque, je vous pensais folle de prendre en charge un animal à moitié enragé comme moi. Mais j'ai fait des progrès. Je n'ai pas essayé de tuer qui que ce soit sans raison valable depuis presque quatre semaines.

Elle leva les yeux au ciel.

— J'ai entendu des arguments plus convaincants.

— Très bien, rétorqua-t-il en s'inclinant vers elle, ses yeux gris et cernés rivés sur elle. J'ai beaucoup changé ces deux derniers mois, mais vous aussi.

Elle songea à l'espionne endurcie et méfiante qu'elle était lorsque Kirkland l'avait envoyée à Château Durand, et hocha la tête.

— Votre charme légendaire sévit même lorsque vous êtes au bord de la démence.

Ce fut au tour de Grey de regarder le plafond en entendant ces propos.

— Il n'y a rien de mal à avoir besoin de quelqu'un, se défendit-il fermement. C'est le cas de mes parents chaque heure de chaque jour que Dieu leur accorde, parce qu'ils sont dévoués l'un à l'autre. Ils ne peuvent être plus heureux qu'en se trouvant ensemble.

— Ils ont effectivement l'air de s'adorer.

Il avait sûrement perçu une note hésitante dans la voix de sa compagne, car il lui précisa avec perspicacité :

— Vous inquiétez-vous parce que mon goût prononcé pour les femmes pourrait m'empêcher d'être fidèle ? Vous avez tort sur ce point. D'après ce que l'on m'a dit, mon père était comme moi autrefois. L'archétype du jeune galant, avec une grande admiration pour votre mère. Puis il a rencontré la mienne. Il n'a plus jamais convoité quiconque du beau sexe depuis lors. Je lui ressemble beaucoup. J'ai moi aussi jeté ma gourme jusqu'au moment où j'ai croisé la personne qu'il me fallait. Vous. Je vous aime, et attendre un an n'y changera rien.

Elle le dévisagea, désarmée, souhaitant y croire. Sans y parvenir.

Il leva les mains de l'espionne pour embrasser le dos de l'une, puis de l'autre.

— Je vous aime, Cassie Catherine Cat, susurra-t-il. Je n'ai jamais connu de créature aussi forte, aussi gracieuse, et aussi incroyablement digne de confiance. Je ne puis non plus imaginer une épouse qui me comprendrait mieux que vous, et la tâche est vaste.

Elle n'avait pas pensé à cela. Que ferait une demoiselle couvée de l'homme compliqué et marqué à vie qu'il était devenu ? Elle enroula ses mains autour de celles de Sommers dans un geste protecteur, prenant conscience qu'elle ne voulait pas le laisser aux tendres attentions de quelqu'un qui ne saurait apprécier pleinement sa force, sa résistance et son courage durement acquis.

Voyant qu'elle changeait d'expression, il dit avec gravité :

— Je fonctionne correctement, mais je n'incarne encore pour personne la notion de normalité. Peut-être ne supporterai-je jamais les foules, il se peut que mon humeur soit toujours aussi imprévisible. Êtes-vous prête à me prendre tel que je suis ? J'étais disposé à attendre un an si vous insistiez, mais la situation n'est plus la même, précisa-t-il en caressant doucement le ventre plat de Cassie d'une paume déployée et chaleureuse. Je préférerais que notre enfant soit légitime.

Elle lui attrapa les doigts et les pressa contre son abdomen, songeant au bébé qu'ils avaient conçu ensemble. Dès que le père Laurent avait fait cette révélation, elle avait su en son for intérieur qu'il ne se trompait pas. Ne devait-elle pas à son enfant de lui offrir un père ?

Et pourtant…

— J'en ai trop vu et trop vécu, balbutia-t-elle. Je ne voudrais pas que vous regrettiez un jour votre choix.

— Que dois-je faire pour vous convaincre que je ne désirerai jamais une assommante innocente ? demanda-t-il d'un ton exaspéré. C'est votre expérience qui fait de vous cette femme d'un courage et d'une sagesse irrésistibles.

Il réduisit la distance qui les séparait dans un mouvement soudain, la cloua sur le petit lit, lui embrassa la gorge et glissa une main impudique le long de sa cuisse sous la jupe de cette si respectable Mme Harel.

— Le fait que vous soyez aussi la créature la plus délicieusement attirante que j'aie rencontrée n'est pas ce qui importe le plus à votre sujet.

Il leva la tête un moment et réfléchit.

— Même si c'est presque le point le plus crucial, ajouta-t-il en capturant sa bouche pour un autre baiser.

Elle commença à rire tandis que l'espoir et la passion palpitaient en elle.

— Et si je n'étais qu'une femme superficielle et licencieuse qui acceptait le mariage uniquement pour votre beau visage, votre corps sublime, et votre… virtuosité sexuelle ?

— Je m'en accommoderais, riposta-t-il, l'air empli d'espoir. Voudriez-vous vraiment m'épouser pour mon apparence et vous servir de moi sans le moindre scrupule ? Je préfère cela plutôt que d'être traqué pour ma fortune et mon titre.

Elle sentit sa gorge se nouer et effleura cette chevelure dont le brun terne recouvrait un blond doré. Chacun avait fait changer l'autre, et l'avait amélioré. Elle l'avait secouru, soutenu, lui avait appris à reprendre sa place dans le monde. Il l'avait amenée à ouvrir son cœur. À donner de l'amour. Plus difficile encore, à en recevoir.

— Je ne désire pas vous épouser pour votre allure et vos charmes, déclara-t-elle d'une voix éraillée, ni pour votre position ni votre fortune…

Elle déglutit péniblement avant de pouvoir reprendre :

— … je le souhaite seulement parce que… je vous aime.

Le visage de Grey s'illumina alors d'une expression aussi radieuse que celui de Cassie.

— Voilà la meilleure raison de toutes, ma lady Renard, se réjouit-il, les yeux plissés de joie. Puis-je à présent abuser de vous de façon éhontée ?

Elle passa ses bras autour de la puissante poitrine de son amant.

— Oh oui, s'il vous plaît !

Ils s'unirent dans une douce sensualité qui effaça toutes les frontières de l'intimité physique et spirituelle. La passion fut rapidement assouvie, et dans un plaisir qui surpassait tout ce que l'espionne avait connu. Les mots d'amour que lui chantait le lord à l'oreille faisaient écho aux propres sentiments de ce dernier.

Tandis qu'ils étaient tous deux enlacés sur le trop petit lit, elle s'enquit d'un ton rêveur :

— Le père Laurent nous unira-t-il sans la publication des bans ? Cela rendrait la date d'anniversaire de notre enfant moins suspecte.

Il l'embrassa sur la tempe.

— J'en suis certain, même si je puis assurer que nos familles exigeront une seconde cérémonie officielle célébrée par l'Église d'Angleterre.

— Cela ne me dérange pas. S'il est agréable de se marier une fois, la seconde devrait être encore meilleure.

— Cette théorie s'applique à d'autres domaines, dit-il en lui parcourant le torse d'une caresse provocante.

Alors même que le désir la faisait frissonner de tout son être, elle souffla au gentleman, légèrement haletante :

— Si vous pensez ce que j'imagine, je suis impressionnée par votre endurance !

Il baissa les yeux sur elle en souriant, le regard brillant d'espièglerie.

— Et si nous allions demander une seconde tasse de café à Violette ?

Épilogue

— Je les déclare mari et femme.

Lorsque la cérémonie nuptiale fut terminée, Grey escorta son épouse radieuse dans l'allée de l'église de la paroisse familiale au son enthousiaste des orgues. Effectivement, se marier une fois était agréable, la seconde l'était plus encore.

Le père Laurent les avait d'abord unis dans la ferme de sa nièce le lendemain de leur assaut. Grey ne craignait pas vraiment que Cassie change d'avis, mais il ne souhaitait prendre aucun risque.

Après avoir traversé le danger avec eux, ils considéraient les Boyer et les Duval comme des membres de leur famille, et le lord avait songé qu'il n'aurait pu être plus heureux qu'au moment où le prêtre les avait déclarés tous deux officiellement mariés. Elle avait rougi de bonheur, tandis que son compagnon irradiait comme le soleil d'été. Le déjeuner classique s'était vu aisément convertir en repas de noces, avec l'ajout d'une bouteille de vin de premier choix que leurs hôtes gardaient pour une grande occasion.

Les nouveaux époux sortirent sur le porche de l'église. Pendant que les invités jetaient par poignées des pétales de fleurs, la mariée se mit sur la pointe des pieds pour souffler à l'oreille de son conjoint :

— Cette cérémonie est encore plus appréciable, car nos cheveux ont leur couleur naturelle.

Hilare, il lui déposa un baiser sur sa crinière cuivrée et soyeuse. Au cours des deux semaines qui avaient suivi leur retour en Angleterre, le printemps était arrivé en force, et l'air regorgeait de chants d'oiseaux et du parfum des bourgeons qui éclataient.

— Vous êtes une rose parmi les fleurs, chuchota-t-il.

La tante Patience de Cassie avait endossé le rôle de sa mère, et l'avait aidé à constituer son trousseau, en commençant par une robe de couleur bronze dont l'époustouflante intensité soulignait sa rousseur. Grey se chargea de faire établir une licence spéciale. Avec un bébé en route, le plus tôt était le mieux. Par ailleurs, il détestait devoir s'introduire comme un voleur dans la maison pour passer la nuit avec sa future femme.

Lady Kiri Mackenzie était la demoiselle d'honneur principale, et cette créature exotique à la chevelure noire formait avec l'épousée une paire assez éblouissante pour faire défaillir n'importe quel invité. Peter était le garçon d'honneur de Grey, et l'on avait pu entendre murmurer parmi la gent féminine combien les deux frères étaient eux aussi magnifiques côte à côte.

Puisque l'aîné n'était désormais plus disponible et qu'il ne trouvait aucun intérêt aux autres femmes, des regards emplis d'espoir examinaient son cadet, même si leurs expectatives étaient vaines. Lorsque le jeune homme avait été accepté dans la compagnie théâtrale de Mr Burke, lord et lady Costain s'étaient résignés à son choix. À présent, il était plus préoccupé par son jeu d'acteur que son avenir matrimonial. Avant l'office, il exhorta Sommers de veiller à procréer un héritier mâle, afin qu'il n'ait pas à craindre de voir le titre lui revenir.

Les convives s'étaient mis en rang sur le porche pour présenter personnellement leurs vœux de bonheur, et le gentleman était ravi de constater que deux de ses anciens camarades de classe étaient arrivés à temps pour la cérémonie.

— Ashton ! Randall ! Je suis tellement heureux que vous soyez là.

Esquissant un large sourire, le duc serra la main de son ami dans les siennes.

— Alex et moi avons été retardés par une roue de fiacre cassée, mais nous étions résolus à vous rejoindre, même s'il nous avait fallu chevaucher l'attelage de poste. Je n'aurais jamais pensé assister à cette journée !

— Moi non plus, intervint Randall.

Mince, blond et d'allure militaire, il donna une tape amicale sur l'épaule de Grey.

— En toute franchise, poursuivit-il, je vous croyais définitivement perdu, Wyndham.

— Vous ne pouviez que vous en féliciter, j'en suis certain, plaisanta le marié en le saluant. J'ai entendu que vous aviez pris en charge chez vous un élève de lady Agnes. La paternité vous convient-elle ?

Le major répondit avec une joie qu'il n'avait jamais manifestée dans son enfance.

— Je recommande cette expérience, surtout si vous la commencez avec un garçon de douze ans comme Benjamin. Cela vous épargne ainsi toutes les étapes turbulentes.

La directrice de Westerfield, le général Rawlings et Miss Emily étaient venus de l'institut pour participer à la fête. Toute la communauté de Summerhill était là, bien entendu. On se réjouissait de savoir que la prochaine génération de Costain était assurée.

Les St Ives étaient présents au grand complet, y compris George, le plus jeune fils, qui était venu d'Oxford pour l'occasion. Ils n'auraient pu être plus heureux si Cassie avait été leur vraie fille et sœur. Son oncle l'avait menée à l'autel, même si l'on avait évité ces sottises quant au fait qu'il la confiait à Grey. Elle était déjà indépendante depuis trop longtemps.

Puis en bout de file se tenait Kirkland, son beau visage saturnien arborant une expression détendue.

— Vous souvenez-vous de ces listes que je dressais en permanence à l'école pour garder en tête tout ce qu'il me restait à faire ?

Sommers s'esclaffa.

— Qui aurait pu oublier ? Vous étiez d'une organisation inquiétante, même à cette époque.

L'Écossais tira de sa poche de poitrine un morceau de papier usé avec une plume et le brandit à l'intention du lord. « Wyndham » était inscrit au milieu d'une série d'autres éléments qui avaient été rayés. D'un geste ample, il tira un trait sur le nom de son ami.

— Voilà une chose dont je n'aurai plus à m'inquiéter !

Grey éclata de rire, puis reprit son sérieux.

— Je ne pourrai jamais assez vous remercier de tout ce que vous avez fait. Vous m'avez offert la liberté, et Cassie, dit-il en passant un bras autour de sa femme. Tout ce qu'il me faudrait pour compléter mon bonheur serait d'avoir Régine à mes côtés.

L'espion sourit.

— Je suis sûr que votre épouse ne se formalisera pas de cette comparaison implicite.

Tandis qu'il s'éloignait, la jeune mariée se blottit contre le flanc de son conjoint.

— Dans deux semaines environ, lady Agnes vous autorisera à la récupérer.

— Uniquement parce qu'il lui restera un chiot à gâter.

Elle leva les yeux. Il aurait pu se noyer avec allégresse dans ces deux océans de patience et de sagesse. Elle lui demanda :

— La foule vous angoisse-t-elle ?

Il était trop raisonnable pour oser lui mentir, car elle pouvait lire en lui.

— Un peu, admit-il. Mais je suis chez moi, entouré de mes amis, et durant le déjeuner nuptial, je peux m'esquiver quelques instants si j'en ai besoin. M'accompagnerez-vous ?

— Bien sûr, répondit-elle en souriant. Les gens s'en apercevront et s'imagineront volontiers des actes scandaleux.

Le carrosse des Costain fit halte devant l'église afin d'emmener le couple à Summerhill pour son repas de noces. Les parents de Grey, et les oncle et tante de Cassie étaient déjà partis dans un autre véhicule tandis que le reste des invités cheminait dans l'allée qui menait à la vaste demeure. Se tiendrait une fête en intérieur pour la famille et les amis proches, et un buffet serait dressé au-dehors pour la communauté. Les deux groupes se mêleraient inévitablement.

Le gentleman aida son épouse à monter dans la voiture, puis la suivit. Dès que la portière se fut refermée, il enlaça sa bien-aimée pour échanger avec elle un baiser fougueux qui aurait choqué dans une église.

Au moment où ils reprirent leur souffle, la couronne de fleurs qu'elle portait était tombée et avait laissé une nuée de pétales rose pâle sur sa ravissante épaule dénudée. Cassie sourit à son compagnon avec une tendresse qui retourna le cœur de ce dernier.

— Ce soir, nous dormons dans notre cottage au bord de la mer, mon cher lord. Même s'il s'agit en réalité d'une ferme.

— Vous rencontrer valait ces dix années de prison, mon seul et unique amour, dit-il doucement.

Elle lui prit sa joue en coupe dans une main.

— Je n'aurais jamais cru que le hasard me ferait connaître un tel bonheur, répondit-elle avec une gravité qui céda la place à l'hilarité. En chemin, j'ai été avertie par plusieurs personnes que vous ne me prendriez jamais pour femme. Je les avais toujours sincèrement approuvées.

Il partagea son rire.

— C'est une bonne raison de s'unir à deux reprises, déclara-t-il en embrassant l'un des pétales délicats posés sur la gorge de sa conjointe. Impossible de se méprendre sur le fait que nous soyons bel et bien mariés, maintenant et pour les siècles des siècles.

Puis il ajouta d'un ton léger :

— Si vous souhaitez un jour que je vous épouse de nouveau, dites-le-moi, tout simplement !

PEMBERLEY

BRAGELONNE – MILADY,
C'EST AUSSI LE CLUB :

Pour recevoir le magazine *Neverland* annonçant les parutions de Bragelonne & Milady et participer à des concours et des rencontres exclusives avec les auteurs et les illustrateurs, rien de plus facile !

Faites-nous parvenir votre nom et vos coordonnées complètes (adresse postale indispensable), ainsi que votre date de naissance, à l'adresse suivante :

Bragelonne
60-62, rue d'Hauteville
75010 Paris

club@bragelonne.fr

Venez aussi visiter nos sites Internet :
www.bragelonne.fr
www.milady.fr
graphics.milady.fr

Vous y trouverez toutes les nouveautés, les couvertures, les biographies des auteurs et des illustrateurs, et même des textes inédits, des interviews, un forum, des blogs et bien d'autres surprises !

Achevé d'imprimer en août 2014
Par CPI Brodard & Taupin - La Flèche (France)
N° d'impression : 3006569
Dépôt légal : septembre 2014
Imprimé en France
81121282-1